신동엽과 문화콘텐츠

라디오 대본/오페레타 〈석가탑〉/시극/문학관/문학기행

신동엽과 문화콘텐츠

초판인쇄 2022년 11월 30일 **초판발행** 2022년 12월 10일

기획 신동엽학회

글쓴이 김소은 · 김우진 · 김응교 · 김자영 · 김지윤 · 맹문재 · 박수빈 · 박은미 · 신혜수 · 유지영 · 이대성 ·
      이지아 · 이지호 · 전비담 · 정세진 · 정우영 · 최종천

펴낸이 박성모 **펴낸곳** 소명출판 **출판등록** 제1998-000017호

주소 서울시 서초구 사임당로14길 15 서광빌딩 2층

전화 02-585-7840 **팩스** 02-585-7848

전자우편 somyungbooks@daum.net **홈페이지** www.somyong.co.kr

값 32,000원

ISBN 979-11-5905-730-4 93810

신동엽학회 아카이브 5

신동엽과 문화콘텐츠

라디오 대본
오페레타 〈석가탑〉
시극
문학관
문학기행

신동엽학회 편

상처를 위하여

최종천

박씨의 검지는 프레스가 베어먹어버린

반토막짜리다 그런데 이게 가끔

환하게 켜질 때가 있다

그가 끼던 목장갑을 끼면

내 손가락에서 그의 검지 반토막이

환하게 켜지는 것이다

박씨는 장갑을 낄 때마다

그 반토막의 검지가 가려워서

목장갑 손가락을 손가락에 맞게 접어넣는다

그 접혀들어간 손가락은 때가 묻지 않는다

환하게 켜지는 검지의 반토막이 보고 싶어

나는 그의 목장갑을 끼곤 하는데

그러면 전신에 전류가 흐르는 것이다

상처가 켜놓은 것이 박씨의 검지뿐이랴

과일은 꽃이라는 상처가 켜놓은 것이다

상처가 없는 사람의 얼굴은 꺼져 있다

상처는 영혼을 켜는 발전소다

— 최종천, 『나의 밥그릇이 빛난다』, 창비, 2007

말 없어도 우리는 알고 있다

안녕하세요. 반가이 인사드립니다.

"오늘은 그들의 소굴 / 밤은 길지라도 / 우리 내일은 이길 것이다"라는 신동엽 시의 한 구절과 긴 제목이 위안이 되는 시대입니다.

매년 한 권씩 내기로 한 '신동엽 아카이브' 다섯 번째 책을 냅니다. 이번에는 신동엽 시인이 창작한 작품들이 어떻게 문화콘텐츠로 다시 창작되는지 살펴봅니다. 신동엽 시인은 자신이 창작한 작품들이 그냥 종이에 머무는 것이 아니라, 독자의 일상 속에, 역사의 현장에 은은하게 퍼지기를 원했습니다. 그 결과 그의 작품들은 서사극, 오페레타, 뮤지컬, 시극, 라디오 대본 등으로 다양하게 퍼져 나갔습니다. 먼저 참여해주신 필자님들께 감사드립니다. 크게 3장으로 나누었습니다.

제1장 '신동엽의 라디오 대본'은 이제까지 연구 대상이 되지 않았던 신동엽 시인이 쓴 라디오 대본은 집중 평가하는 내용입니다. 이번 책에서 주목해야 할 중요한 부분이라고 봅니다.

제2장 '〈석가탑〉과 시극'은 신동엽의 시극 〈석가탑〉이 어떻게 재생산되었는지, 그 과정을 살펴본 글입니다. 아울러 얼마 전 공연되었던 〈금강〉도 평가해봅니다.

제3장 '신동엽 문학관과 문학기행'은 '신동엽 이후의 신동엽'에 대한 이야기입니다. 신동엽 문학관에 대한 분석, 아울러 문학기행과 공간스토리텔링에 대한 논의를 모았습니다.

그간 매달 셋째주 오후 3시에 있는 월례 모임에서, 신동엽이 읽었던 도스토옙스키의 『악령』을 강독하고, 신동엽 산문을 읽으며 분석했습니다. 올해는 이 단계를 마치고, 내년 2023년에는 새로운 내용으로 월례회를 시작하려고 합니다.

2023년 정기월례회에서는 신동엽 시인이 공부했던 『동경대전』 및 주요 책을 강독하고, 아울러 서사시 「금강」을 집중 분석하여, 하반기에 이에 대한 학술대회를 진행하려 합니다.

내년에 여섯 번째 '신동엽 아카이브'는 2022년 정기학술대회에서 발표했던 내용을 중심으로 한 『신동엽과 비교연구』가제를 준비하고 있습니다. 글을 써주신 필자 여러분과 올해도 책을 잘 만들어주신 소명출판 박성모 대표님, 그리고 대표편집자 박건형 대리님께 감사드립니다.

2022년 8월 15일 신동엽학회 학회장
김응교 손모아

차례

제1장

신동엽의
라디오 대본

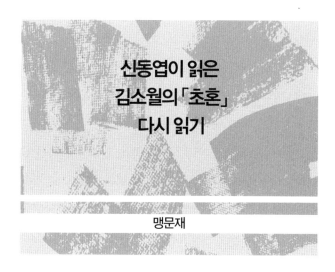

신동엽이 읽은
김소월의「초혼」
다시 읽기

맹문재

1

신동엽이 김소월의 「초혼」을 읽고 해설을 덧붙여 사람들에게 소개한 일은 최근에 알려졌다. 2018년 이대성 연구가가 신동엽문학관에 소장되어 있던 신동엽이 쓴 방송대본 육필원고를 발굴하면서 밝혀진 것이다. 그 원고는 1967년 동양라디오의 심야 프로그램인 〈내 마음 끝까지〉에 사용되었다. 당시 청취자들에게 큰 인기를 끌었던 〈밤을 잊은 그대에〉의 바로 앞 시간에 배치된 프로그램이었다.

신동엽이 방송대본에서 소개한 시작품은 타고르의 「내가 혼자」, 헤르만 헤세의 「안개 속에서」, 이상화의 「나의 침실로」, 서정주의 「국화 옆에서」, 한용운의 「알 수 없어요」, 「나의 길」, 포르의 「윤무」, 라이너 마리아 릴케의 「가을」, 「마음 무거울 때」, 딜런 토머스의 「내가 먹은 이 빵은」, 예이츠이 「시골로 가자」, 발레리의 「석류」, 로랑생의 「갑갑한 여자보다」그리고 김소월의 「초혼」 등이었다. 서정주의 시를 소개한 것이 눈길을 끄는데, 그의 친일 활동을 미처 알지 못했고, 동시대의 독자들에게 많은 사랑을 받고 있었기 때문으로 보인다.

신동엽은 시작품 외에도 소설, 수필, 희곡, 철학서 등에서 중요한 부분을 발췌해 청취자들에게 소개했다. 가령 한흑구의 수필 「보리」, 김진섭의 수필 「주부를 노래함」, 「백설부」, 이효석의 수필 「낙엽을 태우면서」, 괴테의 소설 『젊은 베르테르의 슬픔』, 앙드레 지드의 소설 『좁은 문』, 그리고 입센, 니체, 톨스토이 등의 작품에서 좋은 문장을 뽑아내 소개한 것이다. 아울러 작가의 생애를 소개하기도 했다.

신동엽학회에서는 신동엽의 방송대본을 살려 2018년 10월 6일부터 11월 17일까지 총 7회에 걸쳐 팟캐스트로 방송했다. 신동엽 시인이 국어 교사로 재직했던 명성여고^{현 동대부여고} 학생들이 시를 낭송했고, 정우영 시인이나 김응교 시인 등 신동엽학회 회원들이 출연해서 작품의 의미와 신동엽의 삶 등을 소개했다. 필자도 출연할 기회를 얻어 신동엽이 읽은 김소월의 「초혼」을 살펴볼 수 있었다. 박민영 학생이 「초혼」을 낭송했는데, 그 방송은 '팟빵^{podbbang.com}'에서 볼 수 있다.

신동엽이 쓴 방송대본 〈내 마음 끝까지〉는 2019년 강형철과 김윤태가 엮은 『신동엽 산문전집』^{창비}에 수록되어 김소월의 「초혼」에 대한 신동엽의 해설을 보다 편리하게 분명하게 읽어볼 수 있다.

2

산산히 부서진이름이어!
虛空中에 헤여진이름이어!
불너도 主人업는이름이어!
부르다가 내가 죽을이름이어!"

心中에 남아잇는 말한마듸는
끗끗내 마자하지 못하엿구나.
사랑하든 그사람이어!
사랑하든 그 사람이어!

붉은해는 西山마루에 걸니윗다.
사슴이의 무리도 슬피운다.
써러저나가 안즌 山우헤서
나는 그대의이름을 부르노라.

서름에 겹도록 부르노라.
서름에 겹도록 부르노라.
부르는 소리는 빗겨가지만
하눌과 짱 사이가 넘우넓구나.

선채로 이자리에 돌이되여도

부르다가 내가 죽을이름이어!

사랑하든 그사람이어!

사랑하든 그 사람이어!

— 김소월, 「招魂」 전문

위의 작품은 1925년 12월 26일 매문사에서 간행된 『진달내꽃』164~165쪽에 수록된 것이다. 『신동엽 산문 전집』에 수록한 작품은 현대 맞춤법과 띄어쓰기 규정에 따른 것이기에 읽기가 수월하지만, 행갈이 등이 원본과 차이가 있다. 가령 원본의 4연 4행 전체에서 앞의 2행인 "설움에 겹도록 부르노라. / 설움에 겹도록 / 부르노라"를 4연으로, 뒤의 2행인 "부르는 소리는 비껴가지만 / 하늘과 땅 사이가 너무 넓구나."를 5연으로 구분한 데다가, 4연 2행을 2~3행으로 행갈이 한 것이 그 예이다. 또한 원본 3연 2행의 "사슴이의"를 "사슴의"로 오식하고 있다. 물론 신동엽이 방송대본에서 쓴 원고를 그대로 살려 놓은 것일 수 있다. 그렇다고 하더라도 원본과 대조를 해서 그 사항을 밝혔으면 좋았을 것이다.

초혼招魂이란 사람이 죽었을 때 육체를 떠나는 영혼을 부르는 일이다. 임종 직후 지붕에 올라서거나 마당에서 죽은 사람이 생시에 입던 저고리를 왼손에 들고 오른손은 허리에 댄 채 북쪽을 향해 죽은 이의 혼을 세 번 부른다. 이와 같은 의식은 고대로부터 전해 온 것으로 사람이 죽으면 영혼과 육체가 분리된다는 사고와 원초적인 주술 사고가 내재되어 있는 것으로 볼 수 있다. 그만큼 죽은 이를 살리고자 하는 유족의 마음이 간절

했던 것이다.

작품의 화자가 육신이 없는 이름을 간절하게 부르는 것이 그 모습이다. 화자는 "산산히 부서진이름이어! / 虛空中에 헤여진이름이어!"라고 돌아올 수 없는 사람을 부르는데, "부르다가 내가 죽을이름이어!"라고 자신의 목숨까지 내놓으려고 한다. "心中에남아잇는 말한마듸는 / 尽尽 내 마자하지 못하엿구나"라고 토로한 데서 볼 수 있듯이 그에게 사랑한다는 말 한 마디 못하고 떠나보낸 것이 안타까워 "서름에겹도록 부르"는 것이다.

화자는 "선채로 이자리에 돌이되여도 / 부르다가 내가 죽을이름이어!"라고 호소를 마무리 짓는다. 자신이 망부석이 될 때까지 사랑하는 마음을 포기하지 않겠다는 것이다. 사랑하는 사람을 애타게 부르는 화자의 목소리는 처절하다. 유한한 존재로서 어떻게 해볼 수 없는 것이다. 이것이 인간의 운명이고 사랑의 한계이다. 그렇지만 이와 같은 모습을 통해 인간의 사랑이 얼마나 깊고도 큰 것인지를 깨닫는다.

3

필자는 신동엽이 청취자들에게 소개한 김소월의 「초혼」을 읽으며 그 대상이 누구일까를 생각해보았다. 정말 김소월이 그토록 사랑한 사람이 있었을까, 궁금해진 것이다. 그리하여 자연스레 김소월의 생애에 관심이 들었는데, 마침 근래에 읽은 한 자료가 떠올랐다.

이 자료는 1939년 6월호로 간행된 『여성』[96~100]쪽에 「소월의 생애」란 제목으로 발표되었는데, 김억이 구술한 내용을 백석이 옮겨 적은 것이다. 김종욱 서지학자가 발굴한 것을 최동호 교수에게 전해 2017년 『서정시학』 봄호에 소개되기도 했다.

소월은 1902년 평북 정주에 있는 곽산의 남산에서 외동아들로 태어났다. 할아버지는 금광에 종사해 집안이 가난하지는 않았다. 그렇지만 아버지가 일찍부터 정신 이상자여서 소월은 아버지의 사랑을 모르고 자라났다. 소월은 15살 때 그보다 세 살 위인 홍상일과 결혼했다. 구성에서 태어난 순박하고 어여쁜 시골 처녀였는데, 소월은 아내를 굳게 사랑했다.

소월은 장가를 든 해에 소학교를 졸업하고 오산중학교에 입학했다. 오산은 곽산에서 50리를 나와야 했는데, 신문화의 발상지였다. 소월은 그곳에서 영어와 작문을 가르치는 안서 김억을 만나 스승과 제자가 되었다. 소월은 누구보다 문학에 대한 정열과 재질이 뛰어났다. 『진달래꽃』에 수록된 상당수의 시들은 오산학교의 기숙사에서 초고로 쓴 것이었다. 소월은 다감하게 시를 썼지만, 마음은 결코 허술하지 않았다. 학교생활이 성실하고 학과 성적이 우수해 15~6개 과목에서 체조가 낙제에 가까운 점수를 받았을 뿐 모두 90점 이상의 점수를 받았다.

소월은 오산중학교를 졸업한 뒤 서울로 올라와 배재중학교에 입학했다. 배재에서도 학교 성적이 우수해 우등생의 영예를 차지해 동향의 선배와 친구들로부터 많은 사랑을 받았다. 소월은 키가 작고, 몸집이 가냘프고, 살결이 까무잡잡하고, 얼굴이 동글납작했는데, 눈은 샛별같이 빛났다. 소월은 내심이 상냥한 면이 있었지만 차디찬 샌님이었다. 냉정하고 이지적인 사람으로 할 것은 한다 하고 못 할 것은 못 한다고 분명하게 처리하는 성격이었다.

소월은 배재중학교를 졸업한 뒤 일본으로 건너가 동경상과대학 예과에 입학했다. 조선인 학생이 일본의 대학에 입학한다는 것은 결코 쉬운 일이 아니었다. 또한 문학하는 사람이 장사나 돈을 모을 궁리를 하는 것을 좋지 않게 생각하던 때였기 때문에 그의 상과대학 진학은 사람들을 놀라게 했다. 소월은 동경에서 1년가량 보내다가 인생에 큰 회의를 품고 상과대학 공부조차 헛된 것으로 여기고 귀국했다.

소월은 서울에 머무르면서 나도향과 염상섭과 어울려 술을 마셨다. 소월은 술을 좋아하는 편이었지만, 절제해 취하지는 않았다. 그렇지만 술에 취하지는 않았다. 소월은 '카이다'란 비싼 담배를 비울 정도로 사치를 내기도 했고, 술좌석에서나 마음이 통하는 친구가 있는 자리에서는 자작시를 읊기도 했다.

소월은 서울에서 한두 달 지내다가 고향인 곽산으로 내려갔다. 소월은 그곳에서 서울을 그리워하지 않고 향리에서 사는 것에 만족했다. 그리고 오산학교에서부터 써서 동경으로 서울로 끌고 다닌 시들을 정리해 마침내 시집 『진달래꽃』을 간행했다. 그렇지만 소월은 시골에서의 단조로운 생활을 견디기가 어려워 술을 마시기 시작했다. 나중에는 술집에서 살다시피 했는데, 그곳에서 한 여성을 좋아하게 되었다. 그런데 그 여성이 어디론가 떠나버려 소월은 헛된 사랑에 쓸쓸하게 웃고 돌아섰다.

소월이 3~4년 동안 이와 같은 생활을 하는 사이에 가정이 어려워졌다. 할아버지의 광산업이 잘되지 않았기 때문이었다. 소월을 남은 가산을 정리해 장이 서고 면사무소가 있는 구성의 남시라는 곳으로 이사했다.

소월은 그곳에서 얼마 가진 현금으로 대금업을 시작했다. 몇 해만 하면 돈을 잡는다고 슬픈 자랑을 했다.

몇 해 지나 소월은 돈을 벌려고 하는 자신의 삶에 회의가 들어 다시 술을 마시기 시작했다. 세상에 대한 흥미나 애착이 없었다. 아내에게도 술을 권했는데, 잔을 받지 않으면 화를 내었다. 어쩔 수 없이 술을 배운 아내는 점차 술을 좋아하게 되었다. 소월은 아내와 함께 술을 마시고 취한 채 노래를 부르며 남시 거리를 지나다녀 사람들로부터 미쳤다는 소리를 들었다. 1934년 어느 가을밤 소월은 아내와 술집에서 술을 마시고 집으로 돌아와 또 술상을 대했는데, 그날 밤 세상을 떴다. 서울에 머무를 때 나도향이 술을 먹으면 울고, 염상섭이 술을 먹으면 탈선하던 모습을 보며 웃었던 그가 술에 빠져 살다가 세상을 뜬 것이었다.

소월의 유족으로는 구생, 구원이라는 딸 둘과 아들 넷이 있었다. 딸들은 결혼해서 잘 살았고, 맏아들 준호는 보통학교를 졸업하고 삭주 광산에서 일했다. 윤호, 정호, 낙호는 미망인과 정주 곽산에서 지냈다. 소월의 묘는 구성 남시에 있었다. 미망인은 남편의 묘를 곽산으로 옮기고 비석을 세우고 싶다고 말했는데, 그 일이 어떻게 되었는지는 알 수 없다.

4

소월의 생애를 보면 「초혼」에서 처절하게 부른 상대는 실제로 없는 것으로 보인다. 술집에서 만났다가 헤어진 여성이 있었지만, 작품에 나타난 것처럼 절박한 정도의 인연은 아니었다고 생각된다. 더욱이 그 여성은 소월이 시집을 간행한 뒤에 만났고, 이 세상을 뜬 것도 아니었다. 또한 소월의 이지적이고 냉철한 성격으로 봐서 사랑하는 대상이 여성이라고 여겨지지 않는다. 물론 그에게 세상에 알려지지 않은 숨겨진 연인이 있을 수 있지만, 그 가능성은 가정에 불과하다.

그렇다면 「초혼」에서의 "그 사람은" 사랑하는 여성이 아니라 시적인 대상일 수 있다. 시작품에서 추구하는 상징적인 존재일 수 있는 것이다. 그 단서는 소월이 인생에 회의를 느껴 술에 빠진 사실에서 찾을 수 있다. 소월이 목숨을 잃을 정도로 술에 취한 이유는 무엇보다 그가 살아가야 했던 세상이 일제 강점기라는 사실을 인식할 필요가 있다. 일제의 식민지 지배는 이루 말할 수 없이 모순되고 인권이 유린되는 상황이었다. 따라서 소월같이 양심을 가진 조선 지식인은 일제의 통치를 받아들일 수 없었다.

소월이 동경상과대학 공부를 포기한 이유는 관동대진재關東大震災의 영향이 컸을 것으로 유추된다. 1923년 9월 1일 일본 간토關東 지역을 중심으로 일어난 대지진으로 말미암아 엄청난 피해가 발생했다. 일본 내무성은 계엄령을 선포해 각 지역의 경찰서에 치안유지를 지시했는데, 재난을 틈타 조선인들이 방화와 강도 등을 획책하므로 주의하라는 내용도 있었다. 이 내용의 일부가 신문에 보도되자 순식간에 유언비어로 확대되어 일본인들이 조선인에 대해 적개심을 가졌고 자경단을 조직해 가차 없이 학살했다. 소월은 수천 명의 조선인이 학살당하는 상황을 목격하면서 자신의 공부에 회의감을 가졌던 것이었다.

소월이 어렸을 때 아버지의 사랑을 받지 못하고 자라난 연유도 일제 치하 상황과 관계가 있었다. 소월이 두 살 무렵 그의 아버지는 음식 선물을 마련해 말 등에 싣고 처가 나들이에 나섰다. 철도 공사장을 지나는데 일본 노동자들이 음식을 빼앗으려고 했다. 소월의 아버지는 맞서다가 집단 폭행을 당했다. 그 일로 한 달 정도 의식 불명 상태에 빠졌다가 겨우 깨어났다. 그렇지만 이후 정신 이상자가 되어 가장의 역할을 전혀 할 수 없었다.

일본에서 귀국한 소월은 고향으로 돌아가 할아버지가 운영하는 광산 일을 돕거나 동아일보 지국을 경영했지만, 돈을 벌 수 없어 끝내 포기하고 말았다. 소월은 조선인으로서 친일 행동을 하지 않으면 돈을 벌 수 없다는 것을 잘 알고 있었다. 그렇지만 민족을 배반할 수는 없었다. 그리하여 울분을 참지 못해 시를 쓰고 술을 마신 것이었다.

소월은 일제의 식민 지배에 처한 조국의 상황을 마치 사랑하는 사람이 이 세상을 뜬 것과 같다고 생각했다. 그리하여 자신의 감정을 나타내기 위해 「초혼」에서 세속적인 남녀 관계로 설정했다. 민족인들에게 감정적인 호소를 통해 동질감을 확보하고, 일제의 검열을 피하려고 한 것이었다. 이와 같은 관점으로 보면 소월의 「초혼」은 주도면밀하게 민족의식을 표출한 작품으로 볼 수 있다. 곧 항일 의식을 토대로 조국과 민족에 대한 사랑을 노래한 것으로 이해할 수 있는 것이다.

신동엽은 청취자들에게 김소월의 「초혼」을 소개하면서 바람직한 사랑을 제시했다. "남에게 보수도 없이, 조건도 없이, 그저 무조건 뜨거운 사랑을 보내는 일"『신동엽 산문 전집』, 438쪽이라고 한 것이다. 상대방으로부터 사랑받는 경우보다 주는 경우를 더 큰 사랑이라고 말했는데, 이는 결코 쉽게 이룰 수 있는 것이 아니지만 가치가 큰 것은 분명하다.

세계적인 사회심리학자이자 정신분석학자이고 그리고 인문주의 철학자인 에리히 프롬Erich Fromm은 『사랑의 기술』에서 대부분 사람은 사랑을 '하는' 문제가 아니라 '받는' 문제로 여기고 있다고 진단했다. 그렇기에 실제로 사랑하기가 어렵다고 보았다. 따라서 사랑을 '하는' 문제로 여기고 실행할 때 그것을 보다 이룰 수 있다고 말했다. 신동엽은 김소월의 「초혼」에서 그 사랑을 발견하고 청취자에게 제시한 것이었다. "사랑하든 그 사람이어! / 사랑하든 그 사람이어!"

신동엽 시인의
라디오 대본 연구

박은미

1. 서론

신동엽은 1959년 1월 3일 『조선일보』 신춘문예에 장시 「이야기하는 쟁기꾼의 대지」가 입선되면서 문단에 첫발을 내디디게 된다. 10년이라는 짧은 기간 동안 활동했음에도 불구하고 그는 현대문학사에서 김수영과 더불어 1960년대를 대표할 만한 참여시인으로 인식된다.

문단에서 신동엽 시인에 대해서 본격적인 관심을 보인 것은 1967년 1월에 발표된 「껍데기는 가라」는 시에 대한 조동일과 김수영의 언급에서 찾을 수 있다. 조동일은 「껍데기는 가라」를 참여시가 도달할 수 있는 최고의 경지에 육박한 시로 평가하였으며[1] 김수영은 신동엽을 1950년

---

*　2018년 11월 17일 부여에서 진행되었던 신동엽학회의 심포지엄 '신동엽 문학과 대중매체'에서 발표했던 글을 보완 수정하여 『리터러시연구』 10권 2호(한국리터러시학회, 2019.4)에 실린 글을 재수록하였다.

1　조동일, 「시와 현실 참여－참여파의 시적 가능성」, 『52人 詩集』, 신구문화사, 1967, 458쪽.

대에 모더니즘의 해독을 너무 안 받은 사람 중의 한 사람이라고 하였다.[2] 이러한 견해들은 신동엽 시의 시사적 의미와 시에 대한 이해의 척도로 작용하여 이후 연구 방향이 획일화되는 계기가 되었다.

하지만 신동엽 시인은 시 창작 외에도 1967년 동양 라디오방송에 "아직 안 주무시고 이 시간을 기다려 주셔서 고마워요. 창밖에는 바람이 불고 있군요. 좀 더 가까이 좀 더 가까이 다가오셔서 제 이야기에 귀 기울여 주세요"라는 오프닝 멘트로 시작하는 '내 마음 끝까지'란 코너를 진행했다. 거기서 그는 클래식 음악에 대한 일화나 인도 시인 타고르의 시로 본 사랑 등을 원고지 15장 분량으로 썼다.[3] 그 당시의 썼던 신동엽 시인의 라디오 대본은 신동엽문학관에 소장되어 있기는 하였지만 미공개 상태였는데 〈2018 신동엽 문학 팟캐스트 "내 마음 끝까지"〉1967라는 이름으로 팟캐스터 형식으로 다시 제작되어 공개되었다.[4]

우리나라 라디오방송은 1927년 2월 16일 주파스 690kHz 출력1kW 로 "여기는 경성방송입니다 JODK"로 시작한다. 방송대상 지역은 서울 과 경기도 일대였고 일본어 방송과 한국어 방송을 3대 1의 비율로 편성 하여 경제와 물가 시세, 보도, 일기예보, 공지사항, 창, 민요, 동화 등을 방 송하였다.[5] 라디오는 누구나 값싸고 손쉽게 이용할 수는 없었으나 1959

---

2   김수영, 「참여시의 정리」, 『창작과비평사』, 1967. 겨울, 157쪽.

3   박선희, 〈오로지 저항시인이라는 '껍데기는 가라'〉, 동아닷컴, 2009.10.23.

4   팟캐스트는 이대성 기획으로 문화예술 진흥기금을 받아서 신동엽학회가 주최 주관
     이 되고 한국문화예술위원회, 신동엽기념사업회, 창작과비평사의 후원으로 포털 '팟
     빵'을 통해 2018년 10월 6일부터 11월 17일까지 7회 차로 진행되었다.

5   최현철·한지민, 『한국 라디오 프로그램에 대한 역사적 연구』, 한울아카데미, 2004,
     15쪽.

년 11월 15일 국산 라디오가 처음으로 출고되었다.[6] 국산 라디오가 생산되어 보급되면서 대중들은 다양한 문화를 체험하였고, 신문, 잡지 등과 더불어 라디오는 중요한 대중매체로서 사회적 역할을 하기 시작한다.[7] 또한 1960년대 특징적인 문화현상 중의 하나는 대중매체를 통한 경험의 확산이었다. 라디오, 영화, 잡지의 급속한 성장과 텔레비전의 도입은 대중의 경험을 넓혔다. 물론 과거에도 대중매체는 영향력이 있었지만 대중의 일상을 1960년대만큼은 지배하지는 못했다고 한다.[8] 이런 변화는 1960년대 한국사회의 특징적인 문화현상을 만들며 그 당시에 활발하게 활동했던 시인 김수영의 시 세계에도 적지 않은 영향을 미친다.[9]

---

6 부산의 『국제신보』 1959년 11월 4일자는 그때의 감격을 이렇게 전했다. '우리나라 최초의 국산 라디오가 드디어 쇼윈도에 나타나게 된다. 그동안 라디오 생산에 필요한 제반 시설을 갖추어 오던 금성사는 마침내 대량생산 단계에 들어갔으며 오는 11월 15일 경부터 전국 상점에 일제히 공급하게 되었다. 약 300명의 종업원이 일하는 현대적 시설로 한 달에 3,000대를 만들 수 있는데 우선 처음 나올 제품은 세 가지 종류이며 제일 먼저 나올 것은 사진에서 보는 바와 같이 골드스타 A-501이다.'(강준만, 『한국대중매체사』, 인물과사상사, 2007, 368쪽)

7 수신기가 국내에서 생산되면서 1959년 4월 15일 부산문화방송 개국하면서 본격 민영방송이 시작된다. 1961년 문화방송(MBC), 1963년 동아방송(DBS), 1964년 라디오서울(RSB, 1964 후에 동양라디오로 변경) 등 민간 상업라디오방송의 전성기를 맞이하지만 텔레비전 방송사들이 개국함으로써 라디오는 위기를 맞게 된다. 하지만 TV 수상기의 보급이 충분하지 않았기에 라디오가 지속적으로 사회문화적 매체로 영향력을 발휘했다.

8 주창윤, 「1960년대 전후 라디오 문화의 형성과정」, 『미디어 경제와 문화』, SBS문화재단, 2011, 8쪽.

9 김수영도 라디오 대본을 쓰고 방송을 한 경험을 바탕으로 시와 산문을 쓴다. 그중에서 금성라디오에 대해 구체적으로 작품으로 형상화하는데 그것을 살펴보면 다음과 같다.

金星라디오 A 504를 맑게 개인 가을날

신동엽 시인도 새로운 매체를 경험하면서 그의 작품 창작에도 영향을 미치게 되는 것이다. 정우영 시인도 그런 측면에 대해 신동엽 시인을 저항적이고 민족 시인이라는 틀안에 인식하다보니, 시인이 지향하던 다양한 시 세계와 작품 활동이 제대로 평가되지 못하고 있다고 하였고 박선희도 '신동엽 시인은 폐쇄적인 민족 문학의 틀 안에서만 이야기되기

일수로 사들여온 거처럼
五백원인가를 깍아서 일수로 사들여온 것처럼
그만큼 손쉽게
내 몸과 내 노래는 타락했다.

한 기계는 가게로 가게에 있던 기계는
옆에 새로 난 쌀가게로 타락해가고
어제는 카시미롱이 들은 새이불이
어제밤에는 새 책이
오늘 오후에는 새 라디오가 승격해 들어왔다.

아내는 이런 어려운 일들을 어렵지 않게 해치운다.
결단은 이제 여자의 것이다.
나를 죽이는 것은 여자의 유희다
아이놈은 라디오를 보더니
왜 새 수련장을 안사왔느냐고 대들지만
　　　—「金星라디오」 전문, 1966.9.15(김수영, 『김수영 전집』, 민음사. 1996, 265쪽).

김수영은 아내와의 사이에 있었던 사적인 경험을 이야기한다. 평전에서도 "김현경은 장롱을 사들이고 책장을 사들이고 책상, 의자, 화장대를 사들였다. 그녀는 세간을 사들이는데 재미를 붙인 듯했다. 텔레비전과 피아노를 산다고 했을 적에는 두 손을 싹싹 비비면서 그것만은 사들이지 말라고 사정했다. 그러나 그것을 저지하는데 그는 성공할 수 없었다"(최하림, 『김수영 평전』, 실천문학사, 2001, 337쪽)라고 할 정도로 아내 김현경은 도시적이고 소비적 취향을 지녔던 사람으로 새 라디오를 사고 새 이불을 산다. 그리고 이런 사적인 경험이 그대로 시속에 수용되어 시적인식이 확장 되어지는 것을 볼 수 있다.

엔 더 폭넓은 예술적 관심과 심취를 보여준 엔테네이너였다'는 점을 보여주었다고 할 수 있다.[10]

그러므로 신동엽 문학은 참여시인, 민족시인으로 자리매김된 것에서 나아가 더욱 다양하고 폭넓은 관점에서 심층적인 접근과 방법론을 가지고 연구되어야 한다. 이 논문에서는 그런 측면에서 그가 남긴 라디오 대본을 통해 그의 문학 세계를 확장하고자 한다.

2. 읽는 문화에서 듣는 문화로

1960년대는 한국사회에서 라디오가 제도화되는 역사적 전환기였다. 이승만과 박정희 정권은 국영방송으로 KBS라디오를 정권의 확보와 국가재건의 매체로 활용하면서 정권의 공보기구로서 위치시켰고 CBS의 개국으로 국영 독점체제에서 국영과 상업방송 공존체제로의 변화가 이루어지며 라디오방송은 급격한 변화를 맞이했다.[11]

수신기의 보급확장을 위한 정부의 직접적인 노력도 구체적으로 나타나게 되었다. 예를 들면 문화공보부^{당시 공보실}에서는 1957년부터 수신기가 전혀 보급되어 있지 않은 농어촌 부락에 유선방송을 갖춘 이른바「앰프 村」을 설치하였으며 이와 함께 2만 대에 가까운 라디오 수신기를 각 방송국 또는 행정기관을 통하여 배부하였다. 뒤이어 60년대 초에는 농

---

10   박선희, 앞의 책.
11   주창윤, 앞의 책, 10쪽.

어촌에 라디오 보내기 운동과 스피커 보내기 운동을 전개하기도 하였다.[12] 이와 같은 정책은 박정희 정권이 들어오면서 좀 더 강력하게 추진되었다. 이것은 1966년에 초등학교 학력 이하의 국민이 79% 정도였으므로 당시 문맹률은 최소 50% 이상이었을 테니 구술口述정보를 청취할 수 있는 라디오 수신기가 정권의 홍보매체 수단으로 얼마나 중요한 역할을 수행했는지 짐작할 수 있다.[13] 그런 결과로 라디오는 특정 계층의 소유물이 아니라 보편적 매체로 위치되었고 라디오가 제도화되는데 중요한 기반이 되었다.

이런 외형적 성장만이 아니라 1960년대 전후 다양한 문화형식들이 수용의 맥락이나 기술적 특성과 관계없이 라디오 안으로 수렴되는 특징을 보여주었다.[14] 수필, 시 등이 라디오 프로그램 형식으로 제작되었다. 1950년대 중후반에서 1960년대 초반까지 연극을 라디오 드라마에 맞게 변형시킨 〈KBS무대극〉KBS, 〈명작극장〉DBS, 〈예술극장〉MBC 등과 문학작품수필,시 을 직접 낭독하는 〈방송문예〉KBS, 〈문예시간〉CBS 등이 있었고 소설의 경우국내 작가작품이나 외국 작가 작품 라디오 단막극 형식으로 만들어지거나 연속낭독이나 연속입체 낭독이라는 이름으로 편성되었다.[15]

'방송문예'[16]라 불리는 이것들은 1960년만의 특성이 아니라 1930년

---

12 한국방송공사,『한국 방송사』, 한국방송공사, 1977, 248~249쪽.

13 김우필,「1960년대 대중매체 보급과 미의식의 근대화 양상」,『한민족문화연구』 42권 42호, 한민족문화학회, 2013, 330쪽.

14 주창윤, 앞의 책, 17쪽.

15 위의 책, 19쪽.

16 방송문예라는 개념은 전통적인 문학 장르를 라디오에 맞게 변형시킨 새로운 형태의 예술을 의미하는 용어로서 구체적으로 방송극, 영화 이야기(영화 해설), 라디오 소설

대 중반부터 있었던 장르들로 초기의 경성방송이 내선일체 정책에 따라 식민지 정책 전달, 황민화 운동 전개, 제국주의 목적 달성을 위한 선전이라는 총독부 정책이 가미된 것이면서[17] 동시에 근대적 대중매체로 식민성의 구축과 근대성 도입이라는 모순적 요소의 중층적 구조로 자리하고 있는 것이었다.[18] 하지만 이 방송문예의 형식은 초기부터 근대성에 기여하는 형식이었다라고 할 수 있다.

(방송소설)등을 지칭한다. 당시의 라디오방송 프로그램 상으로 보면 연예 오락 프로그램을 크게 음악과 연예로 양분할 때 연예에 해당하는 것 중에서 공연 실황 중계를 제외한 것을 범칭하는 것이라 할 수 있다. 방송문예란 개념의 용례를 살펴보면 라디오방송의 초기에는 전통적인 문예 작품을 그 자체로서 라디오로 보낸다는 의미를 내포하고 있었던 것으로 보인다. 예를 들어 1940년 2월의 신문 기사를 보면 "경성중앙방송국 제2 방송부에서는 황기 2600년을 맞이하여 방송내용의 충실과 향상을 도모하고자 다음과 같이 방송문예 작품을 현상모집한다는 바 규정은 아래와 같다."라고 하고 그 종목으로서 한시, 시조, 가요곡, 아동극을 들고 있다. 여기에서 방송문예란 일반적인 의미에서의 문예와 그리 다르지 않다. 단지 기존의 문예 작품을 방송을 통해서 전달한다는 의미가 부가되어 있을 뿐이다. 그러나 문예작품이 라디오를 통해서 방송 될 때는 반드시 라디오의 미디어적 특성에 따른 변용이 수반될 뿐만 아니라 미디어 그 자체의 성격에 의해서 전통적인 문예의 성격과 개념에도 변화가 나타나게 된다. 따라서 방송문예라는 개념은 미디어에 의한 문학 작품의 변용과 더불어 문학이라는 범주를 이루는 질적인 내용의 변화까지도 포함하는 것이다(서재길, 「한국 근대 방송문예 연구」, 서울대 박사논문, 2007, 7~8쪽).
주창윤은 1960년대 초반 전후 라디오 서사를 분석하면서 그것이 혼종성의 특징을 보여준다고 하였다. '이것은 라디오와 문학(인쇄매체), 연극(공연예술), 영화(시각예술) 등의 관계와 전통예술과 대중예술, 구술문화와 문자문화, 선전과 오락 등이 복합적으로 접목되어 나타난 현상이었다'고 보았다.(주창윤, 앞의 책, 20쪽). 1930년대의 방송문예가 주로 문예작품들이 위주로 되었다면 1960년대의 시대적 상황의 변화와 더불어 라디오 매체와 다른 매체, 전통문화와 근대문화로까지 확장되어진 모습을 볼 수 있다.

17 김은규, 『라디오 혁명』, 커뮤니케이션북스, 2013, 85쪽.
18 박용규, 한국 방송학회 편, 「일제하 라디오방송의 음악프로그램 현성과 수용」, 『한국 방송의 사회문화사』, 한울, 2011, 90쪽.

신동엽의 라디오 대본은 그 내용으로 짐작하건대 1967년 늦가을에서 겨울에 이르는 시기에 방송되었을 것으로 보이며 본고에서는 7편을 대상으로 한다.[19] 라디오 대본의 구성을 살펴보면 다음과 같다.

	인사		핵심어		인용 작품		작가의 말		마지막 멘트	
1	내 마음 끝까지	M	길	M	한용운 「나의 길」	M	사랑만이 우리를 구제해 줄 유일한 길	M	안녕히 주무세요	M
2	내 마음 끝까지	M			포르 「윤무」	M	춤을 통한 인류 평화	M	안녕히 주무십시오	M
3	내 마음 끝까지	M	사랑	M	김소월 「초원」	M	주면서 행복을 맛보는 사랑	M	그럼 내일 다시 안녕 「선 채로 이 자리에 돌이되어도 부르다가 내 죽을 이름이여」	
4	내 마음 끝까지	M		M	타고르 「내가 혼자」	M	첫사랑의 셀렘	M	그럼 내일 안녕	M
5	내 마음 끝까지	M	짝사랑	M	괴테 『젊은 베르테르의 슬픔』	M	진정한 사랑은 주는 것이다	M	그럼 편안히 주무세요	M
6	내 마음 끝까지	M		M	로랑생 「갑갑한 여자보다」	M	사랑하는 사람으로부터 잊혀지지 않기 위해서 마음의 매력을 가지도록 애써야겠어요	M	그럼 또 안녕	
7	내 마음 끝까지	M	밤	M	이상화 「나의 침실로」	M	자유분방한 마음의 산책을 통한 공동체 의식의 지향	M	"마돈나 밤이 주는 꿈, 우리가 얽는 꿈, 사람이 안고 궁구는 목숨의 꿈이 다르지 않느니 아 어린애 가슴처럼 세월 모르는 나의 침실로 가자 아름답고 오.오.랜 거기로"	

---

19 2019년 4월 5일 창작과비평사에서 『신동엽 산문전집』이 발간되었고 그 책에는 라디오 대본이 22편이 수록되어 있다. 그러나 이 논문에서는 〈2018 신동엽 문학 팟캐스트 "내 마음 끝까지"(1967)〉를 통해 공개되었던 자료 7편만을 대상으로 한다.

신동엽의 라디오 대본을 구조적으로 살펴보면 음악이 삽입되고 다양한 시인들과 소설가들의 시 한 편이나 소설의 한 부분을 읽어주고 각각의 작품들에 나타난 주제를 제시하면서 시인 자신의 생각을 다른 작가들의 생각과 함께 엮어서 청취자들에게 이야기해주고 있는 방식을 선택한다.

신동엽은 문예물을 인쇄매체가 아닌 청각을 이용한 라디오라는 매체를 통해 읽어줌의 방식을 택하여 리터러시 능력이 있는 엘리트층만이 아니라 누구나 향유할 수 있는 것으로 전환하여 주었다. 또한 사랑, 인류 평화, 자유 등의 보편적 주제를 선정하여 대중들에게 공감의 폭을 확대하였고 다른 시인이나 소설가의 작품들과 신동엽 시인 자신의 이야기를 함께 들려줌으로써 기존의 예술을 전달하는 것뿐만이 아니라 자신이 생각하는 현대인들의 문제점과 그것에 대한 성찰을 청중들에게 들려준다. 이것은 옹이 지적하듯이 '목소리로 된 말은 사람들을 굳게 결속하는 집단'을 형성한다. 한 사람의 화자speaker가 청중에게 말을 할 때 청중 사이에 그리고 화자와 청중 사이에도 일체가 형성되는[20] 과정을 통해 신동엽 시인은 대중들과 공감의 폭을 확대시키는 것이다.

내용적으로 살펴보면 우선 주목되어야 할 부분은 사랑이다. 신동엽은 한용운의 「나의 길」이란 작품과 히틀러를 같이 엮어 읽으면서 현대문명 속에서 사랑의 역할에 대해 이야기를 한다. 한용운은 '나의 길은 이 세상에 둘밖에 없습니다. 하나는 임의 품에 안기는 길입니다. 그렇지 아

---

20 월터 J 옹, 이기우·임명진 역,『구술문화와 문자문화』, 문예출판사, 2009, 122쪽.

니하면 죽음의 품에 안기는 것입니다'라고 말한다. 여기서 '길'이라는 것은 삶의 살아가는 방향성으로 생각해 볼 때 살면서 가장 중요한 것은 사랑이라는 점을 이 시를 통해서 보여준다. 덧붙여서 히틀러의 이야기를 통해 그 길의 의미를 확장해나간다. 군대와 대포를 전진시키고 후퇴시키기에 편리한 황금의 도로만 인공적으로 닦은 것은 문제라고 지적하면서 우리가 문명에 이르기 위해서는 인공적인 것이 아닌 '인간의 길', '영혼의 길'을 닦아야 한다는 것과 '사랑만이 우리의 운명을 구제해 줄 유일한 길'로 제시한다. 신동엽은 한용운의 시를 통해 사랑이 어느 것보다 중요하다는 점과 현대문명의 문제점을 해결할 수 있는 것으로 사랑을 제시해주고 있다.

또한 김소월의 「초혼」은 '선 채로 이 자리에 돌이 되어도 부르다가 내가 죽을 이름'이라는 구절에서 보이는 것처럼 어떠한 상황에서도 영원히 사랑할 것을 맹서했던 작품이라면 신동엽은 '김소월은 세상에서 가장 행복스러운 사람 가운데 한 분이었을 거예요. 주면서 행복을 맛보는 사랑'이라고 표현을 하며 받으려고만 하는 요즘의 시대 상황을 비판하면서 주는 사랑이 더 행복하다고 한다.

첫사랑의 설레임을 노래했던 타고르의 「나 혼자 만나러 가는 밤」에서 신동엽은 지금의 도시 문명 속에서 많은 것들을 잃어가는 현대인들을 안타까워하면서 '가는 도중이 중요한 거예요'라고 말하며 좋아하는 사람을 만나러 가는 것처럼 '자신의 심장소리, 당신 자신의 발자욱 소리에 마음의 귀를 귀울여 봐'달라고 한다.

괴테의 『젊은 베르테르의 슬픔』 일부분을 인용하면서 베르테르가 죽으면서까지 자신의 사랑을 지키려고 했던 것에 대해 신동엽은 서구의 영향으로 폭력적 사랑을 강요하고 난폭한 수단으로 사랑을 강탈하려 하는 사람들이 흔히 있다고 하며 '짝사랑이야말로 우리 인류가 도달한 가장 신성한 사랑! 신사적인 사랑, 희생적인 사랑'으로 '진정한 사랑은 빼앗는 게 아니라 주는 것입니다. 갖고자 하는 게 아니라 나 혼자 그리워하며 내 마음을 불태우는 것'이라고 한다.

그러면서 프랑스의 여류시인이고 화가이기도 하며 세계적인 화가 '피카소'하고도 퍽 가까운 친분이 있었던 마리 로랑생을 소개한다. 로랑생의 「잊혀진 여자」라는 시를 소개하며 로랑생은 잊혀진 여자가 가장 불쌍하다고 한 것을 제시하면서 신동엽은 고도로 기계화된 현대사회에서 사랑하는 사람에게서 잊어지지 않기 위해서는 물질보다도 더 중요한 것, 화폐나 기계보다도 더 소중한 것 즉 정신적인 분위기, "정신적인 매력"을 지니고 있어야 한다고 당부한다.[21]

---

21 팟캐스트를 통해 밝혀진 사실로 원문은 제목부터 「잊혀진 여자」가 아니라 「진정제」라는 제목이었고 여자라는 단어는 한번도 나오지 않는다고 한다. 원문은 다음과 같다.

MARIE LAURENCIN, "LE CALMANT"
Plus qu'ennuyée Triste.
Plus que triste
Malheureuse.
Plus que malheureuse
Souffrante.
Plus que souffrante
Abandonnée.
Plus qu'abandonnée
Seule au monde.

이렇게 현대인들이 고민과 현대문명속에서 매몰되어가는 진정한 사랑의 의미를 여러 작가의 작품과 함께 읽으면서 사랑의 의미와 방법에 대한 다양한 방식으로 자신의 이야기를 해 주고 있다.

그 외에도 프랑스 시인 폴 포르의 「론도」는 신동엽 시인이 꿈꾸던 이상적인 세계라고 할 수 있다. 이 방송대본이 작성되었던 1967년은 베트남 전쟁이 한창 격렬해지고 남북관계도 극심하게 악화되던 시기이고 미국의 군함 푸에블로호가 원산 앞바다에서 납치되는데 당시 한반도를 둘러싸고 팽팽하게 긴장된 상황이었다. 이런 상황에서 전쟁을 없애는 방법

Plus que seule au monde
Exilée.
Plus qu´exilée
Morte.
Plus que morte
Oubliée

마리 로랑생, 「진정제」
권태롭기보다 / 슬픈
슬프기보다 / 불행한
불행하기보다 / 고통받는
고통받기보다 / 버림받은
버림받기보다 / 세상에 홀로 있는
세상에 홀로 있기보다 / 쫓겨난
쫓겨나기보다 / 세상에 홀로있는
세상에 홀로 있기보다 / 쫓겨난
쫓겨니기보디 / 죽어있는
죽은 것보다 / 잊혀진

신동엽학회, 「신동엽문학과 대중매체」, 『2018 신동엽학회 심포지엄 자료집』, 2018.11, 73~74쪽.

으로 시인은 온 세계의 소녀들이 손을 잡고 우정을 나누며 이 지구의 둘레에 아름다운 춤을 춘다면 세계의 평화를 만들 수 있을 것이라고 생각한 것이다.

이상화 시인의 「나의 침실로」가 1920년대 식민지 백성으로서 민족의 아픔을 작품화하였다면 신동엽은 그때의 상황을 다시 가져와서 낯은 빼앗겼지만 '낮은 행동하는 시간, 밤은 마음들이 마음들끼리 속삭이는 시간'으로 벽도 없고 담도 없고 국경도 없고 태양계로 넘어 우주 밖으로까지 마음의 산책을 하고 많은 사람들을 만나고 싶어하는 시간으로 확장을 한다.

신동엽 시인은 이렇게 각각의 시인들과 소설가들의 시 한편을 읽어주고 거기에 대해 현대인들이 갖고 있는 문제들을 짚어주며 자기 성찰의 메시지를 전하는 형식으로 이루어져 있다. 그런 측면에서 신동엽 시인의 라디오 대본은 서재길이 지적한 것처럼 방송문예의 형식으로 볼 수 있다. 그래서 라디오 매체가 청각에 의존한다는 특성을 활용하여 문예물들을 읽어주면서 쉽게 이해될 수 있도록 하여 리터러시 능력이 있는 엘리트층만이 아니라 누구나 향유할 수 있는 것으로 전환하여 주었다.

보편적인 주제를 통한 접근은 대중들에게 공감의 폭을 확대시켰다. 즉 신동엽은 국가정책인 라디오 수신기의 보급확장을 활용하여 엘리트들이 향유할 수 있는 문자 중심의 문화에서 듣기의 문화를 통해 대중에게 친숙하게 다가갈 수 있고 리터러시 능력이 없는 일반 사람들도 향유할 수 있는 근대적 보편문화를 공유하는 사회로의 전환을 시도하였다고 할 수 있다.

3. 현대문명에 대한 성찰

신동엽 시인은 현대 문명에 대한 비판 의식을 통렬히 드러낸다. 그의
「시인 정신론」에는 현대문명 속에서 매몰되어가는 사회의 모습을 비판
한다.

> 문명인의 고향은 대지가 아니다. 그들의 출생은 허공 속에서 시종始終
> 했다. 전복 등엔 더 작은 소라가 붙고, 소라 등엔 더 작은 조개가 붙어, 모르
> 는 동안 행복하게 살아가듯, 그들의 호적은 7천년 축조된 조형 문화적 부
> 피와 인간 상호관계의 허구스런 언어 계층 위에 기록되어 오고 있다.
>
> 우리 인류 문명의 오늘이 있은 것은 오직 분업문화의 성과이다. 그러나
> 그뿐 그것은 다만 이다음에 있을 방대한 종합과 발췌를 위해서만 유용할
> 뿐이다. 분업문화를 이룩한 기구 가운데 '인人'은 없었던 것이다. 분업문화
> 에 참여한 선단적 기술자들은 이 다음에 올 '종합인綜合人'을 위해서 눈물겹
> 게 희생되어져 가는 수족관 실험체들에 지나지 않을 것이다. '전경인全耕人'
> 의 개념은 오늘 문명인들의 혐오와 멸시의 대상이 되고 있다.[22]

현대 문명사회는 분업화, 기계화, 체계화된 세상으로 생명력을 상실
한 시대로 진단한다. 그리고 이런 현대사회의 전문화가 사람들을 소외시
키고 '수족관 실험체들에 지나지 않는 모습'으로 만들어 간다. 즉 사람들

---

22   신동엽, 「詩人精神論」, 앞의 책, 95쪽.

은 현대사회의 부품으로서 진정한 인간의 모습을 지니지 못하고 대지에 뿌리내리지 못하는 인간으로 진단한다.

현대인의 병 가운데 시끄러움 노이로제라는 병이 있다 한다. 이 병은 특히 도시인에게 많다. 옛날의 문화는 전원田園 중심의 문화였기 때문에 옛날 사람들의 귀에는 새소리, 물소리, 바람소리, 나뭇잎 굴러가는 소리들만이 들려왔던 것이다. 아니고 사람 소리라야 기껏 짚신 끄는 소리, 열두 폭 비단 치맛자락 끄는 소리, 아니면 도란도란 구수한 이야기 목소리뿐이었을 것이다. 그러나 요샌 다르다.

좀 한가하다고 생각되는 날 집안에 누워있다고 무료하기도 하고 좋은 음악이라고 들려올지 혹 알 수 없다는 기대에서 라디오 스위치를 돌려본다. 그러면 그 달콤한 기대는 언제나 스위치를 돌리자마자 볶아대는 기관총 소리 같은 약 광고에 산산조각이 되어 버리고 만다.[23]

신동엽은 자신도 '시끄러움 노이로제'에 걸린 것 같다고 진단한다. 그러면서 자신보다 더 심각한 병을 앓고 있는 것은 온갖 소음으로 소용돌이치는 도시라고 비판한다. 1960년대 초반 박정희 군부정권은 라디오 수신기를 전국적으로 급속하게 보급시키는 정책들을 추진한다.[24] 이렇

---

23 신동엽, 「시끄러움 노이로제」, 위의 책, 180쪽.
24 1961년부터 1963년사이에 라디오 수신기는 연간 100%씩 증가하였다. 1960년 9.64%에 불과하던 가구당 라디오 수신기 보급률이 1967년에는 47.3%로 급격하게 증가한 것은 제 3공화국 군사정권의 대중매체 보급 정책의 결과로 보아야 할 것이다 (김영희, 『한국 사회의 미디어 출현과 수용-1880~1980』, 커뮤니케이션북스, 2009,

게 라디오 수신기를 적극적으로 보급한 이유는 그것은 3공화국이 매체를 근대화 추진을 위한 중요한 홍보 수단으로 인식하고 정부가 주도한 경제개발 계획의 성공적인 추진을 위해 라디오를 주요한 홍보 매체로 활용하고자 했기 때문일 것이다.[25] 그를 유독 불쾌하게 만드는 것은 생활의 소음 그 자체보다는 그것들이 박정희식 개발독재가 만들어낸 근대화 산물이라는 점 때문이다.[26]

> 귀와 눈을 통해서 보이는 이 시끄러움, 하루도 24시간, 한 달도 서른 날 1년이면 열두 달, 날마다 상승일로 기승하여 가는 이 시끄러움 속에서 해방을 얻는 무슨 길은 없을까
>
> 세상 사람들의 소리와 표현이 좀 더 부드러워지고, 좀 더 저음으로 낮아지고, 좀 더 정감있는 폭신폭신한 살소리로 녹아 스밀 수 있게 한다면 이 세상은 얼마나 다정스러워지고 평화스러워질까. 나는 지금 분명히 시끄러움 노이로제 중병重病에 걸려 있는가 보다.[27]

현대문명의 거대한 소음 속에서 신동엽은 소리와 표현은 좀 더 부드러워지고 좀 더 저음으로 낮아지고 좀 더 정감있는 폭신폭신한 살소리로 녹아 스밀 수 있는 세상을 만들고자 한다. 그리고 이것을 다시 그는

　　　314~315쪽).

25　김영희, 위의 책, 325~327쪽.

26　임태훈, 「국가의 사운드스케이프와 붉은 소음의 상상력」, 『대중서사 연구』 제25호, 대중서사학회, 2011. 305쪽.

27　신동엽, 「시끄러움의 노이로제」, 앞의 책, 182쪽.

「좋은 언어」라는 시 속에서 "때는 와요 / 우리들이 조용히 눈으로만 / 이야기할 때 // 허지만 / 그때까지 / 좋은 언어로 이 세상을 / 채워야해요"라고 한다.[28] 즉 그는 이 세상을 좋은 언어로 채워야 한다고 생각한다.

좋은 언어로 채우는 일을 하는 사람은 시인이다. 신동엽은 시인에 대해서 '시인을 시업가라 부르지 않고 인ㅅ자를 붙이자고 하였는데 그것은 시인은 인생과 세계의 본질을 그 맑은 예지만으로서가 아니라 다스운 감성으로 통찰하여 언어로 승화하는 사람이다[29]라고 하며 '시인은 인간의 모든 원초적 가능성과 귀수적 가능성을 한 몸에 지닌 전경인임으로 해서 고도에 외로이 흘러 떨어져 살아가는 한이 있더라도 문명기수 속의 부속품들처럼 곤경에 빠지지 않을 것이다'[30]라고 하였다.

그는 시인의 모습 속에서 '전경인'[31]의 모습을 일치시킨다. 그럼으로써 신동엽 시인의 관심은 전경인 사상으로 인해 개인의 경험과 문제의

---

28 신동엽, 『신동엽 시전집』, 창비, 2014, 411~412쪽.

29 신동엽, 「시인, 가인, 시업가」, 앞의 책, 390쪽.

30 신동엽, 「시인정신론」, 『신동엽 산문전집』, 창비, 2019, 103쪽.

31 신동엽이 말하는 전경인이란 "사실 전경인적으로 생활을 영위하고 전경인적으로 체계를 인식하려는 전경인이란 우리 세기에서 찾아볼 수가 없다. 우리들은 백만 인을 주위모아야 한 사람의 전경인적으로 세계를 표현하며 전경인적 실천생활을 대지와 태양 아래서 버젓이 영위하는 전경인, 밭갈고 길쌈하고 아들딸 낳고, 육체의 중량에 합당한 양의 발언, 세계의 철인적, 시인적, 종합적 인식, 온건한 대지에의 향수적 귀의, 이러한 실천생활의 통일을 조화적으로 이루었던 완전한 의미에서의 전경인 있었다면 그는 바로 귀수성 세계 속의 인간, 아울러 원수성 세계속의 체험과 겹쳐지는 인간이었으리라(신동엽, 「시인정신론」, 위의 책, 99쪽)"고 하는 것이다.
전경인에는 많은 뜻이 함축되어 있는데 즉 '전'에는 '전'의 종합성 곧 절연 상태로 나뉘지 않은 '다' '모두'의 의미로 개개인이 아닌 '공동체'의 뜻이 들어있다. 아울러 '경'에는 싱싱한 대지와 자연 그리고 노동, 땀 등의 의미가 내포되어 있다(김완하, 『신동엽의 시와 삶』, 푸른사상, 2013. 207쪽).

식에서 확장되어 국가나 민족 그리고 인류의 차원으로 확대되어 그의 시 정신을 확장시킨다. 라디오 대본에서도 이런 인식들이 표현된다.

　　"히틀러"는 정권을 잡자마자 국경의 한쪽 끝에서 다른 쪽 끝까지 연결하는 거대한 도로부터 만들어 놓았습니다.

　　인공적인 도로는 돈과 물자만 동원되면 얼마든지 만들어 낼 수 있습니다. 그리고 그것은 눈에 쉬 띕니다. 그러나 마음속의 길은 문자와 돈으로는 쉽게 닦아지지 않습니다. 그러므로 우리의 눈에도 그렇게 쉽게 나타나는 것은 아닙니다. 히틀러는 군대와 대포를 전진시키고 후퇴시기기에 편리한 황금의 도로만 인공적으로 닦았습니다. 마음속의 길, 인간의 길을 닦으려고 하지 않았습니다.[32]

　위의 대본에서도 신동엽 시인은 「시인 정신론」에서 보여주었듯이 현대 문명을 날카롭게 비판한다. 그는 히틀러 정권이 만든 인공적인 도로는 황금의 길이 아니라 파멸의 길이었다는 역사적 사실을 보여줌으로써 현대사회가 이룩한 문명의 허구성을 극명하게 보여준다.[33] 그러기에 그는 히틀러와 같은 사람에 의해 만들어진 현대 문명사회의 역사적 시간과, 모순 그리고 부조리를 거부한다.

32　신동엽. 앞의 책, 408~409쪽.
33　대중적인 지향의 라디오 대본이지만 문명에 대한 비판 정신을 보여줌으로써 그의 시 정신의 다른 매체와 결합되었을 때 어떤 방식으로 구체화 될 수 있다는 것을 살펴볼 수 있다.

대낮을 빼앗긴 식민지 백성,

대낮을 온통 일본사람들에게 빼앗긴 식민지 백성들이 밤을 그리워했을 것은 당연한 일이었을 겁니다.

(…중략…)

그래서 우리들은 오 촉짜리 전등불 아래서 팔베개하고 누워 마음의 날개를 풍선처럼 펼쳐보게 되는 것인지도 모르겠군요 끝날 날이 없는 이 마음의 산책 ……벽도 없이 담도 맘대로 뛰어넘고 국경도 없이 태양계로 넘어서서 우주 밖에까지도 나들이하는 이 자유분방한 마음의 산책,

이, 마음의 연인들의 산책을 위해서 지구는 밤이라는 좋은 묘약을 만들어 놓았나 봐요.

아무리 멀고 가지 못할 곳에 있는 사람들이래도 밤에 남몰래 마음의 국경 따라 만날 수 있으니까요.[34]

이상화가 살았던 1920년대는 일제강점기의 시기로 그 당시의 상황은 "대낮을 빼앗긴 식민지 백성"의 모습으로 표현되었다. 이것은 신동엽 시인이 살았던 1960년대의 전쟁과 물질문명으로 힘든 시기와 병치 되는 것을 볼 수 있다. 그러나 그는 당시의 현실에 대해 말하는 데서 끝나는 것만이 아니라 길은 다시 확장되어 벽도 없고 담도 맘대로 뛰어넘고 국

---

34 신동엽, 앞의 책, 380쪽.

경도 뛰어넘고 태양계를 넘어 우주로까지 자유롭게 마음의 산책을 하고
자 한다. 시인의 꿈은 더 자유로워지고 그 밤의 시간은 연인들이 산책하
는 곳으로 변모되어 사랑이 충만한 넓은 세상을 꿈꾼다.

　그가 이렇게 공간들을 뛰어넘는 상상력을 키울 수 있었던 것은 라디
오라는 매체를 통해 듣는 소리는 단지 감각적 체험으로서의 듣는 것聞과
라디오를 듣는 것聽은 다른 것이며 라디오방송에 있어서의 소리聽는 청
자의 상상력에 의해 재구성되는 '전체적 상상체험'인 것이다.[35] 그렇기
때문에 단지 지금 여기의 현실에 안주하는 것이 아니라 더 무한한 공간
과 시간을 뛰어넘는 상상력을 가능하게 하며 '아무리 멀고 가지 못할 곳
에 있는 사람들이래도 밤에 남몰래 마음의 국경따라 만나' 공동체를 형
성하게 한다는 새로운 현실로 상상적 환원이 가능한 것이다.

　　　온 세계의 소녀들이

　　　서로, 손을 잡으면

　　　바다의 둘레에

　　　윤무가 되겠지

　　　세계의 어린이들이

　　　사공이 되면

　　　바다를 건너는

35　엄현섭, 「근대 동아시아 라디오방송문예 연구」, 『일본사상』 30, 한국일본사상사학회,
　　2016. 203쪽.

고운 다리를 놓겠지

그리하여
이 세계의 모든 사람들이
손과 손을 잡으면
지구의 둘레를
한 바퀴 도는
윤무를 즐겁게 출 수 있겠지[36]

신동엽 시인은 더 넓은 세상으로 가서 공동체를 만드는 방법으로 히틀러와 이상화의 이야기들을 소환하여 상상의 방식을 사용하였다면 폴포르의 「론다」라는 시를 통해서는 춤의 방식으로 표현한다.[37] 그리고 그춤은 평범한 소녀에서 나아가 이 세계의 모든 사람들이 서로 손과 손을 맞잡고 우정을 나누면서 추는 춤이다.

세계의 어린이들이 민족과 국경을 초월하여 바다를 건너 이 세상에 다리를 만들어주고 그래서 모두가 하나가 되는 세상이 되는 것이다. 이

---

36   신동엽, 앞의 책, 394쪽.
37   신동엽 시에 자주 등장하는 대지와 숲, 윤무, 달밤 등은 모두 여성 상징으로 생산과 풍요 다산과 부활을 의미하며 문명을 거부하고 원시적 생명체계를 지향하는 그의 내면 의식을 표상한다. 그의 시는 인간과 자연이나 인간과 인간사이에도 어떠한 갈등과 대립이 개입하지 않는 시원적 생명세계를 추구한다. 따라서 신동엽은 협동으로 노동을 하고 함께 축제를 벌이면서 기쁨으로 충만했던 삶의 세계, 곧 원수성의 세계로 다시 돌아가기 위해서 문명을 거부하고 생명을 지향했던 것이다(김완하, 앞의 책, 263쪽). 신동엽의 시에서는 문명 비판 정신이 춤을 통해 원수성의 세계를 지향했다면 라디오 대본에서는 공동체 사상이 더 지향되었음을 알 수 있다.

런 변화는 평범하고 꿈이 많은 소녀들에 의해서 이루어지며 그 춤은 지구의 둘레를 한 바퀴 돌 수 있다는 것을 통해 소녀와 어린이들에서 전세계 사람들이 모두 하나가 되어 춤을 춘다는 것이다.

'원무'는 신동엽의 시에도 등장하는 단어이기도 하다. 그 외에도 '대지'와 '숲', '달밤' 등이 있는데 모두 여성 상징으로 생산과 풍요 다산과 부활을 의미하며 문명을 거부하고 원시적 생명체계를 지향하는 그의 내면 의식을 표상한다. 그의 시는 인간과 자연이나 인간과 인간 사이에도 어떠한 갈등과 대립이 개입하지 않는 시원적 생명세계를 추구한다. 따라서 신동엽은 협동으로 노동을 하고 함께 축제를 벌이면서 기쁨으로 충만했던 삶의 세계 곧 원수성의 세계로 다시 돌아가기 위해서 문명을 거부하고 생명을 지향했던 것이다.[38] 신동엽은 문명비판의 정신을 단지 비판만 한 것이 아니라 춤을 통해 원수성의 세계를 지향하면서 함께 사는 세상을 만들고자 하였던 것은 전경인의 사상과도 맥락이 닿는다고 할 수 있다.

그러나 본 연구에서 라디오 대본을 통해 시도한 그의 의도는 미완의 실험[39]에 그치고 만다. 하지만 신동엽 시 정신의 핵심인 전경인의 사상은 라디오 대본에서도 나타나는 것을 볼 수 있다. 그러므로 신동엽 시인의 라디오 대본은 라디오라는 매체를 적극적으로 활용하여 대중성을 확보하면서도 그의 시 정신을 담고 있는 것을 확인해 볼 수 있다.

---

38   김완하, 앞의 책, 263쪽.
39   이 글에서는 라디오 대본 7편을 대상으로 하여 신동엽 시인의 문학에 있어서 대중지향적 성향을 살펴보았지만 「신동엽 산문전집」 속에 수록된 전편의 대본들을 대상으로 하여 더욱 다양하고 심층적인 측면에서 연구를 이어갈 필요가 있다.

4. 결론

신동엽은 우리문학사에서 김수영과 더불어 1960년대를 대표할 만한 참여시인으로 인식된다. 그러나 신동엽은 시 창작 외에도 1967년 동양라디오방송에서 '내 마음 끝까지'란 코너의 방송대본을 집필한다.

1960년대는 한국사회에서 라디오가 제도화되는 역사적 전환기였다. 이승만과 박정희 정권은 국영방송으로 KBS라디오를 정권의 확보와 국가재건의 매체로 활용하면서 정권의 공보기구로서 위치시켰고 CBS의 개국으로 국영 독점체제에서 국영과 상업방송 공존체제로의 변화가 이루어지며 라디오방송은 급격한 변화를 맞이했다

1960년대 전후 다양한 문화형식들이 수용의 맥락이나 기술적 특성과 관계없이 라디오 안으로 수렴되는 특징을 보여주었다. 수필, 시 등이 라디오 프로그램 형식으로 제작되었다. 방송문예라 불리는 이것들은 1960년만의 특성이 아니라 1930년대 중반부터 있었던 장르들이었다. 방송문예라는 개념은 전통적인 문학 장르를 라디오에 맞게 변형시킨 새로운 형태의 예술을 의미하는 용어로서 구체적으로 방송극, 영화이야기영화해설, 라디오 소설방송소설등을 지칭한다.

신동엽도 〈내 마음 끝까지〉란 라디오 대본에서 한용운, 김소월, 괴테 등의 작품들의 일부분을 한 편씩 소개하였다. 그런 측면에서 신동엽 시인의 라디오 대본은 방송문예로 볼 수 있으며 이것은 1930년대 방송문예가 문화적 근대성의 형성에 기여했던 것처럼 지식의 보급과 확산을 라디오 매체가 청각에 의존한다는 특성을 활용하여 문예작품들을 쉽게

이해할 수 있도록 하여 리터러시 능력이 없는 대중들도 쉽게 접근하여 매체를 통한 근대적 보편문화를 공유하는 사회로의 전환을 보여주고 있다고 할 수 있다.

또한 신동엽 시인은 현대 문명에 대한 비판 의식을 통렬히 드러내는데 그것은 라디오 대본에서는 구체적으로 박정희식 개발독재가 만들어낸 근대화에 대한 비판을 한다. 하지만 신동엽은 변화하는 미디어 환경에 대해 배척하기보다는 직접 그 안에서 활동하며 '전경인'의 모습을 환기시키며 그럼으로써 공동체 의식을 보여준다. 그러므로 신동엽 시인의 라디오 대본은 라디오라는 매체를 적극적으로 활용하여 대중성을 확보하면서도 그의 시 정신을 담고 있는 것을 확인해 볼 수 있다.

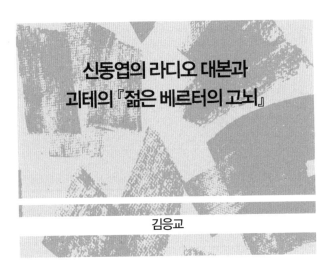

신동엽의 라디오 대본과
괴테의『젊은 베르터의 고뇌』

김응교

1. 1960년대, 신동엽의 선택

1) 1960년대 라디오

신동엽 시인은 1967~1968년 '라디오 방송 대본'을 썼다. 오랫동안 라디오 대본은 공개되지 않았다. 그간 여러 번에 걸쳐 개정되어 나왔던 창비본『신동엽 전집』에 왜 신동엽의 라디오 대본은 실리지 않았을까. 정통 문학으로 평가받을 수 없는 라디오 대본이란, 신동엽 시인이 문학의 길에서 외도外道한 것으로 보일까 봐 그간 전집에 들어가지 않았을까. 비닐 파일 안에 들어 있는 신동엽의 라디오 대본을 필자는 2005년『시인 신동엽』현암사을 집필할 때 인병선 사모의 배려로 댁에서 보았다. 그때 유족의 동의가 없어 공개하지 못했다.

1960년대에 라디오란 도대체 어떤 역할을 했을까. 1960년대 라디오는 대단히 중요한 프로파간다 매체였다. 북한은 김일성 수령에 대한 충성을 소위 '붉은 소음'이라고 하는 대남방송으로 끊임없이 내려보냈다. 남쪽 어디서든 주파수를 맞추면 쉽게 북한 방송을 들을 수 있었다. 남한은 1959년 11월 15일 국산 라디오를 처음 생산하기 시작했다. 남한 정부는 라디오 체조, 라디오 뉴스 등으로 끊임없이 국민을 '박정희 중심 국가주의'로 세뇌시켰다. 이른바 '앰프촌'[1]을 남한 전체에 정착시키려 했다. 북쪽이나 남쪽이나, 1960년대에 대중을 교화시키는 가장 중요한 매체 중의 하나가 바로 라디오였다. 대외적으로 남북 대결 구도에서 라디오는 일종의 음향전音響戰, sonic warfare[2]이었다.

시인 김수영은 시와 산문에서 라디오를 여러 번 언급했다. 김수영은 라디오 소리를 "사그러져 가는 라디오의 재갈거리는 소리"「사랑의 변주곡」이며, "시시한 라디오 소리라 더 시시한 것"「라디오 계」이라고 표현했다. 김수영은 대남방송을 의식하고 있었다.

이 이상한 일을 놓고 나는 저녁상을

물리고 나서 한참이나 생각해 본다

지금은 너무나 또렷한 立體音을 통해서 들어오는 以北放送이 不穩放送이

---

1 박정희 시대 때, 라디오를 통해 국민을 계도하려고 금성라디오 생산을 지원하고 지역별로 라디오를 보냈던 계획을 '앰프촌(amp村)'이라 한다. 이에 대한 언급은 「앰프촌에 경찰간섭」(『동아일보』, 1963.11.21), 「퍼져갈 앰프촌」(『동아일보』, 1962.7.19) 등에 나온다.

2 임태훈, 「국가의 사운드스케이프와 붉은 소음의 상상력－1960년대 소리의 문화사 연구를 위하여(1)」, 『대중서사연구』 제25호, 2011, 285쪽. 임태훈은 이 글에서 대남방송을 '붉은 소음'으로 표현했다.

아니 되는 날이 오면

그때는 지금 일본말 방송을 안 듣듯이

나도 모르는 사이에 아무 미련도 없이

회한도 없이 안 듣게 되는 날이 올 것이다.

— 김수영, 「라디오界」, 1967

해방 이후 일본 방송을 흘려 듣듯이, 대남방송의 프로파간다를 아무렇지도 않게 신경 쓰지 않을 날을 김수영은 고대했다. 한편 라디오는 이념 주입의 매체이면서 동시에 자본의 욕망을 세뇌시키는 매체였다. 이를 피할 수 없는 상황을 김수영은 솔직히 표현했다.

금성라디오 A504를 맑게 개인 가을날

일수로 사들여온 것처럼

500원인가를 깎아서 일수로 사들여 온 것처럼

그만큼 손쉽게

내 몸과 내 노래는 타락했다.

— 김수영, 「금성라디오」 1연, 1966.9.16

라면서 김수영은 금성라디오를 500원인가를 깎아서 일수로 사들여 온 것을 "내 몸과 내 노래는 타락했다"고 표현했다. 어쩔 수 없이 저 재갈거리는 프로파간다와 시시한 잡음과 동행하며 살기로 한 그의 처지를 김수영은 "내 몸과 내 노래는 타락했다"고 자학했다. 1960년대 지식인에게 라디오는 재잘거리고 시시한 것이면서도 피할 수 없는 매체였다.

이때 신동엽 역시 김수영처럼 자본주의가 몰고 온 '시끄러움의 노이로제'에 시달렸다.

> 요새 나는 흔히 두 귀를 솜으로 막고 다니기가 일쑤고 (…중략…) 그런데 두 귀를 솜으로 막고 다니는 문제만은 다시 생각해 봐야 될 일이다. 얼마전 골목길을 걷다가 자동차한테 봉변을 당했다. 최신형 자가용 하나가 내 오금 뒤에서 급정거를 했다. 클락숀 소리를 못 들었냐는 것이다. 그 길이 내가 알기로 분명히 '제차 통행금지' 구역이었지만, 따지다 보면 귀 속의 솜도 뽑아내야 되겠고, 그러다 보면 시끄러움은 더욱 큰 시끄러움의 시련을 겪어야 할 것 같기에 아무 소리 없이 피식 웃어주고 내 발길을 재촉했다.
>
> 귀와 눈을 통해서 보이고 들려오는 이 시끄러움, 하루도 24시간, 한 달도 서른 날, 1년이면 열두 달, 날마다 상승일로로 기승하여 가는 이 시끄러움 속에서 해방을 얻는 무슨 길은 없을까.[3]

김수영 못지않게 신동엽도 소음에 거의 노이로제 걸릴 정도였다. "나는 지금 분명히 시끄러움 노이로제 중증에 걸려 있는가보다"라고 신동엽은 이 산문 말미에 써놓았다. 얼마나 소음이 싫었으면 귀에 솜을 막고 다녔을까.

주목해야 할 점은 신동엽이 이 노이로제를 외면하는 데에 끝나지 않고 오히려 이용하기로 했다는 점이다. 소위 중앙 문단에 묶여 있는 이른

---

3   신동엽, 「시끄러움 노이로제」, 『국세』, 1968.1(『신동엽전집』, 창비, 2019, 182쪽).

바 중앙 시인들과 달랐다. 그는 대중들을 세뇌시키는 라디오를 오히려 역설적으로 선택한다. 1967년부터 1968년 경, 신동엽은 〈내 마음 끝까지〉라는 라디오 방송의 대본을 썼다. 남북정부의 전체주의적 프로파간다가 가득한 소음시대에, 신동엽은 이 라디오 대본에 평화와 사랑의 메시지를 담았다.

방송 대본을 쓰기 전 신동엽의 생각을 알 수 있는 시가 있다. 시「좋은 언어」는 1970년 4월호 『사상계』에 유작시로 발표된 바 있지만, 시작 노트를 보면 말미에 창작 연도가 1960년으로[4] 쓰여 있다.

> 때는 와요.
> 우리들이 조용히 눈으로만
> 이야기할 때
>
> 하지만
> 그때까진
> 좋은 언어로 이 세상을
> 채워야 해요.

신동엽은 "좋은 언어로 이 세상을 / 채워야" 한다는 명확한 목표를

---

4   김응교, 『좋은 언어로 ─ 신동엽 평전』, 소명출판, 2019, 268쪽. 출판된 적이 없는 시작 노트는 현재 부여 신동엽 문학관 수장고에 있다. 필자는 수장고에 있는 노트에서 '1960년'이라고 말미에 써 있는 「좋은 언어」 원문을 확인했고 사진을 찍어 두었다.

갖고 있었다. 방송 대본을 쓰기 이전, 언어를 이용한 영향력에 대한 신동엽의 태도를 이 시는 잘 보여준다.

본래 신동엽 시인은 짧은 서정시 외에도 장시, 서사시, 극시, 오페레타 등 다양한 장르를 실험한 시인이었다. 특히 그는 작곡가 백병동과 함께 자신의 시를 노래로 만드는 작업도 했다. 1960년대 종이 매체만을 고집하는 다른 시인들과 달리, 신동엽은 소리 매체도 중요하게 생각했다. 최근 작가들에게 유튜브 등 SNS가 문제이듯이, 신동엽에게 라디오는 분명히 새로운 실험 영역이었다.

〈그림 1〉 신동엽 라디오 대본을 복원한 팟캐스트

2) 신동엽 라디오 대본의 복원

학계에서 신동엽의 라디오 대본을 처음 언급한 이는 임태훈이다. 임태훈2011은 "그리고 신동엽은 왜 라디오 DJ가 되어 자신의 목소리를 전파에 싣고 싶어 했던 걸까?"[5]라고 썼다. 필자는 2005년에 라디오 대본을 원고지 원본으로 봤으나, 신동엽이 어디까지 개입했는지 알 수 없었다. 임태훈은 신동엽이 "라디오 DJ가 되어"라고 썼지만, 대본을 쓴 것은

---

5   임태훈, 위의 글, 285쪽.

확실하지만 DJ를 했다는 증거는 현재 없다. 그렇지만 1960년대 '앰프촌' 시대에 신동엽의 라디오 대본이 차지하는 위치를 언급한 이 글은 의미가 크다.

2018년 신동엽의 라디오 대본을 다시 복원하는 시도^{이대성 기획}가 이루어졌다. 신동엽학회는 신동엽 시인의 라디오 방송 대본 7편에 목소리를 담아 총 7편의 팟캐스트를 제작했다. 팟빵^{podbbang.com} 검색 창에서 〈내 마음 끝까지〉^{〈그림 1〉}를 검색하면 인터넷 다시 듣기를 통해 7편의 방송을 모두 들을 수 있다. 7편의 방송은 현대를 사는 이들에게 전하는 신동엽 시인의 따뜻하고 희망적인 응원의 메시지이다.

당시 시인 정우영 신동엽학회장은 라디오 대본의 중요성을 이렇게 표현했다.

"신동엽 시인을 대체로 저항적 혁명 지향적 민족시인이라는 전형적인 틀로 인식하다 보니, 시인이 지향하던 더 넓고 깊은 시 세계와 작품 활동이 제대로 평가되지 못하고 있"[6]다는 것이다. 무엇보다도 유족대표 신좌섭 교수 외에 신동엽 시인이 교사로 있던 명성여고의 후배인 동국대부속여자고등학교 학생들이 참여하여 의미가 컸다. 필자도 3회분에서 '시인 이상화와 신동엽' 방송의 해설을 맡았다. 현재 라디오 대본을 복원한 내용은 유튜브 「시인 신동엽학회」 채널에 실려 있다.^{〈그림 2〉}

---

6   이명옥, 「되살아난 1967년 신동엽 시인의 '라디오 대본'」, 『오마이뉴스』, 2018.11.19.

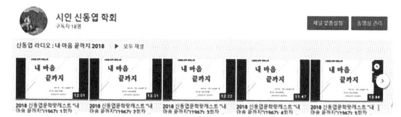

〈그림 2〉 유튜브에 실려 있는 복원된 신동엽 라디오 대본

　이 방송 대본 복원에 참여했던 박은미는 신동엽의 라디오 대본을 연구한 글[7]을 발표했다. 이 글은 7편의 방송을 오프닝, 핵심어, 인용작품, 작가의 말, 마지막 멘트로 나누어 신동엽 라디오 대본의 전모를 분석했다. 거의 같은 시기에 강형철·김윤태 엮음 『신동엽 산문전집』창비, 2019에 신동엽 방송대본 〈내 마음 끝까지〉가 실린다. 엮은이들은 이번 전집에 방송대본을 넣은 이유를 설명했다.

　　1967~68년경 동양라디오를 통해 방송되었던 '내 마음 끝까지'라는 프로그램이 바로 그것이다. 이 방송대본은 전통적인 문학 장르 바깥의 글쓰기라는 점에서도 흥미롭거니와, 라디오방송 매체를 통해 전달되는 구술성이 강한 장르라는 점에서 색다른 맛을 우리는 느낄 수 있을 것이다.
　　문학적 글쓰기의 바깥이라고 말했지만 그것 역시 문학인 신동엽이 쓴 '글'이라는 점을 고려할 때 구태여 이 산문전집에서 제외시켜야 할 특별한 이유도 없다고 보아, 우리는 이 방송대본을 과감히 신자료 발굴을 겸하여 수록하기로 했다.[8]

7　박은미, 「신동엽 시인의 라디오 대본 연구」, 『리터러시연구』 제10권 제2호, 한국리터러시학회, 2019.4.
8　강형철·김윤태 편, 『신동엽 산문전집』, 창비, 2019, 12쪽.

전집 엮은이들이 라디오 대본을 문학의 '바깥'으로 표현한 것이 흥미롭다. 필자는 이 라디오 대본을 1960년대 엠프촌에 맞서는 '전략적 바깥'으로 파악한다.

　이어서 방송 대본 복원을 기획한 이대성은 박사논문[9] 3절에서 신동엽 라디오 대본을 꼼꼼히 분석한다. 이대성은 『중앙일보』 방송표에서 〈내 마음 끝까지〉 방송을 확인했다. 대본을 분석하면서 여성을 대상으로 한 내용이 많고, DJ가 신동엽이 아니라 여성이었을 가능성이 크다고 제시한다.

　여기까지 선행연구를 검토하면서 그간 신동엽 라디오 대본을 복원하기 위해 많은 연구자가 녹음하고 연구하여 그 의미를 재평가한 과정을 볼 수 있었다. 이 글에서 지금까지 선행연구의 도움을 받으면서 신동엽이 괴테의 『젊은 베르터의 고뇌』를 인용했던 대본을 분석해보려 한다.

　이 분석을 통해, 신동엽이 '엠프촌'이라 불리는 프로파간다 시대를 어떤 마음으로 극복하려 했는지 검토해보려 한다. 그 결과 1960년대 라디오 방송사와 문학을 보다 입체적으로 볼 수 있다면, 이 글은 작은 성과가 있다 하겠다.

9　이대성, 「신동엽 시에 나타난 인유 양상과 그 효과 연구」, 서강대 박사논문, 2019.12.

2. 신동엽과 괴테『젊은 베르터의 고뇌』의 짝사랑

1) 신동엽이 이 소설을 읽은 1951년

괴테는 한국 작가들에게 오래전부터 한번은 거쳐야 할 통과제의의 과정이었다. 본래『젊은 베르터의 고뇌*Die Leiden des jungen Werthers*』로 번역되어야 마땅하나,『젊은 베르테르의 슬픔』으로 알려진 이 소설의 초역은 1923년 김영보의『웰텔의 비가悲歌』다. 같은 해 백화 번역본은『소년 벨테르의 비뇌悲惱』라는 제목으로 나왔다. 1948년 문철민이『젊은 베르테르의 슬픔』으로

『젊은 베르터의 고뇌』, 1943/1954

번역했는데, 이것은 당시 일본어 표기법을 따른 것이었다.

시인 김수영은『젊은 베르테르의 슬픔』을 1956년에 번역했고, 에커만이 집필한『괴테와의 대화』를 읽고 난 뒤 생각을 산문「시인 정신은 미지未知」에 쓰기도 했다.

박목월이 〈4월의 노래〉를 작사하면서 "목련꽃 그늘 아래서 / 베르테르의 편질 읽노라"라는 노랫말이 알려져 '베르테르'로 굳어졌다. 이 글에서는 인용문에서는 '베르테르'로 쓰지만 본문에서는 되도록 '베르터'로 쓰려한다.

신동엽 역시 괴테를 사숙한다. 신동엽이 읽은 번역본은 1948년에 나온 문철민 번역본이었다. 1951년 4월 28일 신동엽 일기에 나온다.

건실하게 지녀오던 아름다운 나의 연애관에서 탈선하여 가장 원시적인 계집의 살집에만 육체적 충동을 탐내오던 무서운 치욕의 이삼 개월이 나를 끌고 내닫더니 오늘 무심히 읽은 두어 마디 글이 그동안의 흑막을 걷어치우고 깨끗한 제 길을 파헤쳐낸 것이다.

문철민 역의 『젊은 베르테르의 슬픔』 첫 페이지에 "지난날, 지금으로부터 십 년 전, 내가 보다 더 젊던 시절에 이 책을 읽으라고 권해준 그리운 E.O.에게 이 졸역을 바친다"라고 쓴 글을 봤다. E.O.는 물론 역자의 애인이었으며 문학을 이해하는 인텔리 여성이었음에 틀림없다.

상대방으로부터 육체적 감미만을 마시는 것이 건실한 연애가 될 수 없으며, 보다 더 정신적 양식을 풍부히 흡수할 수 있는 경우에 정열적 연애는 성립될 수 있을 것이다.[10]

1951년 신동엽은 괴테의 소설을 읽으며 육체적인 충동, 육체적 감미를 생각했다. 그러나 이때도 신동엽은 "상대방으로부터 육체적 감미만을 마시는 것이 건실한 연애가 될 수 없으며, 보다 더 정신적 양식을 풍부히 흡수할 수 있는 경우에 정열적 연애는 성립될 수 있을 것이다"라는 반성적 고찰을 보여준다.

1967~1968년, 거의 십육 년 이상이 지난 뒤, 신동엽의 사랑은 어떻게 변했을까. 『젊은 베르테르의 슬픔』을 인용한 신동엽의 라디오 대본에서 돋아 보이는 문장은 "절대적인 사랑! 이 짝사랑이야말로 우리 인류가

---

10   신동엽, 『신동엽 산문전집』, 240쪽.

도달한 가장 신성한 사랑! 신사적인 사랑, 희생적인 사랑일 것입니다"라는 구절의 짝사랑 예찬이다. 다음은 폭력적인 사랑과 짝사랑을 대비시킨다. 황진이의 사랑과 다른, 서부극에 나오는 폭력적인 사랑을 대비시킨다.

괴테, 『젊은 베르테르의 슬픔』 초판본 표지, 1774.

> "서부극과 함께 흘러들어온 서부 풍조 때문일까요. 사랑을 폭력으로 강요하고 난폭한 수단으로 사랑을 강탈하려 하는 사람들이 흔히 있습니다……. 사랑은, **진정한 사랑은 빼앗는 게 아니라 주는 것입니다. 갖고자 하는 게 아니라, 나 혼자 그리워하며 내 마음을 불태우는 것입니다.**"[11]

이후에 가장 아름다운 짝사랑과 폭력적인 사랑에 반대하는 사랑의 예로 괴테의 『젊은 베르터의 고뇌』를 예로 든다.

> 가련한 베르테르의 이야기에 관해서
> 내가 찾아낼 수 있는 모든 것을 열심히 모아서
> 여기 여러분들 앞에 내어놓습니다.
> 여러분은 그런 내게 감사하시리라 믿습니다.
> 여러분이 베르테르의 정신과 성품에는 감탄과 사랑을,
> 그의 운명에는 눈물을 아끼지 않으리라 생각합니다.

---

11   신동엽, 「방송대본」, 『신동엽 산문전집』, 창비, 2019, 413쪽.

바로 베르테르의 슬픔에서 위안을 얻으십시오.

그대가 운명 때문에 또는 그대 자신의 잘못으로

절친한 친구를 찾지 못한다면

부디 이 조그마한 책을 그대의 친구로 삼아주십시오.[12]

괴테의 『젊은 베르터의 고뇌』[1774] 가장 앞에 나오는 메모 같은 서문이다. 이 앞부분을 가볍게 보고 넘어가는 경우가 많다. 민음사 번역본은 10행으로 행갈이를 했는데, 독일어 원문을 보면 2단락이고, 전체 세 문장으로 강렬하게 한 인물의 삶을 기억시킨다.

이 앞부분은 가상의 인물이 '가련한armen 베르테르'의 이야기를 썼다는 것을 암시한다. 가상의 인물은 빌헬름이라는 베르터의 친구다. 이 첫 문장에서 베르터는 '가난하게 된armen' 인물이다. 경제적으로 가난하게 된 상황이 아니고 영혼의 상처를 입은 이야기이니 번역한 '가련한'으로 했는데 의미에 맞다. "그의 운명에는 눈물을 아끼지 않으리라 생각합니다"라고 했으니 가상의 인물은 이미 베르터의 인생, 그 열정을 이해하는 입장이다. 그의 운명seinem Schicksale이라 했으니, 베르터는 이미 죽고, 그가 사망한 후 친구 빌헬름이 편집했다는 사실을 소설 첫머리에 올려놓은 것이다. 소설은 이미 베르터가 사망한 인물이라는 사실에서 출발한다.

가상의 인물은 "바로 베르테르의 슬픔에서 위안을 얻으십시오schöpfe Trost aus seinem Leiden"라고 썼다. 우리말 번역본은 대부분 Leiden을 '슬픔'으

---

12   요한 볼프강 폰 괴테, 『젊은 베르테르의 슬픔』(민음사, 2020), 7쪽. 이후 인용문 뒤에
      면수만 쓰기로 한다.

로 번역했는데, 임홍배창비 번역본은 '고뇌'로 번역했다. 임 교수는 Lieden은 단순한 슬픔이 아니라 죽음을 선택할 만치 고통스러운 '고뇌'로 번역하는 것이 맞다고 했다. 그래서 창비 번역본은 제목이 『젊은 베르터의 고뇌』이다. 이 글에서는 민음사본을 인용하지만 지금까지 써온 제목은 일본어를 그대로 번역한 제목이기에, 임홍배의 번역 제목을 따르기로 한다. 설명에 서는 베르터라고 쓰고, 다른 인용문에서 베르테르라고 쓴 경우만 살리려 한다. 이제부터는 베르터라고 쓰려한다. 책 인용은 민음사본으로 한다.

여기서 독자는 의문이 생긴다. 베르터가 과연 어떻게 살았는데, 그의 슬픔이든 고뇌에서 무슨 위안을 얻으라는 말일까. 이 소설을 읽고 이 문 장을 다시 읽는다면, 다시 읽고 마음에 울림이 생긴다면, 가상의 인물을 빌린 작가 괴테의 의도는 성공일 것이다. 세계의 수많은 독자가 이 뜨거 운 메모를 읽고 한 청년을 회감回感하고 있다. 역사는 괴테에게 성공을 헌 사했다. 신동엽이 라디오 대본에서 이 소설을 어떻게 소개했는지 알아보 기 전에, 이 작품에서 중요한 내용을 몇 가지 정리해본다.

2) 괴테 자신의 자전적 편지체 소설

이 소설은 괴테가 겪은 실제 사건이 배경이다. 괴테는 1765년 라이프 치히 대학에 입학하여 법률을 전공했다. 독일 중부 헤센주에 있는 베츨 라라는 소도시에서 1772년 젊은 괴테는 법관시보로 몇 달을 지냈다. 베 츨라에서 25세의 괴테는 아름다운 '샤를로테 부프'를 본다. 영화에서는 교회에서 노래하는 샤를로테에게 괴테가 반하는 것으로 나오는데, 전해 지기로는 지금 관광지가 된 로테하우스Lottehaus에서 로테를 처음 봤다고 한다. 바로 이미 약혼자가 있었던 샤를로테가 『젊은 베르터의 고뇌』 여주인공의 실제 모델이다. 그녀는 소설 주인공처럼 약혼자가 있었고, 어머니를 대신해 동생들을 돌보았다. 훗날 괴테는 자서전 『시와 진실』에서 이 '탐스러운 여인'과 금방 '떨어질 수 없는 동반자'가 되었다고 회고했다.임홍배, 위의 책, 17쪽 샤를로테를 너무 사랑해서 견딜 수 없었던 괴테는 잊으려고 도망치듯 귀향한다. 프랑크프루트에 거했던 괴테는 한 친구의 자살 소식을 듣는다. 헤르터라는 유부녀를 사랑했던 친구 칼 빌헬름 예루잘렘Carl Wilhelm Jerusalem이 1772년 10월 3일 권총 자살했다는 소식이었다.

3) 질풍노도 시대의 혁명사상이 담긴 소설

이 소설은 2권으로 나뉘어 있다. 1권은 괴테가 직접 체험한 내용이고, 2권은 괴테의 친구 예루잘렘의 실화를 붙인 이야기다. 이제 제1권에 들어가자.

> 1771년 5월 4일
> 훌쩍 떠나온 것이 나는 얼마나 기쁜지 모른다! 친구여! 인간의 마음이란 대체 어떤 것일까! 내가 그렇게도 사랑하고, 헤어지길 섭섭해했던 자네 곁을 떠나와서 이렇게 기쁨을 느끼고 있다니! 그래도 자네는 이런 나를 용서해 주리라 믿어. 민음사, 11쪽

서문에 이어 제1권 본문의 화자는 놀랍게도 베르터다. 그렇다면 이 소설은 이미 죽은 화자가 말하는 곧 사후주체死後主體가 화자로 등장하는

소설이다. 이미 죽은 사람의 이야기나 영상을 볼 때 가슴에 퍼지는 울림은 늘 독특하다. 그것도 짧지 않은 길이의 편지를 긴 시간에 걸쳐 이미 죽은 사람의 마음을 대한다는 것은 절실하다. 사후주체를 화자로 내세운 메도루마 슌의 오키나와 소설들, 기형도의 시편들, 한강 장편소설『소년은 온다』가 그러한 울림을 준다.

먼저 날짜는 1771년 5월 4일이다. 이 시기는 계절뿐만 아니라 역사적으로도 중요하다. 역사적인 내용은 뒤에 소개하고 일단 계절에 대해 생각해보자. 1권이 시작하는 5월 4일이면 유럽은 늦봄이다. 봄에 시작한 사랑이 여름에 강렬하게 무르익는다. 여기까지 베르터는 신에게 감사드리는 행복한 청년이다. 쓸쓸한 가을이 시작되는 9월에 베르터는 이별을 결심한다.

이 소설을 짝사랑 소설로만 보면 중요한 것을 놓치고 만다. 이 소설에는 다섯 번째 편지부터 중세적 계급질서에 균열을 일으키는 내용이 나온다.

1771년 5월 15일

이 고장의 서민층 사람들은, 벌써 나와 친해져서 나를 좋아하게 되었다. 특히 어린애들이 나를 따른다. 처음에 내가 이 사람들에게 가까이 가서 허물없이 이것저것 물어보았을 때는 간혹 내가 농을 한다고 생각하고 퉁명스럽게 대하는 사람도 있었다. (…중략…)

나는 사람들이 평등하지 못하고, 또 평등해질 수도 없다는 사실을 잘 알고 있다. 존경받기 위해서 이른바 천한 사람을 일부러 멀리해야 된다고 생각하는 자들은, 마치 패배하는 것이 두려워서 원수를 보고 도망치는 비겁한 친구나 마찬가지로 비난받아 마땅하다고 생각한다.민음사, 16~17쪽, 강조는 인용자

소설 앞부분에서 베르터는 자연과 어린이의 규칙 없는 자발성을 예찬한다. 권위나 전통에 무조건 순응하기보다, 권위를 해체하는 실제적인 행동을 하기도 한다. 하녀 곁에 가지 말아야 할 귀족 베르터는 우물 긷는 하녀를 돕는다.

나는 계단을 내려가서 그 하녀의 얼굴을 쳐다보면서, "내가 도와드릴까요. 아가씨?" 하고 물었다. 그랬더니 그녀는 얼굴을 새빨갛게 붉히면서, "아니예요. 괜찮아요." 하고 대답하더군. "사양하지 말아요" 하고 내가 말하니까 그녀는 똬리를 머리 위에도 고쳐 놓았다. 그래서 나는 그녀를 도와주었고, 그녀는 고맙다는 인사를 하고 계단 위로 올라갔지.민음사, 17쪽

이 소설에서 베르터가 낮은 계급 사람들과 대화하고 함께했다고 이후에 비판받는 장면이 나온다. 괴테는 이 작품에서 중세적 질서에 균열을 일으키는 인물로 베르터를 등장시켰다.

앞서 이 소설 첫 문장이 시작되는 1771~1772년이라는 연도에 관해 설명하지 않았다. 이 시기는 질풍노도Sturm und Drang 시대였다. 당시 독일은 중세주의의 잔재와 계몽주의 일색이었다. 당시 젊은이들은 보편성을 강조하는 중세적 질서에 반대하며, 문학과 사상에서는 개인적 특별성을 강조하는 작품을 썼다. 합리주의에서 비합리주의로, 섭리의 질서에서 파

괴적 카오스로, 프랑스적 고전 비극에서 셰익스피어적 성격 비극의 방향으로 전환하기 시작했다. 21세의 괴테와 26세의 헤르더가 우연히 만난 해후는 질풍노도 시대를 개화시켰다. 괴테와 헤르더가 쓴 글 「독일 예술과 미술에 관하여Von deutscher Art und Kunst」1773는 이 운동의 선언문이었다.

괴테는 질풍노도 운동 최초의 중요한 희곡 〈괴츠 폰 베를리힝겐Götz von Berlichingen〉1773을 썼고 질풍노도의 인물이 등장하는 최초의 소설 『젊은 베르터의 고뇌Die Leiden des jungen Werthers』1774를 썼다.

이 소설은 1771년 5월부터 1772년 12월, 18개월 동안의 이야기다. 이 시기는 질풍노도 시대의 절정에 이른 시기였다. 괴테는 질풍노도 시대를 작품으로 주도했다. 계몽주의 시대1740~1785 후반의 일부로 '질풍노도 시대'1767~1785를 규정하는 까닭은 질풍노도 시대를 이끈 사상가와 예술인들이 계몽주의의 영향을 받으면서 동시에 극복했기 때문이다. 개인의 자유를 강조했던 이 운동은 전 유럽에 퍼졌고, 그 혁명의 마그마는 지층이 비교적 얇았던 파리에서 프랑스 혁명으로 폭발했던 것이다. 이후 소설가 토마스 만은 『젊은 베르터의 고뇌』가 프랑스혁명을 예고하는 '혁명적 근본경향'을 갖고 있다고 평가했다.

질풍노도사상이 들어간 작품으로 그 정점에 『젊은 베르터의 고뇌』가 있다. 『젊은 베르터의 고뇌』는 계몽에서 반反계몽을 예시한 작품이다. 또한 두 권으로 썼던 소설 『파우스트』의 1권이다. 이 시각에서 보면 베르터의 자살은 단순한 현실도피가 아니라, 중세적 규범의 강요에 죽음으로 저항하는 적극적인 행동으로 볼 수도 있겠다.

『젊은 베르터의 고뇌』에는 베르터의 혁명적 의지가 곳곳에 나온다.

제2권에서는 베르터는 자신의 사랑이 잘못이 아니라고까지 설득하려한다. 그때 중세적 문화로 보았을 때는 약혼자에게 다가가는 것이 도덕적 죄였을지 모르나, 근대적 자유연애에서는 그것을 죄라고 할 수 없다. 베르터는 바보 같은 짝사랑 로멘티스트가 아니라, 시대의 고정관념에 균열을 일으키는 공격적 캐릭터다. 이러한 태도는 괴테가 세상을 대하는 파격적인 방식이었다.

괴테는 중동문학을 소개한『서동시집』을 내면서, 게르만 중심주의를 강조했던 당시 독일정권에 반대한다.『괴테와의 대화』에서 세계문학의 범주를 유럽 중심이 아닌, 전세계 문학의 범주로 확대시켰다. 그것은 전통적인 문학양식을 살리면서도, 지나친 화폐주의, 부패한 정권의 카니발을 비판하고, 식민주의를 반대하고, 개발독재정책으로 빈자를 죽음에 처하는 정책에 반대하는 이야기가 가득 차 있는『파우스트』2권에 잘 나타난다.

1968년에『젊은 베르테르의 슬픔』을 번역했던 시인 김수영은 괴테 문학에 있는 혁명성을 '배반자'라는 단어로 표현했다. 김수영은 에커만의『괴테와의 대화』를 읽고 "시인은 영원한 배반자다. 촌초寸秒의 배반자다. 그 자신을 배반하고, 그 자신을 배반한 그 자신을 배반하고, 그 자신을 배반한 그 자신을 배반한 그 자신을 배반하고 …… 이렇게 무한히 배반하는 배반자, 배반을 배반하는 배반자 …… 이렇게 무한히 배반하는 배반자다"[13]라고 썼다. 김수영이 괴테 문학의 핵심을 '배반'이라고 쓴 것은 정확한 판단이었다. 임홍배 교수의 평가는 포괄적이다.

---

13   김수영, 「시인 정신은 미지(未知)」, 『김수영 전집』 2, 민음사, 2019, 346~347쪽.

베르터의 열정은 루카치G.Lukacs가 올바르게 통찰한 대로 독일의 전근대적 낙후성을 시민계급의 관점에서 비판하는 차원을 넘어서 **전면적인 인간해방의 파토스를 내장하고 있는 것이다**······『젊은 베르터의 고뇌』가 일체의 구속과 억압에서 벗어나 인간해방을 추구한 '슈투름 운트 드랑'의 정신을 구현한 대표작이라는 사실은 이런 역사적 맥락에서 이해되어야 할 것이다.[14]

신동엽 시인이 질풍노도 시대를 알았을까, 그런 질문은 별개의 문제다. 핵심은 『젊은 베르터의 고뇌』에 나타난 베르터의 사랑과 태도에 신 시인이 동의했다는 점이다. 베르터는 질풍노도의 인물형이었다. "내 인생을 시로 장식해 봤으면. 내 인생을 사랑으로 채워봤으면. **내 인생을 혁명으로 불질러 봤으면**. 세월은 흐른다. 그렇다고 서둘고 싶지 않다"[15]고 했던 신동엽에게는 시와 사랑과 혁명의 불을 지르기 위해 불쏘시개가 될만한 고전은 바로 이 소설이었을 것이다.

4) 생태주의가 넘치는 괴테 문학

1771년 5월에 시작하여 다음 해 12월에 끝나는 불같은 1년 8개월의 사랑을 담고 있다. 사건은 계절 변화와 사랑 변화가 그대로 어울리는 노드롭 프라이Northrop Frye, 1912~1991가 『비평의 해부』에 썼던 계절이 순환하는 신화적인 구조주의를 잘 보여주는 작품이랄 수 있겠다.

이 소설의 첫 문장은 "훌쩍 떠나온 것이 나는 얼마나 기쁜지 모른다!"

---

14   임홍배, 『괴테가 탐사한 근대』, 창비, 2014, 49쪽.
15   신동엽, 「서둘고 싶지 않다」, 『신동엽 산문전집』.

이다. 아무 의미가 없는 듯하지만 대단히 중요한 첫 문장이다. 어디서 어디로 왔기에, 어디서 훌쩍 떠나 여기로 온 것이 기쁘다고 썼을까. 프랑크푸르트라는 도시에서 싱그러운 자연이 풍만한 시골로 왔을 때 베르터는 자연 속에서 행복, 충만, 평안을 누린다.

1771년 5월 4일

이 도시 자체는 불쾌하지만 교외는 이루 말로 표현할 수 없이 아름다운 대자연으로 둘러싸여 있다. 이런 아름다움에 마음이 끌려서 이제 고인이 된 M 백작은 이 근방 언덕 위에다 그의 정원을 꾸몄을 것이다. 과연 이 부근의 언덕들은 말할 수 없이 다양한 아름다움을 지니고 서로 교차하며 정다운 계곡을 이루고 있다.

5월 12일

이 근처에 사람을 흘리는 정령精靈이 떠돌고 있는지, 그렇지 않으면 내 가슴속에 풍부한 상상력이 깃들여 있어서 그런지는 알 수 없지만, **나를 둘러싼 모든 것이 내게는 낙원 같다.** 거리를 벗어나면 바로 샘이 하나 있다. 나는 마치 멜루지네(고대 프랑스 전설에 나오는 물의 요정 – 역자)와 그 자매들처럼 그 샘이 지닌 마술의 힘에 이끌려 그 곁은 떠나지 못한다.민음사, 15쪽

사실 이 문장은 괴테 자신이 평생 향유했던 생태주의의 찬양이다. 소설 전반부에는 샘물이 품은 신비한 힘 등을 찬양한다. 귀족이면서도 완두콩을 직접 따서 껍질을 벗겨 냄비에 넣어 요리하는 자급자족을 즐기

는 베르터는 호메로스의 『오디세이아』를 읽는 행복을 편지에 쓰며 신화적인 행복을 복원시킨다. "신은 곧 자연"이라 했던 바뤼흐 스피노자^{Baruch Spinoza, 1632~1677}의 영향으로 비교되기도 한다.[16] 뿐만 아니라, 베르터가 보여주는 자연친화적이고 자급자족하는 모습은 산업혁명 이후 도시문화로 향하는 유럽 문명에 괴테가 경고하는 반항하는 인간의 모습이었다.

이처럼 자연친화적인 새로운 삶의 방식을 대안으로 보여주었다는 점에서 『젊은 베르터의 고뇌』는 독일의 초기 생태문학에 속한다고 할 수 있다. 베르터 자신은 그 대안을 끝까지 실현하는 데 실패했지만 그가 꿈꾼 새로운 세계는 여전히 많은 사람의 이상향으로 남아 있다.[17]

괴테가 평생 쓴 소설에는 도시문화에 대한 염려가 가득하다. 괴테는 『파우스트』 2권에서도 식민지 경영과 개발開發 독재를 반대하고, 시종 원시 상태의 자연을 찬양했다.

괴테 초기문학부터 나타나는 생태주의는 신동엽이 생각했던 생태주의와 비교된다. 김종철 선생은 신동엽 시는 도가적 생태문학이 핵심이라 했다. 김종철은 신동엽 문학을 '흙의 문학'으로 명명한다.

그는 우리에게 인간 본연의 자유롭고 소박한 '흙의 문화'의 가치를 일깨워 주고, 우리의 진정한 활로가 기존의 문명을 넘어 내다볼 줄 아는 우리

---

16   임홍배, 위의 책, 21쪽.
17   김용민, 『생태주의자 괴테』, 문학동네, 2019, 59쪽.

의 능력에 있음을 시사하였다. 이러한 생각을 그는 확고한 믿음을 가지고 일관되게 그리고 단순하게 말했다.[18]

김종철은 신동엽의 반反권위적이고 원시 반反봉건에 대한 몽상을 가졌다고 본다. 그는 신동엽이 삶의 원천적인 모습을 자연과 함께 본 전형적인, 순결한 시인으로 보았다. 본래 '흙의 문학'을 썼던 신동엽이 괴테 『젊은 베르터의 고뇌』 초반부에 나오는 자연예찬에 공명하지 않을 수 없었을 것이다.

> 7월 26일
>
> 로테를 너무 자주 만나지는 않겠다고 나는 벌써 몇 번이고 결심을 했다. 그러나, 과연 그것이 지켜질 수 있을는지! 나는 매일 유혹에 못 이겨 나가면서, 내일은 가지 말고 집에 머무르겠다고 스스로 굳게 다짐해 보곤 한다. 그러나 막상 날이 새고 내일이 오면, 나는 어쩔 수 없는 이유를 찾아 어느결에 그녀 옆에 와 있는 것이다. "내일도 또 오시겠지요?" 하고 로테가 헤어질 때 말한다면 어찌 그녀에게 가지 않고 견딜 수 있겠는가!(민음사, 68~60쪽)

애를 쓰면 애를 쓸수록 베르터는 자신의 사랑을 포기하지 못한다. 1771년 9월부터 1772년 1월 말에 로테에게 편지 쓸 때까지 7개월 가까이 로테에 대한 언급이 없다. 그러니까 베르터는 나름대로 일에 열중하

---

18   김종철, 「도가적 상상력」, 『시적 인간과 생태적 인간』, 삼인, 2018, 188쪽.

면서 로테를 잊으려고 무던히 애썼을 것이다._{임홍배, 위의 책, 33쪽}

'충족되지 못한 욕망'은 이 소설에서 중요한 문제다. 인정받지 못할 때, 인정욕구가 충족되지 않을 때, 부조리한 광기로 변한다. 문제는 그 욕망이 너무도 순수했는데 비극으로 끝날 때 독자는 상처받은 이와 함께 고통받는 것이다.

무엇보다도 편지글 형식으로 스토리를 전개했다는 점은 세계적인 유행을 불러일으켰다. 도스토옙스키는 데뷔작 『가난한 사람들』₁₈₄₆에서 괴테식의 서간체 형식을 써서 성공하기도 했다. 독자는 주인공이자 저자인 베르터의 고백을 듣는 빌헬름의 입장이 된다. 남의 편지를 읽는다는 것은 발신자와 수신자, 두 사람만이 나누는 속마음을 엿보는 묘한 엿보기 심리Peeping Tom, 觀淫症을 자극한다. 이제까지 영웅들의 이야기를 따라 읽어야 했던 유럽 문학에서 남의 마음을 엿보는 서간체 문학은 독자들의 몰입도를 최상으로 끌어올렸다.

아쉽게도 베르터는 로테에게 제대로 프러포즈도 못 했다. 알베르트Albert와 약혼한 사이라 하지만, 여덟 명의 동생을 살리라는 어머니의 유언을 들은 로테, 그것을 행하겠다는 알베르트의 책임감에 비해, 베르터는 준비가 안 되어 있었다. 로테에게서 떠나지 못하는 안타까운 베르터의 정열에 독자는 몰입된다. 베르터는 로테의 입술에 열정적인 키스를 퍼붓지만, 어쩔 수 없는 한계에 자살을 결심한다.

로테! 될 수만 있다면 당신을 위해서 목숨을 바치고 싶습니다. 당신을 위해 이 몸을 바치는 행복을 누려봤으면 했던 것입니다! 당신의 생활에 평화와 기쁨을 다시 찾게 해드릴 수만 있다면 나는 아무런 미련도 없이 기꺼이 용감하게 죽으려고 했습니다…….

로테! 당신이 손을 대고 만져서, 거룩하고 정결해진 이 옷을 입은 채로 나는 묻히고 싶습니다. 그것은 당신의 아버지께도 부탁드렸습니다…….

…… 탄환은 재어놓았습니다. 지금 열두 시를 치고 있습니다. 자, 그럼… 로테! 민음사, 201쪽

사랑의 죄는 오직 내게 있다며 방아쇠를 당긴다. 죽음으로 영원한 사랑, 변하지 않는 사랑을 증언한다. 주인공 베르터의 고뇌에 몰입된 독자는 마지막 문장에서 함께 무너진다.

정오 열두 시 정각에 그는 숨을 거뒀습니다. 법무관이 그곳 현장에서 지휘하고 선처했기 때문에 별다른 소동은 없었습니다. 밤 열한 시경 법무관의 알선으로 베르테르는 자신이 원했던 장소에 매장되었습니다. 그 늙은 법무관과 고의 아들들이 유해를 뒤따랐습니다. 알베르트는 따라갈 수가 없었습니다. 로테의 생명이 염려되었기 때문입니다. 일꾼들이 유해를 운반해 갔습니다. 성직자는 한 사람도 따라가지 않았습니다. 민음사, 214~215쪽

2권은 1771년 10월 20일부터 시작했다가 1772년 1월 8일로 건너뛴다. 그 겨울 2개월 동안 베르터는 눈물 흘리는 청년이다. 유서라 할 수 있는 마지막 길디긴 편지를 그는 1772년 12월 20일에 남긴다. 상실의 계절인 겨울에 주인공이 세상을 놓는 것으로 마친다.

괴테는 자신의 체험을 앞부분에 두고, 자살한 친구 예루살렘의 이야기를 뒷부분에 두어『젊은 베르터의 슬픔』을 홀린 듯 썼다. 불과 14주 만에 완성했기 때문일까. 작가가 홀리면 독자도 홀릴까. 전 유럽 독자를 홀린 이 소설처럼, 파란 연미복에 노란 조끼를 입은 '베르터 스타일'이 유행되었다.

이 소설을 읽고 두 가지 수용미학적인 반응이 일어났다. 심각하게는 실연당한 남자들이 베르터처럼 자살하는 모방 자살이 퍼지며 '베르터 신드롬'이라는 좋지 않은 영향도 있었다. 지금까지 금서가 되지 않은 이유는 이 작품을 모방자살의 교과서보다는 '실연失戀의 예방약'으로 받아들이는 독자들이 많았기 때문이지 않을까. 아리스토텔레스가 썼던 카타르시스 효과가 일어난 것이 아닐까. 베르터의 마지막 유서를 읽으며 독자는 함께 운다. 울면서 자신이 겪었던 영혼의 실연을 배설排泄, Katarsis 해버린 까닭일까. 실연한 사람들은 이 소설을 읽으며 베르터를 장례하며 자신의 허망虛妄도 위로하며 날렸을 것이다. 아직 뼈저린 사랑을 해본 적이 없는 청소년들은 이 소설을 읽으며 예방주사 맞듯 면역성을 키울지도 모르겠다.

3. 전경인의 총체적 사랑

괴테가 쓴『젊은 베르테르의 슬픔』이 생각납니다.

아름다운 처녀 로테를 짝사랑하는 '베르테르'.

로테는 급기야 남의 아내가 됩니다. 그러나 베르테르의 사랑은 조금도 변함이 없습니다. 마침내 베르테르는 로테의 앞날을 위해서 자기가 없어져야 된다는 것을 깨닫게 됩니다. 그러고선 로테에게 마지막 편지를 씁니다.

"로테여! 당신을 위해 죽고 당신을 위해 나를 버림으로써, 오직 한 가지, 나에게도 그 조그만 행복의 조각이나마 맛볼 기회가 있는 것이라면, 당신의 생애에 행복과 기쁨을 가져다줄 수 있는 것이라면 난 열 번이라도 백 번이라도 기꺼이 죽겠소."[19]

신동엽이 『젊은 베르터의 고뇌』를 인용했을 때, 겉 문장은 베르터의 지고하고 순수한 사랑에 주목했기 때문일 것이다.

신동엽의 방송 대본을 읽을 때 필자는 표면적 주제와 이면적 주제를 나누어 보곤 한다. 가령 한용운이나 이상화를 논하면서 신동엽은 강한 반일 민족주의를 대본에 쓰지 않았다. 당시 친일파가 주도했던 교육과정에 한용운과 이상화를 대중화 시키는 것이야말로 중요한 전략이었을 것이다. 라디오 대본에 신동엽은 역사적인 이야기를 쓰지 않았다. 그는 '검열사회'에서 가장 가능한 방식으로 한용운, 이상화, 괴테라는 이름이라도 기억해달라고, 전하고 싶지 않았을까. 필자는 신동엽이 이상화를 소개한 라디오 대본을 설명하면서 같은 이야기를 했다.

마찬가지로 『젊은 베르터의 고뇌』에서 베르터의 사랑에만 주목한다면, 이 작품에 깔린 저변의 혁명의지나 생태주의를 읽을 수 없다. 베르

---

19   신동엽, 「방송대본」, 위의 책, 413쪽.

터는 당시 계몽주의 계급주의 등에 반대하는 편지를 쓴다. 신동엽 작품에 나오는 사랑 시리즈 〈그 입술에 파인 그늘〉, 서사시 「금강」, 오페레타 〈석가탑〉 나오는 절대지고 한 연인의 사랑을 생각해 볼 수 있겠다.

이제 이 지점에서 신동엽이 시와 산문에서 반복해온 '짝사랑'의 의미를 반추할 수 있다. 신동엽이 '짝사랑'이라고 할 때 그 사랑은 단순히 남녀 간의 사랑을 넘어선다. 단순한 남녀 간의 사랑 같지만 그 사랑은 예술혼을 불태우는 사랑_{오페레타 〈석가탑〉}이다. 궁을 탈출한 여인과 혁명에 가담한 청년의 사랑 같지만 그 사랑은 개벽을 꿈꾸는 사랑_{서사시 「금강」}이다. 현대 전쟁에서 낙오한 남녀 병사의 우연한 만남을 통해 신동엽은 냉전을 극복하는 비극적 사랑_{시극 〈그 입술이 파인 그늘〉}을 재현하기도 했다. 그 핵심에 대지와 시와 혁명을 사랑하는 '전경인全耕人적인 사랑'이 자리한다.

시란 바로 생명의 발현인 것이다. 시란 우리 인식의 전부이며 세계 인식의 통일적 표현이며 생명의 침투며 생명의 파괴며 생명의 조직인 것이다. 하여 그것은 항시 보다 광범위한 정신의 집단과 호혜적 통로를 가지고 있어야 했다.

그래서 하나의 시가 논의될 때 무엇보다도 먼저 그것을 이야기해놓은 그 시인의 인간정신도의 시인혼이 문제되어져야 하는 것이다. 철학, 과학, 예술, 정치, 농사 등 현대에 와서 극 분업화된 이러한 인간이 가질 수 있는 모든 인식을 전체적으로 한 몸에 구현한 하나의 생명이 있어, 그의 생명으로 털어놓는 정신 어린 이야기가 있다면 그것은 가히 우리 시대 최고의 시

가 될 수 있을 것이다.[20]

극 분업화된 인간을 넘어 "모든 인식을 전체적으로 한 몸에 구현한 하나의 생명"을 지난 인간을 그는 '전경인全耕人'이라는 용어로 설명했다. 전경인이 하는 짝사랑은 극 분업화된 사랑을 넘어서는 자연과 혁명과 남녀가 사랑하는 총체적인 사랑일 것이다. 그 총체적인 사랑은 괴테의 『젊은 베르터의 고뇌』 그리고 이후에 『파우스트』까지 이어지는 괴테의 사랑과 통한다.

『춘향전』이나 『흥부전』이 영원한 고전으로 전승되는 까닭은 그것이 계급을 넘어서는 표면적 주제 이면적 주제를 갖고 있기 때문이다. 『춘향전』의 표면적 주제는 두 젊은이의 사랑 이야기다. 표면적 주제를 좋아하는 수용자는 양반 계층이었을 것이다. 그러나 이면적 주제는 양반과 기생이 사랑하는 계급타파의 의식을 갖고 있다. 당연히 이면적 주제를 좋아하는 수용자는 민중 계층이었을 것이다.

『흥부전』도 마찬가지다. 표면적 주제는 형제우애이고 이 주제는 평범하게 양반 계층이 좋아했을 교육적 내용이다. 이면적 주제는 조선말 광범하게 퍼졌던 졸부 양반 놀부에 대한 비판의식이 가득하다.

『젊은 베르터의 고뇌』도 비슷하게 표면적 주제와 이면적 주제가 있다. 이 소설의 표면적 주제는 두 젊은이의 이룰 수 없는 사랑이다. 이면적 주제로는 생태주의 사랑, 계급타파 의식, 당시의 답답한 윤리의식 비

20　신동엽, 「시인정신론」, 『신동엽 산문전집』, 창비, 2019, 102쪽.

판 등이 깔려 있다.

	괴테『젊은 베르터의 고뇌』	신동엽 라디오 대본
1.표면적 주제, 사랑	지고지순한 사랑 예찬	폭력적 사랑과 구별되는 고귀한 짝사랑
2. 이면적 주제, 혁명 의지	당시 유럽 사회의 고정관념에 반대하는 질풍노도 사상의 흔적	'엠프촌'에 반대하는 혁명적 의지로 세상을 변화시키고자 했던 등장인물들
3. 생태 공동체의 사유	소설 첫 부분부터 도시문화에 반대하며 생태주의를 찬양한다.	자연 그대로의 원수성(原數性) 세계를 복원하는 전경인(全耕人) 사상을 주장
4. 이후 작품 생활의 영향	『서동시집』,『괴테와의 대화』,『파우스트』2권을 통해 베르터 같은 혁명적 인간 유형을 확대 재생한다.	시극 〈그 입술에 파인 그늘〉, 서사시 「금강」, 오페레타 〈석가탑〉을 통해 표면적으로는 사랑 이야기이지만, 이면적으로 혁명적 이야기를 썼다.

　『젊은 베르터의 고뇌』에 나오는 표면적 주제인 사랑, 이면적 주제인 당시 고정관념을 부수려는 혁명적 개인의 모습을 신동엽은 라디오 대본으로 쓰지 않았을까. 괴테의 이 소설에는, 첫째 지고지순한 사랑, 둘째 혁명적 의지, 셋째 생태 공동체의 사유가 들어 있다. 사랑과 혁명의지와 생태 공동체를 작품화 한 괴테의 세계관은 신동엽의 작품 세계와 유사하다. 그것은 A에게서 B가 영향을 받았다는 진화론적인 관계가 아니라, 신동엽의 아잇적부터의 사유가 괴테의 사유와 비슷했기 때문일 것이다.

　괴테의 세계관과 신동엽의 세계관은 많이 닮았다. 만난 적 없는 두 작가, 우연하고도 아름다운 두 사상가의 만남이다.

한용운과
신동엽의 '하늘'

김응교

1. 한용운을 읽은 신동엽

　한용운1879~1944이란 이름 석 자를 듣기만 해도 우리는 어떤 웅덩이에서 헤어 나오지 못한다. '교과서 시인'이라는 오래된 웅덩이다. 한국인이 한용운을 처음 만나는 공간은 대부분 교과서라는 공간이다. 국어 교과서에는 한용운의 시 몇 편만 실려 있다. 한국인은 몇 편의 시로 한용운의 전체라고 판단하고 암기해 왔다. 교과서에 따른 시험에는 정답은 하나만 있을 뿐이다. 한용운의 '님'은 무조건 '조국'이어야 답이 된다.

　새로운 시각에서 한용운 시에 다가갈 방법은 있을까. 다른 시인과 비교해서 보며 보이지 않던 부분이 보이기도 한다. 이 글에서 필자는 신동엽 시인이 본 한용운의 시를 살펴보려 한다. 나아가 신동엽 시에 나오는

'하늘'과 한용운 시에 나오는 '하늘'을 비교해 보려 한다.

연구대상은 신동엽 시인이 1967~1968년에 쓴 '라디오 방송 대본'이다. 2018년 신동엽의 라디오 대본을 다시 복원하는 시도이대성 기획가 이루어졌다. 신동엽학회는 신동엽 시인의 라디오 방송 대본 7편에 목소리를 담아 총 7편의 팟캐스트를 제작했다. 팟빵podbbang.com 검색 창에서 〈내 마음 끝까지〉그림 1)를 검색하면 인터넷 다시 듣기를 통해 7편의 방송을 모두 들을 수 있다. 7편의 방송은 현대를 사는 이들에게 전하는 신동엽 시인의 따뜻하고 희망적인 응원의 메시지이다. 현재 라디오 대본을 복원한 내용은 유튜브 '시인 신동엽학회' 채널에 실려 있다.

이 방송 대본 복원에 참여했던 박은미는 신동엽의 라디오 대본을 연구한 논문[1]을 발표했다. 이 논문은 7편의 방송을 오프닝, 핵심어, 인용 작품, 작가의 말, 마지막 멘트로 나누어 신동엽 라디오 대본의 전모를 분석했다. 거의 같은 시기에 강형철·김윤태 편 『신동엽 산문전집』창비, 2019에 신동엽 방송대본 〈내 마음 끝까지〉가 실린다. 엮은이들은 이번 전집에 방송대본을 넣은 이유를 설명했다.

1967~68년경 동양라디오를 통해 방송되었던 '내 마음 끝까지'라는 프로그램이 바로 그것이다. 이 방송대본은 전통적인 문학 장르 바깥의 글쓰기라는 점에서도 흥미롭거니와, 라디오방송 매체를 통해 전달되는 구술성이 강한 장르라는 점에서 색다른 맛을 우리는 느낄 수 있을 것이다.

---

1   박은미, 「신동엽 시인의 라디오 대본 연구」, 『리터러시연구』 제10권 제2호, 한국리터러시학회, 2019.4.

문학적 글쓰기의 바깥이라고 말했지만 그것 역시 문학인 신동엽이 쓴 '글'이라는 점을 고려할 때 구태여 이 산문전집에서 제외시켜야 할 특별한 이유도 없다고 보아, 우리는 이 방송대본을 과감히 신자료 발굴을 겸하여 수록하기로 했다.[2]

전집 엮은이들이 라디오 대본을 문학의 '바깥'으로 표현한 것이 흥미롭다. 필자는 이 라디오 대본을 1960년대 엠프촌에 맞서는 '전략적 바깥'으로 파악한다.

이어서 방송 대본 복원을 기획한 이대성은 박사논문[3] 3절에서 신동엽 라디오 대본을 꼼꼼히 분석한다. 이대성은 『중앙일보』 방송표에서 〈내 마음 끝까지〉 방송을 확인했다. 대본을 분석하면서 여성을 대상으로 한 내용이 많고, DJ가 신동엽이 아니라 여성이었을 가능성이 크다고 제시한다. 이후 김응교[4]는 신동엽이 쓴 라디오 대본에서 괴테를 어떻게 소개했는지, 특히 『젊은 베르터의 고뇌』에 나타난 사상과 신동엽의 사상을 비교하여 분석했다.

한용운과 신동엽을 비교한 논문도 있다. 김옥순의 연구[5]는 '유토피아'의 시각에서 두 시인의 이미지와 사상을 비교한다.

---

2   강형철·김윤태 편, 『신동엽 산문전집』, 창비, 2019, 12쪽.

3   이대성, 「신동엽 시에 나타난 인유 양상과 그 효과 연구」, 서강대 박사논문, 2019.12.

4   김응교, 「신동엽의 라디오 대본과 괴테의 『젊은 베르터의 고뇌』─신동엽 연구(9)」, 『한국언어문화』, 한국언어문학학회, 2021.

5   김옥순, 「한국 근대시에 나타난 유토피아에 대하여─한용운과 신동엽의 시를 중심으로」, 『이화어문논집』 제18집, 2000.

이번 글에서는 신동엽이 라디오 대본에 한용운 시 「알 수 없어요」를 어떻게 소개하는지 살펴보고, 신동엽의 「누가 하늘을 보았다 하는가」와 비교하여 생각해 보려 한다. 두 시인의 다른 시에서 '하늘'이 어떻게 소개되고 있는지도 살펴보려 한다.

마지막으로 두 시인의 '하늘'을 유토피아와 헤테로토피아로 나누어 생각해 보려 한다. 푸코Foucault가 『헤테로토피아』[6]에서 소개한 '헤테로토피아Heterotopia'는 우리가 살고 있는 일상적 공간으로, 어디에도 존재하지 않는 유토피아 공간과 달리 현실에 실재하며 현실세계와 정반대의 기능을 갖는 일시적 공간이다. 이 글을 통해 한용운과 신동엽을 새롭게 이해하는 틈이 열린다면 다행이겠다.

2. 한용운과 신동엽이 체험한 사건과 '하늘'

신동엽은 라디오 대본에서 한용운의 시 「알 수 없어요」를 소개한다. 아래는 시의 전문인데 신동엽이 처음에 1연만 소개한다. 일단 전문을 인용한다.

바람도 없는 공중에 수직垂直의 파문을 내이며

고요히 떨어지는 오동잎은 누구의 발자취입니까.

---

6   미셸 푸코, 이상길 역, 『헤테로토피아』, 문학과지성사, 2014.

지리한 장마 끝에 서풍에 몰려가는 검은 구름의 터진 틈으로
언뜻언뜻 보이는 <u>푸른 하늘은 누구의 얼굴입니까.</u>

꽃도 없는 깊은 나무에 푸른 이끼를 거쳐서 옛 탑塔 위의
고요한 하늘을 스치는 알 수 없는 향기는 누구의 입김입니까.
근원은 알지도 못할 곳에서 나서 돌뿌리를 울리고
가늘게 흐르는 작은 시내는 구비구비 누구의 노래입니까.

연꽃 같은 발꿈치로 가이 없는 바다를 밟고 옥 같은 손으로
끝없는 하늘을 만지면서 떨어지는 해를 곱게 단장하는 저녁놀은 누구
의 시詩입니까.

타고 남은 재가 다시 기름이 됩니다.
그칠 줄을 모르고 타는 나의 가슴은 누구의 밤을 지키는 약한 등불입니까.
— 한용운, 「알 수 없어요」 전문강조는 인용자

이 시를 대부분 4연의 절정 부분을 강조해서 해석한다. 앞부분은 암
시暗示의 부분이다. 시란 무의식을 필터링 없이 언어로 내놓는 장르다. 시
는 모든 것을 써서 전달하면 안 된다. 시는 넌지시 암시만 한다. 반 절만
써서 독자에게 넘기면 독자는 나머지 반 절을 스스로 상상해서 완성시
켜야 한다. 만해는 역설과 암시로 이루어진 보석 같은 시를 써냈다.

이 시는 '누구'를 형상하는 것이 다섯 가지로 나온다. 보조관념(B)과

원관념(A)이 짝을 이룬 구조다. 유사한 통사구조를 반복시키는 구조다.

첫째, 오동잎은 누구의 '발자취'라며 아랫부분을 암시한다. 둘째, 푸른 하늘은 누구의 얼굴이라며 얼굴을 암시한다. 셋째, 알 수 없는 향기는 누구의 입김이라며 숨결을 암시한다. 넷째, 작은 시내는 누구의 노래라며 절대자의 노래를 암시한다. 다섯째로 저녁놀은 누구의 詩라며 최고의 상징을 시로 상징한다. 마지막 여섯째로 이제 나의 가슴은 누구의 밤을 지키는 약한 등불이냐고 묻는다. 보조관념과 원관념의 관계로 도표로 그리면 다음과 같다.

	보조관념(B) 자연물	원관념(A) 누구[보살]의 이미지
1	오동잎	누구의 발자취
2	푸른 하늘	누구의 얼굴
3	나무의 향기	누구의 입김
4	시냇물	누구의 입 노래
5	연꽃	누구의 발꿈치
	저녁놀	누구의 詩
6	타고 남은 재가 다시 기름이 되는 지평	
	그칠줄 모르는 나의 가슴	누구의 밤을 지키는 약한 등불

여섯 가지 보조관념과 원관념이 대비되는 구조로 짜여 있다. 여섯 가지 모두 "―입니까"라는 의문형으로 끝난다. 초월적 존재를 알 수 없기에 나는 각성하며 끊임없이 성찰해야 하는 것이다. 다만 화자는 "타고 남은 재가 다시 기름이 됩니다"라고 한다. 이 문장에는 네 가지 의미가 있다.

첫째는 역설이다. 타고 남은 재가 다시 기름이 될 리는 없다.

둘째, 불교의 윤회 사상을 깔고 있는 표현이다.

셋째, 절대 진리로 향한 지향성으로, 그칠 줄 모르고 타오르겠다는 다짐이다.

넷째, 여섯 가지 모두 질문만 하다가, 마지막에 이르러 적극적인 태도를 보여준다. 다 타 버려도 온몸으로 타오르겠다며 적극적으로 다짐하는 것이다. 진리를 향한 끝없는 구도 정신이다.

여기서 신동엽이 주목하는 것은 한용운에게 나타난 '푸른 하늘'과 '누구의 얼굴'이다.

첫째, 하늘은 영원한 진리, 혹은 보살의 얼굴이다. 「알 수 없어요」에 하늘은 3번 나온다. 그 하늘은 3연에 "옛 탑塔위의 **고요한 하늘**을 스치는 알 수 없는 향기"라며 고요한 공간으로 나온다. 4연에 "옥 같은 손으로 **끝없는 하늘**을 만지면서"라고 다시 나온다.

둘째, 한용운의 시에서 하늘은 공간적 배경일 때가 있다. "당신이 나를 두고 멀리 가신 뒤로는, 나는 기쁨이라고는 달도 없는 **가을 하늘**에 외기러기의 발자취만치도 없습니다. // 가물고 더운 **여름 하늘**에 소낙비가 지나간 뒤에"「쾌락」에서 가을 하늘은 외기러기를 더 외롭게 보이게 하고, 여름 하늘은 강렬한 소낙비를 상상하게 하는 배경이다.

셋째, "하늘의 푸른빛과 같이 깨끗한 죽음은 군동群動을 정화淨化합니다"「슬픔의 삼매(三昧)」에서 하늘의 푸른빛은 깨끗한 죽음으로 은유 된다. 「알 수 없어요」에 보이는 영원한 진리의 얼굴에 조금 가까운 이미지를 보여준다.

넷째, 구체적으로 하늘은 평등 세상을 상징하기도 한다. 한용운의 산문에서도 하늘의 의미는 여러 번 나타난다. "조선이 독립하는 것은 하늘의 뜻이며 누구도 저지할 수 없다"고 한용운은 강조했다.

> 침략자의 압박하에서 신음하던 민족은 하늘을 날 기상과 강물을 쪼갤
> 형세로 독립·자결을 위해 분투하게 되었으니 폴란드의 독립 선언, 체코의
> 독립, 아일랜드의 독립 선언, 조선의 독립 선언이 그것이다(3월 1일까지의
> 상태).
> 각 민족의 독립 자결은 자존성의 본능이요, 세계의 대세이며, 하늘이
> 찬동하는 바로서 전인류의 앞날에 올 행복의 근원이다. 누가 이를 억제하
> 고 누가 이것을 막을 것인가.[7]

이러한 사상은 한용운이 익혀온 불교의 자유와 평등사상과 맞닿아
있다. 이 문장에서 '(3월 1일까지의 상태)'라고 쓴 부분에 주목해야 한다. 한
용운은 1919년 3·1운동의 민족지도자 33인 중 한 명이었다. 33인 중 불
교계는 두 명이었으니 그 역할이 얼마나 무거웠을까. 한용운은 3·1운동
에 참여하여 이후 체포되어 감옥생활을 하면서 '예외적 사건'을 경험한
다. 그야말로 알랭 바디우가 언급한 '사건-충실성-주체'라는 연쇄의 의
미를 몸으로 체험했던 것이다. 3·1운동 이후에 한용운 조선 독립의 적
극적 주창자로 변신한다. 3·1운동이라는 진리 사건을 체험하고, 한용운
은 1919년 7월 10일 서대문 형무소에서 『조선독립의 서』를 쓴다.[8] 한용

---

7 아래 자료 원문에 '하늘'은 한글이 아니라, 한자로 써 있다. 위 인용문은 번역문으로
   올린 글이다(한용운, 「조선독립에 대한 감상개요」, 『독립신문』, 1919.11.4).
8 양계초나 후쿠자와 유키치 류의 문명론에 영향을 받은 계몽주의자 시각에서 적극적
   인 민족주의자로 변모한 계기를 고봉준은 3·1운동으로 보고, 알랭 바디우의 '진리

운이 위의 인용문에 쓴 '하늘'은 바로 3·1운동이라는 실제 사건으로서의 헤테로토피아 공간을 의미한다.

이 현실에 '하늘'을 이루기 위해 한용운의 여러 역할을 했다. 그는 시나 소설이나 강론집 모두 대중적인 문체로 쉬운 글을 썼다. 그의 사상은 불교를 넘어 기독교와 근대철학사회 사상을 포괄하고 있었다. 그는 불교를 종교의 차원을 넘어 근대적인 사상의 차원으로 확장시키려 했다. 만해는 민족의 자유와 평등을 주장하면서도 민족에 갇히지 않았다. 만해가 머물던 심우장尋牛莊에는 '무애자재無碍自在', 곧 아무 거리낌 없이 자유자재하다는 액자가 걸려 있었다. 그것이 바로 만해의 사상과 문학이었다. 그의 글은 삶이 증명하고, 그의 삶은 글이 증명하는 지행합일知行合一의 삶을 살려고 애썼다.

넷째 한용운의 하늘은 그렇다고 주체를 노예로 만들지 않는다. 견우와 직녀의 사랑은 성스러워야 하는데, 그들의 사랑이 보이지 않는다 곧 확인할 수 없다며, 화자는 "나를 하늘로 오라고 손짓을 한 대도 나는 가지 않겠습니다"「칠석」라고 말한다. 시적 화자의 주체를 중요하게 보여주는 시어다. 한용운은 하늘에 무조건 의지하지 않는다.

"나는 '일을 이룸이 하늘에 있다'는 주장에 의혹을 품게 된 후에 비로소 조선불교유신의 책임이 천운이나 남에게 있는 것이 아니라 나에게 있다는 것임을 알았다"[9]고 한용운은 썼다. 천운天運이나 남에게 조선불교

사건'과 연결시킨다. 고봉준, 「'사건'으로서의 3·1운동과 1920년대 시문학」, 『근대시의 이념들』, 소명출판, 2020, 266~280쪽.

9   한용운, 이원섭 역, 「머리말」, 『조선불교유신론』, 운주사, 2021.

유신의 책임이 있는 것이 아니라, 나 자신에게 있다고 명확히 밝힌다.

라디오 대본에서 신동엽은 「알 수 없어요」 1연만 나레이션 하고 하늘과 얼굴에 대해 집중해서 설명한다.

> 찢어진 검은 구름 사이로 잠깐잠깐 나타났다 스러지는 맑고 푸른 하늘…… 그 하늘은 누구의 얼굴일까…… 우주의 얼굴일까…… 영원의 얼굴일까…… 허무, 그것의 얼굴일까…… 아니면 우리들의 가슴 속을 흐르는
> 맑고,
> 깊고
> 멀고 먼, 영원의 강물일까…….[10]

만해에게서 하늘은 또한 '근원적인 진리' 혹은 '궁극적 관심Ultimate Concern'일 수도 있다. 그것을 신동엽은 "맑고, / 깊고 / 멀고 먼, 영원의 강물'로 표현했다. 신동엽은 여기까지 쓰고 만해 한용운의 일생을 간단하게 소개한 뒤, 신동엽은 2, 3, 4연을 낭독한다. 그리고 다시 얼굴에 집중하는 나레이션을 올린다.

> 당신의 얼굴은
> 달도 아니엇만
> 산 넘고 물 건너

---

10   신동엽, 「방송대본」, 『신동엽 산문전집』, 창비, 2019, 391쪽.

나의 마음을 비칩니다.[11]

당신의 얼굴이란 한용운에게 '푸른 하늘'이다. 신동엽의 이러한 표현은 그의 시 「누가 하늘을 보았다 하는가」를 떠올리게 한다. 신동엽의 시에는 하늘이 여러 의미로 등장한다.

첫째, 시를 시작하는 동기를 하늘이 제공한다. 서사시 「금강」을 착상하는 동기에도 "어느해 / 여름 錦江변을 소요하다 / **나는 하늘을 봤다**"제3장고 표현했다. 부여의 금강은 그의 상상력의 젖줄과 같은 동기를 주곤 한다. 그에게 백제는 "천오백 년, 별로 / 오랜 세월이 / 아니다"제5장라고 고백된다. "어제 진 / 백제 때 꽃구름 / 비단 치맛폭 끄을던 / 그 봄 하늘의 / 바람소리여"로 표현되듯이, 그에게 백제는 바로 '어제'처럼 가깝기만 하다. 백제가 이토록 가깝게 느껴지는 이유는 특별한 까닭이 있기 때문이다.

둘째, 신동엽 시에서 하늘은 궁극적 진리나 영원한 평등 세상을 의미한다.

누가 **하늘**을 보았다 하는가
누가 구름송이 없이 맑은
하늘을 보았다 하는가.

네가 본 건, 먹구름

---

11   신동엽, 위의 글, 393쪽.

그걸 **하늘로** 알고

일생一生을 살아갔다.

네가 본 건, 지붕 덮은

쇠항아리,

그걸 **하늘로** 알고

일생을 살아갔다.

닦아라, 사람들아

네 마음속 구름

찢어라, 사람들아

네 머리 덮은 쇠항아리.

아침 저녁

네 마음속 구름을 닦고

티 없이 맑은 영원永遠의 **하늘**

볼 수 있는 사람은

외경畏敬을

알리라

아침 저녁

네 머리 위 쇠항아릴 찢고

티 없이 맑은 구원久遠의 **하늘**

마실 수 있는 사람은

연민憐憫을

알리라

차마 삼가서

발걸음도 조심

마음 아모리며.

서럽게

아 엄숙한 세상을

서럽게

눈물 흘려

살아가리라

누가 하늘을 보았다 하는가,

누가 구름 한 자락 없이 맑은

하늘을 보았다 하는가.

——「누가 하늘을 보았다 하는가」 전문, 84~85쪽[12]

---

12   본문에 인용한 쪽수는 『신동엽 시전집』, 창작과비평사, 1975의 쪽수이다.

시는 "누가 하늘을 보았다 하는가"라는 느닷없는 질문으로 시작된다. 이 시에서 '하늘'은 제목을 포함하여 9번 나온다. 신동엽은 왜 이토록 하늘을 강조했을까. 앞에서 한용운이 하늘에 거의 긍정적인 것을 상징했듯이, 신동엽의 하늘도 인간이 추구해야 할 이상향, 영원한 진리로 나온다. 좋은 하늘을 못 보게 막는 것이 "쇠항아리" 같은 "먹구름"이다. 한반도에서 살고 있는 민초들은 도대체 "구름 한 송이 없이 맑은 하늘"조차 보지 못했다. 사람들은 아예 먹구름이 하늘이라고 생각하는 디스토피아에서 만족하며 살아간다. 당연히 먹구름을 찢어야 "티없이 맑은 영원永遠의 하늘"을 볼 수 있으며 외경畏敬을 알고, "티없이 맑은 구원久遠의 하늘"을 볼 수 있어야 "연민"을 알 수 있다. 하늘, 곧 궁극적 진리를 아는 사람만이 "서럽게 / 눈물 흘"리며 인간다운 삶을 "살아가"는 것이다.

그 하늘을 물리적 고향을 포함한 영원한 고향이다. 그래서 "하늘에 / 흰 구름을 보고서 / 이 세상에 나온 것들의 / 고향을 생각했다"「고향」, 1968

신동엽의 「금강」에서 '하늘'은 동학이 가르치는 개벽開闢한 세상을 뜻한다. 이때 하늘은 한용운이 평등세상과 독립된 세상을 꿈꾸던 바로 그 구체적인 하늘이다.

1860년 4월 5일
기름 흐르는 신록의 감나무 그늘 아래서
水雲은,
하늘을 봤다.
바위 찍은 감격, 永遠의

빛나는 하늘.

—「제2장」에서

어느 해
여름 錦江변을 소요하다
나는 **하늘**을 봤다.

빛나는 눈동자.
너의 눈은
밤 깊은 얼굴 앞에
빛나고 있었다.

—「제3장」에서

하늬는 **하늘**을 봤다
永遠의 하늘,
내것도,
네것도 없이,
거기 영원의 **하늘**이
흘러가고 있었다.

—「제9장」에서

우리들은 보았어. 永遠의 **하늘**,

우리들은 만졌어 永遠의 江물, 그리고 쪼갰어,

돌 속의 사랑. 돌 속의 하늘.

—「제22장」에서

「금강」에서 말하는 하늘은 관념적인 하늘이 아니다. 단순한 민족주의를 넘어서는 인간 실존과 역사의 궁극적인 평화로 향하는 구체적인 현실이다. "사람은 한울님이니라 / 노비도 농삿군도 천민도 / 사람은 한울님이니라"「금강」, 133쪽라고 썼듯이, 이때 신동엽에게 하늘은 최수운이 득도하는 순간이며, 동학혁명의 순간이며, 3·1운동이고 4월 혁명의 순간이다. '하나의 도道'를 상징하는 하늘에서 구체적으로 현실에 이루어지는 대동생명세상까지 모두 하늘로 상징되고 있다.

그러나 신동엽 시에 나오는 하늘은 지상의 비극을 목도하는 하늘이기도 하다.

일요일 아침, 화창한

도오꾜 교외 논 뚝 길을

한국 하늘, 어제 날아간

異國 병사는

걷고.

히말라야 山麓

土幕가 서성거리는 哨兵은

흙 묻은 생 고무말 벗겨 넘기면서

하루삔 땅 두고 온 눈동자를

회상코 있을 것이다.

흰구름, 하늘

제트 수송편대가

해협을 건너면,

빨래 널린 마을

맨발 벗은 아해들은

쏟아져 나와 구경을 하고.

——「風景」, 現大文學, 1960. 2월호 부분

시집의 두번째 시 「風景」에는 한반도를 포함하여, 세계적인 포스트 식민지의 '풍경'을 드러내고 있다. 그리고 이 시에는 "어제 의정부에서 떠난 백인 병사는 / 오늘 밤, 死海가의 / 이스라엘 선술집서, / 주인집 가난한 처녀에게 / 팁을 주고"⁴연라고 하여 한반도가 겪고 있는 식민지 이후의 고통이 한반도에만 끝나는 것이 아니라, 이스라엘로 이어지고 있음을 지적하고 있다. 구舊식민지 이후 신新식민지를 개척해 가는 제국의 군대를 묘사하고 있는 것이다. 2연의 도쿄, 3연의 히말라야 산록과 하얼빈, 4연은 의정부와 이스라엘, 5연은 1연의 반복이다. 6, 7, 8연은 지중해 바닷가, 9연은 동방에서 서방으로 이어지는 굵은 송유관, 10연은 지리산 마을, 11연은 고원, 12연은 고비사막으로 이어진다.

「아사녀의 울리는 축고」에서는 '아사녀'를 바다 밑 용트림 휘 올라

어제 우리들의 역사밭을 얼음 꽃 피운 억천만 돌창 떼 뿌리 세워 하늘로 반란'하는 주체자로 나타내고 있다.

> 그리고 언젠가 보았지.
> 세종로 고층건물 공사장,
> 자갈지게 등짐하던 勞動者 하나이
> 허리를 다쳐 쓰러져 있었지.
> 그 소년의 아버지였을까.
> **半島의 하늘 높이서 太陽이 쏟아지고,**
> 싸늘한 땀방울 뿜어낸 이마엔 세 줄기 강물,
> 대륙의 섬나라의
> 그리고 또 오늘 저 새로운 銀行國의
> 물결이 딩굴고 있었다.
>
> —「鍾路五街」 전문, 『東西春秋』, 1967.6

이 시는, 국민학교를 갓 나온 듯한 소년이 종로5가에 서서 비에 젖어 있는 화자話者에게 동대문이 어디인가 묻는 질문에서 시작한다. 이 소년은 "봄이 가고 여름이 오면 부황 든 보리죽 툇마루 아래 빈 토끼집"에 "머리 쥐어뜯으며 쓰러져 있는"「주린 땅의 지도원리」 어린 동생일 수도 있고, "눈이 오는 날" "쓰레기 통을 뒤"지다 미군의 총에 맞아 죽은 어린 소년일 수도 있다. 중요한 것은 이 소년에게 "맑고 큰" 눈동자가 있고, 시인은 이 소년을 빌려 모순된 사회를 딛고 대두하는 민중세력의 씨앗을 제시하고 있다는 사실이다.

소년과 더불어 두 사람이 더 등장한다. 소년의 아버지일지 모르는 허리 다쳐 쓰러진 노동자, 소년의 누이일지 모를 부은 한쪽 눈의 창부娼婦가 등장한다. 이러한 등장인물을 통해서 신동엽은 1950~1960년대의 사회 문제로서 중요하게 지적되어 온 도시빈민 문제를 담아내고 있다.

여기서 하늘은 지상의 계급사회를 목도하며 "태양을 쏟아내는" 위치에 있다. 종로5가에서 헤어진 '소년'의 존재성은 그런 것이다. 보이지 않지만, 과거와 현재에 경험한 대상을 통해 그 대상을 부수고 미래에 존재한다. 이처럼 신동엽이 상상하는 과거와 그가 체험한 현재는 오늘 우리가 사는 시공간 속에서 새롭게 창조되어 실재한다. 신동엽이 놓친 '소년'이 오늘 수없이 존재하기 때문이다.

남해에서 북강까지 넘실대는 물결 동해에서 서해까지 팔랑대는 꽃밭 땅에서 **하늘로 치솟는 무지개빛** 분수 이름은 잊었지만 뭐라군가 불리우는 그 중립국에선 하나에서 백까지가 다 대학 나온 농민들 추럭을 두 대씩이나 가지고 대리석 별장에서 산다지만 대통령 이름은 잘 몰라도 새이름 꽃이름 지휘자이름 극작가이름은 훤하더란다 애당초 어느쪽 패거리에도 총 쏘는 야만엔 가담치 않기로 작정한 그 知性 그래서 어린이들은 사람 죽이는 시늉을 아니하고도 아름다운 놀이 꽃동산처럼 풍요로운 나라, 억만금을 준대도 싫었다 자기네 포도밭은 사람 상처내는 미사일기지도 땡크기지도 들어올 수 없소 끝끝내 사나이나라 배짱 지킨 국민들, 반도의 달밤 무너진 성터가의 입맞춤이며 푸짐한 타작소리 춤 思索뿐 **하늘로 가는 길**가엔 황토

빛 노을 물든 석양 大統領이라고 하는 직함을 가진 신사가 자전거 꽁무니에 막거리병을 싣고 삼십 리 시골길 시인의 집을 놀러 가더란다.

— 신동엽, 「산문시 1」, 『월간문학』, 1968.11 창간호

신동엽이 꿈꾸던 가장 구체적인 세계의 모형은 스칸디나비아반도에 있는 민주공화국이었다. 그는 그 나라에서 일어나는 너무도 평범한 일상을 서술하면서 "하늘로 치솟는 무지개", "하늘로 가는 길가"라는 표현으로, 하늘을 영원한 유토피아로, 스칸디나비아반도의 평화공동체는 헤테로토피아로 설정하고 있다. 신동엽이 생각하는 평화 이데아에는 "중립의 초례청"에서 언급한 '중립'에 있다.

김종철은 신동엽이 말하는 '중립'의 의미를 공감했다. 김종철은 저항적 성격이 강조된 도가道家의 '무위' 개념에 비추어 신동엽의 '하늘'을 해석했다. 신화적인 '영원'을 지향하지만 현실에 기초하고 있다는 김종철의 평가는 적확하다.

잠시 「금강」을 통해, 우리는 '영원'의 개념이 신동엽에게는 역사적 투쟁에 직결되어 있는 개념임을 확인한다. 이 시에서 시인은, 동학혁명과 4·19혁명의 경험을 한국 현대사에 '영원의 하늘'이 잠깐 열렸던 경험으로 이야기한다. 그가 보는 방식으로는, 반봉건·반외세와 반독재 투쟁 사이에, 그것들이 본질적으로 민중의 자기해방운동의 표현인 한, 특별히 주목해야 할 차이는 없었다. 이 시의 중심적 줄거리를 이루는 동학혁명은 결과적으로 성공하지 못한, 민중의 패배로 끝난 혁명운동이었다. 그러나 시 「금강」

이 암암리에 품고 있는 주제는, 그것이 비록 실패로 끝난 운동이라고 해도, 그것을 통해 '영원의 하늘'을 잠깐 동안 이나마 보는 집단적인 체험이 가능했고, 그 경험과 그 경험에의 기억은 우리의 비극적인 현대사에 다른 무엇을 대치될 수 없는 빛이 되어왔다는 것이다. 실제로, 시인은 이 시의 말미에서 주인공 신하늬의 죽음 뒤에 그의 아들의 출생을 이야기함으로써, 어떠한 좌절에도 불구하고 민중 속에서 끊어지지 않고 지속될 해방운동을 암시하고 있다. [13]

이렇게 역사가 자연의 물처럼 흘러가면서 이루어지는 민중과 물질의 동일시를 통해 유물론적이자 역사적인 관점에서 살펴볼 때, 인간은 자신들의 존재를 확인할 수 있는 생산과정 속에서 자연과 관계를 맺고 있다고 정의내릴 수 있다. 중요한 구절은 "동학혁명과 4·19혁명의 경험을 한국 현대사에 '영원의 하늘'이 잠깐 열렸던 경험으로 이야기한다"는 언급이다. 김종철은 '영원'의 개념을 지속적으로 민중사에 존재해 온 것이라고 파악한다. 신동엽의 역사관을 신화와 같이 다분히 반복적이며 순환적이라고 언급하면서 "어떤 좌절에도 불구하고 민중 속에서 끊어지지 않고 지속될 해방운동"에 주목한다. 신동엽과 김종철이 보았던 사건, 동학혁명과 4·19혁명은 이 나라 역사에 잠시 보였던 "영원의 하늘"이었고, 잠깐 펼쳐진 헤테로토피아였던 것이다.

---

13 김종철, 「신동엽의 道家的 想像力」, 『창작과 비평』, 1989.봄.

3. 유토피아로서 하늘, 헤테로토피아로서 하늘

'헤테로토피아'란 유토피아가 현실화된 일시적 공간, '현실에 존재하는 유토피아'다. 다시 말해서 유토피아가 현실에는 없는 세계라면, 헤테로토피아는 현실에 일시적으로 존재하는 사회를 뜻한다.

인간은 누구나 자기만의 헤테로토피아를 누리며 이 땅의 권태나 슬픔을 견딘다. 아이들이 찾아가는 PC방, 침대 위나 밑에서 부모가 없을 때 아이들이 만드는 자기만의 공간, 어른들이 매춘하는 장소, 박물관, 미술관, 영화관 등이 헤테로토피아의 공간이다. 이런 곳에는 일시적인 유토피아를 누리게 한다. 헤테로토피아에서는 내가 객체가 아니라 주체가 된다.

한용운과 신동엽에게서 '하늘'은 궁극적 진리를 의미한다. 두 시인에게는 인간이 닿을 수 없는 영원한 진리의 유토피아로 보이기도 하다. 유토피아를 너무 강조하면 지나치게 이상화로 치달아 현실과의 접점을 상실하게 하는 요인이 된다.

두 시인은 이 지상에 일시적일 수도 있는 잠깐 보였던 진리의 순간을 확보하고자 했다. 한용운의 헤테로토피아는 그 하늘을 평등한 세계, 독립을 쟁취한 나라였다. 신동엽의 헤테로토피아는 동학의 깨달음을 얻은 순간, 동학혁명의 순간, 3·1운동, 4·19혁명의 순간이었다. 두 시인은 그것이 단순한 헤테로토피아가 아니라, 잠시 보았던 "언뜻언뜻 보였던 푸른하늘"한용운과 "영원의 하늘"신동엽이 현실에서 이루어지기를 앙망했다.

	한용운	신동엽
유토피아로서 하늘	영원한 진리, 불도의 가르침	동학의 가르침
헤테로토피아로서 하늘	3·1운동 참여 평등한 사회, 독립된 나라	동학혁명, 3·1운동, 4·19혁명

신동엽은 라디오 대본으로 한용운의 시 「나의 길」을 해설했다. 이 글에서 한용운의 길과 신동엽의 길까지 비교할 수는 없었다. 다음에 이어서 해야 할 숙제로 남긴다.

아아 나의 길은 누가 내었습니까

아아 이 세상에는 님이 아니고는 나의 길을 내일 수가 없습니다

— 한용운, 「나의 길」

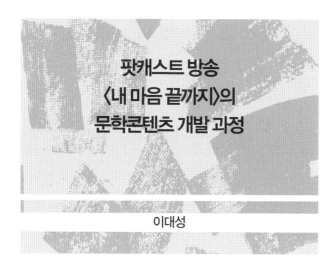

팟캐스트 방송
〈내 마음 끝까지〉의
문학콘텐츠 개발 과정

이대성

이 글은 필자가 기획하여 2018년에 제작된 팟캐스트 방송 〈내 마음 끝까지〉를 대상으로 문학콘텐츠 개발의 전 과정을 정리하기 위한 것이다. 한국문화예술위원회에서 주최한 2018년 문예진흥기금 지원사업문학 행사 및 연구를 계기로, 신동엽학회는 1967년에 신동엽이 집필한 라디오방송 대본 〈내 마음 끝까지〉를 활용해 문학콘텐츠를 제작한 바 있다. 문자 텍스트를 디지털 콘텐츠로 개발하는 작업은 비영리 문학 단체로서 처음 시도한 일이었기에 여러 해결하지 못한 문제를 동반했으나, 이 글에서는 비판적 검토보다는 향후 다른 문학콘텐츠 개발을 위한 참고용 기록을 목적으로 삼고 각 시기별 개발 과정을 기술한다.

1. 소재 선택 — 2017년 11월

〈내 마음 끝까지〉의 문학콘텐츠 개발은 소재 선택에서부터 시작했다. 신동엽학회에는 문학 독자와 문인, 연구자가 두루 소속되어 있다는 점에서, 콘텐츠의 소재는 세 요소를 충족해야 했다. 일반 독자의 참여가 가능하면서도, 문인이 나서서 창작할 만한 여지가 있어야 하고, 학술적으로 연구할 만한 가치를 지녀야 했다. 필자는 연구자의 태도로 콘텐츠를 기획했기 때문에 세 번째 요소를 가장 중요히 여겼으며, 따라서 신동엽의 문학텍스트 중 공개되지 않은 자료를 중심으로 소재의 발굴을 진행했다.

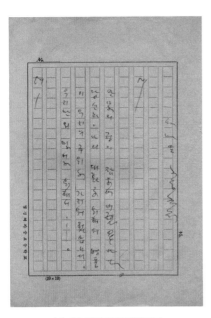

〈내 마음 끝까지〉의 육필원고

콘텐츠의 상업성을 고려하지 않은 만큼, 소재 선택은 신속하게 이루어졌다. 필자는 2009년 '신동엽학회 창립 학술대회'의 개최를 알리는 언론 기사를 통해 그 존재가 알려져 있으나, 이후 10년 동안 미공개된 채로 남아 있던 라디오방송 대본 〈내 마음 끝까지〉를 선택했고, 당시 신동엽학회장이었던 정우영 시인과 신동엽기념사업회 이사장 강형철 시인의 동의를 받아 문화예술진흥기금 지원신청서를 작성하기로 결정했다. 신동엽문학관 수장고에 보존되어 있는 라디오방송 육필 원고는 200자 원고지 245매, 총 22편[3편 미완, 1매 내용 중복]

으로, 신동엽이 국내외 유명 작가의 글을 인용하면서 해설하는 내용을 담고 있다(인용 작품으로 국내에는 한용운, 이상화, 서정주, 김소월의 시, 한흑구, 김진섭, 이효석의 수필이 있으며, 국외에는 타고르, 헤르만 헤세, 폴 포르, 릴케, 딜런 토머스, 예이츠, 발레리, 로랑생의 시, 괴테, 지드의 소설이 있다). 육필 원고에 쓰인 "여학교 이 학년 때였어요", "내 오빠가 회사의 중역이 되기 위해서", "우리의 오빠나 아버지들" 등의 표현으로 미루어 짐작컨대, 라디오방송 〈내 마음 끝까지〉는 신동엽이 대본을 집필하고 여성 전문 방송인이 라디오DJ를 맡았던 것으로 보였다.

2. 콘셉트 설정 및 계획 수립 — 2017년 12월

라디오방송 대본에 대한 분석 결과를 토대로, 문학콘텐츠의 콘셉트를 설정했다. 콘셉트 설정을 위해 첫 번째로는 신동엽이 채택한 라디오라는 방송 매체의 특성을 감안해 인터넷만 연결되면 누구나 쉽게 들을 수 있도록 팟캐스트라는 디지털 매체를 염두에 두었다. 두 번째로는 신동엽이 대본을 문단에 발표하지 않고 대본 작가의 이름을 밝히지 않은 것에 주목하여, 발화자와 청취자 양측에서 특정 개인의 목소리를 강조하는 대신에 다수의 세계, 여럿의 목소리가 뒤섞일 수 있도록 방송DJ의 구·신세대 혼합 구성을 염두에 두었다. 세 번째로는 과거의 문학텍스트를 찾아내어 매체화하더라도 단순히 과거적으로 복구하지 말자는 의미에서 신동엽학회원들이 현대적 감상, 이해를 담아 현대의 텍스트를 새로

창작하여, 과거와 현재의 연속 또는 차이를 지각하게 하는 시간적 구성을 염두에 두었다.

이 세 가지의 차별적 요소를 염두에 두고 여럿의 목소리가 접속하는 인터넷 공간이라는 콘셉트를 설정해 문학콘텐츠의 내용을 전반부, 후반부 2개의 부분으로 구분하여 구성했다. 팟캐스트 방송의 전반부에서는 미래의 주역인 청소년이 1967년 신동엽 시인의 대본을 낭독하고, 후반부에서는 신동엽학회원이 대본에 대한 감상 및 해설을 낭독하여 텍스트, 낭독자, 청취자 등 여러 면에서 다수의 세계가 어울리게 하는 효과를 가져오고자 했다.

2017년 12월, 1967년 시인 신동엽이 쓴 라디오방송 대본을 활용해 여럿의 목소리가 접속 가능한 인터넷 공간 콘셉트를 도출한 뒤, 사업 목적("불특정 다수가 쉽게 접근할 수 있는 팟캐스트를 활용해 60년대 시인 신동엽의 라디오방송 대본을 현대인이 낭독 방송함으로써, 문화상품과 다른 차원에서의 문학적 대중화를 시도함")에서부터 사업 내용, 추진 방법, 주요 참여자, 예산, 홍보 계획 등을 주최기관의 기획안 양식에 따라 작성해 제출했고, 2018년 3월에 한국문화예술위원회의 발표 결과를 확인했다. 신동엽학회는 애초에 제출한 기획안의 예산이 절반 이상 깎여 선정되었는데, 이로 인해 필자는 현실 가능한 범위 내에서 일부 부대 행사공개 라디오방송극를 취소하고 팟캐스트 방송과 학술 심포지엄의 향후 계획만 설계했다.

3. 대본 개발 — 2018년 5월~8월

　팟캐스트 방송 대본은 전반부신동엽의 대본, 후반부신동엽학회원의 대본 2개 영역으로 구성했는데, 후반부 대본의 집필을 위해 신동엽의 육필 원고에 대한 디지털화가 우선적으로 진행되어야 했다. 필자는 방송에 내보낼 만한 7편의 대본을 선정해 한글 파일로 옮겨 입력하는 동시에, 신동엽의 대본에 대한 자료 조사를 병행했다.

　신동엽의 라디오방송 대본의 존재가 일찍이 알려져 있었음에도 불구하고 방송 기록이 확인되지 않아 세상에 공개되지 않은 점을 고려해, 신동엽 대본의 라디오방송 여부는 이번 문학콘텐츠 개발에서 매우 중요한 쟁점이었다. 첫 번째 조사 방법으로 인터넷 및 도서관을 통해 당시 신문과 방송 잡지 등을 살펴봤으나 관련 기록을 찾지 못했다.

　두 번째 조사 방법은 해당 방송사의 아카이브를 열람하는 것이었다. 신동엽의 대본에는 동양 라디오 제작 담당자 앞으로 청취자의 수필을 보내달라는 내용이 적혀 있다. 이를 근거로 동양 라디오에 대해 조사했으며, 두 가지 정보를 확인했다. 당시 동양 방송은『중앙일보』소속이었으나, 1980년 언론통폐합에 따라 KBS 제2라디오로 통합된다. 이때 동양 방송의 자료는 두 기관으로 분산된다. 필자는 KBS 아카이브 사업부와 중앙일보 자료실 양측에 연락을 취했고, 과거에는 하나의 테이프에 여러 번 녹음하는 체계여서 녹음 파일을 찾을 수 없다고 답변받았다.

　7월 말경 우연히『중앙일보』에서 일하던 대학교 동창을 만나 안부를 주고받는 도중에 중앙일보 자료실 담당자와 면담할 수 있도록 주선 받고,

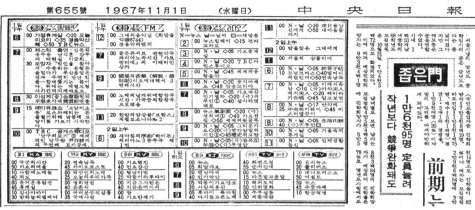

1967년 11월 1일 자 『중앙일보』 방송표

8월 7일(화)에 서울 종로구 소재의 중앙일보 본사현재 마포구로 이사를 방문했다. 담당자는 녹음 파일은 찾기 어렵겠지만 『중앙일보』 신문지면에 방송표가 나와 있으니 방송 기록을 알 수 있을 거라고 조언해 주었으며, 그 자리에서 중앙일보 아카이브에 접속할 수 있도록 협조했다. 덕분에 『중앙일보』 방송표에서 방송 기록을 찾았다. 정확히 1967년 11월 1일부터 12월 23일간 28회에 걸쳐, 밤 11시 50분에 방송되었다. 밤 12시에 〈밤을 잊은 그대에게〉라는 고정 프로그램이 뒤이어 방송되었기에 〈내 마음 끝까지〉의 방송 시간을 약 10분으로 확인했다. 초반에는 꾸준히 방송했으나 11월 말부터 종종 결방하여 1968년에 이르러 방송하지 않는다.11월:20회,12월:8회 방송 기록을 따른다면, 28회의 방송 가운데 3/4 분량의 원고22회가 남아 있는 것이다. 필자는 신문지면상 『중앙일보』 방송표에서 방송 사실을 확인하고 나서야 비로소, 신동엽의 육필 원고를 팟캐스트로 방송하는 콘텐츠 개발 작업에 대해 연구자로서 정당성을 갖출 수 있었다.

5~6월에 입력한 신동엽의 대본을 7월경 신동엽학회원에게 전달하고, 8월까지 후반부 대본을 집필해 필자에게 전달해달라고 요청했다. 전

반부 대본의 낭독 시간을 고려해 후반부 대본 또한 6분 내외의 분량에 맞춰 집필하게 했다. 신동엽의 대본이 원고지 10매에서 14매 분량으로, 라디오 DJ가 느리게 읽더라도 7분 이내의 분량이 방송되었을 것으로 예상한다면, 3분 내외로 중간 혹은 끝부분에 음악을 듣는 시간이 있었을 것이라고 추측했기 때문이다. 결과적으로 신동엽학회원의 대본은 원고지 10~12매 정도의 분량으로 집필됐다.

4. 제작진, 낭독자 구성 —— 2018년 3월~7월

팟캐스트 방송의 연출자로는 당시 신동엽학회장을 맡고 있던 정우영 시인을 섭외했다. 정우영 시인은 신동엽 대본을 깊이 이해했으며 필자의 기획의도에 공감했을 뿐 아니라, 무엇보다도 과거 문학광장 '문장의 소리' 라디오방송을 연출한 바 있었다. 음악감독은 2016년 문학콘서트와 2017년 시낭송버스킹에서 필자를 도와 연출로 참여한 초원을 섭외했다. 초원은 배소연 공동 음악감독과 이영완 기타리스트를 추가로 섭외하여 팟캐스트 방송의 배경 음악을 책임졌다.

특별히 중요한 제작진은 미디어창비 스튜디오의 이효림 PD였다. 주어진 예산이 턱없이 부족하여 녹음스튜디오 문제를 해결하지 못하고 있던 차에, 정우영 시인이 창비의 대표에게 연락했고 제작비를 후원 요청하면서 문제를 해결했다. 이렇게 해서 7월 초에 이르러 연출, 음악감독, 연주자, 녹음엔지니어 등 주요 제작진 구성을 마쳤다.

팟캐스트 방송의 후반부 낭독자는 2018년 3월, 신동엽학회 정기총회에 참여한 회원 김응교, 맹문재, 박은미, 정우영, 조길성, 홍지혜와 신동엽 유족 대표 신좌섭 교수 등 7명으로 미리 선정해놓았으나, 전반부 낭독자를 한동안 정하지 못한 상태였다. 필자는 사전-제작 단계에 있던 그해 6월에 신동엽의 오페레타 〈석가탑〉에 관한 학술 소논문을 개인적으로 발표 준비하며 명성여고 학생들이 오페레타 배우로 출연했다는 사실에 감동한 상태에서, 명성여고현 동국대부속여고 교무실에 연락해 인문사회부장 교사에게 문의하고, 여고생들이 신동엽 시인의 대본을 낭독하기로 협의했다. 그리하여 7월 19일(수)에 학교를 방문해 학교에서 추천한 7명의 2학년 학생 김진송, 박민영, 이수민, 조수빈, 조영서, 최시원, 한정아을 만나 신동엽의 대표 시와 방송 대본 일부를 낭독하는 연습을 하면서 세부 일정을 논의했다.

5. 사전 녹음 — 2018년 8월~9월

팟캐스트가 실시간 방송이 아닌 만큼 2회로 몰아서 8월 3일, 24일(금) 양일에 걸쳐 사전 녹음하고자 제작진과 낭독자의 일정을 조율하고 미디어창비의 스튜디오를 대관했다.

8월 3일에는 여고생 7명의 목소리에 이영완 기타리스트의 즉흥 연주를 더해詩jam, 방송 전반부 분량을 녹음했다. 그리고 예외로 방송 후반부 낭독자 중 홍지혜 신동엽학회원이 이날 참여해 김진송 학생과 호흡을 맞춰 낭독했다. 여고생 낭독자들은 사전 녹음 전에 한차례 개인적으로 녹음

팟캐스트 녹음 현장(왼쪽 홍지혜 학회원과 김진송 학생, 오른쪽 한정아 학생과 이영완 기타리스트)

하여 필자에게 보내고 간단한 피드백을 주고받았으며, 녹음 당일에는 약 1시간의 낭독 연습을 했다. 8월 24일에는 신동엽학회원의 목소리에 배소연 음악감독이 미리 준비한 음원을 배경으로 후반부 분량을 녹음했다. 또한 녹음 당일에는 구두, 이메일을 통해 미리 협의한 저작재산권 비독점적 이용허락 계약서, 표준근로계약서 등을 일일이 작성하기도 했다.

9월 중순경 전·후반부 녹음파일을 합쳐 1차 녹음 파일을 완성하고 낭독자들과 공유했는데, 이 문학콘텐츠의 전체 기획의도를 잘 모르는 청취자의 경우, 학생의 목소리를 먼저 듣게 되면 의구심을 가질 수도 있다는 문제제기가 있었다. 이에 필자가 약 30초 이내의 방송 오프닝 멘트를 추가 녹음하여 7회의 녹음 파일 전부에 도입부가 덧붙으면서 최종 녹음 파일이 완성됐다.

6. 홍보 및 방송 서비스—2018년 9~11월

제작자와 낭독자, 방송 일자 등이 모두 정해지는 대로, 9월부터 웹 포스터를 제작하는 동시에 팟빵podbbang 사이트에 가입 및 방송 등록을 진행했다. 또한 보도자료를 작성해 신동엽학회장의 검토를 받고 10월 1일 자로 언론사에 이메일을 발송했다. 이후 온라인 기사가 문화일보, 조선일보, 한겨레 등 7곳 이상의 언론사를 통해 게시되었다.

팟캐스트 방송은 토요일 주 1회 밤 10시 기준으로, 10월 6일부터 11월 16일까지 포털 사이트 팟빵을 통해 무료로 공개했다. 방송 서비스를 접한 타 방송사로부터 연락을 받고 신동엽학회장이 〈새가 날아든다〉 팟캐스트와 tbs 〈TV책방 북소리〉에 출연하여 방송 제작의 의의를 알리기도 했다. 팟빵, 페이스북 등의 SNS매체에 올라온 청취자의 댓글을 살펴보면, 청취자는 낭독의 주체였던 10대의 청소년부터, 60년대 신동엽 또는 명성여고를 기억하는 70대의 노년까지 다양했다.

이로써 1967년 신동엽의 라디오방송 대본을 팟캐스트로 제작한 2018 신동엽문학팟캐스트 〈내 마음 끝까지〉는 일반인과 전문가 모두 청취할 수 있는 문학콘텐츠로 개발됐다. 1960년대 신동엽의 미공개 작품을 그 자체로 공개하는 것도 의미 있겠으나, 신동엽학회는 현대인이 접속하기 쉬운 디지털 매체를 활용하고, 학생들을 참여하게 하는 한편, 나아가 후배 문인들이 작품을 재해석하여 시공간적으로 여럿의 목소리를 섞어 다수의 세계를 공존하게 했다. 또한 시인, 연구자, 뮤지션, 일반인 등 다양한 분야의 사람들이 동등하게 역할을 맡아 수행함으로써, 문인 중심의 집단 특수성을 벗어났고, 특히 청소년들과 함께 작업하면서 20세기 중반에서부터 21세기 중반에 이르는 문화적 공감대를 형성할 수 있었다. 〈내 마음 끝까지〉의 문학콘텐츠 개발의 전 과정을 정리하며 끝

신동엽학회원, 2018.8.24. 팟캐스트 녹음을 마치고

으로 덧붙이자면, 필자는 당시 신동엽학회장 정우영 시인에게 모든 진
행상황과 애로사항을 사전에 보고하여 그때마다 정신적·물질적 지원을
받았고, 저작권자 신동엽 유족 대표 신좌섭 교수를 비롯하여 신동엽학회
원, 동국대부속여고 교사 등의 아낌없는 협력을 받았기에, 팟캐스트 방
송 〈내 마음 끝까지〉라는 문학콘텐츠는 필자의 개인 창작이 아니라 공동
창작이었다는 것을 언급하고자 한다.

신동엽 라디오 대본의 새로운 해석

정우영

신동엽학회에서는 2018년, 〈동양라디오〉의 심야 방송을 위해 집필됐던 1967년 신동엽의 라디오 대본을 우리 누구나 접근하기 쉽도록 팟캐스트로 제작, 방송했습니다. 저도 그 한 편을 맡아 후속대본을 이어 쓰고 낭독도 했는데요, 그 대본과 저의 소감을 남겨놓는 것도 의미 있겠다고 여겨 기록으로 남깁니다. [파트1]은 동대부여고 조수빈 학생이 낭독한 신동엽 시인의 대본이고, [파트2]는 제가 읽은 신동엽의 대본에 대한 감상입니다. 다시 들여다보니 감회가 새롭군요. 그 새로운 감회를 [파트3]에 담아보고자 합니다.

이렇게 하여 1967년 신동엽의 콘텐츠는 2018년 변주된 글로 되살아나고 2022년 다시 덧붙여져 또 다른 콘텐츠로 이어지게 됩니다. 이의 궤적이 신동엽문학의 열린 전개가 아닐까 싶습니다. 흐르지 않는 물이 그렇듯 고인 문학은 썩습니다. 이런 점에서 학회가 이어가는 신동엽문학의 다양한 모색들은 그 자체가 살아 있는 콘텐츠라 여깁니다.

참고삼아 말씀드리면, [파트1] 신동엽 라디오 대본은 1967년 신동엽이 쓴, 거의 그대로입니다. 읽기 편하도록 띄어쓰기만 적용했을 뿐, 원본 상태에 가깝습니다. 1967년 당시의 표기법을 보여주는 것도 의미 있을 것이라 생각해 지금 우리가 쓰는 표준으로 전환하지 않았음을 밝힙니다.

[파트1] 신동엽 라디오 대본(1967)

만물의 정이 잠들어 버렸읍니다.

M—

만물의 정이 잠들어 버렸읍니다. 당신과 나의 대화를 위해서 병풍이 우리의 주위를 가리워줬읍니다.

우리만의 밀어를 위해서…….

M—

길은 애초부터 있는 게 아니라, 사람들이 자꾸 다니므로서 만들어지는 것이라고 중국의 소설가 "로신"은 말했읍니다.

"힛틀러"는 정권을 잡자마자 국경의 한쪽 끝에서 다른 쪽 끝까지 연결하는 거대한 도로부터 만들어 놓았읍니다.

인공적인 도로는 돈과 물자만 동원하면 얼마든지 만들어낼 수 있읍니다. 그리고 그것은 눈에 쉬 띕니다. 그러나 마음속의 길은 물자와 돈으로는 쉽게 닦아지지 않습니다. 그러므로 우리의 눈에도 그렇게 쉽게 나타나는 것은 아닙니다. 힛틀러는 군대와 대포를 전진시키고 후퇴시키기에 편리한 황금의 도로만 인공적으로 닦았습니다. 마음속의 길, 인간의 길을 닦으려고 하지 않았습니다.

그래서 결국 그는 자기가 닦아놓은 도로로 달려들어 온 또 다른 총칼과 대포에 의해서 망했습니다. 그러나 망한 것은 힛틀러의 도로와 조직이었지 도이취민족은 아니었습니다. 그것은 힛틀러의 침략을 위해 대포의 도로를 닦고 있는 동안에도 도이취 국민들은 가슴마다 마음의 길을 닦고 있었기 때문입니다.

M—

한용운 시인은 「나의 길」이라는 시에서 "길"을 다음과 같이 노래했습니다.

이 세상에는 길도 많기도 합니다.

산에는 돌길이 있습니다. 바다에는 뱃길이 있습니다. 공중에는 달과 별의 길이 있습니다. 강가에서 낚시질하는 사람은 모래 위에 발자욱을 냅니다.

들에서 나물 캐는 여자는 아름다운 꽃을 밟습니다.

악한 사람은 죄의 길을 쫓아갑니다.

의 있는 사람은 옳은 일을 위하여는 칼날을 밟습니다.

서산에 지는 해는 붉은 노을을 밟습니다.

봄 아침의 맑은 이슬은 꽃머리에서 미끄럼 탑니다.

그러나 나의 길은 이 세상에 둘밖에 없습니다.

하나는 님의 품에 안기는 길입니다.

그렇게 아니하면 주검의 품에 안기는 길입니다.

그것은 만일 님의 품에 안기지 못하면

다른 길은 주검의 길보다 험하고 괴로운 까닭입니다.

아, 나의 길은 누가 내었습니까.

아, 이 세상에는 님이 아니고는 나의 길을 낼 수가 없습니다.

그런데 나의 길을 님이 내었으면 주검의 길은 왜 내셨을까요.

M—

내가 가야 할 길은 어디 있는 걸까요. 우리 집에서 직장이나 학교까지 가는 길, 이것도 길은 길입니다. 서울에서 부산까지 달리는 도로, 이것도 길은 길입니다. 로켓트가 달나라로 가는 길, 이것도 길은 길입니다. 그러나 그러한 길을 걸어가는 건 우리들의 흙 묻은 구두입니다. 기계와 돈입니다. 우리들의 겉모습입니다. 우리들의 마음속에 난 길, 우리들의 정신 속에 열려 있는 영혼의 길…… 그, 눈에 보이지 않는 영혼의 길을 닦는 일을 힘쓰지 않고서는 아무리 아스팔트길이 좋아져도 인간의 행복은 향상되지 않습니다.

M—

한용운 시인은 님에게로 가는 길이 아니면 죽음의 길밖에 없다고 노래했읍니다. 님이란 사랑입니다. 사랑만이 우리의 운명을 구제해줄 유일한 길이라는 것입니다. 당신과 나의 마음속으로 뚫고 들어오는 이 인간의 길… 영혼의 길… 인정의 길을 닦는 꿈을 꾸시면서

안녕히 주무세요.

M—

[파트2] 정우영 팟캐스트 대본(2018)

나의 길

조수빈 학생의 낭랑한 목소리로 신동엽 시인 말씀을 듣습니다. 50년이 겹쌓여 있는 귀한 자리에 제가 앉아 있구나 싶습니다. 안녕하세요, 저는 신동엽학회장을 맡고 있는 정우영입니다.

여러분은 보이시지 않겠지만, 제 눈에는 신동엽 시인이 엔지니어 옆에서 저를 이윽히 바라보시는 것처럼 느껴집니다. 시간을 뛰어넘는 즐거운 교감입니다.

한용운의 「나의 길」을 소재로 여러분을 만나려 하신 걸 보면, 길에 대

한 신동엽 시인의 생각이 깊었음을 알 수 있습니다. 제가 좋아하는 「산문시1」에도 이런 길이 나옵니다. "하늘로 가는 길가엔 황토빛 노을 물든 석양 대통령이라고 하는 직함을 가진 신사가 자전거 꽁무니에 막걸리병을 싣고 삼십 리 시골길 시인의 집을 놀러 가더란다."

이 구절에서 드러나는 '하늘로 가는 길'과 '시골길'이 보이시나요. '하늘'과 '시골'이 이처럼 길로 이어지는 한 이 둘은 같습니다. 하늘과 땅의 차이가 없이 동무하고 있는 거지요. 평등하다고 할 수 있을 것입니다. 그는 이때 길에서 무엇을 봤을까요. 혹 마음의 길은 아닐까요.

신동엽이 깨달은 그 사유가 「나의 길」을 테마로 하는 이 꼭지에 담겨 있어 보입니다. 우리가 문명이라고 이르는 길을 그는, 마음의 길로 열고 있습니다. 인간이 만들어 놓은 현실의 길만으로는 곤란함을 잘 알고 있기 때문일 것입니다.

역사가 알려주다시피 히틀러가 만든 '총칼과 대포의 제국주의 도로'는 인류를 공포에 빠뜨렸습니다. 인공의 도로는 황금의 길이기는커녕 파멸의 길이었습니다. 그러니 아시겠지요. 수많은 사람들을 행복으로 이끄는 길은 마음속의 길입니다. 만해 한용운의 「나의 길」에서 드러나는 그런 길입니다. "당신과 나의 마음속으로 뚫고 들어오는 인간의 길… 영혼의 길…"이지요.

이 시에서 만해는 말합니다. "악한 사람은 죄의 길을 좇아"가지만, "의義 있는 사람은 옳은 일을 위하여는 칼날을 밟"는다고. 히틀러는 죄의 길을 좇아가서 세계를 비탄에 빠뜨리고 스스로도 마침내 비참한 최후를 맞았습니다. 우리에게 그의 이름과 그의 길은 기억되지만, 최악의 이름이자 그 누구도 가지 말아야 할 길의 표상으로 남아 있지요.

그러니 우리가 가는 길은 히틀러의 반대편으로 나 있습니다. 빼앗는 길, 압제의 길이 아니라, 돕는 길, 나누는 길입니다. 그것을 만해는 '의로운 길'이라 여깁니다. 만해가 보기에, 의로운 사람은 옳은 일을 위해서는 칼날을 밟고 갑니다. 이 길이 바로 "님의 품에 안기는 길"입니다.

신동엽은 만해의 이와 같은 "님"의 길을 "사랑"의 길이라 부릅니다. "사랑만이 우리의 운명을 구제해줄 유일한 길"임을 그는 이미 알고 있는 것이지요. 신동엽의 시에도 보면, 사랑은, 도처에서 흩뿌려집니다.

「산에 언덕에」와 「진달래 산천」, 「달이 뜨거든」에서 만나는 사랑은 "우리의 운명을 구제해줄 유일한 길"로 우리를 안내합니다. 신동엽은 이를, "우리들의 마음속에 난 길, 우리들의 정신 속에 열려 있는 영혼의 길"이라고 말하지요.

그렇습니다. 이 길은 몸의 길, 욕망의 길, 기계와 돈이 만들어 놓은 길과는 전혀 다른 길입니다. 그리하여 신동엽은 말합니다. "눈에 보이지 않는 영혼의 길을 닦는 일을 힘쓰지 않고서는 아무리 아스팔트길이 좋아져도 인간의 행복은 향상되지 않"는다고.

둘러보면 현대사회의 길은 거의 모든 곳을 이어 놓고 있습니다. 아스팔트 포장도로에 더해 고속철길도 뚫려서 가지 못할 길이 없으며 순식간에 목적지에 다다릅니다. 길이 없어 가지 못하진 않는 거지요.

내가 길을 나서지 못하는 것은 내 맘이 편치 못하고 내 눈이 즐겁지 않은 까닭입니다. 그러니 50여 년 전 신동엽의 말은 얼마나 탁견인지요. 우리는 우선 내 영혼의 길을 닦아야 하겠습니다. 그러고 난 다음, "우리의 운명을 구제해줄 유일한 길"인 내 사랑의 길을 찾아야 할 것입니다.

가만히 한용운의 「나의 길」을 읊조립니다. "아아, 나의 길은 누가 내었습니까.

아아, 이 세상에는 님이 아니고는 나의 길을 낼 수가 없습니다."

외우고 나니 오늘 밤에는, 나의 길에도 왠지 사랑스러운 '나의 님'이 찾아오실 것만 같습니다. 저 인간의 길, 영혼의 길 함께 걷고 또 걸어갈 그 사람이.

오늘은 신동엽학회가 준비한 팟캐스트의 마지막 시간입니다.

1967년 신동엽 시인의 목소리와 2018년 현재를 사는 우리의 목소리를 여러분께 전하고 싶었습니다. 모든 방송은 인터넷으로 다시 들으실 수 있습니다. 고맙습니다.

팟캐스트 녹음에 참여한 동국대부속여고 학생들과 함께

[파트3] 덧붙이는 글(2022)

오래된 미래로 열린 길

2018년 글에서 저는 "저 인간의 길, 영혼의 길 함께 걷고 또 걸어갈 그
사람"을 꿈꾸었습니다. 그 사람을 만날 수만 있다면 얼마나 좋을까, 잔뜩
기대하며 하루하루를 살았다고 할까요. 그러던 어느 날, 저는 제가, 아니 우
리가 그러한 사람들을 이미 만났으며 실은 함께 살았음을 깨달았습니다.
제게는 50여 년 전 할머니가 그러했으며 할머니와 동시대를 살아간 우리
마을 사람들이 그러했습니다.

일컬어, 전근대 사회일 수도 있고 덜 문명화된 미명의 시대일 수도 있는데요, 아무리 생각해도 저는 이 시대가 우리의 미래인 것만 같은 거예요. 나와 너와 우리가 더불어 함께 여기를 살던 때입니다. 가난했지만 부끄러움도 없고 놀림도 없이 같이 어우러져 나누며 나날을 엮어가던 시절입니다. 그때를 떠올리며 사람들을 기억해보면 하나같이 낯빛들이 밝습니다. 부황 들어 어렵고 힘든 삶이었으나 시기와 질투, 혐오 같은 단어는 그 골목 어디에도 들어설 틈이 없었지요.

시상을 떠올리기만 하면 희한하게 저 때로 돌아가던 시기가 있었습니다. 그 까닭을 안 건 한참이나 지난 뒤였습니다. 이를테면 고향의 이 정경이 제게는 시적 근원이었던 겁니다. 신동엽식으로 말하면, 제 발상은 귀수성이라고나 할까요. 삶은 도회지 소시민에 포섭된 지 오래인데도 시의 밑바닥에서는 본향의 그리움을 앓고 있었던 것이지요. 이런 제 무의식적 지향은 김종철 선생님의 '오래된 미래'를 품으며 비로소 하나의 시적 태도로 자리 잡게 됩니다. 지나간 시절이 도리어, 앞으로 맞아야 할 우리의 내일로 되살아났다고 할 수 있겠습니다.

"금동 아짐은 오래전 적멸에 드셨는데 / 밤새도록 누가 저 빈집 / 안방에서 두런거리고 있어요." 제 시 「금동 아짐」의 한 부분입니다. 옆집에 사시던 '금동 아짐'은 젊은 과부로 오랫동안 살다 가신 분인데요, 강퍅하다 싶을 만큼 모질게 세상과 맞섰지요. 하지만 제 시로 돌아온 그분은 사랑을 할 줄 아는 분으로 묘사됩니다. 옛것이되 예전이 아니라 오늘 여기에 뿌리

내리는 겁니다.

그러니 제 기억 속 그 이들의 삶은 더 이상 회고 대상으로 떠오르지만은 않게 될 것입니다. 오늘 여기의 저를, 다가올 미래의 어느 날로 이끌어갈 전사前事가 된 셈입니다. 기록으로 저장된 과거의 허상이 아니라, 제 바람의 현재가 될 후사後事로서 말이지요. 이와 같은 삶 아니고는 인류의 미래는 없을 것이라고 저는 생각합니다. 도무지 멈출 줄 모르는 물질문명과 인간의 탐욕은 파괴와 멸망을 향해 치닫고 있는 것처럼 비칩니다.

코로나19 바이러스의 창궐은 이 탐욕에게 보내는 자연의 경고입니다. 우리 삶의 방향을 바꾸지 않으면 안 됩니다. 요즘 저는 자연 순환의 우애 공동체에 솔깃해 있습니다. 지구 곳곳에서 벌어지는 기후 위기도, 자연재해도 자연을 거역하는 인간의 탐욕에서 비롯된 것이라고 봅니다. 지구 생태의 보고라고 하는 갈라파고스제도도 사람들의 거주가 늘어나면서 심각한 위기를 맞고 있습니다. 이 땅에 존재하는 모든 것들과 우애하면서 자연스럽게 살아가야겠습니다. 이와 같은 우리 삶의 길이 바로, '오래된 미래로 열린 길'이며 님의 길, 영혼의 길, 사랑의 길 아닐까 여깁니다.

우리의 결단이 너무 늦지 않길 바라면서 이만 줄입니다.

제2장

신동엽과 공연 예술
〈석가탑〉과 시극

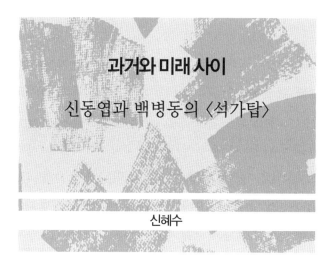

과거와 미래 사이

신동엽과 백병동의 〈석가탑〉

신혜수

들어가는 말

신동엽과 백병동의 〈석가탑〉을 음악의 관점에서 이야기해보고자 한다. 신동엽과 백병동에 따르면 〈석가탑〉은 하나의 '오페레타'이다. 오페레타는 '작은 오페라'라는 뜻을 지닌 음악 장르인데, 이러한 장르의 특성상 음악과 대본은 쉽게 분리해서 보기 어렵다. 음악과 문학이 결합된 오페라나 오페레타의 경우, 대부분 작곡가가 작가의 언어가 지닌 의미지향성을 음악화하기 쉽기 때문에 적절한 텍스트를 선택해 작업하곤 한다. 즉 작곡가에게 영감을 주는 텍스트가 먼저 존재하기 때문에 작곡가가 곡을 붙이기 용이한 선행 지표를 선호한다고 할 수 있다. 〈석가탑〉 공연 팸플릿에서 작곡가 백병동은 자신이 오페라 작곡에 관심을 가질 무렵 신동엽의 대본을 만나 이 작품을 쓰게 되었다고 밝혔다.[1] 그렇기 때문에

---

* 이 글은 2020년 11월 28일 신동엽학회 정기학술대회 "복원공연 〈석가탑〉과 신동엽 문학콘텐츠"에서 발표한 원고를 수정 보완한 것이다.

〈석가탑〉을 음악의 관점에서 접근한다 해도 신동엽이 쓴 대본과 관련된 여러 측면을 우선적으로 들여다보는 것은 당연한 일이다. 대본 자체에 대한 연구는 신동엽 사후 50주년을 맞이하여 발간된 『석가탑-멀고 먼 바람소리』에 수록된 작품해설이 있으니[2] 이 글에서는 신동엽이 〈석가탑〉을 쓰게 된 동기에 초점을 맞춰보고자 한다. 먼저 〈석가탑〉 전후 신동엽의 작품 활동과 당대 문학계 속에서 그의 활동을 살펴보며 〈석가탑〉을 쓰게 된 배경과 동기, 작품 의도를 유추해 보고자 한다. 그다음 단계에서는 어떠한 지점에서 백병동과 신동엽의 뜻이 일치하는지, 〈석가탑〉과 같은 공동작업에서 백병동의 음악에 주어진 역할은 무엇이며, 이를 백병동은 어떻게 구현해 냈는지를 따라가 보도록 하겠다.[3]

*

〈석가탑〉의 생성사에 대해 알려진 바는 거의 없다. 그나마 공연 팸플

---

1   신동엽, 이대성 편, 신동엽학회 기획, 『석가탑-멀고 먼 바람소리』, 모시는사람들 2019, 140쪽(공연 팸플릿에 수록된 '작곡자의 말').

2   신동엽 50주년을 맞이하여 〈석가탑〉을 '입체낭독극'으로 무대에 올리면서 1969년 공연 당시 촬영한 사진, 신동엽문학관에 소장된 공연 팸플릿과 필경등사본, 작곡가 백병동이 제공한 자필 악보의 일부 등이 책자로 묶여 출간됐다(각주 1 참조). 제2부에 김지윤, 맹문재, 이대성의 작품해설도 함께 실려있다. 그밖에 〈석가탑〉에 대한 연구로는 이현원이 2009년과 2015년에 발표한 「신동엽의 오페레타 '석가탑'에 나타난 시의 주제와 표현 양식에 대한 연구」, 『한국학논집』 38, 2009, 227~268쪽와 「신동엽의 시극과 오페레타 비교연구-시적 변용과 주제적 의미고찰을 중심으로」, 『시학과 언어학』 31, 2015, 139~172쪽이 있다.

3   대본은 최종 대본으로 판단되는 필경등사본을, 악보는 백병동이 제공한 자필 피아노 스코어를 기준으로 삼았다.

릿에 적힌 정보를 통해 작품의 제작 과정을 조금 엿볼 수 있을 뿐이다.[4]
팸플릿에 실린 신동엽과 백병동, 두 사람의 짧은 글을 토대로 당시 작품
을 쓰게 된 배경을 재구성해보면, 신동엽이 재직하던 명성여고[5] 교장이
신동엽에게 학생들을 위한 공연작을 "분부" 했고, 신동엽은 그 무렵 오페
라 작곡에 관심이 많았던 백병동과 함께 1967년 여름과 가을을, 구체적
으로는 7월부터 10월까지, 〈석가탑〉 작업에 매진한다. 한 달 정도의 연습
시간을 거쳐 12월 중순에 무대에 올릴 계획이었으나 알 수 없는 이유로
〈석가탑〉은 해를 넘겨 1968년 5월에 무대에 오른다.[6]

그 당시 백병동은 서울대 음대를 졸업하고 서울여상에서 음악 교사
로 재직 중이었다. 어려서 노래를 부르고 풍금을 가지고 노는 것이 제일
재미있었다는 백병동은 타고난 재능 덕분에 혼자서 음악을 듣고 악보를
읽어가며 스스로 작곡 원리를 터득했다고 한다.[7] 신동엽과의 만남은 클

---

4   「『"오페렛타" 석가탑』 팸플릿」, 『석가탑―멀고 먼 바람소리』, 138~141쪽.
5   2009년에 교명이 동국대학교 사범대학 부속여자고등학교로 변경되었다.
6   1968년 5월 10일과 11일 오후 3시와 오후 7시 30분 총 4차례에 걸쳐 드라마센터에
     서 무대에 올랐다. 지휘는 같은 학교 음악교사였던 임주택이, 연출은 당시 국립극단
     단원이자 KBS 소속 배우였던 문오장이 맡았다. 백병동에 의하면 당대 가장 실력이
     뛰어난 관현악단 중 하나였다는 공군교향악단이 협연하였으며 한국일보사가 후원
     하여 성사된 공연이었다.
7   중학생 때 작곡가가 되기로 결심했다는 백병동은 서울대 작곡과를 졸업했지만 대학
     교로 진학하기 전 이미 독학으로 조성음악의 작곡기법을 터득했다. 그렇기에 조성음
     악 중심으로 이뤄졌다는 대학교 수업은 이미 그가 스스로 배우고 깨달은 내용을 체
     계적으로 정리할 수 있게 해주는 역할을 했을 뿐이다. 백병동은 베토벤이 작곡한 교
     향곡 〈전원〉의 음반과 악보를 외울 정도로 반복해서 듣고 필사한 것처럼 현대음악의
     다양한 작곡기법도 음반과 서적을 통해 스스로 터득했다. 그의 유학기간이 2년도 채
     되지 못한 이유도 이러한 경험 때문일 수 있다. 즉 독일에서의 공부를 빠르게 정리하
     고 귀국할 수 있었던 데에는 자신이 이미 알고 있고 추구하는 바가 현지에서의 상황

래식 광이자 백병동의 지인으로 훗날 신동엽의 첫 번째 시비를 설계한 정건모 화백을 통해 이뤄졌다고 백병동은 회고한 바 있다.[8] 함께 한 시간은 짧았지만 백병동은 신동엽의 갑작스러운 죽음에 큰 충격을 받았다. 〈석가탑〉의 차기작으로 계획했던 오페라 〈아사녀〉 작업이 타격을 받게 되어서 뿐만은 아니다. 작곡가 스스로 말하길, 그는 신동엽을 만나고 나서 신동엽의 시 「이야기하는 쟁기꾼의 대지」, 「원추리」, 「금강」 등에 "심취하게 되었고, 작가의 정신력과 뚜렷한 개성 그리고 예민한 감성이 작품의 가장 중요한 밑천임을 자각하게 되었"다고 한다.[9] 그는 시인의 죽음을 애도하며 "내 영혼의 울부짖음을 세 개의 오보에 의탁"[10]하여 스케치하였고, 이 스케치는 그 후 얼마 지나지 않아 그의 어머니마저 세상을 떠나자 〈세 개의 오보에와 관현악을 위한 진혼〉이라는 작품으로 구체화되어 완성된다. "이 작품의 세계를 더욱 구체화하고 좀더 심층을 파고들어가 본격적인 서사시 악곡으로 〈레퀴엠〉을 작곡하는 것으로 내 필생의 작업으로 삼을 생각이다"[11]라고 말할 정도로 이 곡은 그가 가장 아

과 크게 다르지 않다는 확인과 도독 전 이미 자신의 음악에 대해 깊고 오랜 고민의 시간을 통과했기에 윤이상과의 만남으로 생각이 정리되고 작곡가로서 그가 나아갈 방향에 대한 확신이 생겼기 때문이다. 더 자세한 내용은 김춘미, 『백병동 연구』(시공사, 2000)를 참고하라.

8 2019년 6월 14일 백병동의 작업실에서 신동엽 50주기 기념 〈석가탑〉 입체낭독극 공연준비과정의 일환으로 진행되었던 인터뷰.

9 백병동, 「나의 음악을 말한다」, 김혜자 편, 『소리의 사제. 백병동의 음악세계』, 눈빛, 1995, 22쪽.

10 백병동, 「내가 아끼는 작품」, 위의 책, 330쪽.

11 백병동, 「나의 작품을 말한다」, 위의 책, 351쪽.

끼는 작품 중 하나가 된다.[12] 1969년 독일로 유학을 떠나 1971년 귀국한 백병동은 다시금 신동엽을 기리는 곡을 발표했는데 천상병 시인의 시에 곡을 붙인 가곡 〈곡哭! 신동엽〉[1973]이 그것이다.

*

대중에게 알려진 신동엽의 삶 속 1967년은 「껍데기는 가라」가 발표된 해로 기억된다. (최근 새로운 자료가 발견되며 이미 그보다 3년을 앞선 1964년에 시인이 동인으로 참여한 동인지 『시단』에 처음 발표되었다는 사실이 밝혀지기는 했다.[13]) 신동엽의 동의어라고도 할 만큼 그의 대표작으로 꼽히는 시가 발표된 해에 신동엽의 또 다른 대표작인 서사시 「금강」을 가능하게 한 팬클럽작가기금이 신동엽에게 수여된다. 긴 세월에 걸쳐 구상 중이던 「금강」은 이 지원금 덕분에 1968년 초, 『한국현대신작전집』 제5권으로 을유문화사에서 출간될 수 있었다. 「금강」은 당대 독자들의 호응에 힘입어 베스트셀러에 등극한다.[14] 그래서 그런지 「금강」을 발표한 후, 신동엽은 미완으로 남은 또 다른 장편 서사시 「임진강」을 준비한다.

「껍데기는 가라」와 「금강」과 같은 대표작으로 기억되는 1960년대 후반, 〈석가탑〉 전후로 신동엽은 「금강」이라는 장편 서사시와 함께 상대

---

12 백병동, 「내가 아끼는 작품」, 위의 책, 330쪽.

13 홍윤표, 「민족시인 신동엽의 껍데기는 가라의 첫 발표 연대 오류와 연보 바로잡기」, 『근대서지』 4, 2011, 379~385쪽.

14 이은정, 「한국 근현대 베스트셀러 문학에 나타난 독서의 사회사―1960~70년대 베스트셀러 시에 나타난 독자의 실천적 독서 욕망」, 『한국시학연구』 13, 2005, 223쪽.

적으로 큰 주목을 받지 못하거나 잊혀졌다 최근에 다시 발견된 작품인 시극 〈그 입술에 파인 그늘〉1966과 1967년 방송되었던 것으로 확인된 라디오 프로그램 〈내 마음 끝까지〉를 위해 방송대본을 집필했다.[15]

신동엽은 〈석가탑〉의 대본을 1967년 여름과 가을에 집필했다고 말한다. 이 시기는 그의 장편 서사시 「금강」의 집필 시기와 겹친다. 그렇기 때문에 〈석가탑〉에 공을 들이기에는 시간이 턱없이 부족했을 것이다. 〈석가탑〉이 학교공연을 위한 작품이었기에 그가 이 작품에 「금강」만큼 신경을 쓰지 않았을 수도 있다. 그래서인지 신동엽은 〈석가탑〉의 대본에 현진건의 소설 『무영탑』의 내용을 그대로 가져다 쓴 부분이 많다.[16] 하지만 그렇다고 해서 신동엽이 〈석가탑〉 작업에 관심이 아예 없었던 것은 아니다. 그가 스스로 밝혔듯, 아사달과 아사녀의 설화는 그가 오래전부터 문학작품으로 재구성하고 싶었던 소재였고, 시극이나 연극이 아닌 노래극이라는 형식을 위해 대본을 작성하는 것은 새로운 도전이자 모험이었다.[17] 백병동이 공연 팸플릿에서뿐만 아니라 이후에도 여러 차례 밝혔듯 두 사람은 〈석가탑〉을 계기로 "같은 소재를 오페라화하기로 (…중략…) 합의를 보았"고 이를 〈아사녀〉라는 제목의 대규모 오페라로 만들

---

15 이대성, 「신동엽 시에 나타난 인유 양상과 그 효과 연구」 3절. 서강대 박사논문, 2019. 이대성은 〈내 마음 끝까지〉라는 제목의 프로그램이 실제로 방송되었다는 사실을 확인했지만 프로그램 진행을 누가 했는지는 밝혀내지 못했다. 하지만 원고 내용을 토대로 신동엽이 아닌 여성 DJ이었을 가능성을 제시한다.

16 이대성, 「신동엽의 〈석가탑〉과 현진건의 『무영탑』 비교 연구 – '비어 있음'의 이미지를 중심으로」, 『비교문학』 77, 2019, 59~83쪽(『석가탑 – 멀고 먼 바람소리』, 75~99쪽에 재수록).

17 『석가탑 – 멀고 먼 바람소리』, 140쪽(공연 팸플릿에 수록된 '작자의 말').

계획이었다. "이래서 오페라 〈아사녀〉의 대본이 씌어지기 시작했고 작곡도 동시에 착수되었다. 그러나 갑자기 신동엽 씨가 암으로 세상을 떠나는 바람에 오페라에의 꿈은 무참히 좌절되고 말았다."[18] "오페렛타 '석가탑'은 오페라 '아사녀'의 산파역이 된 중요한 실험과정"[19]이었고, 이 음악극 프로젝트에 신동엽은 "한국 작곡가들에 의한, 한국 시인들에 의한, 한국 고유의 '흥'을 찾아내려는 어떤 운동에 다소라도 자극제"[20]가 될 수 있을 것이라는 의미를 부여했다.

*

1966년, 신동엽의 유일한 시극 〈그 입술에 파인 그늘〉이 공연된다. 이 공연 팸플릿에 신동엽은 시극동인회 사무간사로 소개된다.[21] 1963년에 결성된 시극동인회는 평생을 시극 연구와 운동에 바쳤다고 해도 과언이 아닌 장호에 의해 창단되었고 신동엽은 창립 멤버로서 사무간사, 기획위원을 맡고 있었다.[22] 시극운동은 현대시의 문제를 극복하려는 노력에서 시작되었다. 이미 1930년대 말 최초로 시극의 필요성을 주장한 주영섭은

---

18   백병동, 「나의 작품을 말한다」, 『소리의 사제』, 340쪽.

19   『석가탑 — 멀고 먼 바람소리』, 140쪽(공연 팸플릿에 수록된 '작곡자의 말').

20   위의 책, 140쪽(공연 팸플릿에 수록된 '작자의 말').

21   이상호, 「장호의 시극운동에 관한 연구」, 『한국문학연구』 60, 2019, 95쪽(각주 28).

22   신좌섭/맹문재, 「신동엽 시인 타계 50주기 특별대담」, 『푸른사상』 27, 2019, 10~27쪽. 이현원, 「신동엽의 시극과 오페레타 비교연구 — 시적 변용과 주제적 의미고찰을 중심으로」, 155쪽.

산문극의 문제점을 지적하면서 해결책으로 시극을 제안한 바 있다.[23]

> 근대극은 산문을 얻는 대신 시를 잃었다 (…중략…) 현대극은 먼저 시
> 와 무용과 음악을 회수回收해야 한다. 이것을 망각한 연극은 종합예술이 아
> 니다. (…중략…) 현대극의 방향은 시극의 길이다.

이로부터 18년 뒤, 1951년 8월 3일자 『조선일보』에 장호는 「시극운동
의 필연성 – 창작시극에 착수하면서」를 발표하며 시극운동을 시작했다.
장호는 현대서정시의 위기가 인쇄술의 발달에서 비롯되었다고 봤다. 그
의 주장에 따르면, 귀로 듣던 시가 눈으로 읽는 시가 되어

> 첫째 시어의 문자언어로서의 함의성을 고조하면서 그 의미를 웅축시켜주
> 는 한편, 조사법에서 음성언어로서의 질감 가운데도 특히 운율감을 크게 감
> 퇴시켰고, 나아가서는 시의 주제나 시관 그 자체의 예술지상주의적인 경향
> 을 더욱 촉진시켜서는 시를 소수 정예 의 것으로 고립시켜, 오늘날에 와서
> 는 귀로 듣기만 해서는 그 뜻이나 맛을 느껴가지지 못하고, 온전히 활자로
> 뜯어 읽어서 비로소 이해가 가능하게 된 것이 현대시의 실정이 되고 있다.
> 이런 경향은 현대의 여러 정치·사회적인 제약과 함께 시의 내항적인
> 자율성을 자극하고 시의 반사회성을 조장해서는 마침내 시의 봉건 도시와

23　주영섭, 「시, 연극, 영화」, 『막(幕)』 3, 1939.6, 10~12쪽, 이상호, 「장호의 시극운동에
　　관한 연구」, 『한국문학연구』 60, 2019, 87쪽에서 재인용. 본 글에서 장호와 시극운동
　　에 대한 내용은 달리 출처를 밝히지 않은 이상 이상호의 논문을 참고하였다.

도 같은 폐쇄적이며 또 고립적인 투갑을 입히게 되었다.[24]

시극운동은 요약하자면 시의 청각성 또는 음악성과 서사성을 다시 회복하고 음악, 무용, 미술을 포함한 새로운 종합예술로 거듭나서 대중과의 소통을 확산해 나가는 데 목적을 뒀다고 할 수 있다. 여기서 말하는 '대중과의 소통'이나 '대중화' 또는 '대중성'은 오늘날 오락이나 엔터테인먼트와 같은 분야의 속성으로서 세속적 쾌락이나 명성, 상업적 이익 등과 연관된 개념으로 이해되는 것과는 다른 의미다. 그보다는 20세기 초반 유럽에서 등장했던 움직임과 유사한 측면이 있다. 제1차 세계대전 이후 봉건사회가 붕괴하고 대중사회로 접어들던 이행기 속 유럽에서 예술은 위기에 처해 있었다. 예술을 후원하고 향유하던 귀족과 상류층이 몰락했기 때문이다. 그렇기 때문에 새로운 사회와 이 사회의 주인인 대중을 위한 예술이 필요하다는 주장이 고개를 들었고 〈서푼짜리 오페라〉를 창작한 브레히트와 바일 등이 이를 강력하게 피력했던 젊은 예술가들에 속한다.[25] 장호는 현대시의 위기를 "대중과의 괴리 관계에서 의식하면서 한편 그 고민을 극장이라는 도가니 속에 투척하여 풀어보고자" 시극 운동을 주창했다. 사회와 동떨어져 사람들로부터 소외되고 고립되어가는 현대시를 구하기 위한 방도로 대중성 확보와 전달 통로 확대가 절실하다고 봤고 이를 시극이라는 새로운 종합예술의 형태로 이뤄보고자

---

24   장호, 「시극의 가능성」, 『심상』 3/1, 1975, 81쪽. 이상호, 위의 글, 90쪽에서 재인용.

25   더 자세한 내용은 다음을 참조하라. Hyesu Shin, *Kurt Weill, Berlin und die zwanziger Jahre : Sinnlichkeit und Vergnugen in der Musik,*, Sinzig 2002.

했던 것이다. "대중과의 만남이 현대시의 위기 탈출의 과제로서 얼마나 요긴한 일인가 하는 점을 '극장에서 공연회수가 100회면 10만 명의 대중과 만나는 셈이다. 문학에서 10만의 독자란 좀 어려운 것이다'라는 사르트르의 견해를 통해 뒷받침하는 과정에서 더욱 분명히 드러난다."[26] 이렇듯 현대시의 위기를 극복해보고자 창설된 시극동인회의 첫 발표회는 1964년에, 두 번째 발표회는 1966년에 이뤄졌는데, 이 두 번째 발표회 때 신동엽의 작품이 무대에 올랐다. 하지만 이 시극 발표회는 기대에 미치지 못하는 성과로 막을 내렸고, 그로 인해 시극동인회는 한동안 침체기에 빠진다. 실패의 원인으로는 극장이라는 전달매체의 메커니즘을 잘 이해하지 못했고, 시와 극과 시극의 차이나 독서와 공연의 차이 등 다방면에서 치밀한 성찰과 실천 방안에 대한 탐구가 부족했기 때문이었다. 더욱이 연기하는 배우들은 산문에 익숙했기에 시로 된 대사를 전달하는 데 서툴렀고, 시극을 접해본 적이 없는 관객은 제대로 전달되지 못하는 대사를 순간적으로 들으면서 시적 함축성과 그 이미지를 쉽게 따라가지 못했다. 이러한 외적인 요소 외에도 우리말의 특성에 맞는 시극을 만들어내지 못한 것도 실패의 요인이었다. 그래서 장호는 "청각에 견뎌낼 수 있는 언어패턴의 탐색"에 골몰하였고, 오로지 청각에 집중하는 매체인 라디오를 통해 실험하기도 했다. 그는 〈모음의 탄생〉, 〈바다가 없는 항구〉, 〈유리의 소풍〉, 〈사냥꾼의 일기〉, 〈소풍〉 등 20여 편에 달하는 "라디오를 위한 시극"을 1961년부터 약 5년에 걸쳐 문화방송, 중앙방송, 동아

---

26   이상호, 「장호의 시극운동에 관한 연구」, 91쪽.

방송 등을 통해 방송하며 "청각에 견딜 수 있는 시어"를 찾는 실험을 펼쳤다. 이상호에 의하면

무대 공연을 염두에 둔 실험단계인 라디오를 위한 시극을 창작하면서 그는 "다른 요소야 여하튼 라디오·드라마의 대사 처리를 통하여 현대시는 먼저 청각에 견딜 만한 언어 형태를 회복해야 합니다. 구두어로서의 템포, 인토네이션 그리고 리듬의 효과를 시로 대사에 어떻게 살려낼 수 있을 것인가 혹은 우리말의 명료도는 어떤가, 그것을 감안하면 시어는 어떻게 채택되어야 할 것인가 하는 것을 알아내게" 되었다고 주장했다.[27]

라디오를 위한 시극은 장호의 최종 목표인 무대공연을 위한 전 단계로 실험과정의 일환이었다. 말하자면 '청각에 견딜 수 있는 시'의 형태를 모색하는 과정에서 고안된 것이다. 라디오 방송은 오직 청각에만 의존하는 것이므로 시청각을 함께 사용하는 무대 공연과는 성격이 다르지만, "시극을 대번에 무대로 가져가기 전, 먼저 언어의 문제로서 풀어나가 보겠다고 마음먹은" 결과로 하나의 실험단계였다.[28]

1962년에 방송된 장호의 〈바다가 없는 항구〉는 흥미롭게도 음악평론가로 알려진 박용구가 연출을 맡았다. 박용구는 이후 시극동인회의 대표간사를 맡았다. 시극동인회는 1959년 장호가 출범시킨 시극연구회를

---

27 위의 글, 92쪽.
28 위의 글, 94쪽.

1963년 범예술계로 확대시킨 단체다.[29] 신동엽은 시극연구회와 시극동인회 창립 멤버였다.[30] 우리나라에서 처음으로 시극운동을 조직적으로 펼치기 위해 결성된 단체가 바로 시극연구회다. 시극연구회가 구체적으로 어떠한 활동을 했는지에 대해서는 알려진 바가 없지만 신동엽이 이미 시극연구회의 창단 멤버였다는 사실은 시사하는 바가 크다. 비록 실패했지만, 우연처럼 신동엽의 활동 시기와 겹치는 이 시극운동이 지향한 목표는 신동엽에게 풀어야할 과제로 남게 된다.

신동엽은 시극 공연 이후 서사시 「금강」을 발표하고 라디오 방송을 위한 대본을 작성했으며 음악극 〈석가탑〉을 무대에 올렸다. 이 세 작품은 각각 서사성, 대중성, 청각성이 강조된 작품으로 특징지어질 수 있다. 시극운동에서 추구하던 목표와 맞아떨어진다. 다만 시극에서처럼 이 모든 특징을 하나의 형식, 하나의 작품에 담으려 하지 않고, 되도록 각 매체와 형식에 부합하는 주요 특징 한, 두 개에만 집중한 결과물로 볼 수 있겠다.

신동엽의 「금강」은 작가가 "서사시"라 불렀음에도 불구하고 서사성에 대한 논란이 지속되고 있는 작품이긴 하다. 신하늬라는 허구적 인물의 등장이 "서사의 긴장을 해이시키며 시인의 과도한 개입으로 비쳐 커다란 취약점으로 드러난다"는 평과 함께 한 편의 서정시로 보는 견해도 있다.[31] 반대로 「금강」이 서사시로서 미흡하다는 비판이 서구 문학 이

---

29   위의 글, 95쪽.
30   김동현, 「신동엽 시극 〈그 입술에 파인 그늘〉의 이데올로기」, 『한국문학논총』 55, 2010.8, 300쪽(각주 2).
31   유종호, 「뒤돌아 보는 예언자-다시 읽는 신동엽」, 『서정적 진실을 찾아서』, 민음사 2002, 127쪽; 이나영, 「신동엽 서사시의 성취와 의의-『금강』의 서정성을 중심으

론과 장르 특성의 관점에서 비롯된 결과라고 지적하는 연구자들도 있다. 하지만 그들 또한 「금강」의 서사성 보다는 서정성에 집중하며 이를 서구 문학 이론을 비판적으로 수용한 신동엽 작품의 개성 내지 독창적인 재창조로 해석하기도 한다. 양 진영 모두 서사시 「금강」의 서사성 대신 서정성에 주목하고 있는 셈인데, 시극운동, 더욱이 실패한 시극운동의 관점에서 볼 때 신동엽이 「금강」과 미완으로 남은 「임진강」을 통해 '시의 서사성으로의 귀환'을 시도했다고 볼 수도 있을 것이다. 즉 어떠한 전통을 따르는 서사시가 아닌 새로운 종합예술로 가기 위한 과정으로서 서사성을 부각시킨 작품을 쓴 것이라고 보는 해석 또한 충분히 타당하다고 사료된다. 「금강」의 서사성에 대한 연구가 필요한 이유라 하겠다.

〈내 마음 끝까지〉라는 라디오 방송이 어떻게 성사되었는지는 밝혀지지 않았지만 신동엽은 이 심야 라디오 프로그램을 위해 대본을 썼다.[32] 매주 한 편의 시를 소개하고 시에 대한 단상을 편하고 쉬운 언어로 청취자들과 함께 나누며 그들에게 시를 음미해보기를 독려했다. 시의 청각성을 회복하려는 하나의 작은 실험이자 귀로 듣는 시가 생소해진 대중을 훈련시켜보겠다는 의도가 깔린 시도였다고 할 수 있다.

음악극 〈석가탑〉은 시극에서 가장 해결이 어려워 보이는 언어의 문제를 리듬이 있는 언어를 필요로 하는 음악과 결합시켜 해결해보려는 실험이었다. 1980년대, 시극운동과는 별개로 자신만의 시극을 창작한

로」, 『어문론총』 74, 2017, 337쪽에서 재인용. 「금강」의 서사성에 대한 논란은 이나영의 위의 글(333~340쪽)에 잘 요약되어 있다.

32   방송 대본에 대한 자세한 논의는 이대성, 「신동엽 시에 나타난 인유 양상과 그 효과 연구」, 서강대 박사논문, 2019, 3절을 참조하라.

바 있는 하종오는 "시극을 쓰면서 가장 어려웠던 점은 아직까지 모범이 될 수 있는 시극의 전형이 없어 공부하기가 어려웠던 것인데, 염무웅 선생님의 조언을 받아들여 창극에서 부분적인 장점을 취해 보았다"고 말한 바 있다.[33] 이러한 맥락에서 〈석가탑〉이 오페라 〈아사녀〉로 이어지지 못한 사실이 큰 아쉬움으로 남는다.

*

시극운동과 함께 이 시절 신동엽은 광화문 월계다방 모임에 자주 참여했다. 이 모임은 주로 자유문학 작가들의 모임이었는데 평론가 임헌영에 의하면 신동엽을 비롯해 최인훈, 남정현, 한무학 등이 핵심멤버였다. 임헌영은 "민족사의 본질적인 거대담론을 처음 다룬 것은 전후문학파였고, 그중 광화문의 월계다방소설가 남정현, 최인훈, 시인 한무학, 신동엽 등에서 발아, 성장했다"고 말한다. 최인훈에 대해서는 "우리 시대 정치를 가장 신랄하게 까놓고 조롱조로 비판한 작가"로, 남정현은 "분단문제와 제국주의에 대한 날카로운 풍자를 보여주었다"고 평가했다.[34] 최인훈은 우리 문학의 근대성 획득과 주체성에 대해 고민을 했던 작가였던 만큼 월계다방 모임의 주제는 신동엽 문학의 주제에 영향을 주기도 한 것이다.

---

33 하종오, 「어미와 참꽃」, 『황토』, 1999. 이현원, 「신동엽의 시극과 오페레타 비교연구
    ─시적 변용과 주제적 의미고찰을 중심으로」, 159쪽에서 재인용.
34 임헌영, 「헤겔리언, 한국정치를 통매하다─광장에서 화두까지의 최인훈 들여다보
    기」, 『한국소설, 정치를 통매하다』, 소명출판, 2020.

당대 작곡가들도 음악의 근대성 또는 현대성[35]과 정체성, 주체성에 대해 고민했고 백병동도 예외가 아니었다. 〈석가탑〉이 "한국 작곡가들에 의한, 한국 시인들에 의한, 한국 고유의 '흥'을 찾아내려는 어떤 운동에 다소라도 자극제"가 되기를 바랐던 신동엽의 염원은 백병동의 고민이자 염원이기도 했던 것이다. 서양에서 들어온 음악을 작곡하는 한국인이라는 입장에서, 한국의 서양음악은 현대성과 민족성 사이에서 어떻게 고유의 정체성을 확립할 수 있을지 고민하지 않을 수 없는 일이었다. 백병동은 민족성보다는 현대성을 더 강조했던 작곡가였다.[36] 또한 음악의 사회성에 무관심 하지 않았던 작곡가다. 신동엽처럼 일제 강점기에 태어나서 6·25전쟁과 4·19혁명, 5·16군사정변 등 정치적 격변기를 겪은 세대였기에 사회, 정치적 문제에 민감하지 않을 수 없었다. 하지만 백병동은 날카로운 현실 인식에도 불구하고 신동엽처럼 사회 변혁을 적극적으로 실천하고자 하는 예술가는 아니다. 구체적인 의미를 전달할 수 없는 음악이라는 소리 예술의 특성 때문이기도 하겠지만 그의 사회, 정치적 사안에 대한 관심, 무엇보다 그가 "모든 권위적인 힘에 저항"하게 된 근원적인 이유는 그가 자라온 가족환경, 구체적으로는 그가 "절대적인 위엄과 권위주의의 화신"이라 부른 그의 할아버지와 아버지, 특히 아버지에 대한 반발에 있었기 때문이다. 그래서 김춘미는 주체적인 개인적 삶의 구현이 백병동의 경우 음악을 통해서 이뤄진다고 진단한다. 이

---

35 여기서 근대성 또는 현대성이란 개념은 '현재', '오늘' 등과 유사한 개념으로서 20세기 음악의 특성을 추구한다는 의미로 이해될 수 있겠다.

36 백병동의 작품과 음악관에 대해서는 김춘미, 『백병동 연구』, 시공사, 2000을 참고하였다.

처럼 백병동에게 주체성, 정체성 등에 대한 문제는 공동체적 고민이라기보다는 본질적으로 개인적 차원의 문제였다고 할 수 있다. 한국의 자주적 문화와 정체성을 이루기 위해 민족성을 강조하는 시대흐름에 동조했던 1980년대 양악 작곡가들과는 확실히 다른 입장이다. (80년대 이른바 "제3세대" 작곡가들의 관점에서 백병동은 "제1세계의 현대문화를 우리의 것으로 해야겠다는 이념으로 일관한" 그래서 극복되어야 마땅한 제2세대 한국 양악 작곡가들에 속했다.) 그렇다면 〈석가탑〉에서 발견되는 국악적 요소들(예컨대 선율과 장단: 이 부분은 나중에 다시 논하겠다)은 아사달과 아사녀라는 설화의 분위기를 적절하게 조성하기 위해 사용된 하나의 장식에 불과한가라는 질문이 야기된다. 하지만 백병동은 이미 1960년 전후로 국악의 리듬을 활용하고 변화시킨 곡들을 선보였다. 국거리 장단의 기본 장단을 짚어주는 리듬을 사용한 "민요적인 가곡"〈남으로 창을 내겠소〉1961를 예로 들 수 있겠다. 1957년부터 독일로 유학을 떠난 1969년까지 작곡한 그의 곡들은 다양한 실험이 이뤄진 작품들이라고 할 수 있는데, 이 실험들은 현대성을 획득하려 서양의 현대음악작법을 적극적이고 열정적으로 습득하고 적용한 것뿐만 아니라 그가 작곡가로서 어디에 서 있는지, 어디로 향해야 할지에 대해 고민한 노력이기도 하다. 여기서 흥미로운 사실은, 신동엽과 함께 시극동인회에서 활동한 박용구가 백병동에게 큰 영향을 미쳤다는 사실이다. 백병동은 1966년 제3회 작곡발표회를 계기로 음악평론가로서 그를 유심히 지켜보고 있던 박용구를 직접 만나기 전에 이미 박용구가 저술한 『음악과 현실』을 접하고 자신이 나아갈 방향을 깨달았다고 회고한 바 있다. 특히 김순남 가곡에 대해 언급한 부분이 인상 깊었고 이후 백병동은 김순남의 가곡을 공부하며 새로운 기법에 눈뜨게 된다. 박용구는 김순남을 예로 들며 한국의 양악 작곡가로서 서양 음악의 3화음 체계를 단순히 받아들이는데서 그치지 않고 오히려 이를 벗어나서 자신만의 독창적인 어법을 구사할 필요가 있음을 강조했다. 개성적인 작곡가, 자기세계를 가진 작곡가의 필요성과 함께 "시대와의 호흡", 즉 작곡가가 "속한 사회의 음악적 현실을 토대로" 작곡가의 음악정신이 세워져야 한다고 피력했다.[37] 김순남의 작곡을 꼼꼼히 연구하고 국악적 요소를 현대성과 함께 자신의 작곡기법에 녹여내려 한 백병동의 시도들은 결국 한국에서 서양음악을 작곡하는 예술가로서 자신만의 고유한 음악을 만들고자 했던 백병동이 고민한 흔적이다. 이후 그의 고민은 독일에서 자신이 "한국 사람임을 자각"하며 "서양 사람과 동양 사람의 사고방식의 차이, 느낌의 차이, 표현의 차이를" 깨우치면서 그리고 윤이상과의 만남을 통해 자신만의 음악관에 구체적인 방향을 얻게 된다.

이때부터 나의 작품의 방향이 제자리를 찾게 되었습니다. 꼭 우리나라 국악의 소재나 요소를 가져올 필요는 없었습니다. 내가 생각하는 모든 것이 우리 산천에서 우러 나오는 것이고 흙내음을 생각하며 우리나라 고유의 서정과 사고를 바탕으로 할 때 나의 심성에서 여과되어 나오면 그것은 곧 나의 것임과 동시에 우리나라의 것임을 확신하게 되었습니다.[38]

---

37 박용구, 「조선가곡의 위치」, 『음악과 현실』, 민교사 1949, 4~6쪽, 김춘미, 위의 책, 65쪽에서 재인용.

38 백병동, 「나의 음악을 말한다」, 『소리의 사제』, 23쪽.

서양화된 문화와 대도시 중심의 사회로 변해가고 있던 시대에 백병동과 신동엽은 서양 중심의 현대성과 문화적, 예술적 주체성, 정체성 사이에서 고민하면서 "한국적인 것"을 통한 출구를 모색했다는 점에서 만난다. 하지만 신동엽의 범사회적 차원, 공동체 중심, 더 나아가 인류 전체를 위한 지향성에 반해 백병동의 노력은 우선적으로 개인적인 차원에서 이뤄졌다는 차이가 있다. 더욱이 독일 유학에서 돌아온 후 표명한 그의 신념은 즉 '내가 한국 사람이기 때문에 내가 쓰는 곡은 자동으로 한국 음악일 수밖에 없다'와 같은 그의 신념은 당대의 작곡가들이나 이후 1980년대 민족주의 및 민중운동에 참여했던 작곡가들과는 또 다른 입장이다. 오히려 21세기에 들어서서 자주 목격되는, 자신의 문화적 뿌리를 하나의 개인적 특성으로서 이해하는 사고와 유사하다.[39]

*

신동엽이 시극운동을 거쳐 음악극에 관심을 가지게 되었다면, 백병동은 순수 음악적 관점과 타고난 성향에 의해 음악극에 관심을 보인 것이라 할 수 있다. (백병동의 음악에서는 일찍이 서정적인 성향과 극적인 성향이 동시에 나타났고 [예 : 가곡 〈부다페스트에서의 소녀의 죽음〉][40] 〈석가탑〉의 작곡을 의뢰

---

39 개인적 특성으로서 문화에 대한 더 자세한 논의는 다음을 참조하라. Hyesu Shin, "Parallelwelten? Das Eigene und das Fremde in der Musik Koreas", in : Sabine Ehrmann-Herfort/Silke Leopold, *Migration und Identität. Wanderbewegungen und Kulturkontakte in der Musikgeschichte*(= Analecta musicologica 49), Kassel 2013, p.256~273.

40 김춘미, 『백병동 연구』, 72~75쪽.

받을 당시에는 공연 팸플릿에서 스스로 밝혔듯 오페라 작곡에 관심을 가지고 있었다.)

그들은 〈석가탑〉을 오페레타라는 장르에 속한 작품으로 소개하지만 사실 전통적인 개념의 오페레타도, 오페라도 아닌 그들만의 새로운 형식의 음악극이라고 보는 것이 더 타당할 것이다. 두 형식의 차이를 단순화시켜 설명하자면, 오페라는 고대 그리스 비극을 재현하려는 시도에서 태어났기에 태생적으로 '진지한' 음악이다. 무게감 있는 소재를 다루는데, 극적 전개는 레치타티보에서, 감정 표현은 아리아를 통해서 이뤄진다. 아리아는 음악적 관점에서 작곡되는 노래지만, "서창"으로 번역되는 레치타티보는 낭창을 모방하는 방식으로 대사에 음을 붙인 것이다. 말과 노래 사이에 있는 음악이라고 볼 수 있는데, 대사에 붙이는 음높이나 리듬은 언어의 억양이나 악센트 등을 반영하여 정해진다. 오페라와 오페레타의 가장 큰 차이는 대사 처리에 있다고도 볼 수 있는데, 오페라에서와 달리 오페레타에서 대사는 음악이 붙지 않아 연극과 다르지 않기 때문이다. 〈석가탑〉에서는 연극적 대사가 절대적으로 많은 비중을 차지하지만 레치타티보에서 노래로 이어지는 대목도 있다. 제2경이 시작되면 수리공주가 등장하여 짝사랑하는 아사달을 생각하며 노래를 부르는데, 이 〈가슴 아픈 눈동자〉라는 제목의 노래는 "사람일까? 부처님일까? 말없이 날 바라보시던 그 눈동자. 가슴 아픈 그 눈동자"라는 대사의 레치타티보를 이어받아 불린다. 제4경에서는 아사녀가 부르는 〈기다리지요 천날이라도〉가 레치타티보로 시작된다. 하지만 이 두 가지 사례 모두 기존 오페라에서와는 달리 이야기를 전개시키는 기능을 하지 않는다.

　"희가극" 내지 "경가극"으로 번역 되는 오페레타는 역사적으로 서민적인 가벼운 오락을 목표로 만들어지기 시작했고, 세태나 생활과 밀착된 제재를 바탕으로 한다는 점에서도 신화를 주로 다루는 오페라와 구별된다. 무용이 상대적으로 많이 사용되는 것도 오페라와 다르다. 형식적인 면에서 볼 때 〈석가탑〉은 연극적 대사나 무용의 적극 수용 등으로 인해 오페레타로 분류되는 것이 맞는 듯 보일 수 있다. 하지만 각 시대에 유행하는 춤을 사용하고 이 춤이 작품 전체에 영향을 미치는 것이 오페레타의 특징이기도 하기에 마을 아가씨들의 춤, 선녀들의 발레, 승무, 탈춤 등을 사용하는 〈석가탑〉은 이러한 전통적 오페레타와는 차이가 있다. 이와 같은 이유로 〈석가탑〉을 "가극"(그 당시에 오늘날 장르의 틀을 벗어나는 형식을 통틀어 말하는 "음악극"이라는 개념이 존재했는지는 모르겠다)이라 부를 수도 있었을 텐데 굳이 오페레타라고 한 이유는 한국 서양음악사 서술을 염두에 둔 처사는 아니었나라는 의문이 든다. 이미 1952~1953년 사이에 현제명이 우리나라 최초의 창작 오페라 〈왕자 호동〉을 작곡했지만 창작 오페레타는 전무했고, "최초"라는 단어는 그때나 지금이나 언론과 (음악)대중의 주목을 끌기 쉽기 때문이다.

〈석가탑〉을 새로운 형식의 음악극으로 보는 것이 더 설득력이 있다고 판단되는 이유는 무용을 표현 수단으로 적극 수용하고 있다는 사실 때문이다. 〈석가탑〉에서는 총 7번의 무용이 사용되는데, 관중에게 재미를 주기 위한 목적인 오락성의 춤(제1경 중 비녀와 맹꽁이가 추는 익살스러운 춤)에서 무대 상황의 분위기를 강조하고 장면에 생동감을 부여하기 위한 무용(제3경 마을 아가씨들이 뽕을 따며 추는 흥겨운 춤: 일상에서 충분히 있을 법한 상황의 연출)과 언어의 범위를 넘어서는 환상이나 신비로움을 표현하는 발레(제5경 아사녀와 함께 등장하는 선녀들의 안무)까지 무용의 사용 범위가 상당히 넓다. 전통 오페라에서는 무용을 거의 사용하지 않는다. 다양한 상황과 목적에 묵극이나 발레, 승무 등을 사용하고 있다는 점에서도 〈석가탑〉은 고전적인 오페라나 오페레타에 포함시키기 어렵다. 그보다는 무용을 사용하는 목적과 횟수를 고려할 때 무용이 극과 음악에 대등한 대우를 받고 있다고 보이기에 주영섭이 주문한 "새로운 종합예술"을 시도한 것으로 보인다. 신동엽의 시극과 오페레타를 비교·연구한 이현원도 같은 결론에 도달한다.[41]

신동엽은 〈시극동인회〉의 회원으로 활동을 하면서 시 표현 기법의 다양성을 모색하고 독창적인 시각으로써 창작에 전념하였다 (…중략…) 그의 창작 전성기인 1960년대에 발표된 시극과 오페레타는 당시의 문예사조에 있어서 신동엽의 혁신적인 시적 미학의 시각을 토대로 제시된 문학적 표현물이라고 볼 수 있다. 그가 시도한 새로운 장르는 시적인 미학과 극적인 미학, 그리고 음악적인 미학이 조화롭게 수용된 장르라고 볼 수 있다.

1966년 국립극장에서 시극동인회 제2회 공연이 열리면서 신동엽의 〈그 입술에 파인 그늘〉이 무대에 올랐다. 당시 공연 팸플릿에 실린 작가의 말에는 다음과 같이 쓰여 있다.[42]

---

41 이현원, 「신동엽의 시극과 오페레타 비교연구 – 시적 변용과 주제적 의미고찰을 중심으로」, 140~141쪽.

42 김응교, 『시인 신동엽』, 현암사, 2005, 142쪽(공연 팸플릿).

몇 해 전 「진달래 산천」이라는 서경적敍景的인 시를 쓰면서 시극詩劇을 생각해보았다. 이따금 국내에서 공연되는 연극을 보면서도 시극을 동경하게 되었다. 발레를 보면서도 시극을, 합창을 들으면서도 그리고 교향곡을 들으면서도 점점 구체화되어 가는 시극에 대한 갈망을 억누를 길이 없었다. (…중략…) 지금 내가 써가고 싶은 시극은 나의 필요에 의해서 새로이 등장하는 문학 형태상의 또 다른 새 장르여야 할 것이다.

신동엽 시인의 장남 신좌섭은 1998년 8월 세종문화회관에서 문호근이 연출한 가극 〈금강〉의 초연을 보면서 신동엽이 열정을 가지고 개척하고 싶었던 '새로운 장르'가 무엇일지를 어렴풋이나마 깨닫게 되었다고 회고한 바 있다.[43] 〈석가탑〉이 새로운 종합예술을 도모한 시도였다는 해석의 타당성은 무엇보다 신동엽이 남긴 "단상"을 통해 확인된다.[44]

머지않아 인류는, 그들의 전역사를 통하여 꾸준히 모색하여온 창조적 미의 극치, 종합예술의 찬란한 시대를 가지게 될 것이다.
아마도 그것은 시詩 악樂 무舞 극劇의 보다 놓은[sic!] 조화율의 형태로서 나타나게 될 것이다.

신동엽이 참여했던 시극운동이라는 관점에서 〈석가탑〉을 '새로운 종합예술을 시도한 작품'으로 해석할 수 있다면, 작곡가 백병동은 이러한

---

43 신좌섭·맹문재, 「신동엽 시인 타계 50주기 특별대담」, 『푸른사상』 27, 2019, 10~27쪽.
44 신동엽, 『산문전집』, 강형철·김윤태 편, 창비, 2019, 209쪽(단상모음 18).

시도를 '오페라의 개혁'이라는 맥락에서 받아들여 흔쾌히 동참했을 수 있다. 당시에 한국 작곡가들은 서양 음악계의 소식을 일본 잡지나 어렵게 구한 악보와 음반을 통해 간접적으로 접하고 배워나갔다. 백병동에게 이러한 방식으로 영향을 끼친 작곡가 중에는 〈불새〉, 〈봄의 제전〉, 〈병사 이야기〉 등과 같은 작품으로 이미 1910년대 유럽에서 오페라와 발레를 개혁하는 데 앞장선 스트라빈스키가 있다. 음악에서 신고전주의의 대표주자로 꼽히는 스트라빈스키와 같은 작곡가들은 고전주의나 바로크 시대의 음악을 가져다 재해석했는데, 오페라의 경우에는 대사와 노래가 확실하게 구분되는, 바그너 이전 시대의 오페라를 선호했다. 〈석가탑〉에서도 대사와 노래의 구분이 대체로 명확하다. 노래불리는 시는 복잡하지 않은 리듬과 일상적인 어감과 쉬운 의미의 단어로 구성되었다. 「금강」에서도 이미 노래로 작곡될 가능성을 내포한 시들이 포함되었는데 이 시들도 규칙적인 운율이나 반복, 뚜렷한 이미지, 쉬운 언어 등으로 특징지어질 수 있다. 〈내 마음 끝까지〉라는 라디오 방송에서 신동엽이 청취자들과 함께 나누고자 했던 시들도 보면 흥미롭게도 같은 요소들이 발견된다.

시극동인회에서의 경험은 현대 관객 혹은 독자들이 일방적으로 듣기만 하는 시, 의미와 이미지가 순간적으로 지나가 버리는 시를 이해하기 어려워한다는 사실을 깨닫게 했다. 하지만 노래 불리는 시는 예외적으로 쉽게 수용된다. 그렇기 때문에 극과 음악의 결합을 통해 시의 대중성과 청각성을 회복하는 시도에 신동엽은 흥미를 느꼈을 수 있다. 그렇다면 신동엽의 입장에서 〈석가탑〉의 음악은 시어를 잘 살리고, 시적 이미지를 잘 전달해주는 음악이 필요했을 수 있다. 하지만 안타깝게도 신동엽의 음악에 대한 지식이나 경험에 대해 알려진 바가 없다. 그가 기타를 치는 모습이 담긴 사진이 남아 있고, 그의 시에 간혹 베토벤, 차이콥스키와 같은 서양 작곡가들과 이들이 작곡한 곡이 언급되기는 한다.[45] 하지만 그렇다고 해서 그가 음악을 잘 알았다고 할 만한 사료는 없다. 〈석가탑〉 공연 팸플릿에 오페레타가 무엇인지도 모른 채 작품을 썼다는 고백도 있지만, 창비에서 출간된 〈석가탑〉에 악기만 연주하는 음악을 "교향곡" 또는 "교향악"으로 명명한 것을 보면 그가 음악을 좋아했을 수는 있으나 음악에 대한 지식이나 경험은 그리 많지 않았던 것으로 보인다. (교향곡은 오케스트라가 연주하는 음악을 뜻한다. 〈석가탑〉은 오케스트라 반주로 공연되었다. 하지만 음악극 안에서 악기만 연주하는 대목을 교향곡이라고 부르지는 않는다. 교향곡은 오케스트라를 위한 하나의 독립적인 음악 형식이기 때문이다. 창비본에서 "교향곡"으로 명칭 된 부분은 이대성의 연구에 따라 〈석가탑〉의 최종 공연본으로 추정되는 등사본에서 "전주곡"으로 수정되어 있다.)

　신동엽이 음악에 대해 얼마나 알았는지, 오페라는 직접 본 적이 있는지 등에 대해 아무것도 알려진 바가 없지만 슈베르트의 선율이 자신을 위로한다는 그의 메모를[46] 놓고 상상해보면, 신동엽은 〈석가탑〉에서 음악의 역할을 슈베르트풍의 가곡정도로 생각했을 수도 있겠다. 예컨대 우리나라에서도 잘 알려진 슈베르트의 〈보리수〉나 〈숭어〉 또는 〈마왕〉 등

45　예컨대 「금강」 제12장과 제14장에서 각각 베토벤과 차이콥스키가 언급된다.
46　신동엽, 『산문전집』, 209쪽(단상모음 16). "슈베르트의 선율이, 산 넘어 불타는 저녁 노을이, 병원길 뜯어 맡아보는 한잎 들깻잎 냄새가, 꺼져들어가는 내 생명의 마지막 등불에 기름을 보태주고 있었다."

을 생각해보자. 〈숭어〉에서는 시에서 묘사되는, 빠르고 힘차게 헤엄치는 숭어의 이미지를 음으로 그려내고 있다. 〈마왕〉에서는 드라마틱하고 위태로운 분위기가 처음부터 끝까지 지배하는데, 죽어가는 아들을 살리고자 필사적으로 말을 타고 달리는 아버지의 심정과 그 급박한 상황을 피아노로 연주되는 말발굽 소리를 모방한 리듬으로 표현해 내고 있다. 한편 〈보리수〉는 가사의 서정성을 선율에 담아 표현하고 있는 가곡이다. 첫 번째 절의 가사 내용처럼 멜로디는 큰 비약이나 복잡한 리듬 없이 편안한 감정을 느끼게 한다. 신동엽이 〈석가탑〉의 음악을 어떻게 상상했는지는 모르지만, "마음의 언어", "감정의 언어"라 불리는 음악의 역할을 이처럼 생각했을 것으로 유추해 볼 수 있다.

　　오페라나 오페레타와 같은 음악극에서 음악은 주로 등장인물의 감정을 표현하는 데 사용된다. 〈석가탑〉에서는 도미장군의 질투를 표현하는 〈도끼로 꺾을까〉, 〈이제야 알겠군〉, 아사달을 다시 보게 된다는 기쁨을 노래하는 아사녀의 〈만나뵈올 이 기쁨〉, 아사달을 향한 마음이 변치 않으리라 다짐하는 수리공주의 〈하늘이 두쪽 나도〉 등등이 오페라의 아리아처럼 감정을 표현하는 노래에 해당한다.

　　아사녀가 부르는 〈만나뵈올 이 기쁨〉을 좀 더 자세히 들여다보자. 이곡은 〈석가탑〉에서 2번 불리는데, 제3경에서 처음 불린다. 아사녀는 신라에 거의 도착하여 고개 하나만 넘으면 꿈에 그리던 아사달을 볼 수 있는 상황에 처해 있다. 신동엽의 시는 "가슴은 터져요" 또는 "가슴이 터져요"를 반복하며 아사녀의 벅찬 마음을 묘사한다. 하지만 백병동의 음악은 의외로 매우 차분하다. 자장가에도 자주 쓰이는 6/8박자에 맞춰 조용히 (mezzo piano) 시작하는 그녀의 노래는 "가슴은 터져요 / 만나뵈올 이 기쁨에 / 가슴은 터져요"라는 대목에서 가장 높은 음(G5)에 도달하며 폭발한다(forte). 아마도 여기서 터지는 감정이 아사녀의 속마음일 테지만, 이후 점차 하향하는 선율에서 느껴지는 것처럼 아사녀는 이내 마음을 다시 다잡는다. 신동엽은 시끌벅적한 감정 표현이 한국 사람답지 않다고 봤는데[47] 아마도 이러한 그의 생각이 반영된 작곡이 아닐까 싶다.

감정 표현을 목적으로 하는 또 다른 노래로 도미장군의 〈이제야 알겠군〉을 들 수 있다. 제2경에서 수리공주와 아사달이 함께 있는 모습을 보고 수리공주를 사모하는 도미장군이 질투하고 분노하며 부르는 노래다. 아사달이 석가탑을 빨리 만들지 못하는 이유가 수리공주와 연애하기 바빠서라고 오해하는 도미장군은 "딴 수작했었군", "잿밥만 보였군"을 반복하며 자신의 질투와 분노를 표출한다. 백병동은 붓점 리듬과 널뛰듯 위아래를 오가는 선율, 토막 난 듯 짧게 끊긴 반주 등으로 도미장군의 감정을 표현하고 있다. 이 작곡에서 흥미로운 점은, 시와 음악 사이, 말과 노래 사이에 놓인 대목들이다. "비웃듯이 얄밉게 (약간 빠르게)" 부르라는 지시가 달린 이 노래는 "에헴"이라는 가사로 시작하는데, 이 때 이 두 단어는 노래도 말도 아닌 중간지점에서 부르게 되어 있다. 즉 오선지 위에 두 개의 음이 명확하게 기재되어 있기는 하지만, 이 두 음은 노래 부르지 말고 말하듯 읊어야 한다. 그러다 두 번째 음이 노래의 멜로디로 이어진다. 이와 유사한 대목은 이후에도 여러 번 등장한다. 노래 불리는 멜로디

---

47   신동엽, 「시끄러움 노이로제」, 『산문전집』, 180~182쪽.

에서 말하듯 읊어야하는 음 하나가 '이탈'하거나, 노래를 부르다 딴 수작을 부린 아사달이 어이없다는 듯 "핫핫핫핫" 웃는 웃음소리 등. 모두 기품 있는 여인으로 묘사되는 아사녀와 달리 거칠은 도미장군의 분노에 사로잡혀 널뛰는 가슴을 표현하기 위한 수단이다.

그 밖에도 〈석가탑〉에는 시와 노래, 대사와 노래의 경계가 불분명한 경우가 여럿 있다. 제1경에서 불리는 도미장군의 또 다른 '질투-아리아' 〈도끼로 꺾을까〉를 예로 들 수 있다. 도미장군이 노래를 부를 때 맹꽁이가 중간 중간 추임새마냥 "도끼로 안 되죠 / 창으로도 안 되죠 / 안 되죠"를 부른다. 노래는 도미장군을 비웃는 듯한 맹꽁이의 창음, 즉 음높이는 정해져 있지만 노래를 불러서는 안 되는 창법으로 외치는 "안되죠"로 끝나는데, 이 창음은 곧바로 맹꽁이가 "병신스럽게 긴 코먹은 소리로" 말하는 "안, 될, 껍, 니, 다"라는 대사로 이어진다.

음악도 말도 아닌 창법이나, 노래와 대사를 물 흐르듯 이어가는 작법, 배경음악에 얹히는 말하는 대사 등은 기존 음악극과는 다른, 새로운 종합예술에 대한 고민에서 나온 결과임이 확실하다. 말과 노래의 중간쯤 되는 성악의 특수한 발성법을 전문용어로 슈프레히게장Sprechgesang이라 부르는데, 이미 20세기 초반 유럽에서 스트라빈스키, 쇤베르크 등과 같은 현대음악 작곡가들이 선보였다. 1960년대 한국에서는 이러한 창법의 도입이 획기적으로 여겨졌을 수는 있으나, 이러한 작곡이 진정 시의 음악성을 찾는데 기여할 수 있는 길인지는 많은 연구와 논의가 필요하다.

전통적인 오페라나 오페레타와 〈석가탑〉의 또 다른 차이는, 오페라는 훈련된 가수를 위해 작곡되는 반면 〈석가탑〉은 연기자를 위해 쓰였다는 점이다. 훈련된 성악가를 위해 곡을 쓸 때는 음악적 표현에 있어 거의 제한이 없다. 하지만 연기자를 위해 쓸 때는 다르다. 〈석가탑〉은 명성여고 학생들을 위해 작곡되었는데, 공연을 지켜본 백병동이 50여 년이 지나서도 학생들의 연기가 인상적이었다고 기억할 정도로 명성여고는 연기명문이었다. 〈석가탑〉에서는 이 '연기자 학생들'이 노래를 불러야 하는데, 백병동의 작곡은 연기자나 나이 어린 학생이 부르기에는 난이도가 높다. 백병동이 직접 시인했듯 "독백 풍의 간헐적인 리듬과 비약적인 음정, 고교생의 수준으로는 비상식으로 생각되는 진행과 변박자등 때문에 연습하는 데도 무척 힘들었으리라 생각"된다.[48] 연기자나 일반 학생은 성악 훈련을 받지 않았다는 점에서 일반인과 별 다를 바 없다. 일반인이 부르기 편한 선율이 무엇인지는 누구나 어릴 때 부른 동요를 생각하면 알 수 있다. 〈나비야 나비야〉나 〈학교종〉처럼 말하는 언어에 가까운 음역대, 선율의 진행이 비약적이지 않은 멜로디가 부르기 쉽다. 유럽에서도 제1차 세계대전 이후 오페라의 개혁을 다양하게 시도하는 작품들이 많이 등장했는데 개중에는 브레히트와 바일의 〈서푼짜리 오페라〉가 공전의 히트를 치며 대중문화까지 점령하는 센세이션을 일으켰다. 이 작품이 매우 전위적인 시도였음에도 불구하고 대중음악처럼 사랑을 받은 이유는, 브레히트와 바일이 만든 "송song" 때문이었다. 이 '송'이라 이름지어진 새로운 형태의 노래는 당시의 대중음악이라 할 수 있는 재즈의 영향과 대중가요라 부를 수 있는 노래들의 영향을 받아서 작곡되었기 때

---

48 『석가탑-멀고 먼 바람소리』, 140쪽(공연 팸플릿에 수록된 '작곡자의 말').

문이며, 성악을 전공한 가수가 아닌 연기자를 위해 만들어진 노래였기 때문이다. 〈석가탑〉도 연기자들이 노래한다는 점에서 오페라나 오페레타와 같은 기존의 음악극과는 차별된다. 하지만 작곡가 백병동은 훈련된 성악가가 아닌 연기하는 어린 학생들을 위해 작곡해야 했기에 자신의 "의도대로 표현할 수 없었던 것은 퍽 안타까운 일"임에 틀림없다.[49] 하지만 이러한 제약 또한 전통 양식을 고수해야만 하는 작곡과 다를 바 없이 예술가의 창의력을 자극한다. 그렇지 않다면 백병동이 〈석가탑〉을 두고 "오페라 '아사녀'의 산파역이 된 중요한 실험과정"이라고 말할 수 없었을 것이다. 하지만 백병동은 전반적으로 오페라 무대에 오르는 훈련된 전문 성악가가 부르기 수월한 작곡을 제공했고 따라서 〈서푼짜리 오페라〉의 '송'처럼 혁신적인 시도를 해볼 기회를 놓치고 말았다.

백병동은 신동엽과 함께 무엇인가 새로운 것을 만들어 낼 수 있으리라는 기대를 했다고 회고한다. 그가 말하는 "새로움"이란 신동엽이 〈석가탑〉 공연 팸플릿에서 말한 "한국 작곡가들에 의한, 한국 시인들에 의한, 한국 고유의 '흥'"일 수도 있다. 신동엽이 아사달과 아사녀라는 고대의 설화를 소재로 삼은 이유도 이러한 "흥"을 찾는 시도로 볼 수 있을 것이다. 시극운동을 통해 그가 추구했던 서사성, 청각성, 대중성이라는 목표를 극과 음악이 결합한 형태로 구현하고자 할 때 익히 알려져 있는 스토리를 소재로 삼은 것은 현명한 선택이다. 관객의 이목을 스토리 진행이나 이야기의 결말에 집중시키지 않고 시와 음악의 결합 방식에 집중

---

49   위의 글.

시키기 용이하기 때문이다. 수리공주나 도미장군처럼 새로운 인물을 도입한다 해도 인물들의 관계가 전형적이고 매우 단순하게 설정되어 있기 때문에 극의 흐름을 따라가기 어렵지 않고 인물들의 감정 또한 예상가능 한 범위 안에 있다. 이러한 상황에서는 관객이 언어의 울림이나 시어의 음악성, 언어와 음악의 조화, 무용으로 표현되는 감정 등에 초점을 맞춰 감상하기가 좋다. 즉 읽어서 머리로 이해하고, 글로 묘사된 이미지를 상상해야 하는 인쇄된, 시각용 시가 아니기에, 이성보다는 시의 다른 요소, 음악이나 무용처럼 직감이나 감각에 더 호소하는 요소들에 집중하기가 용이하다. 그러면 관객은 무대와 거리를 두고 즐길 수도 있게 된다. 예컨대 판소리에서처럼 창으로 표현되는 감정에 몰입하다가, 언어의 재치와 맛을 느끼다가, 이야기 전개에 추임새를 던지며 참견하거나 판의 흥을 돋는 등 공연에 참여하며 즐기는 것이 가능해진다. 신동엽도 백병동도 다시 돌아갈 수 없는 과거의 문화예술을 보존하는 데에는 관심이 없었다. 그러기에는 이미 너무 다른 사회와 시간을 살아가고 있었다. 하지만 신동엽이 우리 역사 속으로 들어가서 우리 고유의 정체성을 모색했듯, 판소리와 같은 우리 전통 예술에서도 새로운 종합예술이나 시의 서사성, 음악성, 대중성을 되찾는 실마리를 찾을 수도 있을 것이다. 하지만 〈석가탑〉에서는 이러한 경지에까지 오르지는 못했다.[50]

백병동의 음악에서 한국 고유의 흥을 맛볼 수 있는 요소는 일차적으

---

[50]   앞서 언급했듯 백병동은 꼭 국악의 소재나 요소를 가져다 쓸 필요가 없다고 소명하기는 했지만 이는 그가 독일 유학을 가서 깨달은 바이기에 〈석가탑〉을 창작할 시기에 해당하는 입장은 아니다.

로 우리 전통음악을 연상시키는 선율이나 리듬이다. 〈석가탑〉은 오케스트라 반주에 맞춰 공연되었다. 하지만 이 오케스트라를 위해 쓰인 악보는 유실되었다. 그렇기 때문에 백병동이 보관해온 자필 피아노스코어 (즉 오케스트라가 연주했을 음악을 피아노라는 악기 하나만을 위해 함축해서 기록해 놓은 악보)만으로는 이 작품의 소리를 구체적으로 상상하기 어렵다. 악기의 조합이나 주법 등에 따라 얻어지는 음향은 천차만별이기 때문이다. 무엇보다 서양 악기로 구성된 오케스트라가 연주한 만큼, 이 악기들을 가지고 우리나라 고유의 "흥"을 어떻게 소리로 표현해 냈을지가 무척 궁금해진다.

하지만 선율이나 리듬은 다르다. 서양 악기로도 우리나라 민요와 같은 멜로디를 연주할 수 있다. 제3경을 시작하는 처녀들의 〈뽕잎 따기 노래〉는 민요를 많이 닮았다. 굿거리장단처럼 들리는 리듬의 음악이 처녀들이 합창을 부르기 전부터 춤추는 배경음악으로 연주된다. 하지만 〈석가탑〉에 이렇게 확연하게 전통음악을 닮은 음악은 많지 않다. 이 장면에서는 무대 위에서의 연출이 일상에서 일어날 수 있는 상황이기 때문에, 다시 말해 뽕잎을 따며 함께 노래하고 춤추는 모습에는 당시 농촌에서 여전히 불렸을 법한 전통 민요가 자연스럽다. 하지만 이렇게 확실하게 친숙한 전통음악은 〈석가탑〉에서 예외에 속한다. 전반적으로는 우리나라 전통 음악을 막연하게 연상시키는 선율이 작품 전체에서 때론 강하게 때론 은은하게 느껴질 뿐이다.

나가는 말

〈석가탑〉은 텍스트나 음악의 관점에서 평가했을 때 작품 자체에 큰 의미를 부여하기 어렵다. 신동엽과 백병동이 예술가로서 성장하는 과정 초기에 쓴 작품이고 집필/작곡 기간도 길지 않았다. 물론 그렇다고 해서 다 그렇고 그런 작품만이 나오는 것은 아니다. 〈서푼짜리 오페라〉는 3~4 개월 만에 쓰였고, 이 작품을 쓴 작곡가 바일은 그 당시 28살이었으며 대 본을 담당한 극작가이자 시인인 브레히트는 30살이었다. 하지만 이미 오랜 기간 문화 자체가 변혁을 시도하는 방향으로 흐르고 있던 유럽의 상황과, 서양의 문화와 예술을 받아들인지 얼마 되지 않은 한국의 상황 을 같은 층위에서 비교하는 것은 타당치 못하다. 하지만 그럼에도 불구 하고 유럽의 1920년대와 한국의 1960년대를 비교할 수 있는 것은, 새로 운 사회와 문명이 출현하기 시작한 과도기였기 때문이다. 브레히트와 바 일은 제1차 세계대전 이후, 신동엽과 백병동은 식민지 시대와 6 · 25전쟁 을 거쳐 4 · 19혁명을 겪으며 그들이 성장한 사회체제가 붕괴하는 것을 목격했고 산업화로 인한 도시화, 대중의 출현 등 급격하게 변해가는 사 회에 맞서 새로운 사회, 새로운 시대, 새로운 관객에 적합한 예술이 무엇 일지를 고민했다. 과거와 다른 관객, 빠르게 변하는 사회를 온몸으로 느 끼면서 이에 맞는 예술의 필요성을 절감했다. 하지만 그들은 자신들이 체감하는 바를 미적으로 따라가는 데 어려움을 겪었다. 과거와 미래 사 이에 선 그들에게는 그들이 지향하는 미래를 향해 무모하게 나아가 보 는 것이 최선이었다. 〈석가탑〉은 이러한 그들의 노력의 결실로서 의미가 있으며, 무엇보다 ― 문학의 관점에서 ― 오늘날 우리나라의 현대시가 여전히 해결하지 못한 채 외면하고 있는 문제를 상기시켜준다는 점에서 의미 있는 작품이라 하겠다.

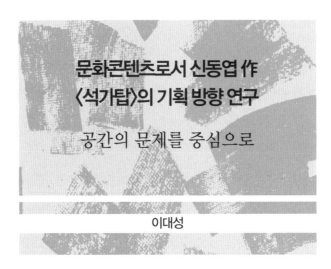

문화콘텐츠로서 신동엽 作 〈석가탑〉의 기획 방향 연구

공간의 문제를 중심으로

이대성

1. 문화콘텐츠로서 〈석가탑〉의 현황과 재-기획의 필요

이 글에서는 문화콘텐츠로서 신동엽 대본의 〈석가탑〉이 제기하는 공간의 문제를 살펴본다. 이를 위해 아사녀 설화라는 문화원형을 활용해 제작한 희곡, 소설, 총체극, 문화공원 등과 비교하여, 신동엽 대본의 〈석가탑〉이 아사녀의 유산을 상속하며 확장한 공간의 특징을 분석한다. 이를 통해 문화적 타자에게 공간을 허용하는 문화콘텐츠 〈아사녀〉의 기획 방향을 제안한다.

콘텐츠란 아직 협의 중인 개념으로, 정보통신 기술 매체를 통해 제공되는 '정보 내용물' 또는 지적, 정서적 만족을 주는 '창조적 가공물', '정보 상품' 등을 의미하며,[1] 정보통신기술, 문화산업, 문화예술 등 어느 분야에

---

*   이 글은 『역사와 융합』 11호(2022.6)에 실린 것을 수정·보완한 것이다.

1   제갈덕주, 「'콘텐츠'의 개념 정의에 관한 언어문화론적 접근」, 『우리말글』 74, 우리말

초점을 맞춰 정의하느냐에 따라 개념 차이를 보인다. 하지만 콘텐츠라는 용어는 작품, 텍스트와 달리 기획과 제작, 유통, 소비, 수용, 재기획의 전 과정에서 쓰인다는 점에서,[2] 매우 포괄적인 개념으로 통용된다. 지적이든 물리적이든 인간 집단에 의해 창조된 모든 생산물을 문화라고 이해한다면,[3] 문화콘텐츠는 해당 문화권에서 만들어진 문화적 소재를 활용해 현대의 여러 구성원이 역할을 나눠 맡아 재가공하여 산출한 내용물이라고 볼 수 있다.

문화콘텐츠로서 〈석가탑〉은 시인 신동엽이 개인의 노력만으로 창작한 작품이 아니라, 먼 과거에서부터 구전되고 기록되어 여러 차례 변형되며 전승된 문화적 소재를 활용해 현대의 연구자, 기획자, 연출자, 연주자, 배우 등 여러 구성원이 개입하여 제작한 공동 창작물이다. 신동엽 作 〈석가탑〉은 불국사 석가탑 건

1968년 오페레타 〈석가탑〉

축에 관한 아사녀 설화를 창조적으로 재해석한 극 텍스트이며, 1968년 5월 10, 11일에 서울 드라마센터에서 오페레타작곡 : 백병동, 연출 : 문오장로 초연했

글학회, 2017, 100~104쪽 참고.

2   임대근, 『문화콘텐츠 연구』, 한음출판, 2021, 120~121쪽.

3   문화의 개념은 "Kultur" 항에서 참고. Joachim Ritter and Karlfried Gründer(eds.) *Historisches Worterbuch der Philosophie*, vol. 4, Basel : Schwabe, 1971, pp.1319~1320(Qtd. in Erika Fischer-Lichte, *The Semiotics of Theatre*, trans. Jeremy Gaines and Doris L. Jones, Bloomington : Indiana University Press, 1992, p.257).

2019년 입체낭독극 〈석가탑〉

다. 〈석가탑〉은 1968년 초연 이후로 공연되지 않았으나, 2019년에 문학

연구자가 신동엽문학관 수장고에 보존되어 있던 필경등사본을 찾고, 백

병동 작곡가의 작업실에 방문하여 육필악보를 찾은 이후 신동엽학회에

의해 재공연됐다.[4]

4   이대성, 「명성여고 야간부, 국어교사 신동엽」, 『이 세상에 나온 것들의 고향을 생각
     했다ㅡ신동엽 문학기행』, 소명출판, 2020, 166~170쪽. 이 글에는 필자가 2019년
     에 신동엽문학관에서 필경등사본을 찾고, 백병동 작곡가의 작업실에 방문하여 육
     필악보를 찾게 된 경위를 상세히 정리했다. 한국문화예술위원회에서 주최한 2019
     년 문예진흥기금 지원사업(문학행사 및 연구)을 계기로, 신동엽문학관 소장 필경등
     사본을 활용해 입체낭독극 〈석가탑〉(작곡 : 정민아, 연출 : 김진곤, 주관 : 신동엽학
     회)을 기획했으며, 이 기획 과정에서 찾은 오페레타 악보, 공연 사진 등을 엮어 단행
     본 『석가탑ㅡ멀고 먼 바람소리』(모시는사람들, 2019)를 발간했다. 단행본의 발간 이
     후 2020년에는 오페레타 〈석가탑〉(작곡/연출 : 류담, 주관 : 요요문화창작소)과 뮤

〈석가탑〉은 최소한 한 번 이상 다시 제작될 필요가 있는데, 1968년 신동엽의 대본과 백병동의 악보가 모두 발견되었으나, 여전히 이들 전체 자료를 활용한 문화콘텐츠가 아직 제작되지 않았기 때문이다.[5] 무엇보다도, 동일한 문화원형을 배경으로 한 주류의 문화콘텐츠가 해방 이후에도 일제 강점기 시기의 공간적 폐쇄성을 답습한 채 제작되고 있기 때문이다. 필자는 2019년 입체낭독극과 2020년 뮤지컬 선보임 공연의 기획자로서 〈석가탑〉이 문화콘텐츠로서 어떤 의미를 지닐 수 있는지 미래의 재-기획자에게 제안하고자, 동일한 문화원형을 배경으로 한 다른 희곡, 소설, 총체극, 문화공원 등과 비교하고 〈석가탑〉이 제기하는 공간의 문제를 살펴보고자 한다. 이를 통해 신동엽 대본의 〈석가탑〉에 삽입된 아사녀의 환영 공간을 확인하고, 아사녀의 유산을 상속하는 시도로써 문화콘텐츠 〈아사녀〉의 기획 방향을 제안한다.

지컬 선보임 공연 〈석가탑〉(작곡 : 백병동, 연출 : 김성진, 주관 : 신동엽학회) 등이 연달아 재공연했다. 신동엽학회, 입체낭독극 〈석가탑〉, 기획 이대성, 대학로 여행자극장, 2019.9.6~7(https://youtu.be/QDHx1jdbatY); 신동엽학회, 뮤지컬 〈석가탑〉 선보임 공연, 기획 김우진 · 이대성, 유튜브, 2020.11.28(https://youtu.be/qqSoRCz8j3A); (주)요요문화창작소, 오페레타 〈석가탑〉, 부여고등학교, 2020.10.29(https://youtu.be/LbBMkdqtWug).

5   2020 뮤지컬 〈석가탑〉(37분 분량의 선보임 공연, 유튜브 공개)은 신동엽 대본, 백병동 작곡의 〈석가탑〉을 52년 만에 최초로 복원한다는 데 의의를 두고 기획됐다. 필자는 이 공연의 기획 단계에서 백병동의 피아노 악보 19곡(총 122쪽)을 디지털화하였으나, 주어진 예산의 한계 때문에 그중 9곡만을 충실하게 재현하기로 결정하고 현대적 변용 작업을 거치지 못한 채 공연 영상을 제작해야 했다.

2. 아사녀 설화를 활용한 문화콘텐츠의 공간적 폐쇄성

아사녀 설화는 통일신라 시기에 불국사의 석가탑을 건축하는 과정에서 석공을 찾아온 아사녀가 비천한 몸으로 분류되어 불국사에 출입하지 못하고 탑 그림자를 기다리다 연못에 빠져 죽었다는 이야기인데, 연못에 탑 그림자가 비치지 않았다고 하여 석가탑을 무영탑이라고도 명명했다는 데서 기인해 무영탑 설화라고도 불린다. 선행 연구에서 밝혀진 대로, 아사녀 설화의 가장 구체적이고 원형적인 기록인 『화엄불국사고금역대제현계창기』승려 활암 동은에 의해 1740년 편집에는 당나라 출신의 무명 석공과 아사녀阿斯女가 오누이 관계로 되어 있으나, 오사카 긴타로의 「경주의 전설」에서 부부 관계로 바뀐다.[6] 하마구치 요시미츠浜口良光가 〈희곡 무영탑담〉전체 1장으로 구성에서 무명 석공을 아산阿山이라 명명하고 아사녀의 아버지를 석공의 스승으로 설정하여 인물 관계를 구성했으며,[7] 현진건은 『무영탑』에서 석공 스승 및 부부의 출신을 옛 백제로, 석공의 이름을 아사달阿斯怛로 바꾼다. 신동엽이 이를 이어받아 아사달阿斯怛을 아사달阿斯達로 개명하고 아사달阿斯達과 아사녀阿斯女의 사랑 이야기로 정착시켰

---

6   강석근, 「무영탑 전설의 전승과 변이 과정에 대한 연구」, 『신라문화』 37, 동국대 신라문화연구소, 2011, 102~107쪽. 『화엄불국사고금역대제현계창기(華嚴佛國寺古今歷代諸賢繼創記)』와 「경주의 전설」의 한글 번역은 강석근의 논문에서, 『화엄불국사고금역대제현계창기』의 한자 원문은 한국학문헌연구소 편, 『불국사지』(외) 11, 아세아문화사, 1983, 47쪽에서 확인할 수 있다.

7   김효순, 「조선전통문예 일본어번역의 정치성과 현진건의 『무영탑』에 나타난 민족의식 고찰」, 『일본언어문학』 32, 한국일본언어문학회, 2015, 297~320쪽.

다.[8] 신동엽은 오랫동안 쌓아온 전통의 서사 구조를 거의 그대로 되풀이하면서도 결말에 차이를 만들어 아사달이 아사녀를 뒤따라 죽기보다는 아사녀의 죽음 이후에 속죄하며 여생을 살아가게 만든다.[9] 그런데 이 결말의 차이가 주류의 문화콘텐츠에서는 고려되지 않는다는 점에서, 이번 장에서는 하마구치 요시미즈의 〈희곡 무영탑담〉과 박종필 예술감독의 총체극 〈무영탑〉의 사례를 집중적으로 분석함으로써 이들 문화콘텐츠가 역사적으로 완성해온 공간적 폐쇄성을 검토하고자 한다.

1) 식민지 시기의 〈희곡 무영탑담〉, 소설 『무영탑』

일찍이 18세기에 기록된 아사녀 설화는 식민지 시기를 거치면서 오사카 긴타로大阪金太郎의 「경주의 전설慶州の伝説」(3), 『조선朝鮮』, 조선총독부, 1921.5; 오사카 로쿠손大阪六村이란 필명으로 1927년 단행본에 개정하여 재수록)과 하마구치 요시미츠浜口良光의 〈희곡 무영탑담〉『조선 및 만주(朝鮮及満州)』제26권 제199호, 1924.6, 현진건의 역사소설 『무영탑』1938.7.20~1939.2.7, 『동아일보』

---

8   강석근, 앞의 글, 107~108쪽. 한상철은 선행 연구를 토대로 아사녀 설화의 변용 과정을 정리하면서 이광수의 「오도답파여행 53신」(『매일신보』, 1917.8.18; 『조광』 1931.1; 『이광수전집』 9, 삼중당, 1967, 128~129쪽에 재수록)을 중간 과정으로 추가한다. 이광수의 글은 불국사 창건자인 '김대성'과 '아사(阿斯)'라는 신라 소녀의 이루지 못한 사랑 이야기를 다룬다. 한상철, 「신동엽 시에 나타난 '백제'와 '혁명'의 역사화」, 『한국문학이론과 비평』 83, 한국문학이론과비평학회, 2019, 97~102쪽.(『다시 새로워지는 신동엽』, 삶창, 2020에 재수록) 아사녀 설화가 구전으로 전래되어 왔을 것이기에 여러 이본이 있을 수 있다. 하지만 본고에서는 석공과 아사녀의 관계로 설정된 문헌 기록을 중심으로 아사녀 설화의 변용 과정을 정리했다.

9   이대성, 「신동엽의 〈석가탑〉과 현진건의 『무영탑』 비교 연구 ─ '비어 있음'의 이미지를 중심으로」, 『비교문학』 77, 한국비교문학회, 2019, 75·77~78쪽.

연재, 1939년 박문서관 단행본 발간 등에 의해 각색되고 재생산되면서 오늘날에는 영지설화공원 등의 문화산업 분야에서도 활용되는 한국의 대표적인 문화원형이다.

하마구치 요시미츠의 〈희곡 무영탑담〉은 일본인이 식민지 조선의 역사를 연구하고 재구성하던 시기에 발표되었으며, 설화 기록에 대해 예술 지상주의 모티프를 가미하여 만든 극본이다. 하마구치 요시미츠는 오사카 긴타로의 「경주의 전설」1921에서 당나라 석공과 그를 찾아온 아내 아사녀의 슬픈 사랑 이야기를 보고 일본어로 재창작했다. 이 작품이 특별히 중요한 까닭은 대체로 아사달과 아사녀의 슬픈 사랑 이야기가 현진건의 『무영탑』에서 비롯된 것으로 알려져 있으나, 『무영탑』 역시 하마구치 요시미츠가 구성한 인물 관계와 서사 구조에 크게 의존하고 있기 때문이다.[10]

〈희곡 무영탑담〉의 줄거리는 석가탑 공사에 참여한 석공이 예술과 사랑 사이에서 갈등하다가 아내 아사녀의 죽음을 겪으며 한층 높은 종교적 경지에 이르러 석가탑을 완성한다는 내용이다. 이때 아사녀의 아버지가 석공의 스승으로 설정되어 있고, 주변 인부들이 공사를 멈추고 딴생각에 빠진 석공을 조롱하거나, 아사녀가 남편에게 다른 여자가 생겼을 것이라고 의심하여 자살한다는 등의 상황이 모두 『무영탑』에서 되풀이된다. 소설 『무영탑』이 영화, 애니메이션, 총체극 등의 다양한 형식으로 상연됐는데, 이러한 『무영탑』이 일본인이 각색한 한국 전통의 서사 구조

---

10   김효순, 앞의 글, 302~307쪽.

를 배경으로 한다고 했을 때 과연 어떤 점에서 문제 삼아야 하며, 이후 신동엽의 〈석가탑〉과의 관계 속에서 크게 달라진 점이 무엇인지 주목해 볼 수 있다.

〈희곡 무영탑담〉의 무대 공간은 대중적으로 잘 알려져 있는 불국사 설화와 관련해, 경내境內/경외境外, 성聖/속俗의 이항 대립적 구분을 전제 한다.[11] 공간의 구분은 석공의 위치를 석가탑 공사가 진행되는 불국사 경 내로 한정하고, 아내 아사녀의 위치를 불국사 경외로 한정한다. 공간 구 분에 의해, 두 남녀는 만날 수 없게 되어 있다.[12] 이러한 공간 구분이 오 랜 설화 기록에서부터 일관되게 적용되어 왔는데, 이를 재해석하는 방식 에 있어서 하마구치는 예술/사랑이라는 또 하나의 구분을 추가하여 불 국사 경내에서 성스러운 예술 작업에 전념함으로써 인간 속세의 사랑을 끊어내야 종교적 대업을 이룰 수 있게 된다는 동기부여를 석공에게 제 공한다. 앞으로의 분석은 공간의 구분이 아사녀의 배제를 정당화했으며, 여러 문화콘텐츠의 제작 과정에서 반박되지 않은 채 배제의 논리를 견 고히 유지했다는 것을 보여줄 것이다.[13]

---

11 무대 공간은 '배우의 행위와 무대 장치, 소도구, 조명과 음향 등 여러 요소에 의해 형 성되는 추상적 공간'을 뜻한다. 이와 달리 연극 공간은 '배우가 연기하는 무대 공간뿐 아니라 관객이 관람하는 객석 공간을 포괄'하는 용어이다. 그리고 무대 장소는 '연극 공연을 위해 사용되는 실제 무대'를 가리킨다. 안 위베르스펠트(Anne Ubersfeld), 유 효숙 역, 『관객의 학교』(1981), 아카넷, 2012, 88~89쪽.

12 극 텍스트는 무대 공간의 설정을 통해 '특정 목표를 향한 배역의 움직임 또는 떨어져 있는 배역 간의 거리'를 형성한다. Erika Fischer-Lichte, op. cit., p. 58.

13 자끄 데리다(Jacques Derrida), 김상록 역, 『목소리와 현상』(1967), 인간사랑, 2006, 59쪽. 공간 구분의 문제는 표현/표지의 구분에 대한 자크 데리다의 후설 분석 방법을 참고하여 분석했다.

불국사 내부의 공간에 폐쇄적 경계를 만드는 작업은 석공 아산阿山이 불국사 외부에 아사녀가 와 있는지 알고 있으면서도 아사녀를 향한 사랑의 마음을 억누르고 내부에 머무르게 되는 여러 장면에서 잘 드러난다.

아산   (몸을 상수 위쪽으로 향해) 처요! 용서해 주오…! 용서해 주오…! 모두 내가 잘못했소. 무슨 법도를 위한다고 삼 년간이나 연락도 하지 않아 그대는 내가 변심을 했다고 생각해 연약한 여자의 처지로 먼 이 곳까지 와 주었는가, 고마워라, 고마워라.

그 마음도 헤아리지 못하고 이 석가탑이 감지鑑池에 비칠 때까지 기다려 달라고 잘도 말했구나. 그 벌로 내가 아직도 도면을 그리지 못 하는구나. 탑도 완성하지 못하는구나. 하지만 탑이 완성되는 것을 기 다려 그대를 만나려 했는데 영원히 만날 수가 없구나. 그것보다 오히려 잠깐이라도 만났다면 또 환희 속에서 좋은 생각이 떠오를지도 모르지. 아사녀여! 나는 지금 바로 만나러 가겠오. 기다려 주오. 기다려 주오.

아산   흥분한 얼굴로 가려고 한다. 네다섯 걸음 간다. 이때 낮 12시를 알리는 종소리가 울린다. 아산. 앗! 하고 제정신이 든다. 견딜 수 없다는 듯한 표정을 하고,

아산   (힘을 모아) 바보! 나는 무슨 생각을 하고 있는 것인가? 무엇을 생각하고 있는 것인가? 이것이 번뇌라고 하는 것이다. 망상이라고 하는 것이다. 번뇌와 망상으로 존엄한 여래탑을 만들 수 있을까. (잠시 동안 침묵과,

침정의 표정으로) 소원을 들어주는, 정말 좋은 탑은 여래를 안치하는 탑이 아니라, 탑 그 자신이 여래인 것이다.

나는 그것을 만들고 싶다. 만들고 싶다.

하지만 그런 존엄한 것은 사랑과 미움과의 좁은 소견으로는 불가능하다.

그러기 위해서는 마음을 청정하게 하지 않으면 안 된다. 아아… 이제 생각하지 말자. 생각하지 말자. 처의 일은 생각하지 말자.205~206쪽[14]

〈희곡 무영탑담〉의 전체 무대 공간은 탑을 깎는 석공 아산과 아산을 중심으로 한 여러 배역이 드나드는 공간이면서, 동시에 아사녀는 등장할 수 없는 공간이다. 불국사 경내의 공간은 실제 무대의 안팎을 기준으로 경외의 공간인 "감지鑑池"로부터 분리되어 있다. 이러한 공간 구분이 불국사 경내의 아사달과 경외의 아사녀가 만나지 못하게 하는 기능을 한다. 아산이 "상수 위쪽으로 향해" 소리친다는 지시문에서 알 수 있듯이, 아사녀는 관객이 무대를 바라보는 방향을 기준으로 무대의 오른편 바깥에서 안으로 출입하지 못한다. 이 무대 공간은 아사녀의 출입을 제한하는 대신에, 석공에게 탑을 쌓아야 한다는 단일한 목표 아래 탑 짓기 행위에 몰두하게 한다.

이 불국사 경내/경외의 공간 구분은 예술/사랑이라는 인식론적 구분과 결합하여 극 전개 방향의 일관성을 강화한다. 궁극적으로 이 극의 주

---

14 희곡은 이 책에 수록된 번역문을 인용했으며, 인용문의 끝에 쪽수를 밝혔다. 일본어 원문(浜口良光,「戲曲無影塔譚(一場)」,『朝鮮及滿州』, 第26卷第199号, 1924.6)은 金孝順,「発掘－玄鎭健の『無影塔』の原典－浜口良光の「戲曲無影塔譚(一場)」,『跨境日本語文学研究』2, 2015, 207~215쪽에서 확인할 수 있다.

된 과제는 무대 공간에 출현하지 않는, "연약한 여자의 처지로 먼 이곳까지" 온 아내 아사녀로 향하는 사랑을 아사달의 마음에서 지우는 데 있다. 극의 전제 조건은 "사랑과 미움"이라는 "좁은 소견"을 떼어내야만, "존엄한" 탑을 만들 수 있다는 형이상학적 신념이다. 석공은 부단히 "생각하지 말자"라는 말을 여러 번 반복하며 아사녀를 향한 "사랑"을 차단함으로써, 인식론적 구분을 견고히 하며 불국사 경내의 폐쇄성을 구성한다. 그리고 하마구치는 이 폐쇄성이 가장 위협받는 절정에서 종교적 대업을 완성하게 하는 조건을 재확인한다.

> **심부름꾼**　저… 아사녀가 돌아가셨습니다. 돌아가셨습니다.
> 연못에 몸을 던져 돌아가셨습니다.
> **아산**　(심부름꾼의 손을 잡고) 뭐라고 아사녀가 죽었다고, 죽었다고. 그게 정말인가?
> **심부름꾼**　예. 정말로 돌아가셨습니다. 아무리 기다려도 경지鏡池에 석가탑의 그림자가 비치지 않는다고 하시면서, 당신의 마음이 변하여, 다른 좋은 분이라도 생긴 게 아닌가 하고, 이삼일 실성한 듯이 헛소리를 하셨는데, 가련하게 오늘 돌아올 수 없는 몸이 되셨습니다.
> **아산**　이런 안타까운… 화상님 실례하겠습니다.
> 달려가려고 한다.
> 우선 (늠름한 목소리로) 어이! 아산 어디로 가는가?
> **아산**　처를 만나러 가옵니다.
> 우선 죽은 아내를 만나서 무엇을 하려고 하나. 이봐 아산, 자네의 기량

이 무르익었다구. (다시 한번 엄숙한 목소리로) 이봐 아산!

아산 예.

우선 그대의 처는 죽었다네. 이참에 자네의 가슴에 있는 처도 잊고, 탑
을 능숙하게 만들고 싶다는 일념도 잊고 그래서 마음속의 모든 것을 잊고
무아가 되었을 때 진짜 여래가 빛나는 거라네216~217쪽

이 인용문은 석공이 아사녀의 죽음 소식을 듣고 나서 밖으로 나가지
않고, 도리어 예술과 사랑 중 하나의 영역이 사라졌으므로 온전히 예술
에 전념해 석가탑을 완성하게 되는 결말 장면이다. 아사달은 이 공연에
서 한 번도 무대 밖으로 나가지 않고, 아사녀는 한 번도 무대 안으로 들
어오지 않는다. 이 희곡이 완성한 공간의 폐쇄성은 물리적으로뿐 아니
라 심리적으로도 경내/경외, 성/속을 구분하고, 후자 즉 무대 밖으로 향
하는 "마음"을 완전히 잊을 때에 가능해지는 "무아"의 상태로 제시된다.
"무아"의 상태란 불국사의 석가탑 공사 이전에는 한 가족으로 살던 사람
을 강제로 구분된 공간에 배치한 뒤에 점차적으로 성/속, 예술/사랑 등
의 구분을 추가하고, 바깥을 제거한 대가로 얻은 내부의 단일성이다. 사
실상 하마구치 희곡의 과제는 공간 내부의 단일성을 구축하기 위해 무
대의 안과 밖을 배타적으로 구분하는 것이다.

분제는 이러한 공간 구분이 현진건의 소설『무영탑』에서도 반복되어
한국의 문화콘텐츠에 있어 전통적 서사 구조로 안정화된다는 데 있다.
현진건은 아사달과 아사녀의 출신을 패망한 백제로 바꾼 뒤에, 한편으로
는 석공 아사달의 예술에 매혹당한 신라 귀족 여성과 그 여성을 사랑하

는 신라 귀족 남성 간의 삼각관계를 추가하고, 다른 한편으로는 민족의 화합을 중시하는 국학파와 외세에 영합하는 당학파 간의 대립관계를 추가한다. 하지만 기본적으로는 일본인이 각색한 아사녀 설화의 예술지상주의와 특정 정치체, 즉 통일신라 중심의 정형화된 결말을 그대로 수용했기 때문에, 여전히 타자를 배제하는 공간적 내부의 단일성, 폐쇄성을 강화한다. '현진건 소설에는 서라벌통일신라의 수도 출신의 석공과 부여패망한 백제의 수도 출신의 석공 간 배제와 차별이 여전하면서도 통일의 명제 아래 나라 간의 경계가 지워진다. 하지만 이는 만주 사변과 중일 전쟁 이후 일본에 의해 조선, 만주 지역 등이 하나로 연결되는 제국의 형성 과정을 무의식적으로 반향한다.'[15] 현진건의 『무영탑』에 나타난 민족의식이 일제의 지배 이데올로기 영향권에서 자유롭지 못하다는 문제제기는 여러 차례 다루어진 바 있다.[16]

하마구치 요시미츠가 불국사의 안/밖, 성/속, 예술/사랑의 구분에 따라 석공 아산과 아내 아사녀의 관계를 분리하고 무대의 내부 공간적 폐쇄성을 구성했다면, 현진건은 종교적 색채를 약화하는 대신에 남녀 간의 사랑에 얽힌 치정 로맨스를 강화하여 의식적 차원에서 등장인물의 내부 공간적 폐쇄성을 보완한다. 앞서 〈희곡 무영탑담〉이 언어적 대사를 통해 아사달에게 다른 여자가 있을 수 있다고 암시하는 데 그쳤다면, 『무영탑』은 석공 아사달이 신라의 귀족 여인 주만과 신체적 접촉을 하며 심리

---

15 이대성, 「신동엽 시에 나타난 인유 양상과 그 효과 연구」, 서강대 박사논문, 2020, 31쪽.
16 김효순, 앞의 글, 316쪽. 황종연, 「한국 근대소설에 나타난 신라－현진건의 '무영탑'과 이광수의 '원효대사'를 중심으로」, 『동방학지』 137, 연세대 국학연구원, 2007, 359~360쪽.

적으로 동요하는 이야기를 명시적으로 추가하는데, 이로 인해 아사달의 마음 공간에서 아사녀가 차지하는 비중이 대폭 축소된다.

2) 21세기의 문화콘텐츠－총체극 〈무영탑〉, 영지설화공원

여기서 더 나아가 익산시립무용단에서 기획하여 공연한 총체극 〈무영탑〉2021과 경주시에서 기획하여 조성 중인 영지설화공원2010~2024 등을 감안한다면, 아사녀 설화를 배경으로 한 문화콘텐츠 제작이 후대의 한국인에게 미칠 영향력을 고려하여 공간적 폐쇄성의 문제를 지속적으로 논의해야 한다. 현진건의 『무영탑』은 1957년에 신상옥 감독이 영화 〈무영탑〉을 만든 뒤, 21세기에 와서도 여전히 아사달과 아사녀 이야기의 원작으로 활용된다. 2021년 총체극 〈무영탑〉예술총감독·안무 : 박종필, 연출 : 이재성, 대본 : 홍석환, 작곡 : 김태근은 현진건의 소설 『무영탑』과 그 소설을 쓴 현진건의 이야기를 병치하는 액자 구조로 공연됐다. 사실상 춤극에 해당하기 때문에 다양한 춤과 음악을 중심으로 관객에게 감동을 준다.[17]

총체극 〈무영탑〉은 현진건의 『무영탑』에 나타난 인간 욕정의 측면을 물리적 장면으로써 더욱 부각하여 석가탑 공사 지연의 사유에 대해 아사달의 아사녀를 향한 그리움을 대폭 축소한다. 소설 『무영탑』에서는 신라 여인 주만이 탑 깎는 석공을 보고 홀로 호감을 가진 후, 석공 아사달도 차츰 마음이 동요하여 비 오는 날 주만의 이마에 입 맞추는 정도로 이

---

17 익산시립무용단, 총체극 〈무영탑〉(예술총감독·안무 : 박종필, 연출 : 이재성, 대본 : 홍석환, 작곡 : 김태근), 익산예술의전당 대공연장, 2021.11.4(https://youtu.be/aktnu-c8aYIg).

4장 "무너지는 석가탑" 장면   성애적 춤을 확대한 장면

2021년 총체극 무영탑

들 간의 육욕을 재현됐다면, 총체극 〈무영탑〉에서는 아사달과 주만이 다른 공간에서 우연히 한 번 더 만나 사랑을 느끼며[38분], 입맞춤을 하고[45분 35초], 사랑이 고조되어 깊은 관계까지 맺게 된다(1시간 5분, 남녀 배역이 겉옷을 벗고 춤추는 장면을 통해 성관계를 암시한다). 백제 출신의 석공 아사달과 신라 여인의 애정 장면, 그리고 석가탑이 무너지자 불국사 스님의 불심으로 다시 힘을 내 석가탑 공사를 이어가는 장면[1시간 16분] 등에서 아사녀의 자리는 불국사라는 무대 공간에서 물리적으로뿐 아니라 아사달의 심리 차원에서도 사라진다.

아사녀는 대사, 노래 또는 아사달의 행위 등 어떤 것으로도 불국사의 무대 공간에 나타나지 않는다. 아사녀가 불국사 문 앞까지 공사가 아직 다 안 끝났다 하여 발길을 돌리는 장면에서 말하는 대사는 아사달과 그녀의 관계가 얼마나 허약하고 불충실한지를 보여준다. "다 된 것은 비출 것이요. 아니 된 것은 비추지 않을 것이다. 아니 된 것, 아직 아니 된 것. 너, 너로구나. 님이건 탑이건, 그것이 사랑, 사랑이건"[1시간 20분]이라는 대사는 아사녀 자신을 향한 아사달의 사랑이 "아니 된 것"이어서 탑 그림자가 비추지 않는다고 이해하고 자살한 계기를 암시한다.

총체극 〈무영탑〉에서, 석공 아사달은 아사녀가 죽은 연못에 뒤따라 빠져 죽음으로써 생전에 이루지 못한 사랑을 성취한다. 죽음으로 사랑을 완성한 비련의 서사에 대해 소설 『무영탑』이 "풍 하는 소리가 부근의 적막을 한순간 깨트렸다"라는 문장으로써 암시적으로 처리한 데 비해,[18] 총체극 〈무영탑〉은 아사달과 아사녀가 물속에서 만나는 장면을 재현함으로써 명시적으로 처리한다.[1시간 34분] 아사달이 마치 죽은 듯 무대 바닥에 누운 뒤, 소설가 현진건이 출현해 노래를 부르자 아사달이 아사녀를 찾다 헤매고 무대 중앙의 후면에 있는 아사녀와 재회하는 장면이 연출되기 때문에, 아사달과 아사녀의 재회 장면은 소설가의 상상 장면으로 해석할 수 있다. 이러한 결말 장면은 현진건의 관점을 반영해 아사녀 설화를 죽음으로 하나 된 남녀 사랑의 서사로 완성하고, 그들이 죽은 장소에 한정하여 이야기로 종결한다.

결국, 영화 또는 총체극 등으로 반복되어온 문화콘텐츠 〈무영탑〉은 사실상 공간적으로 분리되어 있더라도 결코 단절하기 어려운 관계의 남녀에게, 한편으로는 탑 공사가 이뤄지는 불국사 내부 공간에 성스러운 몸만 들어올 수 있게 제한하고, 다른 한편으로는 불국사 외부 공간에 비천한 몸을 분류하는 작업을 수행한다. 일차적으로 내부 공간에서 성스러운 예술 작업이 수행되고, 이차적으로 외부 공간에서의 사랑이 뒤늦게

---

18 현진건, 『무영탑』(1938.7.20~1939.2.7, 『동아일보』 연재, 1939년 박문서관 단행본 발간), 푸른사상, 2012, 416~417쪽. 소설은 이 책에서 인용하고, 이후 인용문의 뒤에 쪽수를 밝힌다.

수행된다.

이런 배경에서, 경주시 영지설화공원 등의 문화산업은 경주라는 장소에 아사달과 아사녀의 죽음을 애도한다는 명목으로 아사달과 아사녀라는 외부성을 삭제하고, 통일신라 경주의 내부성을 재생산한다. 현진건이 소설을 마치는 신문 지면에 "천년 고도 경주를 찾으신 분은 반드시 불국사에 들르시리라"[417]라고 부기한 것처럼, 아사녀의 죽음은 경주에 들른 구경꾼에게 화젯거리로 제공될 수 있었다. 아사달과 아사녀가 모두 영지에서 죽었기 때문에, 후대 사람의 관심사는 계속해서 경주로 집중된다. 영지설화공원에는 〈아사달 아사녀 사랑탑〉, 〈사랑탑 건립문〉 등이 조형되어 있는데,[19] 이중 〈사랑탑 건립문〉에는 아사달과 아사녀의 이름을 인지하는 두 개의 다른 관점예술과 사랑이 잘 반영되어 있다.

"민족문화가 찬란히 빛나는 천년고도 서라벌에는 신기의 석공예로 불후의 명작을 남긴 아사달 아사녀의 혼이 서려 있다. (…중략…) 이 탑은 위대한 명공 아사달의 예술혼으로 아사녀의 애달픈 사랑을 달래주고, 여기를 찾는 이들에게 사랑과 예술의 이정표가 되리라. 삼가 아사달 아사녀의

---

19 이 두 개의 조형물은 2006년 동리·목월박물관 광장에 먼저 설치되었다. 당시에는 본래 계획했던 "영지 못 주변이 공원지역이라 설치할 수 없었"으나, 2010년에 경주시가 영지설화공원을 조성하기로 결정하면서 유사한 조형물을 공원 내에도 설치했다. 이승형, "아사달 예술혼, 사랑 탑으로 '부활'", 〈연합뉴스〉, 2006.7.30(https://n.news.naver.com/mnews/article/001/0001370896?sid=103), 검색일자(2022.5.20); 송종욱, "경주 영지에 '아사달·아사녀' 설화 공원 조성… 2단계 공사 마무리, 2024년까지 3단계 공사", 〈영남일보〉, 2021.2.1(https://www.yeongnam.com/web/view.php?key=20210217010002429), 검색일자(2022.5.20).

명복을 빌며, 아사달 아사녀 사랑탑은 한국인의 시간과 공간 속에서 영원
하리라."

— 아사달 아사녀 사랑탑 건립위원회, 〈사랑탑 건립문〉, 2006.7.30.

이 건립문의 문구는 우선적으로 불국사 내부에 "불후의 명작을 남
긴" "명공 아사달의 예술혼"을 기념하는 한편, 그의 "예술혼"으로 불국
사 외부의 영지에서 죽은 "아사녀의 애달픈 사랑"을 위로하는 선후 관계
를 전제한다. "사랑과 예술"이라는 두 선택의 항은, 사실상 먼저 "예술"
의 목적을 성취한 나중에야 뒤늦게 "사랑"을 위로하는 선후 관계로 엮여
있다. 이는 현진건의 『무영탑』에서 그러했듯이, 아사달이 영지에 도착하
여 "아사녀만한 돌"[394]을 보고 "새로운 돌부처"[416]를 조각한 뒤에 아사녀
를 뒤따라 죽었다는 서사에 기반한다. 건립문의 문구는 통일신라 내부에
기입된 문화적 타자를 오로지 경주라는 지역성으로 환원하고, "삼가 아
사달 아사녀의 명복을 빌며" 죽음으로 종결된 서사를 재생산한다. 게다
가 영지설화공원의 중심부에 세워진 〈아사달 아사녀 사랑탑〉에는 사실
상 "아사달의 혼"이라는 문구가 새겨져 있기 때문에, 아사녀는 죽은 자
리에서조차 제 자리를 갖지 못하게 된다.

지금까지 살펴본 대로, 총체극, 문화공원 등의 문화콘텐츠 〈무영탑〉
은 동질성에서 벗어나는 탁월한 작품을 제작하기 위해 내부 공간에 문
화적 타자를 불러들였으나, 불국사 경내/경외, 성/속, 예술/사랑이라는
구분에 따라 타자성을 단계적으로 제거하여 공간적 폐쇄성을 구성한다.
게다가 아사달이 아사녀를 뒤따라 죽었다고 설정하였기 때문에, 아사녀

의 외부 공간 또한 경주 영지라는 협소한 장소로 제한되고, 아사녀 설화에 얽힌 내·외부의 공간은 전체적으로 폐쇄성을 갖는다. 공간의 안과 밖을 구분함으로써 한편으로는 통일신라의 탑을 공간 내부에서 우선적인 것으로 고정하고, 다른 한편으로는 아사녀라는 문화적 타자를 공간 외부에서 이차적으로 고정한다. 이러한 문화콘텐츠 제작은 아사녀, 즉 문화적 타자의 배제를 정당화하는 공간 구분의 전제 조건을 결코 반성하지 않고 한국인 집단에서 흔히 일어날 만한 삶의 행동 양식을 강화하며 재생산한다.

3. 〈석가탑〉의 무대 공간에 나타난 아사녀의 환영

한국의 주류 문화콘텐츠가 아사달과 아사녀라는 이름을 신라 천년의 고도, 경주의 석가탑과 영지 등 불국사 안팎의 공간을 기념하는 용도로 활용하면서, 위대한 탑을 완성한 백제의 예술가 아사달을 안으로 포섭하는 동시에 아사녀를 밖으로 배제해온 역사적 구분 작업을 주지하면서, 이번 장에서는 애초에 통일신라의 바깥에서 온 아사녀의 유산을 상속하는 작업이 어떻게 공간적 확장을 가능하게 하는지 계속 살펴보고자 한다.[20]

---

20 유산 상속의 개념은 데리다의 글을 참고. 자크 데리다(Jacques Derrida), 김재희·진태원 역,『에코그라피』2판, 2002, 민음사, 2014, 62~63쪽. 유산의 상속은 오래된 가능성을 물려받는다는 의미에서, 가려내고 가치를 매기고 재활성화하면서 아직 실현되지 않은 약속을 재긍정하는 것이다.

선행 연구에서 확인된 대로, 신동엽의 오페레타 〈석가탑〉은 『무영탑』의 서사 구조와 인물 관계를 광범위하게 차용하되 기존의 닫힌 결말을 열린 결말로 바꾼다. 신동엽은 현진건의 『무영탑』을 거의 그대로 되풀이하면서도 열린 결말로 전환하고 아사달이 아사녀의 죽음 이후에 사는 법을 제시한다.[21] 하지만 선행 연구에서는 관객이 독자로서 현진건의 『무영탑』을 읽지 않았을 가능성까지 검토하지 않았으며, 아사녀의 빈자리를 무대 공간에서 어떻게 구현할 수 있을지에 대해 논의하지 않는다. 논의를 계속 이어간다면, 극중 다른 인물에게 노출되지 않지만 아사달과 관객에게만 노출되는 아사녀의 환영 공간에 특별히 주목해볼 수 있다.

〈석가탑〉의 극중 현실에서도 아사달과 아사녀는 불국사 경내/경외, 성/속, 예술/사랑 등의 구분에 의해 살아 있는 동안 다시 만날 수 없게 되어 있다. 하지만 〈석가탑〉의 1, 2, 5경에서 환상적인 조명과 음향 등을 이용해 극중 현실로부터 벗어난 공간이 만들어지고, 아사녀의 환영이 출현해 아사달과 만난다. 이 무대 공간은 이전의 〈희곡 무영탑담〉, 소설 『무영탑』, 총체극 〈무영탑〉 등에서는 있을 수 없었던 인물 간 만남을 허용하기 위해 〈석가탑〉에만 마련된 공간이다.

〈음악/무용〉
이때, 불이 꺼져 어두워지고, 환상적인 음악 흘러나오면서, 무대 하수쪽에 꿈결 같은 스포트. 아사달의 고향집. 괴나리봇짐을 얼러 맨 아사달과

---

21 이대성(2019), 앞의 글, 77~78쪽.

아사녀의 이별. 무용을 곁들인 애절한 묵극默劇이 진행된다. 음악 멎으며 무대 다시 밝아짐.제1경의 지문, 20

〈음악/무용〉

이때 불 꺼져 어두워지며 두 개의 스포트만 떨어진다. 하나는 아사달의 얼굴, 또 하나는 상수에서 등장하는 아사녀의 모습. 무대 전체가 환상적인 조명. 환상적인 음악. 아사녀 아사달의 무대를 가로지르는 환상적인 발레.

(…중략…)

노래 끝나자 아사녀의 환영 사라지고 조명 밝아진다. 상수에서 도미장군 등장. 아사달과 수리공주가 함께 있음을 발견하고 도미장군, 분을 참지 못한다.제2경의 지문, 28-31[22]

불국사 경내를 주요 무대 공간으로 설정한 1, 2경에는 탑 깎는 행위를 멈춘 아사달의 내면이 극중극의 형식으로써 삽입되어 있다. 외적으로는 아사달이 석가탑 공사를 멈추고 있는데 비해, '극중 현실에 해당하는 틀극 내부에 극중극이 삽입되면서'[23] 아사달만 상상할 수 있는 아사녀와

---

22 오페레타 대본은 신동엽, 이대성 편,『석가탑－멀고 먼 바람소리』, 모시는사람들, 2019에서 인용하고 인용문의 끝에 쪽수를 밝힌다.
23 극중극(play within a play)은 극중 현실에 해당하는 틀극(frame play)의 내부에 삽입되는 또 하나의 극이다. '포괄하는 틀극와 삽입되는 극중극'의 이중적 구조로 인해, 시간 및 공간, 배우와 관객 모두 이분화된다. 박은영,「장 지로두의 극중극 연구」,『외국문

의 이별 장면, 재회를 약속하는 장면 등이 내적으로 드러난다. 극중극의 공간은 틀극의 불국사 공간과는 조화를 이룰 수 없는 아사달의 내면 공간이다. 1, 2경 모두 극중극이 전개될 때, 틀극의 아사달은 극중극의 행위 주체로 연결되어 있는 데 비해 극중 현실의 통일신라의 왕족과 불국사 스님들 등의 배역은 극중극의 행위 주체와 분리되어 있다.

1경의 경우 인용된 지문이 극중극을 암시하는 전체 분량이다. 이 극단적으로 짧은 시간에 진행되는 묵극은 석가탑 공사의 진도가 나아가지 않는 정적 상태에 비해 "고향집"에서의 이별을 아쉬워하며 애절한 마음의 동적 상태를 표현하여, 극중 현실과 대비를 이룬다. 게다가 지문에는 나와 있지 않으나 묵극이 하수에서 진행되면서 아사녀는 하수에서 등장하게 되어 있다. 극중 현실에서 불국사 경외로부터의 출입은 상수 쪽에서 등장해야 하지만, 극중극의 아사녀는 현실상의 인물이 아니기 때문에 불국사 경내/경외, 무대 안/밖, 상수/하수의 구분에 얽매어 있지 않으면서, 극중 현실의 방향성을 혼란스럽게 만든다.

2경의 극중극은 "환상적인 조명", "환상적인 음악" 속에서 아사달과 아사녀의 "환상적인 발레"로 시작된다. 틀극 무대의 전체를 그대로 사용하는 2경의 극중극에서는 아사달을 짝사랑하는 수리공주가 손을 내밀자, 아사달이 환각의 상태로 아사녀의 환영을 보게 되면서, 1경과는 달리 아사녀가 대사와 노래로써 아사달과 만난다. 극중극을 닫는 지문에는 "아사녀의 환영"이라고 적혀 있다. 두 남녀가 석가탑 건축 기간 동안 물

학연구』 56, 한국외대 외국문학연구소, 2014, 143쪽.

리적, 심리적으로 격리되었던 상황과 대조적으로, 〈석가탑〉에서는 환영의 방식으로라도 아사달이 아사녀를 만남으로써 심리적으로는 함께 있을 수 있었던 상황을 조성한다.

이들 두 번의 극중극은 틀극의 배역이 볼 수 없는 공간으로 장면화되면서, 극중 현실의 시간적 연속성을 훼손하고 갑자기 삽입된다. 극중 현실에서 아사달이 불국사 경내에서 근 3년이 가깝도록 석가탑 공사에 몰입하지 못한 채 다른 생각에 빠져 있다. 무대 위의 다른 인물은 아사달이 어떤 생각으로 공사를 못 하는지 모르기 때문에 그 중단의 이유를 알 수 없는 대로 공사가 계속되기를 기다려야 한다. 하지만 극중극 공간에서 아사녀의 환영이 불국사 경내에 등장하여 아사달을 만나게 된다. 극중 현실 공간이 무대 안팎의 구분을 통해 아사달과 아사녀 간의 공간적 거리를 규제한다면, 극중극 공간은 극중 현실의 규칙을 위반하고, 경내/경외, 성/속, 예술/사랑의 공간 구분을 불분명하게 만든다.

아사녀의 환영은 무대 위의 인물이 옆에 있는데도 보거나 들을 수 없는 방백처럼 제시되며, 무대 위 다른 인물은 볼 수 없는 반면에 관객에게만 노출된다. 따라서 극중극의 공간은 아사달의 내면에 반복해서 되돌아오는 아사녀의 환영을 관객과 공유하는 효과를 가져온다.

5경에서는 불국사 경내에서 경외로의 공간 전환을 통해, 아사달이 아사녀의 환영을 만날 수 있게 된다. 5경의 주요 무대 공간은 실체를 갖지 않는 환영이 출현하기에 가장 적합한 "그림자 연못가"[59]이다. "그림자 연못가"로의 공간 전환은 탑 완공 시기를 기준으로 전개되어온 〈석가탑〉의 스토리에서, 근 3년 동안 중단된 석가탑의 문제가 해결되는 대단원으로의 급격한 시간 변화를 반영한다.[24] 아사녀는 석가탑의 완공을 기다리다가 연못에 비친 탑 그림자를 보고 빠져 죽고, 죽은 뒤에 환영으로 다시 등장한다.[24]

〈음악〉(전주곡 시작)

이때 신비스런 바람소리 일어나 무대를 휩쓸면서, 이제까지의 음악 멎고 새 전주곡 시작됨. 동시에 라이트 꺼져 환상적인 조명으로 바뀌면서, 상수에서 7, 8명의 선녀들에 둘러싸여 아사녀 등장. 등장하는 선녀들의 동작은 가벼운 발레로 변해간다.

(…중략…)

아사녀의 환영 (시종 미소 띤 얼굴로) 아사달 님! 살아 있음과 죽음. 이승과 저승. 낮과 밤, 어둠과 밝음. 영원과 찰나. 이런 것끼리 사이엔 서로 큰 거리가 없음을 이제 알겠어요. 그 세상 버리고 여기 와 보니 이제 알겠군요. 아사달 님! 오! 제 신발을 가슴에 안고 계시군요! 연꽃이랑! 아사달 님! 제가 드린 거라 생각하시고 이다음 혹 부여 땅 가시거든, 우리 함께 마뿌리 캐러 다니던 그 마꼴 뒷동산에 묻어줘요. 그 짚신이랑 연꽃이랑.

---

24 공간의 전환은 '어느 한 공간에서 다른 공간으로의 이행이라는 의미에서 시간적 차원을 함축'한다. Manfred Pfister, *The Theory and Analysis of Drama*, Trans. John Halliday, Cambridge : Cambridge University Press, 1988, p. 199.

(…중략…)

아사녀 [독창] 달이 뜨거든 제 얼굴 보셔요

꽃이 피거든 제 입술을 느끼셔요

바람 불거든 제 속삭임 들으셔요

냇물 맑거든 제 눈물 만지셔요

높은 산 울창커든 제 앞가슴 생각하셔요[66~68]

죽은 뒤 나타난 아사녀의 환영과 선녀들의 발레는 연못가이지만 연못가에서는 볼 수 없는 다른 영역을 무대 위에 형상화한다. "여기 와 보니 알겠군요"라는 아사녀의 대사에서 알 수 있듯, 경내/경외, 성/속의 구분을 더 이상 구분하지 않는 "여기"의 공간이 생긴다. "여기"의 공간에서 아사녀의 환영은 "시종 미소 띤 얼굴로" "괴롭지 않았"다며, "살아 있음과 죽음. 이승과 저승. 낮과 밤, 어둠과 밝음. 영원과 찰나" 간의 "서로 큰 거리가 없음"을 발견했다는 깨달음을 아사달에게 전한다. 이 대사는 4경에서 아사달이 수리공주에게 했던 말의 다른 버전인 만큼,[25] 아사녀 또는 아사달이라는 특정-인물의 관점을 드러낸다기보다는 이들을 포괄하는 상위의 주제적 관점을 전한다고 볼 수 있다.

이 공간에서 아사녀의 환영은 2경에서 불렀던 다시 만나면 헤어지지 말자는 내용의 노래 대신에, '달, 꽃, 바람, 냇물, 높은 산'[67~68]에서 자신을

---

25 아사달의 대사는 다음과 같다. "이 세상은 한 가지 세상이에요. 어디 가나. 마음과 마음은 바람결처럼 울타리 없이 흘러 다니고 있어요."(47)

보고, 느끼고, 생각해달라는 노래를 부른다. 이 가사가 이후 극의 결말에서 아사달의 행위에 결정적인 영향을 미치는데, 이러한 영향 관계는 신동엽이 아사녀의 유산을 어떻게 해석했으며 수용했는지를 보여준다. 신동엽에게 아사녀의 유산이란 불국사 내부의 석가탑 하나에 대한 작업 때문에 그동안 물리적으로, 심리적으로 배제되어야 했던 것들("나 때문에 이 세상에 나와 배고픔, 가난, 고생, 미움, 눈물, 이별, 기다림, 가슴 아픔, 모멸, 이런 것들을 실컷 맛보다 비명에 돌아간 한 떨기의 가련한 목숨을 위해서")[69] ― 아사달의 대사에서)의 타자성이며, 아사녀의 유산을 상속한다는 것은 아사달의 마지막 노래에서처럼, 아사녀의 환영이 부탁한 약속을 남은 생의 과제로 삼아 아사녀의 공간을 먼 곳까지 확장하는 행위이다.

1, 2경에서 아사녀의 환영은 아사달의 내면 공간에만 출현하여 극중 현실에서의 행위를 일시적으로 중단했지만, 5경에 출현한 아사녀의 환영은 극중 현실에서 아사달의 행위에 영향을 미치면서 아사달로 하여금 각종 구분을 없앤 아사녀의 환영을 세계 곳곳에 새기게 되는 사명을 갖게 한다.

⟨노래⟩ ⑲ "너를 새기련다"

[독창] 나는 조각하련다 너를 새기련다.
이 세상 끝나는 날까지.
이 하늘 다하는 끝 끝까지.
찾아다니며 너를 새기련다.

바위면 바위, 돌이면 돌몸마다,

미소 띠워 살다 돌아간 네 입모습,

눈물져 살다 돌아간 네 눈 모습,

너를 새기련다.

나는 조각하련다 너를 새기련다.

이 목숨 다하는 날까지.

정이 닳아서 마치가 되고

마치가 닳아서 손톱이 될지라도.

심산유곡 바위마다 돌마다

네 마음씨 새기련다.[70]

아사달은 아사녀의 환영을 만난 이후, 속죄를 위해 "이 세상 끝나는 날까지" "심산유곡 바위마다" 조각하겠다는 약속으로 극중 현실을 바꾸는 행위를 예고한다. 5경에서의 공간 전환은 1경에서부터 4경에 이르기까지 한계 지어진 아사달의 행위를 한계를 지우는 다른 행위로 전환하게 한다. 5경에서 아사달은 극중 현실로부터 분리된 극중극 공간의 한계를 넘어서, 극중 현실에서의 건축 행위를 통해 "이 하늘 다하는 끝 끝까지" 아사녀의 환영 공간을 훨씬 더 멀리까지 확장하고자 한다. 아사달이 방방곡곡에 아사녀의 얼굴을 새기겠다는 선언적 노래는 1~4경에서 석가탑을 짓는 석공의 행위를 아사녀의 환영을 짓는 행위로 전환하여, 결말에서의 새로운 시작을 알린다.[26]

그리고 무대 밖으로 확장된다는 점에서 극중 현실의 공간은 경내/경외, 서라벌중심/시골주변 등 모든 구분에 의해 이분법적으로 제한된 영역을 벗어나, "끝" 없는 공간으로 확장된다. 특히 '보이는 것과 보이지 않는 것, 삶과 죽음, 물질성과 비물질성 사이의 경계선적' 자질 때문에,[27] 아사녀의 환영을 새기는 행위는 종료 기한이 정해져 있는 작품 활동과 달리 종료 기한이 없는 미완의 과제가 된다. 따라서 〈석가탑〉은 1, 2경에서 극중극의 삽입을 통해 틀극의 시간을 일시적으로 중단한 데 이어, 5경에서는 그림자를 보는 아사녀의 공간으로 전환되면서부터 불국사 경내에서 느리게 흐르던 닫힌 시간을 종료하고, "세상 끝까지" 끝나지 않는 열린 시간을 창조한다. 아사녀의 유산 상속자로서 아사달은 물리적인 의미에서 "석가탑"을 새기던 행위에서, "하늘 다하는 끝 끝까지" 아사녀를 새기는 행위로 전환하게 된다.[26][27]

4. 문화콘텐츠 〈아사녀〉의 공간적 확장성

신동엽은 동시대에 일어난 최근의 사건을 다루기보다는 한국의 문화적 전통 속에서 오랫동안 잠재되어 있던 아사녀의 타자성을 상속하면

---

26 현진건의 『무영탑』은 아사녀에 대한 죄의식을 아사달 개인의 차원에서 죽음으로 해소한다. 그러나 신동엽의 〈석가탑〉에서 아사달은 태어나서 평생 고생만 하다가 기다림 속에 죽어간 아사녀를 잊지 않는 속죄 행위를 지속해간다.

27 María del Pilar Blanco and Esther Peeren, "Introduction : Conceptualizing Spectralities", *The spectralities reader : ghosts and haunting in contemporary cultural theory*, London : Bloomsbury, 2013, p. 2.

서 불국사 내·외부 모두에서 공간적 확장을 시도한다. 아사녀의 유산을 상속한다는 것은 아사녀의 환영이 부탁한 약속을 남은 생의 과제로 삼아 아사녀의 공간을 안쪽으로든 바깥쪽으로든 확장하는 행위이다. 무대 위의 다른 인물에게는 보이지 않고 오직 아사달과 관객만이 공유하는 환영 공간을 매개로 아사달이 바라보는 아사녀의 환영을 자기의 시선으로 수용하는 과정에서, 관객은 사유와 행위의 모든 면에서 공간적 폐쇄성이 초래한 문제를 의식하고 문화적 타자를 허용하는 새로운 공간을 상상할 수 있다.

　문화콘텐츠로서 〈석가탑〉의 기획자는 역사적으로 완성해온 공간적 폐쇄성을 고려하면서도, 문화적 타자를 허용하는 시도로써 아사녀의 유산을 상속해야 한다. 아사녀의 유산 상속이란 안과 밖을 구분하여 각각의 것이 서로에게 영향을 미치지 못하도록 공간을 폐쇄한 행위에 맞서서, 폐쇄된 공간 내부에 다른 공간을 만드는 행위이다. 공간의 구분이 안과 밖, 성과 속, 예술과 사랑 등 수많은 이항 대립을 늘려가면서 전자의 것을 먼저 성취해야만 비로소 후자의 것도 온전히 성취할 수 있다는 동기부여를 제공해온 만큼, 공간의 구분을 문제 삼는 것은 명확한 선후 관계를 불분명하게 만드는 일인 동시에 어느 하나가 없으면 다른 하나도 불가능하다는 것을 인지하여 편향된 행동을 멈추는 일이다. 그럼으로써 아사달이 석가탑 짓는 행위를 아사녀의 환영을 짓는 행위로 전환하여 결말에서의 새로운 시작을 알렸듯이, 자신이 여태껏 익숙하게 영위하던 삶의 행동 양식을 바꾸면서 익숙하지 않은 미래의 가능성을 받아들이는 일이다.

　이 글에서는 콘텐츠라는 개념을 창작자 개인의 작품이 아니라 기획과 제작의 전 과정에 참여하는 여러 구성원의 공동 창작물로 규정했다. 비록 같은 대본일지라도 음악이 다르면, 다른 콘텐츠가 만들어진다. 더욱이 문화콘텐츠는 그 특성상 개인의 독창적 산물이라기보다는 한국문화의 전통 속에서 보존되어온 문화적 소재를 완전한 단절 없이, 아직 실현되지 않은 가능성을 재활성화한 상속물이다. 이런 점에서 신동엽 대본의 〈석가탑〉은 문화콘텐츠를 제작하는 데 있어 시사하는 바가 많다. 신동엽이 〈석가탑〉에서 현진건의 『무영탑』 등 이전의 다른 텍스트에서 서사 구조라든지 등장인물의 관계를 빌려 와 다시 쓴다는 점에서, 문화콘텐츠 기획자는 단순히 일차원적으로 아사달과 아사녀의 사랑 이야기에만 주의할 수 없다. 그럴 경우 대개는 이미 다른 작품에 쓰인 것들을 신동엽 개인이 창작했다고 오해할 수 있다. 기획자는 콘텐츠의 연출자, 연주자, 배우, 시청자 등 모두가 아사달과 아사녀를 만나지 못하게 한 불국사 경내/경외, 성/속, 예술/사랑 등의 구분을 넘어서기 위해 유산 상속의 흐름에 참여케 해야 한다.

따라서 기획자는 타자의 배제를 정당화하는 공간 구분의 전제 조건을 문제 삼아야 하며, 내·외부의 공간에 문화적 타자를 불러들임으로써 전례 없는 예술 작품을 창조하고자 했던 최초의 기획을 상속해야 한다. 이를 위해 문화콘텐츠를 제작하는 데 협력하는 여러 구성원이 주류의 문화콘텐츠가 만든 각종 폐쇄성을 과감히 넘어서도록 설득해야 한다. 단순하게는, 공연의 내적 맥락에서 아사녀의 환영이 아사달의 예술 작업을 향상불국사 내부시키거나 전환불국사 외부할 수 있도록 설정해야 한다. 나아가 공연물의 제작 과정에서 배우 또는 주요 제작진을 구성할 때, (공연 생태계의 내부 인력이 아니라) 외부의 인력을 적극적으로 받아들이면서 전문화된 공연 문화에 변화를 줄 수 있다. 2019년 입체낭독극 〈석가탑〉에서 그러했듯이, 연기 지도를 한 번도 받아보지 않은 여자고등학교 1, 2학년 학생을 배우로 참여하게 할 수도 있고, 콘텐츠 기획자가 보기에 공연 문화의 내부로 진입하기 어려운 어떤 타자를 배우 또는 제작진에 참여케 하는 방식으로, 공연 공간의 차지하는 주류의 전문가, 성별, 연령 등의 문턱을 낮게 만들 수 있다. 또한 문화콘텐츠로서 〈석가탑〉은 한국의 문화유적을 대상으로 스토리텔링할 때조차도, 그 탁월함의 조건을 한국 내부에서 찾는 것이 아니라, 외부와의 관련성에서 찾도록 이끌 수 있다. 그리하여 어느 특정 장소에 방문했을 때, 공간적으로 경계 지은 내부의 지역성을 기념하는 것이 아니라 경계 바깥에 있는 여러 지역과의 관계를 기념해야 한다.

또한 가능하다면, "석가탑"이나 "무영탑" 대신에 "아사녀"라는 이름으로 문화콘텐츠를 기획할 수 있다. 대개의 시인 약력에 신동엽이 오페레타 〈석가탑〉 이후에 오페라 〈아사녀〉를 준비했으나, 간암으로 갑자기 세상을 떠나면서 완성하지 못했다고 정리되어 있다. 그런데 당시의 언론 기사와 작곡가 백병동의 증언에 따르면 〈석가탑〉과 〈아사녀〉는 결코 완전히 다른 작품이 아니었다. 신동엽과 백병동의 후속 작업은 〈석가탑〉의 대본을 유지하되, 제목을 〈아사녀〉로 바꾸어 대본은 5경의 구성에서 3막 4장 구성에 맞춰 일부 각색하고 음악은 오페라로 편곡하는 작업이었다.[28]

---

28 "서장은 백제의 부여 땅. 「아사녀」 마을 우물가. 청년·총각이 모여 사냥꾼의 노래를 합창한다. 제1막은 불국사 경내. 「아사달」이 무영탑을 깎기에 여념이 없다. 「수리」 공주와 「도미」 장군이 나타나 극은 무르익기 시작한다. 제2막은 경주로 남편 「아사달」을 만나러 왔지만 뜻을 못 이루고 연못에 몸을 던지는 「아사녀」의 슬픈 얘기. 제3막은

2019년, 2020년의 〈석가탑〉을 기획할 때, 고등학생 또는 20대 여성 배우를 섭외함으로써, 주류의 문화콘텐츠 〈무영탑〉이 보여줬던 비극적 정서와 다르게, 시작부터 끝까지 환희의 정서를 담아 아사녀의 무대를 만들고자 했던 것처럼, 만약 신동엽 作 〈석가탑〉을 대상으로 문화콘텐츠를 재기획한다면 제목은 〈아사녀〉로 바꾸고 한국 사회에서 유사-석가탑을 제작한 공간에서 아사녀'들'의 공간화 작업을 시도할 수 있다. 고유한 지역성과 관련해 지역성에 영향을 미쳐왔던 타자성을 고려해, 역사적으로 공간을 갖지 못한 타자를 사랑으로 품어줄 수 있는 영화, 뮤지컬, 문화공원 등을 기획할 수 있다. 이러한 문화콘텐츠 〈아사녀〉의 재-기획은 2019년 입체낭독극 〈석가탑〉에서 대본에는 석공 아사달의 독창이었던 부분을 전 배우의 합창으로 바꿔서 연출한 긍정적 선례를 참고해, 문화콘텐츠 제작에 참여한 모든 이들이 아사녀의 유산을 물려받아 삶의 행동 방향을 바꾸겠다고 선언하는 기회의 공동 상속이다.

「아사녀」의 환영과 「아사달」의 애끓는 대화. 영창은 고조된 감정을 노래하고 「아사달」은 『돌마다 너를 새기련다. 너를 새기련다』를 노래하며 산천을 누빈다. 독창, 합창, 영창이 노래되면서 막이 서서히 내린다."—「산고(産苦) 겪는 창작 오페라」, 『한국일보』, 1968.1.28. 언론 기사에는 백병동이 신동엽의 대본을 받아 작곡 작업을 거의 완성했다고 나와 있다. 하지만 작곡가 백병동의 증언에 따르면, 신동엽 시인의 별세로 인해 오페라 작업을 진행하지 못했다고 한다(2020.12.30).

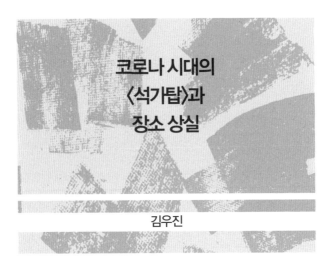

코로나 시대의
〈석가탑〉과
장소 상실

김우진

1. 들어가는 말

1968년 5월 10일과 11일, 드라마센터에서 양일간 상연된 〈석가탑〉[1968]
초연은 '부처님 오신 날' 일주일 뒤 공연되었다는 점이나, 불교계 학교인 명
성여중고의 주최로 이루어졌다는 점 등에서 확인할 수 있듯이 불교적 맥
락이 의미 형성 과정에 크게 기여한 공연이다. 따라서 1968년 당시의 〈석가
탑〉 초연은 아사달이 탑을 축조하는 과정처럼 공연 전 과정이 그 자체로 언
어도단의 진리를 향한 수행의 과정을 재현하고 있었다고 할 수 있다. 〈석가
탑〉 텍스트를 중심으로 논의한 이현원의 경우에도 신동엽이 『시인정신론』
에서 언급한 순환론적 세계관을 참고하여 〈석가탑〉은 "본원으로 돌아가려
는 인간의 귀소 양상을 역사적·예술적·종교적 시각 하에서 나타내고 있"[1]

---

1   이현원, 「신동엽의 오페레타 '석가탑'에 나타난 시의 주제와 표현양식에 대한 연구」,
     『한국학논집』 제38집, 한국학연구원, 2009, 233쪽.

으며 특히 "종교적 귀속성을 문학과 음악으로써 표출시"[2]킨 결과물이라고 언급한 바 있다. 한편, 이대성은 현진건의 『무영탑』과 구별되는 〈석가탑〉의 결말부분에 주목하여 "종교적, 민족적, 오락적 가치를 부여한 기존의 시야를 멎게 만들고, 세계의 비어 있음을 보게"[3] 만드는 〈석가탑〉의 의의를 확인하기도 하였다. 그러나 이러한 해석 역시 결국은 '비어 있음호'을 핵심으로 하는 불교적 진리에서 크게 벗어나지 않는다는 점에서 여전히 의미를 도출하는 과정에 불교적 맥락이 크게 작용하고 있음을 확인할 수 있다.

그렇다면, 2020년 11월, 한동안 잠잠해진 듯했던 코로나가 다시 유행하고 수도권의 사회적 거리두기가 2단계로 격상되는 상황 속에서 온라인으로 상영된 〈석가탑〉2020의 선보임공연showcase은 어떤 의미 체계를 형성하는가. 이 질문에 답하기 위해 이어지는 글에서는 많은 무대와 객석이 사라지고 '사회적 거리두기'가 보편화된 현실 속에서 〈석가탑〉 공연이 새롭게 갖는 의미를 '장소 상실' 개념을 참고하여 분석하고자 한다. 또한 배우들과의 인터뷰 내용을 바탕으로 〈석가탑〉의 현대적 변용 가능성과 그 방향에 대해 고민해보고자 한다.

---

2   이현원, 「신동엽의 '시극'과 '오페레타' 비교 연구 — 시적 변용과 주제적 의미고찰을 중심으로」, 『시학과언어학』 제31권, 시학과언어학회, 2015, 165쪽.
3   이대성, 「신동엽의 〈석가탑〉과 현진건의 『무영탑』 비교 연구 — '비어 있음'의 이미지를 중심으로」, 『비교문학』 제77권, 한국비교문학회, 2019, 78쪽.

2. 〈석가탑〉²⁰²⁰이 재현하는 장소 상실의 경험

코로나 시대의 공연은 그야말로 위기 상황에 처해 있다. 많은 공연이 취소되거나 무기한 연기되었고 그나마 공연을 강행한 경우도 평소의 절반 수준으로 관객을 수용하는 '거리두기 좌석'을 운영하면서 공연 횟수를 크게 줄이는 제한적 공연 방식을 선택하고 있다. 목도한 문제 상황을 타개하기 위한 여러 방안을 고민하는 과정에서 대안으로 제기된 방식 중하나가 바로 온라인 스트리밍이다. 그러나 대부분이 온라인 공연 또는 실시간 중계를 위해 처음부터 기획된 공연 영상이라기보다는 아카이빙을 위한 기록 영상을 재생하는 형태에 가까웠고 그나마 온라인 스트리밍을 목표로 하고 촬영된 공연 영상도 제작비 부족과 경험 미숙 등의 문제에 부딪혀 난항을 겪을 수밖에 없었다. 따라서 당장 온라인 공연이 코로나 시대의 대안적 공연 형태로 부상했다고 말하기에는 어려움이 있다.

공연의 핵심이 현장성에 있다는 사실 역시 온라인 스트리밍이 현장공연을 쉽게 대체하기 힘든 이유 중의 하나이다. 에리카 피셔-리히테가 라이브니스 논의에서 언급했듯이 많은 이들이 우려했던 것과는 달리 매체를 전면에 도입한 공연에서도 '라이브' 공연은 '매체'에 의해 쉽게 잠식되지 않았다. 오히려 "매체화가 심화될수록 배우의 신체적 현존에 대한 욕구"⁴가 커지는 것을 확인할 수 있었다. 이후의 기술 발전이 어떠한 형태의 새로운 공연을 만들어낼 수 있을지는 모르지만, 코로나 상황의 온

---

4   에리카 피셔-리히테, 김정숙 역, 『수행성의 미학』, 문학과지성사, 2017, 162쪽.

라인 스트리밍은 아직 현장 공연의 '아우라'를 강화시켜 도리어 코로나 이전 '일상'에 대한 욕구를 증대시키는 데 일조하고 있는 형편이다.

〈석가탑〉2020 역시 처음에는 현장 공연으로 기획되었으나 코로나로 인해 온라인 공연으로 방식을 변경했다는 점에서 다른 온라인 공연들이 앞서 겪은 문제들을 얼마간 공유한다. 그러나 〈석가탑〉2020은 이를 애써 감추려고 하는 대신 인물과 배우 그리고 관객이 공유하고 있는 '장소 상실'의 경험을 전면화한다. 여기서 장소 상실은 인간이 세계를 이해하는 데 있어 정서적이고 심리적인 안정감을 가져다주는 진정한 장소를 갖지 못하고 스스로를 뿌리 뽑힌 존재라고 인식하게 되는 상황을 의미한다. 이-푸 투안에 따르면 인간은 '친밀한 장소'를 기반으로 낯섦으로 가득 찬 미지의 공간을 점차 의미 있는 장소로 변화시켜나간다.[5] 에드워드 렐프 역시 세계를 경험하는 실존의 중심으로서 장소를 설명한다.[6] 인간은 어떠한 '장소'에 뿌리 내림으로써 그곳을 중심으로 세계와 관계 맺을 수 있게 된다는 것이다. 그러나 텅 빈 장소에 놓인 개인은 해당 공간을 고유한 장소로 체험하지 못하고 장소에 대한 진정한 경험을 하는 데 실패하며 장소에 뿌리내린 삶을 살아가는 데에도 어려움을 겪는다. 이하에서는 〈석가탑〉2020 공연[7]에서 재현되는 인물들의 장소 상실 경험을 분석하고

---

5   공간과 장소에 대한 이 푸 투안의 논의는 Yi-Fu Tuan, Space and Place, Minneapolis : the University of Minnesota Press, 1977, pp.3~18을 참고.

6   에드워드 렐프, 김덕현·김현주·심승희 역, 『장소와 장소상실』, 논형, 2005.

7   이번에 공연된 〈석가탑〉(2020)은 선보임공연(showcase) 형식으로 전체 공연을 염두에 둔 일종의 요약 공연의 형태를 취하고 있지만, 본 발표에서는 우선 해당 공연을 하나의 완전한 작품이라 전제하고 분석하였다.

이를 관객과 공유하는 방식에 대해서 살펴보고자 한다.

〈석가탑〉2020은 〈석가탑〉[8] 텍스트와는 다르게 제2경에 등장하는 아사달의 독창 "어데 가서 돌아오지 않는가"로 시작한다. 따라서 부처님 오신 날을 기념하는 듯한 여승들의 합창곡 "새 성인 나시네"로 시작했던 초연과는 달리 종교적인 색채는 옅어지고 대신 관객은 창작에 어려움을 겪고 있는 아사달의 상황에 집중하게 된다. 또한 다보탑의 아름다움을 구체적으로 묘사하는 주지의 대사[9] 역시 생략됨으로써 관객은 이미 완성된 다보탑이 아니라 아사달에게 괴로움을 안기고 있는 석가탑에 보다 주목하게 된다. 이때 다보탑이나 석가탑은 〈석가탑〉의 무대 지시[10]와는 달리 오브제로 구현되거나, 맵 프로젝팅 등의 방식으로 실제 무대에 재현되지 않는다. 다만 인물의 대사나 제스처를 통해 화면 밖 즉, 관객의 시야에 포함되지 않는 어딘가에 위치한 탑이 지시될 뿐이다. 이렇게 관객은 장면의 일부만을 재현하는 화면의 제한된 시야를 인식하게 되고 화면 밖에 위치하는 무대 공간을 갈망하며 각자의 상상력으로 빈자리를 채워나가게 된다.

한편, 노래에 이어지는 대사[11]를 통해 아사달은 우주를 새기고 싶은

---

8   신동엽, 이대성 편, 『석가탑 − 멀고 먼 바람소리』, 모시는사람들, 2019(이하 본문에서 인용할 경우 괄호 안에 쪽수로만 표시).

9   "그 돌층계를 더듬어 올라가면 편편한 발판이 나오고 그 벌판 한복판에 위층을 떠받드는 듯한 중심 기둥이 뚝 찍은 듯 버티고서 있습니다. 그리고 셋째 층에는 난간의 돌들도 팔모로 깎이고 기둥도 여덟 개로 분산되어 그 여덟 개의 돌기둥들이 마치 하늘을 떠받들 듯이, 너그러운 연꽃 꽃잎 모양의 돌지붕을 떠받들고 있습니다(19)."

10 "불국사 경내. 완성된 다보탑, 공사 중인 석가탑, 그리고 멀리 산, 호수가 보인다(15)."

11 〈석가탑〉에서는 노래 "어데 가서 돌아오지 않는가" 바로 앞에 위치하는 대사의 순서를 변경한 것이다.

영감이 돌아오지 않는 상황에 대해 한탄한다. 탑에 우주를 새긴다는 것은 곧 '돌'이라는 텅 빈 공간을 의미 있는 장소로 변화시킨다는 것을 의미하며 이러한 탑의 축조 과정은 인간이 낯선 공간으로서의 세계를 이해해나가는 과정과 일치한다. 〈석가탑〉 초연 당시라면, 아사달이 겪는 어려움은 불교적 진리에 도달하는 수행 과정에서 겪는 고뇌의 상황으로만 해석되었을 가능성이 높다. 그러나 특정한 시대, 특정한 문화적 배경에서 생산된 희곡이 다른 시대, 다른 문화적 배경에서 공연으로 이어질 때는 반드시 '지금, 여기'라는 대전제에서 의미의 구체화가 이루어진다.[12] 따라서 2020년 코로나 상황에서 재현되는 아사달의 고뇌는 어떠한 의미를 생산하는지를 살펴볼 필요가 있다.

아사달이 탑 축조에 어려움을 겪는 이유는 표면상으로는 '영감이 찾아오지 않아서'라고 언급되고 있지만, 그의 침체된 상황에 영향을 미쳤을 구체적인 이유는 명확하게 제시되지 않는다. 단순하게 소재가 고갈된 것일 수도 있고 눈에 보이지 않는 정치적 암투가 그를 피로하게 만든 것일 수도 있다. 또, 완벽한 작품을 만들고자 하는 욕심이 스스로를 괴롭히고 있는 것일 수도 있고 집, 그리고 아사녀에 대한 그리움이 그의 몸과 마음을 약하게 만든 것일 수도 있다. 그러나 텅 빈 무대에서 허망한 표정으로 노래되는 "기다림에 지친 헤매는 이 마음 / 하늘 사를 불길 속 던지고 싶어라 / 이제 고만 돌아와다오[28]"라는 가사는 마치 온몸을 불사를 수 있는 무대를 간절히 기다리는 코로나 시대의 공연계 상황을 대변하

---

12   이상란, 『희곡과 연극의 담론』, 연극과인간, 2003, 44쪽.

는 듯하다. 실제로 배우들은 인터뷰에서 올해 여러 공연이 실제 상연으로까지 이어지지 못하고 좌절되는 경우가 많았으며 〈석가탑〉2020에 참여하는 내내 빨리 코로나 상황이 안정되어 실제 무대에 서게 되기만을 바라고 있었다고 답변하였다. 따라서 〈석가탑〉2020의 배우가 "이제 고만 돌아와다오"라는 아사달의 간절한 외침을 내뱉을 때 그 목소리는 필연적으로 코로나 상황 속 배우들의 바람을 반영한다.

한편, 아사달이 손꼽아 기다리는 아사녀는 집을 떠나 낯선 길 한복판에 위치해 있다. 그는 부정이 탄다는 이유로 불국사 경내에 출입하는 것조차 금지된다. 아사녀의 불국사 경내 출입 금지는 곧 석가탑이 지어지고 있는 이야기의 중심에 그가 위치할 수 없음을 의미한다. 따라서 아사녀는 자신이 속할 수 있는 장소, 또 머무를 수 있는 장소를 갖지 못하는 존재라고 할 수 있다. 게다가 남편을 만나겠다는 일념 하나로 먼 길을 떠나온 아사녀의 이야기는 철저히 무대에서 배제되어 있다. 인물들의 대사나 제스처, 남루한 의상 등을 통해 그의 지난한 여정이 어렴풋이 암시되고 있을 뿐이다.

주어진 부귀와 영화가 모두 거추장스럽기만 하다고 말하는 수리공주 역시 머무를 수 있는 장소를 갖지 못하긴 마찬가지이다. 온갖 어려움 속에서도 아름다운 탑을 조각한 아사달의 눈빛을 목격한 수리공주는 부귀와 영화를 보장하는 왕실이 더 이상 그에게 보금자리가 될 수 없음을 직감한다. 그는 자신의 특권을 버리고서라도 아사달을 따르고자 한다. 그가 그처럼 심경의 변화를 겪게 된 과정 역시 무대 위에서는 철저하게 배제된다. 다만, 그는 아사달의 고귀함과 그가 축조한 탑의 숭고함을 찬양하는 코러스의 역할을 할 뿐이다.

　이러한 상황 속에서 관객 역시 〈석가탑〉2020을 보며 장소 상실의 경험을 하게 된다. 관객은 제한적인 화면 안에서 그 아름답다는 다보탑도, 이야기의 핵심인 석가탑도 볼 수 없으며 아사녀의 여정과 수리공주의 고뇌의 과정도 확인할 수 없다. 똑같은 공연을 보고도 관객들은 저마다가 처한 상황과 그에 따른 기분, 심지어는 구체적인 객석의 위치 등에 의해 다양한 공간 경험을 하며 그에 따라 서로 다른 반응을 생성하고 그것이 다시 배우와 다른 관객에게 영향을 미치게 된다. 그렇기 때문에 관객의 참여가 극도로 제한적인 공연에서조차 관객이 의미 생성 과정에 참여하고 있다고 이야기할 수 있는 것이다. 그러나 관객이 무대로부터 완전히 분리된 온라인 공연에서 관객들은 고유한 경험을 하는 데 어려움을 겪을 수밖에 없고 관찰자 위치에 머물러야만 하는 장소 상실의 체험을 하게 되는 것이다. 이렇게 장소 상실을 경험하는 인물들의 상황은 공연이 이루어지는 현장에 위치하지 못하는 관객들의 처지와 동질화된다.

　이렇게 볼 때, 〈석가탑〉2020의 마지막에 아사달과 아사녀가 부르는 노래 "달이 뜨거든"의 "우리들은 헤어진 게 아녜요 / 우리들은 나뉘인 게 아녜요 / 우리들은 딴 세상 본 게 아녜요 / 우리들은 한 우주 한 천지 한 바람 속에 / 같은 시간 먹으며 영원을 살아요[68]"라는 가사 역시 의미심장하다. 〈석가탑〉2020에서 아사달과 아사녀는 중창을 하며 같은 무대 위에 등장하는 순간에도 일정한 거리를 유지하며 쉽게 가까워지지 않는다. 이는 단순히 배우와 관객이 직접 만나지 못하는 현 상황뿐 아니라 상대방과의 '거리 두기'에 의해서만 위치될 수 있는 코로나 시대의 개인들을 환기한다.

3. 〈석가탑〉의 현대적 변용 가능성

이번 〈석가탑〉2020 공연의 또 하나의 특징은 '선보임공연showcase'의 형태로 상연이 이루어진다는 것인데, 코로나 상황의 어려움과 예산상의 문제 등으로 인한 불가피한 결정이었다고는 하나, 결과적으로는 이러한 독특한 방식으로 인해 새로운 의미가 만들어지게 되었다. 이하에서는 '선보임공연' 형식이 만들어내는 〈석가탑〉2020 의미를 살피고 배우들과의 인터뷰 내용을 바탕으로 〈석가탑〉의 현대적 변용 가능성과 그 방향에 대해 고민해보고자 한다.

〈석가탑〉2020은 기획 단계에서부터 젠더 프리 캐스팅[13]을 염두에 둔 공연이었다. 그러나 '선보임공연'이라는 제한으로 인해 많은 배역이 생략되었고, 아사달만 남자 역할을 여성 배우가 연기한 경우가 되다 보니 사실 젠더 프리 캐스팅의 의도가 크게 드러나지는 않았다. 게다가 배우

---

13 젠더 프리 캐스팅은 남성 중심 서사에서 여성 배우의 역할이 제한되는 경우가 많은 상황을 비판적으로 인식하고 캐스팅 과정에서 여성 배우에게 많은 기회를 제공해야 한다는 논의 과정에서 등장한 용어로 2010년대 이후 국내에서 큰 주목을 받고 있다. 그러나 학문적으로 정착되지 않았을뿐더러 국내에서도 언론을 중심으로 사용되는 용어이다 보니 용어 사용에 대한 비판적인 시각도 존재한다. 사실 〈마틸다〉의 트런치불처럼 남성 배우가 여성 배역을 연기하는 '크로스 젠더 캐스팅cross-gender'은 이미 고대 그리스 비극에서부터 존재했다. 그러나 특히 남성 주인공을 중심으로 극 서사를 이끌어나가는 고전극의 경우 여성 배우는 부차적인 역할만을 맡게 되는 경우가 많다 보니 배우의 성별이나 인종 등에 상관없이 캐스팅하자는 '블라인드 캐스팅blind casting'의 필요성에 대한 목소리가 커지게 된 것이다. 그러나 〈석가탑〉은 배역과 어울린다면 성별과 상관없이 캐스팅하자는 '블라인드 캐스팅'의 입장과는 달리 처음부터 20대 여성 배우를 염두에 두고 캐스팅을 했기 때문에 이보다는 젠더 프리 또는 젠더 중립(gender-neutral) 캐스팅이라는 표현이 적합할 듯하다.

들의 연기 방식도 전반적으로 석공이나 평민 여성, 공주 등의 전형적인 이미지를 재현하는 방식에 가까웠다. 다만, 수리공주 역을 맡았던 전가영 배우의 인터뷰 내용을 보면 이전에는 목소리가 중저음이라는 이유로 중성적이거나 나이 많은 역할만을 주로 맡아왔던 배우가 처음으로 수리공주와 같은 역할을 맡게 되었지만, 무리 없이 연기해냈음을 알 수 있다. 이를 통해, '공주다움', '여성스러움' 등의 특성이 그와 같은 외형이나 목소리를 갖춘 특정 배우로부터 기인하는 것이 아니라 배우의 행위를 통해 형성되는 것이며 관객은 이러한 행위들을 인식하고 해석하는 과정을 통해 배역의 정체성을 파악하게 되는 것이라는 사실을 다시 한번 확인할 수 있다.

> 전가영수리공주 역 : 저는 처음에 지원할 때 아사달 역으로 지원했어요. 솔직히 말하면 제 목소리가 그렇게 청순가련한 목소리가 아니거든요. 항상 엄마 역, 할머니 역, 아니면 좀 더 중성적인 역을 맡았고 학교에서도 남자 목소리가 모자라면 가영이가 채워, 라고 우스갯소리로 말할 정도였어요. 항상 센 역할, 좀 나이가 있는 역할만 맡다가 어린 여자 역은 처음 해보는 건데 그러다 보니 내가 왜 캐스팅이 됐지, 내가 잘 할 수 있을까 걱정이 많이 되더라고요. 공연에서는 아사녀 역할인데 키가 장대한 배우라거나 수리공주 역할인데 중저음인 배우가 나오면 벌써부터 관객들이 왜 저 사람을 캐스팅했지, 라는 의문을 품고 시작할 수밖에 없거든요. 솔직히 백 퍼센트 달성했다고 말하기는 힘들지만 그래도 저 자신도 스스로에게 가지고 있던 편견, 두려움 같은 걸 깬다는 데에서는 목표를 이뤘다고 생각을 해요. 그전

에는 수리공주와 같은 배역은 제가 가장 기피하는 배역이었거든요. 이제는 그런 거에서 조금 마음이 편해졌다고 해야 하나. 그래서 감사했어요.[14]

그러나 이와 같은 사실을 모르는 일반 관객이 봤을 때는 오히려 고정된 젠더 역할을 강화하는 형식의 연기일 수 있었다는 점은 여전히 우려스러운 지점이다. 또, 〈석가탑〉 텍스트는 무대 위에 가장 많이 등장할 뿐 아니라, 인물의 변화 과정이 명시됨으로써 관객들을 집중시키는 아사달을 중심으로 하는 서사이다. 그러다 보니 젠더 프리 캐스팅이 이루어진다고 하더라도 남성 중심적 서사에서 발생하는 여러 문제들에 대한 비판이 제기될 수 있다.[15] 이는 일찍이 여성 국극 연구자들 역시 주목한 부분인데, 영웅적인 남성 주인공과 미모의 공주나 지고지순한 아내 등으로 양분되는 인물 형상화 방식은 젠더 프리 공연이 가져오는 다양한 균열의 가능성에도 불구하고 결과적으로 가부장제로 수렴되는 양상을 보여준다는 것이다.[16] 따라서 아사달 중심의 서사나 전형적인 젠더 역할의 재현을 넘어서서 신동엽의 〈석가탑〉을 현대적 관점에서 새롭게 바라볼 필요가 있다.

이번에 이루어진 〈석가탑〉2020 같은 경우 선보임공연의 형태가 되다

---

14 김우진, 배우들과의 인터뷰, 〈종로구 대학로, 프롬하츠커피, 2020.11.17.〉
15 사실 〈석가탑〉에서는 아사녀와 수리공주의 관계를 단순히 아사달을 사이에 두고 경쟁하는 연적 관계로만 묘사하지 않는다. 그러나 선보임공연이라는 형식의 제한으로 인해 몇몇 장면들이 생략되면서 이러한 연적 관계와 같은 구도가 강화되거나 수리공주의 서사가 갑자기 중단되는 듯한 느낌을 주는 점은 아쉽다.
16 김태희, 「여성국극이 우리에게 남긴 것들 - 〈DRAGx여성국극〉의 공연을 중심으로」, 『한국연극학』 제73권, 한국연극학회, 2020, 275쪽.

보니 본의 아니게 아사달과 아사녀, 수리공주 세 배역에게 비중이 골고루 나누어지게 되었다. 배우들 역시 인터뷰에서 언급했듯이 이런 전개에서 관객들은 자연스럽게 아사녀나 수리공주의 서사에도 관심을 갖게 된다. 이는 〈석가탑〉이 이후 다양한 방식으로 재해석될 수 있는 가능성을 제시하는 것이기도 하다.

박소정아사달 역이 작품이 더 공연이 된다면 단순히 여성 배우들이 남자 배역을 맡는 정도가 아니라 캐릭터도 많이 달라져야 할 것 같아요. 아사녀도 마냥 집에서 하릴없이 기다리기만 하는 사람이 아니었을 거예요. 수리공주도 밑도 끝도 없이 철부지 공주에서 갑자기 남자에게 빠져가지고 나 아사달 따라갈래, 한다거나 그의 예술만 보고 그 사람이 너무 멋져 라고 생각하는 게 아니었을 거고요. 이 작품에 그녀들의 서사는 사실 하나도 없어요. (…중략…) 주어진 역할이 있을 때 사람들이 공주라면 으레 이렇겠지 아니면 아사달인데 이런 모습이겠지 이렇게 생각하는 게 있잖아요. 물론 그게 벗어나기가 정말 힘들다고 많이 느끼거든요. 그런데 그걸 벗어나려면 그에 맞는 충분한 서사가 있어야 된다는 생각이 드는데 솔직히 이대로의 내용으로는 좀 전달하기 힘들겠다는 거죠. (…중략…) 신동엽 시인이 뒤에 오페라도 제작을 하려고 하다가 돌아가셨다고 들었는데 그 작품 제목이 〈아사녀〉였다고 하더라고요. 시인에게도 아사녀가 그토록 중요한 존재였다면 굳이 아사달 얘기만을 이렇게 비중 있게 넣어야 하나 싶어요. 오히려 아사달은 무대 밖에서 탑을 깎고 있는 것으로 언급되고 아사달을 찾아가는 아사녀의 얘기를 중심으로 해도 충분할 것 같아요. 완전히 전복시켜

서. 후대 사람들은 점점 더 아사녀나 수리공주의 이야기를 궁금해할 것 같거든요.[17]

물론 이러한 방식의 재해석은 원작의 훼손이라는 비판을 받게 될지도 모른다. 그러나 희곡은 반드시 수많은 해석을 낳을 빈 여백을 내포하고 있는 텍스트이다. 이미 그 자체로 완성된 하나의 문학 작품으로 인정받고 있다고 하더라도 이는 무대진의 공동 작업을 통해 언제든 다양한 의미를 만들어낼 수 있는 불확정성의 텍스트이기도 하다.[18] 그 불확정성의 영역 중 어디에 조명을 하여 실제 무대화할 것인지는 전적으로 무대진의 상상력에 달려 있다.[19] 맥베스 부인의 심리의 초점을 맞춘 〈레이디 맥베스〉나 햄릿의 성별을 여자로 바꾼 〈함익〉에 대해 누구도 원작의 훼손이라고 이야기하지는 않는다. 배우들 역시 〈석가탑〉 공연의 현대적 변용의 가능성에 대해서 논의하기 위해서는 서사나 역할에 대한 수정이 불가피하며 이 작품의 가치는 일반적인 대본과는 다른 시적인 표현과 문체에 있는 것이기 때문에 그러한 수정이 이루어진다고 해서 원작이 훼손될 거라고 생각하지는 않음을 분명하게 언급한다.

박소정아사달 역 사실 〈석가탑〉의 대본은 일반적인 대본이랑 많이 다르단

17 김우진, 배우들과의 인터뷰, 〈종로구 대학로, 프롬하츠커피, 2020. 11. 17.〉
18 Iser, Wolfgang. "Die Appellstruktur der Texte", Rezeptionsästhetik, hrsg,v, Rainer Warnig, München, 1975, p.230, 이상란, 『희곡과 연극의 담론』, 연극과인간, 2003, 11쪽에서 재인용.
19 이상란, 『희곡과 연극의 담론』, 연극과인간, 2003, 12쪽.

말이에요. 일반적인 대본에서 쓰지 않을 법한 시적인 표현이 많잖아요. 그런 아름다움을 담는 걸로 신동엽 시인의 정신을 계승한다, 이렇게 생각하지, 배역이나 대사를 수정하는 게 이 분의 작품을 훼손하는 거다, 라고는 생각하지 않거든요. 그런 문체나 아름다운 표현 같은 것을 이어가면 되지 않을까요.[20]

4. 나가는 말

이번에 이루어진 〈석가탑〉2020 공연은 코로나라는 예상치 못한 위기 상황 속에서 여러 난항을 겪었지만, 온라인 선보임공연이라는 방식으로 이루어져, 이후에 다양한 방식으로 전개될 수 있는 〈석가탑〉 공연의 잠재적 가능성을 보여주었다. 초연 당시의 시대적, 문화적 맥락에서 벗어난 현대에도 〈석가탑〉이 여러 방식으로 공연될 수 있도록 그 다양한 가치에 주목하고 그간 조명되지 않은 원 텍스트의 불확정성의 영역에도 이후 많은 창작자들이 관심을 가질 수 있도록 지속적인 연구가 뒷받침되어야 할 것이다.

---

20 김우진, 배우들과의 인터뷰, 〈종로구 대학로, 프롬하츠커피, 2020.11.17.〉

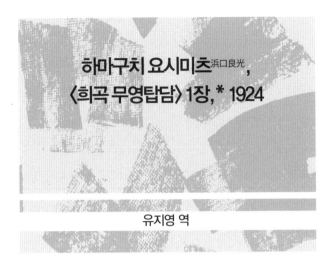

하마구치 요시미츠浜口良光,
〈희곡 무영탑담〉1장, * 1924

유지영 역

---

* 아사녀(무영탑) 설화는 한국의 대표적 문화원형이다. 현대 문화콘텐츠의 주요 원천
   은 일반적으로 현진건의 소설『무영탑』으로 알려져 있으며, 이 소설을 배경으로 한
   영화, 애니메이션, 총체극, 문화공원 등이 활발하게 제작되어 있다. 하지만 아사달과
   아사녀의 슬픈 사랑 이야기가 일본인들이 각색한 한국의 전통 서사 구조에 기반해 있
   다는 사실이 일본 문학 연구자 김효순(2015)을 통해 알려졌다. 이 책의 제2장에 수록
   된「문화콘텐츠로서 신동엽 作〈석가탑〉의 기획 방향 연구」에서 논의되었듯, 현진건
   의『무영탑』은 하마구치 요시미츠의〈희곡 무영탑담〉(전체 1장으로 구성)에서 설정
   된 인물 관계와 서사 구조를 그대로 차용했다.
      아사녀 설화로 문화콘텐츠를 제작한다면, 기획자는 역사적 변형 과정을 검토하여 일
   제 식민지 시기에 형성된 이분법적 행동 구조를 답습하지 않기 위해 노력할 수 있다.
   하마구치 요시미츠의〈희곡 무영탑담〉이 아직 국내에 소개되지 않았기 때문에 아사
   녀 설화 기반 문화콘텐츠를 제작하는 후속세대가 참고할 수 있도록, 한글 번역을 시
   도하여 이 책에 수록한다.
      덧붙여 말하자면, 이 희곡의 저자인 浜口良光는 일본어 이름 표기가 정확하게 자료에
   남아있지 않아(일본인의 이름은 한자의 음과 훈 상관없이 마음에 드는 일본어 문자를
   선택해서 표기할 수 있음) 하마구치 료코 혹은 하마구치 요시미츠 두 개의 이름으로
   소개되고 있다. 국내에『희곡 무영탑담(1장)』의 자료를 처음 소개한 김효순은 하마구
   치 료코라고 번역하였으나, 여러 자료를 보건대 저자가 남성인 것으로 보여(남성의 경
   우 료코라고 읽는 경우는 드물다) 저자의 이름을 하마구치 요시미츠로 번역했다.

등장인물

아산24~5세 : 석공중국인

아상50세 정도 : 아산의 스승으로 아산의 처. 아사녀의 아버지중국인

김대성35세 정도 : 탑사 건립 발원주로 왕의 계통을 이어받은 사람

우선60세 정도 : 승려

석공4명

인부2명

심부름꾼1명

어린 행자2명 : 승려 우선을 따름

시종2명 : 김대성을 따름

시대 1500년 전.

장소 경주일본의 수도와 같다.

배경은 무성한 회화나무의 오래된 나무 한 그루만 크게 그린다. 그 앞에는 조금의 석재를 놓는다. 위쪽 구석 방향에는 한 명의 석공이 무대를 등을 지고 아주 여유로운 모습으로 석공을 세공하고 있다. (이것은 이 극의 마지막까지 동일한 상태로 계속된다. 즉 이 극 선율에 있어서 평화로운 반주이다.) 정면 돌에서는 아산이 앉아서 몇 장인가의 종이를 가지고 계속해서 석가탑의 설계도를 고안하고 있다. 그러나 생각대로 그려지지 않아 그리고는 찢고, 그리고는 찢는 것을 반복하고 있다. 그 앞을 두 명의 인부가 지게를 지고 말없이 지난다.

아산   (그리다 만 도면을 손에 들고) 아아! 어쩌면 이렇게 선에 힘이 느껴지지 않는 것일까? 어쩌면 이렇게 불결한 모양인가. 요즘 나는 왜 이런 것밖에 그려낼 수밖에 없는 것일까? 아아… 나는 이제 내 자신이 싫어졌다. 싫어졌다.

아산   도면을 벅벅 찢고, 머리를 양손으로 대고 생각에 빠진다… 신경질적인 표정으로

(잠시 후)

아산   (조금 얼굴을 들고) 이번에 유달리 나는 왜 이렇게 괴로운 것일까. 이러한 길을 가는 데에 천부적인 재능이라고 스승도 허락해 주었고, 세상 사람들도 인정해 준 이 아산, 이렇게까지 고통스럽다니 정말로 한심하다. 생각해 보면 본국에 있으면서 아사녀와 결혼한 당시 궁전의 두 마리의 호랑이를 조각했는데 그 당시에는 이렇게 힘들지 않았다. 조각한 얼굴이 마치 살아 있는 것 같다고 많은 사람이 감탄하며 칭송해 주었다. 그런데 지금은 이렇게 괴롭다니. 정말로 한심해… 정말로 한심해….

(잠시 후)

아산   맞아. 나에게는 애정이 고갈되어 있어. 애정이 고갈되어 있어. 그것도 그럴 것이, 처와 헤어지고 벌써 3년, 법도를 위해서 애정이 싹트는 것도 억지로 억누르고 편지 한 통 보내지 않고 냉정하게 지내 왔다. 그 때문에 지금은 이제 애정이 말라버린 것이다. 이런 냉정한 생활에서 훌륭한 예술이 태어날 리가 없어. 고목사탄의 혼으로 훌륭한 것을 만들어 보았

자 될 리가 없어. (…중략…) 아, 그래… 만약 맹세를 저버려도 나는 한시라도 빨리 처를 만나 사랑을 되돌리지 않으면 안 돼… 사랑을 되돌리지 않으면 안 돼… (몸을 상수로 향해,) 처요! 용서해 주오…! 용서해 주오…! 모두 내가 잘못했소. 무슨 법도를 위한다고 삼 년간이나 연락도 하지 않아 그대는 내가 변심을 했다고 생각해 연약한 여자의 처지로 먼 이곳까지 와 주었는가, 고마워라, 고마워라, 그 마음도 헤아리지 못하고 이 석가탑이 감지鑑池에 비칠 때까지 기다려 달라고 잘도 말했구나. 그 벌로 나에게는 아직도 도면을 그리지 못하는구나. 탑도 완성하지 못하는구나. 하지만 탑이 완성되는 것을 기다려 그대를 만나려 했는데 영원히 만날 수가 없구나. 그것보다 오히려 잠깐이라도 만났다면 또 환희 속에서 좋은 생각이 떠오를지도 모르지. 아사녀여! 나는 지금 바로 만나러 가겠오. 기다려 주오. 기다려 주오.

아산　흥분한 얼굴로 가려고 한다. 네다섯 걸음 간다. 이때 낮 12시를 알리는 종소리가 울린다. 아산 앗! 하고 제정신이 든다. 견딜 수 없다는 듯한 표정을 하고,

아산　(힘을 모아) 바보! 나는 무슨 생각을 하고 있는 것인가? 무엇을 생각하고 있는 것인가? 이것이 번뇌라고 하는 것이다. 망상이라고 하는 것이다. 번뇌와 망상으로 존엄한 여래탑을 만들 수 있을까… (잠시 동안 침묵과, 침정沈淨의 표정으로) 소원을 들어주는, 정말 좋은 탑은 여래를 안치하는 탑이 아니라, 탑 그 자

신이 여래인 것이다. 나는 그것을 만들고 싶다. 만들고 싶다. 하지만 그런 존엄한 것은 사랑과 미움과의 좁은 소견으로는 불가능하다. 그러기 위해서는 마음을 청정하게 하지 않으면 안 된다. 아아… 이제 생각하지 말자. 생각하지 말자 처의 일은 생각하지 말자. 그 것 보다 우선馬禪님으로부터 받은 게문偈文이라도 읊고 마음을 정갈하게 하자. 가슴 속에서 접은 책자를 꺼내, 명랑하게 노래한다.

보리청량(번뇌를 끊고 진리를 깨달은)의 달은,
안성맞춤의 하늘에서 놀고,
중생의 마음 물이 맑으면
보리 그림자
안에 나타난다.

몇 번인가 반복하면서 다시 원래의 돌 위로 돌아간다. 그리고 빛나는 얼굴빛으로 다시 도면 그리는 일에 착수한다. 두세 번 선을 긋는 중에 다시 접책을 꺼내 다시 게문을 읊고 다시 도면을 고안한다. 석공 세 명이 상수에서 등장.

석공1 어이! 뭐라고 해도 김대성님의 힘은 대단해. 요 몇 년 동안 이 토함산 부근이 극락정토라고 생각될 정도로 훌륭하게 되었어.

석공2 맞아 맞아. 그중에서도 대웅전의 다보탑 자하문까지 훌륭해.

석공3 이제 완성 안 된 것은 석가탑뿐이야.

석공1 글쎄. 그것은 언제나 완성될까?

석공2 (아산 쪽을 보며) 오오. 오늘도 또 생각에 빠져 있구만. 저기 보게나.

석공3 지금이라도 머리가 탑 모양으로 굳을 것 같아

석공1 아니야. 그런 걱정은 할 필요가 없어. 저것은 탑 모양을 생각하고 있는 것이 아니니까.

석공2 그럼 무엇을 생각하고 있는 거야

석공1 보나마나 알려진 아내 생각이지.

석공2 하하 그런가. 누구에게 물어봐도 아름다운 여자라며.

석공3 게다가 꽤 깊은 사연이 있는 여자라고도

석공1 당연지사. 누가 생각해 봐도 여자의 몸으로 대담하게 대국에서 여기까지 올 정도의 여자이니…….

석공2 아름답군.

석공3 그럴 정도로 그리워서 찾아왔으니 만나면 될 텐데…….

석공1 그게 마음대로 안 되는 게 세상일이라네. 확실히는 모르나 처가 스승의 여식이라 스승이 찾아온 것을 알자, 김대성 님에게 조심스러워 탑이 완성될 때까지 못 만나게 했다고 하던데 말이야.

석공2 잔인하구면. 저런 상태로는 영원히 만날 수가 없을 텐데…

석공1 그런 말 하면 안 되지. 저래 보여도 스승으로부터 천재라고 불릴 만큼 인정을 받아서 사위까지 될 정도인데. 지금이라도

어떤 대단한 것을 만들어 낼지도 모르지

석공3 하하하. 대국의 천재가 아무것도 하지 않고 언제까지나 생각
에만 골몰하고 있는 것 같은데.

이때 스승이 잠깐 얼굴을 내밀고 다시 사라진다.

석공2 저 모습이 천재라면 천재는 여기에도 많이 있지.

석공들 (목소리를 모아서) 아하하하. (높은 목소리로 웃는다)

석공3 아이고 아이고, 가련하구만⋯ 스승이라도 조금은 도와주면
좋으련만.

석공2 스승도 다 알고 있겠지.

여기까지 못 들은 체하고 오로지 생각에 빠져 있던 아산은 갑자기 달
려 나와 석공2의 멱살을 잡는다.

아산 너희들은 잘도 스승의 예도藝道에 흠집을 내는구나. 나의 일
이라면 얼마든지 그렇게 말해도 되지만, 스승의 일을 그런 식
으로 말하면 용서할 수 없지. 아산은 밀어 쓰러뜨리려고 하지
만, 힘이 못 미쳐 앞으로 넘어진다.

석공2 게다가 힘까지 약하구만.

아산 뭐라고!!!

아산 다시 몸을 일으켜 뛰어들려고 한다. 이때 스승인 아상 뛰어 들

어온다. 그리고 아산의 손을 잡는다.

아상　그만하게! 아산.

아산　스승님! 놓아주십시오. 평생의 소원이옵니다.

아산 석공에게 덤벼들려고 한다.

아상　기다리라고 했거늘 못 기다리는가.

아산　예.

아상　너의 상황은 소문으로 들었다. 모두 이해하고 있다. 이제 마음을 진정하고 내가 하는 말을 들거라.

석공들　하하하… 둘이 나란히 있구만. 악담을 하면서 사라진다.

아상　이 봐! 아산 앉게나. 나는 자네에게 할 말이 있어

아산　(풀이 죽어) 네.

두 사람 돌 위에 걸터앉는다.

아선　아산 자네는 조금 전의 비난을 어떤 마음으로 들었지?

아산　저는 스승님에 관해서 말을 듣고 그만 격분을 해서

아선　스승 생각에 너는 그리했겠지. 하지만 내가 말하는 것은 그것이 아니다. 그들의 악담을 듣고 어떤 기분이 들었냐고 묻는 거다.

아산　아무런 생각도 하지 않습니다. 칭찬을 받든. 비난을 받든 저

의 기량은 변하지 않으니까요.

아상   으흠. 너는 그렇게 너의 기량을 믿고 있는가.

아산   네.

아상   그렇다면 너는 왜 빨리 석가탑을 만들지 않는 게냐. 스승으로 서 내가 매일 고통스러워하고 있는 너를 가련하다고 생각할 게 아니냐. 여식이 그대를 만나러 와 기다리고 있는 것도 가 련하다고 생각하지 않는 것인가…….

아산   그렇다고 해서 마음에 들지 않는 탑을 만들 수는 없습니다.

아상   무슨 말이냐? 자신의 기량을 믿을 만큼 자신이 있는 자에게 마음에 들지 않는 탑을 못 만들겠느냐. 마음에 드는 것을 만 들 수 없다는 것은, 역시 재능은 있어도 힘이 미치지 못하다 는 증거이다. 힘이 부족한데 여전히 자신의 기량을 믿는다고 말을 하는구나. 그것이 젊은 자의 굳은 고집이지…….

아산   스승님 그것은 아직 기술이 무르익지 않아서… 그것은 김대 성 님도 잘 이해하고…….

아상   잘 듣게, 여보게 아산! 나는 자네도 여식도 무척 아끼고 있네. 빨리 자네에게 탑을 만들게 하고 싶어. 그리고 빨리 여식과 만나게 하고 싶다는 생각을 자나 깨나 하고 있다네. 그래서 매일매일 빨리빨리 재촉하면서도 생각하기에 벅차다면 나에 게 의논을 하러 와도 좋다고. 이제 오늘은 의논하러 올까, 내 일은 의논하러 올까 하고 기다렸다. 하지만 자네는 한 마디도 의논하러 오지 않았어. 하지만 오늘은 더 이상 기다릴 수가 없는 데다 저 석공들의 악담을 듣고서 더는 기다릴 수가 없었네. 지금부터 자네에게 탑에 관한 실제 비법을 남기지 않고 전수하려고 하네… 그걸로 한시라도 빨리 탑을 만들게나.

아상 가슴에서 두루마리를 꺼내 아산 앞에 놓는다.

아상   이것은 일자상전(자식 한 명에게만 비결을 전함)의 중요한 서책인데, 아끼는 자네를 자식이라고 생각해서 전수해 줄 테니 펼쳐 보게나! 탑의 비법이 전부 있다구.

아산   (한 번 보고) 네. 친절함에 감사할 따름입니다.

아상   으음. 기쁘지 않은가! 기쁘지 않은가! 하지만 감사의 말은 필요 없네. 그보다 그것을 가지고 빨리 탑을 완성해 주게나.

아산   아니요. 감사하옵니다만, 이것은 돌려 드리겠사옵니다.

아상   (놀란 모습을 하고) 뭐라. 돌려준다고… 그건 어째서?

아산   연유는 묻지 말아 주시옵소서.

아상   뭐라. 연유는 묻지 말라고? 그럼 너마저 나의 예도藝道를 깔보는 건가?

아산   그런 당치도 않은 말씀을… 결코 그러한 것이 아니옵니다!

아상   그러면 어째서인가?

아산   예. 그렇다면 아뢰옵겠습니다. 저의 방자한 말을 용서해 주십시오. 과연 스승님의 그 서책에는 탑의 비법은 전부 있사옵니다만, 그것은 원래 스승님의 예藝도, 결코 저의 것이 될 수 없사옵니다. 만약 스승님의 예도의 흉내를 내어 탑을 웅장하게 만들었다 할지라도 그것은 어차피 형태의 아름다움에 지나지 않사옵니다.

아상　형태의 아름다움, 형태의 아름다움, 아름다운 형태(작은 소리로 반복하면서) 너는 그 이상의 무엇을 바라는 것이구나.

아산　예. 특별하게 여래를 안치 못해도 있는 그대로의 여래가 머물 수 있는 탑을 만들고자 하옵니다. 혼신을 담아서 만들고자 하옵니다.

아상　그것은 타당한 이유가 되는구나. 타당하구나. 그런 것을 어떻게 인간이 만들 수 있는가. 그래. 그 옛날의 아미타불 존자가 온다라고 해도…….

아산　불가능하다라고 해도 만들고 싶다고 노력해 보고자 하옵니다.

아상　그렇다면 자네 아무래도 이 도감은 필요하지 않다고 말하는가, 나의 친절은 받지 않겠다는 건가.

아산　가련하다고 생각하시어 용서해 주시옵소서.

아상　그렇다면 그걸로 좋다. 나의 비법까지도 업신여기는 자는 이제 파문이다. 파문이야. 너는 오늘부터 나의 제자가 아니다. 제자가 아닌 것과 함께 또한 여식을 줄 수 없어. 여식은 내가 다시 데려갈 거다.

아산, 일어선다.

아산 (괴로운 듯) 스승님! 그것은 오해이옵니다. 오해이옵니다. 제발 한 번 제 말을 들어 주십시오.

아상 에이, 시끄럽다. 이제는 그런 말들을 필요도 없다.

아상, 서책을 가슴에 넣고 서둘러 사라진다…

아산 (두, 세 걸음 가서) 스승님! 스승님! 용서해 주시옵소서… (힘을 주어 말한다)

스승 보이지 않는다.

아산 아아! 마침내 보이지 않는구나. 어떻게 해야 하지… 어떻게 해야 하지…… 아아! 나는 어떻게 하면 좋을까?

머리를 감싸고 생각에 빠진다.

아산 아아 맞아! 나는 스승에게 10년간 배워왔다. 가르침을 받았다. 그 은혜는 끝이 없고 광대하다. 그 은혜를 저버리고 실망시켜서 될 일인가. 나는 스승님을 따라야 한다. 단념하고 스승을 따르자. 그래. 그래.

아산, 스승의 뒤를 쫓아가려고 한다. 두 세 걸음 가서 멈춘다.

아산　　그러나 잠깐, 은혜는 나의 것이지만 예도는 천하의 것, 나는
　　　　역시 참된 예도를 위해 살자. 스승님도 용서해 주시리라

다시 원래의 돌에 앉아 생각에 빠진다. 이때 우선 화상이 두 명의 행
자를 데리고 하수에서 나온다. 하늘을 바라본다.

우선　　오오! 오늘은 자색 기운이 길게 뻗치고 있구나. 또 무언가 좋
　　　　은 징조인 게다.

아산에게 눈을 돌린다.

우선　　이런 아산인가. 어떤가. 좋은 생각이 떠올랐는가.

아산 침묵하고 있다.

우선　　이거 멋이 들어 끼어들 수가 없군. 방해가 되어서는 안 되겠
　　　　네. 그리고 돌아가려고 한다.

우선, 사라지려고 한다.

아산　　화상님, 잠깐 기다려 주십시오.
우선　　무엇인가.

아산   좀 여쭤보고 싶은 게 있사옵니다.

우선   무슨 일로

아산   화상님 아직도 석가탑의 고안이 떠오르지 않습니다.

우선   그렇게 보이는구나.

아산   화상님 부탁이 있사옵니다. 지금 한 번 탑을 만들 수 있는 마음가짐에 대해 말씀을 들려주십시오.

우선   뭔가 했더니 그 일인가. 그렇다면 말할 수 있는 것은 벌써 몇 번이나 말해도 똑같다네. 그러나 훌륭한 기량에 다다르면 언어불급言語不及, 의로불도意路不到이지. 하지만 그대의 얼굴을 보니 조금은 기량도 무르익었어. 지금 한번 엄살을 부리고 있는 거지. 하지만 말은 말이지. 말만 따르지 말고 잘 들게나. 무릇 이 석가탑을 만드는 것은 살아 있는 우주의 석가를 비추는 거지. 살아 있는 석가가 머무는 석가탑을 만드는 데는 우선 그대의 마음속의 석가를 빛나게 하지 않으면 안 되는 걸세.

아산   잠시 기다려 주시옵소서. 화상님, 그러면 석가 님은 제 마음속에도 계신다는 말씀이십니까?

우선   그대 마음뿐인가. 발 앞에도 눈앞에도, 우주 어디에도 내려주시지.

아산   화산 님! 거짓말입니다. 거짓말입니다. 지금 저의 발 앞에 있는 것은 흙, 눈앞에 있는 것은 하늘, 그리고 마음속에 있는 것은 부끄럽지만 아사녀와 탑을 멋있게 만들고 싶다는 일념뿐이옵니다.

우선   그런 생각을 하니까 마음에 석가가 비치지 않는 게다.

이때 한 명의 심부름꾼, 달려온다.

심부름꾼   아산 님, 아산 님, 아산 님 안 계십니까? 안 계십니까?

아산   여기에 있소. 무슨 일인가

심부름꾼   오오! 아산 님! 큰일 났사옵니다. 큰일 났사옵니다.

아산   무슨 큰일? 뭐가 큰일인가? 빨리 말하게나… 빨리 말하게나…

심부름꾼   저… 아사녀가 돌아가셨습니다. 돌아가셨습니다. 연
           못에 몸을 던져 돌아가셨습니다.

아산   (심부름꾼의 손을 잡고) 뭐라고 아사녀가 죽었다고, 죽었다고. 그
           게 정말인가?

심부름꾼   예. 정말로 돌아가셨습니다. 아무리 기다려도 경지鏡池
           에 석가탑의 그림자가 비치지 않는다고 하시면서, 당
           신의 마음이 변하여, 다른 좋은 분이라도 생긴가 아
           닌가 하고, 이삼일 실성한 듯이 헛소리를 하셨는데,
           가련하게 오늘 돌아올 수 없는 몸이 되셨습니다.

아산   이런 안타까운… 화상님 실례하겠습니다. 달려가려고 한다.

우선   (늠름한 목소리오) 어이! 아산 어디로 가는가?

아산   처를 만나러 가옵니다.

우선   죽은 아내를 만나서 무엇을 하려고 하나. 이 봐 아산, 자네의

기량이 무르익었다구. (다시 한번 엄숙한 목소리로) 이봐 아산!

아산   예

우선   그대의 처는 죽었다네. 이참에 자네의 가슴에 있는 처도 잊
고, 탑을 능숙하게 만들고 싶다는 일념도 잊고 그래서 마음속
의 모든 것을 잊고 무아가 되었을 때 진짜 여래가 빛나는 거
라네

(잠시 후)

아산   화상님, 화상님.

우선   뭔가?

아산   (힘이 들어간 감격한 목소리로) 알겠사옵니다.

우선   오오! 이해했는가? 잘 생각했군. 곧 훌륭한 석가탑이 허공에
떠오르겠군. 그리고 그것은 많은 사람들이 신앙의 목표로 본
받겠지. 그것과 관련해서도 자네를 발탁한 김대성 님도 다시
없는 분이구면. 그러나 역시 등용된 자네도 참 뛰어난 사람일
세. 이것도 오로지 의법신議法神의 도움과 가람신伽藍神의 가르
침이지.

이때 김대성, 아상과 시종 두 사람을 데리고 등장.

대성   오 화상 아니신가?

우선   오오! 김대성 님

대선   잘 해냈는가?

우선   사람을 잘못 보지는 않았습니다.

대성   여보게 아산!

아산   예.

대성   보아라, 해가 밝게 비추고 있다.

우선, 대성   하하하하… (큰 소리로 웃는다)

아상, 머리를 숙이고 듣고 있다.

아산, 감격한 모습으로 올려다본다.

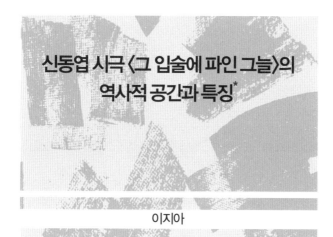

신동엽 시극 〈그 입술에 파인 그늘〉의
역사적 공간과 특징[*]

이지아

1. 들어가며

시극의 역사적 배경은 당대 현실의 상황을 극적으로 형상화하는데
기여하고, 역사를 함께 통과해 나가는 시민들이 관객이나 독자로서, 인
간 삶의 고통과 비극을 첨예한 비판의식으로 바라보게 한다. 또한 시대
에 의문을 제기하고 새로운 길을 모색하게 하며, 반성과 도전을 가능하
게 한다. 역사적 사건을 바탕으로 시극을 창조한 경우는 어떤 모습을 지
니며, 그런 '배경'과 '사건'이 작품 안의 '역사적 공간'으로 어떻게 구조화
되어 있는지 분석하려고 한다. 필자는 이 글을 통해 신동엽의 시극 〈그

---

* 이 글은 이현정, 「한국시극작품에 나타난 공간성 연구」, 중앙대 박사논문의 내용을
일부 수정보완한것임.

입술에 파인 그늘〉을 탐색하며, 구체적인 작품의 사건과 배경, 대사, 인물의 특징 등을 통해 역사적 공간을 분석하고, 시극적 특징을 밝히고자 한다.

시극은 시적인 필연성과 극의 형식이 유기적으로 결합된 장르이다. 신동엽의 시극은 한국전쟁이라는 역사적인 사건을 배경으로 남녀의 사랑과 갈등과 죽음을 다루고 있는 작품이다. 〈그 입술에 파인 그늘〉은 "시극동인회의 제2회 공연 작품으로 1966년 2월 26일~27일 양일간 최일수 연출로 국립극장에서 상연" 되었다.김동현, 『한국 현대 시극의 세계』, 국학자료원, 2013, 211~212쪽

공연날짜	극장	연출	기타
1966.2.26~27	국립극장	최일수	제2회 시극동인회 공연작품
1998	동숭아트 소극장	오세황	
2005.4.9	부여청소년수련관	김석만	
2019.10.1~6	대학로 공유소극장	장용철	좋은희곡 읽기 모임주관

이 작품은 남북의 인물이 특수한 역사적 상황에서 만나는 이야기이다. 1966년부터 2000년 이후까지 다른 시극 작품들보다 공연된 횟수가 많은 편이다. 신동엽의 다른 시나 서사시, 산문 등과 같이 그의 시극은 난해하거나 추상적이지 않고, 전하고자 하는 주제를 선명하게 보여준다. 또한 대사에 '청산별곡'이나 '껍데기는 가라'를 넣어 작품의 생동감을 더하고, 이념과 전쟁의 상황 속에서도 주인공의 캐릭터가 축소되지 않도록 개성을 잘 부여했다. 또한 무대의 이미지를 선명하게 보여주며, 단지 이 작품은 시적인 내용이 섞인 시극이 아니라, 종합적 예술로서의 '시극'임

을 보여주고 있다. 갈등, 배우의 연기, 무대연출, 음악 효과, 시극적 필연성, 극적 필연성 등이 합쳐진 완성도 있는 작품이다.

작품 속 주인공 둘은 적군의 신분에서 서로에게 반한다. 신동엽의 문학세계가 자연의식을 토대로 한 인간의 존엄성, 현실 세계와의 불화, 극복을 전제로 한다는 점에서 대립적인 구도를 가지고 있다. 신동엽의 문학 세계를 연구한 김경복은 '자연과 이데올로기'김경복, 「신동엽 시의 유토피아 의식 연구」, 『한국문학논총』 제64권 64호, 한국문학회, 2013를 대립적인 세계로 보며, 이황직은 '민중문학의 중심'이황직, 「민중 혁명 전통의 문학적 복원－정신사에서 본 시인 신동엽」, 『현상과 인식』 제36권 3호, 한국인문사회과학회, 2012을 지키며 현실의 삶과 첨예한 예술의 국면을 발전시키고자 했다. 신동엽의 시극은 황지우의 시극 〈오월의 신부〉와 다른 면모를 보이고 있다. '역사적 사건'을 중심으로 작품을 창작했다는 기준은 같으나, 세부적 구조는 다른 면을 지니고 있다.

먼저 작품의 길이와 문체가 다르다. 황지우의 작품은 장편에 속하며 운문체의 형식을 띠고 있으며, 신동엽의 작품은 단편이며 운문체와 산문체를 혼용하고 있다. 황지우 시극의 배경은 문명이 발달한 '도시'에 있으며, 신동엽의 작품은 '자연'에 있다. 20세기의 기술 산업의 발전이 인간의 존엄성을 상실케 하고, 문명의 발전이라는 이유로 자연, 즉 사람들의 감정과 자리를 쉽게 훼손하고 있는 모습을 다루고 있다고 했다.

신동엽의 이러한 태도는 시뿐만 아니라, 시극 작품에서도 뚜렷하게 드러난다. 〈그 입술에 파인 그늘〉에 등장하는 중심 배경은 생명과 죽음, 자연적인 삶과 폭력적인 세계의 대비되는 현상이다. 이 자연에 속하는 것은 '산중 계곡, 산토끼, 그늘, 산새들의 소리, 진달래, 호미' 등의 구체적인 자연물에서 '쇠붙이들의 의지, 우리의 씨, 순수성을 위한 내 행동, 체온, 농사' 등의 자연으로 연속된다. 신동엽은 시극 속에 〈청산별곡〉이나 〈아리랑〉의 노래를 삽화적으로 사용하고, 정해진 이데올로기로 인해 고통받는 인간의 상황을 생태적인 세계를 통해 구원받고 싶은 인물들의 내면을 그리고 있다. 두 인물의 죽음을 통해 '현실의 비극성'을 강조하고 허무한 결말을 보여줌으로써 현재의 가치를 더 환기하게 만든다.

김동현은 "주인공의 좌절이나 성취 곧, 사회의 붕괴나 궁극적 승리 그 자체에 초점을 두는 '극'이 결합하여, 분열된 근대 사회에서 변혁기에 적절한, 세계사적 개인이 총체성을 회복하기를 꿈꾸는 장르가"343쪽 시극이라고 말했다. 김동현은 이 작품의 대사 중에서 "이 건너편 능선의 산토끼를 부수나 보더군요 무언가 깡총하고 공중 높이 솟구쳤어"라는 부분을 해석하면서 "'부재'(숨김, 왜곡, 변형, 침묵)개념이 적용된 미학적 변형"219쪽했다고 평가했다. 그러나 이승하는 이 작품이 극적 개연성이 부족하다고 지적했다. 예를 들어 "만나자마자 여자가 남자에게 선생님이라고 부르는 것은 그렇다 치고 느닷없이 아사녀, 아사달을 운위한다. (…중략…) 하지만 극은 분명히 극이므로 '극적 상황' 연출을 위해서는 개연성"이 있어야 한다고 비판했다. 이 작품은 신동엽이 관객들에게 '반전'과 '반외세'라는 주제를 보여주고 있지만 관객들과의 공감이 부족하다고 지적했다.이승하,『한국시문학의 빈터를 찾아서』2, 서정시학, 2014, 248~251쪽 이러한 비판은 신동엽의 시극이 극적 구성을 치밀하게 구성하지 못한 이유로 보인다. 이 작품에 나오는 남녀의 대사는 그의 시에 나오는 대사들이 있으며 특히 "껍데기는 가"라는 대사는 시극의 대화로 추상적이며 모호한 말이라고 한다. 그러나 그것은 이 작품 안의 시극적 상황을 고려하지 못하고 단편적인 대사에 집중한 것은 아닐까 가정해본다. 이러한 이런 선행 연구를 탐색하며, 그의 작품의 내적 논리를 더 논의해야 한다. 그의 시극에는 어떤 시극적 필연성이 있으며, 그것을 가능하게 하는 '역사적 공간'은 작품 전체를 어떻게 이끌고 있으며, 신동엽의 작품을 진행 시키는 '공간성'은 어떤 갈등으로 이루어져 있으며, 그 특징은 어떤 것이 있는지 구체적으로 분석해보고자 한다.

2. 시극의 역사적 공간 – 전쟁 상황의 특수 공간

제도를 벗어난 인간의 공간 – 이념과 극적 갈등

〈그 입술에 파인 그늘〉은 전쟁 중의 두 남녀가 적군으로 만나 사랑에 빠져 갈등하다가 죽게 됨으로써 사랑을 이루지 못한 이야기이다. 이 작품은 단편에 속하며 막과 장의 구별이 없다. 이 책에서 작품의 구조와 이해를 분석하기 위해 줄거리를 시작-과정-결말이라는 3단계로 정리하고자 한다.

막이 오르고 남자의 굵은 목소리. "세월은 가도 햇빛은 남듯이 우리는 가도" 운문체의 음성. 한쪽 다리를 다친 '여'가 바위에 있는 진달래를 발견하고 좋아한다. 진달래 뿌리 밑에 있던 기관포 탄환을 얼굴에 찔러보며, '남'이 '여'에게 물을 준다. 둘은 구면이며 여자가 먼저 남자에게 안아달라고 하고, 남자는 여자의 목소리가 고향 어머니나 누나가 쓰는 말과 같아서 친근함을 느낀다. 여자는 훈장을 탈 만큼 "이념, 의지, 목표, 이상" 이런 것에 충성을 다하는 여자였으나, 전쟁과 죽음에 회의를 느끼기 시작하고 '여'의 '양말자락'을 잡고 죽은 시체를 보고 충격 받는다. 그리고 만세를 그만하고 싶다고 말하고. 남자는 '중간지대'에 여자와 함께 안착하지 못하고 떠 있음을 강조한다.

극의 중간에 '부상병'이 등장한다. "이 행복을 어쩐다? 마렵긴 하고 땅은 넓고 누구 얼굴에다 쏟는다?"라는 대사를 하고 퇴장한다. 절망적인 상황 속에서 '남녀'의 사랑은 행복하고 "쓸개빠진 산천"처럼 푸르고 덧없는 모습임을 암시한다. '노인' 등장. 노인은 60년 동안 월산에 살면서 "죽은 송장을 묻고 다녔"다. 송장의 신원이 어디인지 상관없이 안아주고 묻어준 세월을 보내고. 남자는 여자에게 사랑을 고백한다. 고향으로 데리고 가고 싶다고 하지만 본래의 자리로 돌아가자고 한다. 남녀는 청산별곡을 낭송함. 남녀는 헤어지려고 하지만 남자가 아픈 여자를 보살핀다. 인류의 역사를 이끌어 온 것은 쇠붙이들의 의지임을 대화하고. 남자는 토끼굴 속에 총을 묻는다. 일군과 청군, 동학군이 등장하여 일본이나 청나라에 의해 무차별하게 짓밟힌 한국의 역사를 상징적으로 보여주고. 동학 농민 운동을 암시적으로 표현한다.

결말에서 남녀는 지금의 상황을 벗어나 도피하려고 한다. 남녀가 처한 상황은 한 개인이 분단의식을 극복했다고 해서 결코 삶의 공간이 될 수 없다는 것을 전제로 한다. 여자는 남자와의 사랑으로 문제를 해결할 수 없다고 생각하고 남자는 이 상황에서 살길이 있을 거라고 말한다. 강형철은 전쟁이라는 특수 공간에서 이 둘의 갈등이 생긴다고 했다.강형철,

「신동엽연구―그 입술에 파인 그늘 중심으로」, 『숭실어문』 제3권, 숭실어문학회, 1986, 182쪽 둘은 전쟁의 구체적인 문제를 시적으로 해결하고 있다. 대포를 만나면 사람 새끼가 아니라 노루 새끼라고 말하고, 메기 같은 친구와 '눈이 시원스럽게 큰 여동생'과 골짜기에 다시 오겠노라고 말한다. '모든 쇠붙이' '모든 껍데기'가 "강산에서 무너져 나간 다음다음 날"에 "팔월 십칠일"에 만나자고 대화함. 8월 15일은 일제 강점기로부터 해방된 날이며 일본의 지배는 '쇠붙이'며, '껍데기'임을 은유적으로 표현한다. '총'은 대장간이 "곰보 아저씨"에게 주고 호미 두 자루를 받아 농사를 짓겠다고 말한다. 남녀는 현실을 벗어나 다른 세계를 상상함. 굴을 찾아가 쌀, 소금이 있는 곳에서 같이 지내자고 한다. 자연에 가장 가까운 삶의 방식으로 이념과 지배가 없는 곳을 생각 하지만 남녀의 이런 욕망은 역사가 용서해주지 않으며, 둘은 어느 편의 공격인지도 모른 채 제트기 공격을 받고 죽는다. '하늘 높은 솔바람 소리', 평화로운 '산새소리', '가벼운 음악'만 남는다.

신동엽의 작품은 '전쟁'이라는 특수한 상황에서 이루어진다. 전쟁은 인간의 욕망과 이념으로부터 발생한다. 대한민국은 해방 후 한국전쟁을 겪은 후, 지역적으로 다른 이념에 따라 분리되었으며 휴전 상태이다. 사회주의와 자본주의라는 다른 이념으로 국가가 성립되었다. 이러한 이념은 주변 국가나 강대국의 협조나 반란의 관계로 형성되어질 수 있다. 한국과 북한은 다른 이념으로 적군의 위치에서 전쟁을 다시 시작할 가능성이 있는 상황이다. 이러한 이데올로기는 각 국가의 시민들에게 혼란과 고통, 불안을 상기시켰으며, 국제 관계에서 평화나 위험의 주목이 되기도 한다. "이데올로기는 문화의 구성요소로서 이 문화로부터 생겨난다는 점에서, 자의적이지도, 인위적이지도 않다. 우리가 이데올로기를 인위적인 구성물이라고 말하는 것은 오직 다음과 같은 의미에서다. 이데올로기는 특정한 조직에 의해서 짧은 시간 안에 사이비 과학적인 성격을 띤 구성물로서 생산되며, 경제·정치·군사적 목적을 위해 투입된다."페터 지마, 허창운·김태환 역, 『이데올로기와 이론』, 문학과지성사, 1996, 48쪽 작가는 이 작품을 통해 이념이 일으키는 갈등을 통해 인간의 상처를 보여주려고 했다. 이념은 인간의 삶에 분열을 일으키고 갈등을 극대화시킨다. 첫째, 개인적인 면에서 살펴보자. 우리는 이념이 다르고 상황이 반대편인 사람을 사랑할 수 없으며 제도를 벗어난 행동은 처벌을 받게 된다는 것을 알 수 있다. 극 중의 남녀는 '시작'과 '과정'의 진행에서는 죽음을 당하지 않는다. 그러나 남녀가 갈등을 해결하고 고민을 정리했을 때, 새로운 방법을 찾아가고자 행동했을 때 무참히 죽고 만다. 즉, 개인의 욕망은 이념을 벗어날 수 없다.

둘째, 정치적인 면에서 분석할 수 있다. 작품에 나오는 일군과 청군과 동학군의 등장을 살펴보자. 우리나라는 1800년 후반에 동학농민운동이 일어났다. 일제 강점기에 태어난 신동엽은 동학농민운동에 관심이 많았으며 민중들의 고통과 가난, 일제의 탄압에 대해 참여적인 작가였다. 국력이 약했던 우리나라는 일본과 청나라가 전쟁을 함부로 해도 되는 무의미한 영토에 지나지 않았다. 마치 한국이란 나라를 성폭행하듯이 일본과 청나라는 함부로 대하고 있다.

일군 : 아랫도리만

청군 : 어느 놈 몸뚱인데.

일군 : 누구네 집 잔친데.

청군 : 젖가슴만 줘.

일군 · 청군 : 허리 아래만 줘

(일군 · 청군 퇴장)

일군과 청군은 "무언으로 춤추며 접근" 한다. "동학군의 대창을 치고 또 치"며 장난을 치고 있다. 일군과 청군은 서로 전쟁중이며 적의 위치에 있다. 그러나 한국을 가지고 놀이, 장난을 한다. 일군과 청군은 우리나라의 지역을 나눠 갖는 것을 여성의 신체로 바꿔 말하고 있다. 두 나라는 한국을 매개로 소통하며 즐거움을 느끼고 있다. '약자에 대한 강자들의 횡포'는 '대화의 주체'에게 '모멸감'이란 감정을 느끼게 해주고 있다. 극에 나오는 인물 남녀는 반대편의 입장에서 사랑을 이루기 힘든 심리를 대화로 나타내고 있다. 그러나 남녀의 인물과 다르게 적의 입장을 반복적으로 대치하고 있는 일군과 청군은 야한 나라에 대해 폭력과 조롱을 하고 있다. 이처럼 신동엽은 남녀의 사랑을 고귀하고 소중하게 표현하기 위한 효과로, 일군과 청군의 대사와 행위를 대립적으로 설치한 것이다.

셋째, 신동엽의 시극을 시「껍데기는 가라」와 그의 산문을 통해 비교해 볼 수 있다. 이 연구는 그의 시를 시극과 지엽적인 분석을 통해 완성하기 보다는 보다는 역사와 정치적인 면에서 비교해 볼 수 있는 부분이다. 〈그 입술에 파인 그늘〉을 무대에 올린 1년 후 1967년에 신동엽은 「껍데기는 가라」라는 시를 발표했다. 여기서 특징적인 것은 시극의 대사와 시어가 겹치고 있다는 점이다. 그의 "언어"는 시극을 통해 종합 예술적인 무대를 획득했고, 시를 통해 간결하고 직관적인 세계를 구축한 것이다. 신동엽이 태어난 1930년의 세계는 제1차 세계대전의 영향으로 폐허와 혼란의 시기였다. 일본은 전쟁을 일으키고 승리를 얻음으로써 아시아의 많은 권력을 얻었다.

일본은 한국을 식민지로, 국력을 활성화 시킬 생산지로 잔인한 수탈을 진행했으며, 일본의 제국주의 횡포는 한국인을 상대로 자유롭게 행해졌다. 신동엽이 태어난 한국의 정황은 그에게 주체적인 민족성을 부여하기에 충분했다. 이후 그는 시인으로 이 세상에 등장한다.

> 비가 주룩주룩 내리는 초여름 날, 종로 4가 네거리의 어느 다방에서 『동서 춘추』 6월호를 건네주며 그 작품을 읽어 보라던 신동엽의 모습 — 입을 꾹 다문 채 물끄러미 창밖의 우경雨景을 바라보는 — 을, 현재훈은 지금도 또렷이 기억해 낸다. 신동엽은 「금강」을 쓰는 동안, 당시 동양방송 PD로 재직중이던 현재훈을 수시로 불러내어 씌어진 부분을 읽히곤 했다. 마침내 작품이 완성되고, 그것이 을유문화사 간 한국현대신작전집 제5권 『장시·시극·서사시』에 김종문金宗文의 장시 「서울·베트남 시초詩抄」, 홍윤숙 洪允淑의 시극 〈에덴, 그 후의 도시〉와 함께 실려 독자들과 만나게 된 것은 그 해도 다 저물어가는 12월이었다. 성민엽 : 114

위 글에서 알 수 있듯이 신동엽은 「금강」을 쓰는 동안, 주변인에게 자신의 작품을 보여주고 읽히고, 일반시뿐만 아니라, 서사시나 장시, 시극에도 활발한 활동을 한 것으로 증명된다. 김종문金宗文의 장시 「서울·베트남 시초詩抄」, 홍윤숙洪允淑의 시극 〈에덴 , 그 후의 도시〉와 함께 발표하며, 한국문학의 다양성을 개척한 셈이다. 또한 "1959년 1월 1일 아침, 『조선일보』를 펼쳐 든 신동엽의 얼굴은 묘한 열기에 휩싸였다. 신춘문예 당선작 발표란에 자신의 이름과 「이야기하는 쟁기꾼의 대지」라는 시 제목이 씌어 있었던 것이다". 예심을 본 박봉우와 본심은 본 양주동은 신동엽의 장시를 개성적이고 에너지가 넘치는 시라고 찬사했다. 그러나 발표 당시 그의 "시는 20행이 삭제되어 있었고 내용은 변경"된 채 발표되었다. 「이야기하는 쟁기꾼의 대지」에는 토속적인 시적 정황을 통해 독특한 시어를 구사했고 역사적인 사건을 간접적으로 드러냈으며 '긴장과 탄력'적인 시의 완성도를 획득했다. 3달이 지난 후, 신동엽은 3월 24일자 『조선일보』에 「진달래 산천」을 발표했으나 "검열에 걸려 비판의 대상"이 되었다.

이러한 당시 시인의 복잡한 등장과 이후 1960년 4·19혁명이 일어났다. 일제 강점기와 한국전쟁, 해방 후의 불합리한 정치와 한국 사회를 겪은 신동엽에게 문학은 '혁명적 활동'이었다. 신동엽은 문학이 사회적 구호나 반성적 태도, 허무주의 태도가 되는 것을 기피했다. 그는 현실과 초현실을 모두 추구했으며, 그것을 언어로 구상하여 문학을 완성하려고 했다. 그는 문학적 언어에 대해 신념을 가지고 있었다. "존재에는 세 가지의 형태가 있다. 실상적 존재, 현상적 존재, 언어적 존재. 실상적 존재와 현상적 존재의 중간에 위치하고 있는 것이 언어적 존재이다."^{성민엽 편저, 『껍}

데기는 가라』, 문학세계사, 1984, 211쪽 그의 이러한 시적 태도는 아래의 시와 시극의

대사를 통해 알 수 있다.

ⓐ 껍데기는 가라

껍데기는 가라.

四月도 알맹이만 남고

껍데기는 가라.

껍데기는 가라.

東學年 곰나루의, 그 아우성만 살고

껍데기는 가라.

그리하여, 다시

껍데기는 가라.

이곳에선, 두 가슴과 그곳까지 내논

아사달 아사녀가

中立의 초례청 앞에 서서

부끄럼 빛내며

맞절할지니

(…중략…)

껍데기는 가라

漢拏에서 白頭까지

향그러운 흙가슴만 남고

그, 모오든 쇠붙이는 가라.

ⓑ 여 : 제발, 그 말만은 말아 주세요.

전 헛간에서 태어난 여자예요. 그 점잔만 빼는 으리으리한 상전집들이

싫어졌어요……로미오집 가헌도 주리엣집 가헌도 싫어요. 껍데기끼리의

몇살잡이가 끝나지 않는 한 아무 쪽에서도 살고 싶지 않아요. 전 공동 우물 바

닥에 가서 살겠어요……이 산속에서 살겠어요.

남 : 우리에겐, 그런 선택권이, 지금 없어, 이 답답한 반도를 벗어 나지

않는 한.

여 : 껍데기는, 곧, 가요. 껍데기는 껍데기끼리, 껍데기만 스치고, 병신스럽

게, 춤추며 흘러가요. 기다리면 돼요. 땅 속 깊이, 지하 백미터 깊이에 우리

의 씨를 묻어 주면, 이 난장판은 금새 흘러가요.

ⓒ 남 : 쇠붙이를 버렸어. 당신은 껍데기를 벗겨요. (여의 곁으로 가 모자에

손댄다)

여 : 호호호, 그래요. 저도 이 그늘이 싫어요. 제가 벗겠어요. (벗는다)

ⓐ는 「껍데기는 가라」의 일부분이며, ⓑ와 ⓒ는 시극의 대화 중 부분이다. ⓐ에서 반복되는 '껍데기는' 반복과 강조의 의미로 사용되고 있다. 4·19혁명의 희생과 정신을 지키기 위해 '껍데기'는 떠나야 한다. 혁명을 일으킨 많은 이들의 죽음은 인간의 정신을 황폐하게 한다. 해방 후 시민들의 삶과 평화는 탐욕스런 국내 권력자들의 횡포로 피폐했다. 학생을 포함한 우리 민족은 민주주의를 위해 싸웠고 희생되었다. 여기서 껍데기는 당시 정치인들의 탄압이며 인간을 억압하는 제도와 이념을 상징한다. ⓑ와 ⓒ에 드러난 껍데기도 ⓐ의 껍데기와 같은 선에 있다. 부상병의 '모자'는 조직을 표시하며, 조직의 충성과 조직의 의지를 나타낸다. '남'이 여자에게 모자를 벗으라고 한 말은 '여'가 가진 조직과 제도와 이념을 버리라는 뜻이다. '남'은 쇠붙이인 '총'을 토끼굴에 묻고, '여'는 모자를 벗는 행위를 통해, 남녀가 가진 외형적 억압을 삭제하려는 시도가 드러남을 알 수 있다. 그러므로 '껍데기'와 '쇠붙이', '그늘'은 같은 범위에 있는 물질이며, 인간에게 공포와 위협을 안겨주는 현상이다. 우리나라 민족은 이 '물질'의 폭력으로 정체성을 잃고 가난과 상실을 겪어야 했다. ⓐ의 '알맹이'는 비물질적인 것으로 대치할 수 있다. '알맹이'는 시에서는 "향기로운 흙가슴"이며, 시극에서는 '남녀의 사랑'과 '민주적인 평화'를 의미한다.

강계숙은 신동엽의 시를 분석하면서 그가 이룩한 '민족문학'은 공동체가 주는 '우리'라는 억압의식에서 비롯됨을 직시했다.강계숙, 「1960년대 한국시에 나타난 윤리적 주체의 형상과 시적 이념—김수영·김춘수·신동엽의 시를 중심으로」, 연세대 박사논문, 2008 이러한 정신은 신동엽의 현실 참여적 문학의 가치를 완성하였으나, 역사적 상황 속에서 실패한 남녀의 사랑과 전망에 대해 단정적인 결말을 제시했다고 할 수 있다. 강계숙은 "공동체가 부여하는 임무를 수행하는 일은 비록 죽음이 기다릴지라도 개별자로 하여금 영원불멸을 성취케 하는 일이므로 개인의 죽음은 결코 헛된 것이 아닌 기념비적인 사건으로 부각된다. 따라서 공동체는 개인에게 죽음을 요구할 수도 있다. 이러한 형상은 민족의 이름으로 개인의 희생을 요구하고 국가의 과업을 위해 국민을 국가의 부분으로 다루는 것과 크게 다르지 않다. 국가의 대항 모델로서의 상상된 공동체임에도 불구하고 어느 순간 국가주의적 집단의 형상을 닮고 말았다는 점은 '우리'에 내재된 가장 큰 맹점일 것이다. 그리고 이 부분이야말로 신동엽의 시 세계를 일정하게 한계 짓는 근본 요인이라 할 수 있다"고 말했다. 즉, 오랜 역사 동안 정치적 이념이 인간의 삶을 규정하고 제안하듯, 사회적 제도 안에서도 다른 규정과 제안이 계속 모방되고 반복될 수 있다는 것이다. 그런 면에서 신동엽이 역사적 상황을 소재로 시극을 창조한 것은 역사적인 제도 안에서 강계숙은 "인간의 행동을 인식의 대상"으로 삼았다는 면에서 높은 가치가 있다. 우리는 종합 예술적인 시극의 형식을 통해 인간의 삶과 정신을 추적하고 예감할 수 있다.

신동엽은 현실을 초월한 자연 속에서 인간의 본질을 찾고자 하는 것이다. 시극 작품 속 두 인물의 '실패한 사랑'은 '실패한 혁명'을 나타내기도 하며, '실패한 평화와 민주'이기도 하다. 그것은 이념과 억압으로부터 약자의 목숨과 삶이 함부로 희생되지 않는 사회이며, '자유'로운 인간의 삶을 향한 것이다.

3. 시극의 필연적 특징 분석

1) 시극적 상황 – 시극적 대사의 상징체계

이 작품은 전쟁에 나온 남녀가 사랑에 빠지고 각자 자리로 돌아가는 것이 아닌 사랑의 도피를 결정하지만 죽게 되는 시극적 상황을 가지고 있다. 그것은 적으로 생각하며 없애야 하는 대상을 사랑하고 전쟁이 개인의 생활에 비극적 요소를 줄 수 있다는 것을 보여준다. 한국의 분단은 긴장과 공포의 상황이다. 이 논리에 균열을 일으키기 위해 남녀의 등장을 투입시킨다.

"시극이 종합성을 추구하는 일면에 또 하나의 가장 커다란 목표는 이러한 상황을 창현하는 데 있다. 시는 곧 상황의 예술이라고 괴테는 이렇게 말하였다. 우주는 크고 풍부하다. 생활의 광경은 무한히 변화한다. 그러므로 결코 시의 주제는 끝이 없다. 그러나 중요한 것은 언제나 상황의 시를 만드는 것이다. 그것은 즉 현실에서 회와 소재를 얻는 것이다. 괴테가 말하는 이 현실이라는 것은 과거와 현재와 그리고 반드시 오고야 말 무한한 미래까지도 종합이 된 역사적 필연성을 가지고 발전하며 있는 극적 계기인 상황"_{최일수, 『현실의 문학』, 형설출판사, 1976, 416쪽}을 말한다. 작가는 남녀의 갈등과 해결을 통해 '상징체계'의 기법을 사용하고 있다. 이 기법을 통해 작가는 현실의 사물과 사유가 인간의 삶을 정복하지 못하며 인간이 지키고자 하는 삶의 존엄을 역설적으로 보여주고자 한다. 제도와 규범을 벗어난 인간의 자리는 새로운 창조의 세계를 의미한다.

상징이란, 〈원대상1〉과 〈원대상2〉 사이에 〈창의적 기호〉를 정하여 원래의 대상을 삭제시키고 〈새로운 주체〉를 형성하는 "창조의 세계"이다. 상징화하는 두 개의 요소가 두 대상 외에 거리를 가지며, 다른 대상이나 주체를 창출하는 창조 행위를 말한다.질 베르 뒤랑, 진형준 역, 『상징적 상상력』, 문학과지성사, 1983, 77쪽 참조 우리가 이성적으로 정한 사물이나 사유를 벗어나 다른 세계를 구축하려고 할 때 필요한 방식이다. 그 과정을 통해 주체는 설득과 상상을 얻게 된다. 그리고 다른 주체가 되는 것이다. 아래의 대화는 이 책의 이론을 뒷받침하기 위한 예시이다. 아래의 시적 상황은 탄환이 없는 총을 가지고 있는 '남'에게 '여'가 사물을 통한 '상징'의 기법을 행하고 있는 장면이다. '여'는 탄환을 진달래 뿌리 밑에서 줍는다. 그리고 얼굴 여기저기에 누르며 슬픔을 느낀다. '여'는 남자의 탄환을 보며 생명이 없는 '쇠붙이'라고 느낀다. 그것은 마음이 없는 물건이자, 진심이 없는 행동을 일으키는 물질로 받아들인다. 여기서 기관포 탄환은 〈원대상1〉이 된다. 이것은 '여'의 대사 안에서 "납덩어리"로 다른 〈원대상2〉가 된다. 그러나 화자는 이 둘의 연결을 의도하지 않으며 다른 대상을 만들려고 한다. 그 대상은 과정과 행동을 통해 이루어진다. 〈원대상2〉인 '납덩어리'는 "얼굴 표정"이 있다. 그 표정은 불쌍하고 슬픈 것이다. 그래서 어깨가 처졌다. '탄환'은 처진 어깨를 지니고 있다. 탄환의 이런 모습은 실패를 예감할 수 있다. 화자는 "실패한 소꿉장난"이라는 〈창의적 기호〉를 생산한다.

'소꿉장난'은 그 행위사들의 실패를 예감한다. '장난'은 실패해도 상관없이 다시 시도해도 된다. 그러나 그런 장난은 장난이 아닌 일로 커져버린다. 많은 이들은 목숨을 잃고 소멸한다. 이 과정에서 〈원대상1〉과

〈원대상2〉는 삭제된다. 더 높은 차원으로 넘어왔기 때문이다. "좌절된 의지"는 비록 "진달래 밑동에서" 부딪쳐 못생기게 이지러져 있지만, 탄환의 기능적 장소인 "총"을 버리면 죽음과 비극은 생겨나지 않는다. 이로서 '여'는 남자에게 총을 버리는 것을 시극적 대화를 통해 표현할 수 있으며, 상징체계"를 통해 표현된다. 인간은 상징적 힘에 의해서 관념이나 사물을 기호로 인식할 수 있으며 창조적 세계에 진입할 수 있다. 또한 현재의 상황을 변형하여 주체가 나아고자 하는 세계를 장착시킬 수 있으며 원래의 대상으로부터 해방될 수 있다. 아리스토텔레스의 의미를 해석하면 '의미'의 세계와 '무의미'의 세계를 함께 인지할 수 있다. 그래서 질 베르 뒤랑은 인간은 현실의 문제를 창조적 행위를 통해 극복하고 넘어설 수 있다고 말한다.77쪽 참조 대상을 바라보면 주체 '남'과 '여'는 상징적 과정을 통해 새로운 주체가 되는 것이며 다른 사건과 주제로 넘어간다. 작가는 '여'라는 화자의 대화를 통해 상징체계를 구사했고, 이 형식을 통해 우리를 위협하던 '무기'를 미학적 형상화한다.

〈시극적 대사〉

남 : 탄환이 없어

여 : 버리세요, 그런 걸 뭘하러 가지고 계세요.

남 : 생명의 상징인걸.

여 : (주머니를 뒤져 총알을 꺼낸다)

진달래 뿌리 밑에서 주웠어요. 기관포 탄환인가봐요. 바윗돌 때문인지 깊이 박히지 못하고 축축한 흙을 약간 후볐어요. 이 납덩어리의 얼굴 표정 좀 보세요. 이 표정 좀 보세요. 불쌍하죠?

　남 : 어깨가 처졌군요.

　여 : **실패한 소꿉장난이에요.**

　남 : **좌절된 의지지?**

　여 : 하필이면, 이 깊은 산 속에 와서. 꽃다운 진달래 밑동. 그것도 바위에 부딪쳐 이렇게 못생기게 이지러져. 잔뜩 찡그리고, 나뒹굴게 뭐에요?…… 바보같이(하며 자세히 들여다본다) 선생님, 이거 미제에요? 쏘제에요?

2) 시극에 함의된 〈청산별곡〉의 의미와 효과

〈청산별곡〉은 고려시대에 지어진 작자 미상의 가요이다. 악장가사에 전문이 실려 전하고 『시용학악보』에 일부분이 실려 있다. 고려 가요 가운데 가장 유명한 작품이며 우리 민중들이 역경에 닥쳤거나 축제가 있을 때 부르는 운문체 노래이다. 남녀 간의 사랑과 현실을 벗어난 낙원을 기다리는 내용으로 구성되어 있다. 지배자들의 욕망으로 고려 말의 현실은 가난과 상처로 가득했다. 무신 정권의 횡포와 몽고의 침입은 사람들에게 불안을 안겨주었다. 사람들은 불안을 노래나 시로 승화시켜 현실을 극복하고자 했다. 처해 있던 현실을 잊기 위해 이야기를 만들고 운문체의 가사로 노래를 부른 것이다.

신동엽은 왜 작품 안에 〈청산별곡〉을 삽입한 것일까. 그것은 창작 당시의 현실이 과거의 역사와 반복되는 연장선에 있다는 것을 강조하는 것이다. 이념과 제도의 지배, 폭력적인 사회 분위기는 고려 말이나 해방 이후나 달라진 것이 없다. 또한 신동엽은 반복적인 역사의 횡포를 직접적인 저항의 형식으로 담은 것이 아니다. 우리 민족만의 고유성을 개발하고 계승하기 위해 〈청산별곡〉을 도입한 것이다. 작품 안의 인물들이나 작품 밖의 인물들은 현실을 떠나 청산에 살고 싶다. 조용하고 평화로운 세상에서 단조로운 삶을 원한다. 타인의 탐욕에 이용당하지 않고 자신의 목숨을 희생당하지 않는 삶을 기원한다. 그것은 '포기'의 염원이 아니라 '긍정'의 기도이다. "시름이 많은 인생, 고독을 느끼는 삶, 그리고 우연의 희롱으로 불행을 겪는 일이 무신란이 일어나고 외국군이 침입하여 유린당한 시대만 일어나는 일인가. 이는 시대를 초월하여 인간이 사는 세상에는 언제나 어디서나 일어날 수 있는 일인 것이다. 그래서 〈청산별곡〉은 고려 말 혼란기에 태어난 작품이지마는 그 시대를 초월하여 생명을 가진 작품이 될 수 있는 것이다."정재호, 「청산별곡의 새로운 이해 모색―주제와 구조의 연구를 살피면서」, 『국어국문학』 제141호, 국어국문학회, 2005, 179~180쪽 참조

남 : (무엇을 생각하며 무대 앞으로 걸어 나온다)

살어리, 살어리랐다.

청산에 살어리랐다.

멀위랑, 다래랑 먹고

청산에 살어리랐다.

여 : (남의 낭송소리에, 생명 전체가 충격받은 듯, 고개 좌우로 흔들다가,

서서히 일어서며, 가슴에 손을 얹고, 조용히 몸을 움직이며)

우러라, 우러라,

자고 니러 우러라 새여.

널라와 시름한 나도

자고 니러 우니노라.

(…중략…)

남 : 당신도, 알고 계시군요……우리가 왜, 어쩌다, 이 모양이 됐을
까……? 다음이 뭐드라……?

그렇지, (남, 여, 함께)

가던 새 가던 새 본다

물 아래 가던 새 본다.

잉 묻은 장글란 가지고

물 아래 가던 새 본다.

얄리 얄리 얄랑성 얄라리 얄라.

위의 예문은 이 작품 안에 들어있는 남녀의 대사 중 〈청산별곡〉의 일
부를 노래하는 부분이다. 작품의 중간 부분에 나오는 장면이다. 남녀가
만나 사랑에 빠지고 자신들의 처지를 확인하며 갈등한다. 부상병이 나와
이들의 사랑이 가진 처참과 귀함을 표현하기 위해 "이 행복을 어쩐다?"
며 역설적으로 조롱하다가 퇴장한다. 그리고 노인이 나타나 자신은 어

느 편의 송장인지는 중요하지 않다고 한다. 사람의 목숨은 다 똑같으며 송장에 대해 가치를 느끼고 생명에 대해 어떤 귀함을 지니고 있는지 주관을 설명한다. 죽은 송장보다 "살아있는 사람"들이 더 무섭다고 노인은 말한다. 남자와 여자는 살아 있는 인간들의 잔인한 횡포와 비참함을 현실로 보고 있다. 그리고 다친 몸을 이끌고 산 속에서 쉬고 있는 것이다. 남자와 여자는 서로를 사랑하지만 이루어질 수 없는 관계에 실망과 허무를 느낀다. '청산에 살어리랏다'는 반복적인 구절은 정신적 순수함과 낙천적인 세계를 의미한다. 돈이나 명예, 탐욕을 원하지 않고 머루와 달래만 먹어도 만족할 수 있는 나라를 동경한다. "자고 니러 우러라"는 말을 새에게 해주며 힘든 세상을 위로해준다. 남자와 여자가 부른 노래는 지배자들보다는 피지배자들이 고난을 겪을 때마다 부르던 노래이다.

하버마스는 개인의 '의사소통능력'이 보편적으로 주어져 있다는 판단 하에 사회 상황이라는 우연적 변수로부터 이 능력을 분리하려고 한다. 부르디외는 이와 정반대로 언어 능력에 대한 촘스키의 입장이 추상적, 관념적이라고 비판하면서, 시장 법칙과 계급 이해에 좌지우지되는 '영역들' 속에서 의사소통이 이루어진다는 점에 주목한다. (…중략…) 하버마스는 언어 능력과 언어 수행을 분리시킴으로써 이상적 발화 상황과 실제 발화의 구분을 정당화시키려 한다. 그러나 부르디외가 밝히려고 하는 것은 언어 능력 자체가 이미 특수하고 계급적이라는 점이다.페터 지마, 허창운·김태환 역, 앞의 책, 202쪽

그러므로 우리가 사용하는 언어 능력과 언어 수행의 구분을 통해 작품의 개성과 가치가 더 확장된다는 것이다. 작품의 언어와 일상의 언어를 구분하여 언어의 능력을 더욱 상승시키면, 언어를 통한 문학의 가치

가 더 상승된다는 것이다. 신동엽의 시극 작품은 일상 속에서 자연스럽게 쓰이는 언어가 아니다. 또한 일상에서 일어날 수 없는 남녀의 만남과 전쟁 상황은, 신동엽이 시극 작품의 언어를 '이상적' 발화와 '실제 발화'의 구분 및 불균형을 의도화한 것이다.

"얄리 얄리 얄랑셩 얄라리 얄라"는 '아리 아리 아리랑'처럼 눈물과 설움을 즐거움으로 환원시킬 때 화자의 심리를 미학적으로 형상화시킨 것이다. 또한 낭송하거나 노래할 때 만들어지는 "리듬적인" 요소가 시극의 청각적 효과를 주고 있다. 시극에서 리듬적인 요소란, "시적 조사와 장치 면에서 시와 비시의 변별 준거로 언어 용법의 차이를 제시할 수 있다. 즉, 언어의 용법상의 문제인, 비유와 풍부한 상징, 깊이 있는 이미지를 통한 모호성, 곧 다의성의 정도와 같은 시적 조사가 시와 비시를 구별하는 보다 유용한 표지가 될 수 있다. 시적 조사는 시극과 관련해, 절약된 대사와 생략, 어구의 반복에 의한 율동화, 연쇄법에 의한 대사의 연계 등 리드미컬한 언어의 사용, 리듬에 의한 고도의 조직성과 압축성, 상징 비유, 집약성, 조직의 긴밀성, 압축의 원리에 의한 암시성의 강조 등을 들수 있다."김동현, 『시와 희곡』 제1호, 노작홍사용문학관, 2019, 345쪽

신동엽은 산문을 통해 시극을 종합예술의 장으로 생각했다. "머지않아 인류는 그들의 전역사全歷史를 통하여 꾸준히 모색하여 온 창조적 미美의 극치, 종합 예술의 찬란한 시대를 가지게 될 것이다. 아마도 그것은 시詩, 악樂, 무舞, 극劇의 보다 높은 조화율의 형태로서 나타나게 될 것이다"성민엽 : 236쪽라고 자신의 신념을 명시했다. 작가는 시극 작품 안에서 음악적인 요소와 민족의 문화를 미학적으로 발굴하여 인물의 연기를 통해

만들고 있다. 감각은 창의적인 방식으로 사람에게 다가간다. 눈으로 보는 이미지와 귀로 듣는 음악적 효과는 시적인 언어를 탄생시키고, 독자나 관객을 공연을 보면서 시간적 공간(무대) 속에서 작품의 주체가 될 수 있다. 독자의 판단과 생각으로 작품을 재창조될 수 있다. "詩人의 자세 오늘의 시인들은 오늘의 강산을 헤매면서 오늘의 내면內面을 직관直觀해야 한다. 내일의 시인은 선지자先知者이어야 하며, 우주지인宇宙知人이어야 하며, 인류 발언人類發言의 선창자가 되어야 할 것이다."성민엽 : 241쪽 작가의 '자세'란 독자의 창의적 변화를 도모하며, 다른 미래를 모색할 수 있도록 동기부여를 하는 것이다.

3) 시극 인물의 특징

신동엽 시극과「로미오와 줄리엣」은 전체적인 표면에서 보면 비슷한 점이 있다. '여'의 대사를 통해 (이루어질 수 없는 사랑을 대변하는 스토리)「로미오와 줄리엣」의 상황이 '여'의 상황과 비슷함을 말하고 있다. 예를 들어 "전 헛간에서 태어난 여자예요. 그 점잔만 빼는 으리으리한 상전집들이 싫어졌어요. 로미오집 가헌도 주리엣집 가헌도 싫어요. 껍데기끼리의 몇 살잡이가 끝나지 않는 한 아무 쪽에서도 살고 싶지 않아요"라고 말한다.「로미오와 줄리엣」에 대한 대사는 단 한 번 나오지만 이 책에서 두 작품을 비교 연구하는 것은 두 가지 이유가 있다.

첫째, 서양의 상황과 한국의 상황을 비교해볼 수 있다. 셰익스피어가 쓴「로미오와 줄리엣」에 나오는 여자 인물은 수동적인 인물이다. 좋은 집안에서 살다가 사랑에 빠진다. 이 인물에게 고난이란 남자와의 이룰 수 없는 사랑을 설득하고 극복하는 일이다. 신동엽 작품의 '여'는 성에 살았던 인물이 아니다. 여자는 "헛간"같은 곳에서 살아온 인물이다. 지시자가 명령하는 것은 수행해야 한다. '여'는 전쟁터에 나가 부상을 입고 언제 죽을지 모르는 위험한 입장이다. '여'의 현재는 불안하고 미래를 알 수 없는 위치에 있다. 이러한 상황은 한국의 시대를 대변한다. 신동엽은 셰익스피어의 작품을 낭만적인 것으로 처리한다. 낭만은 현실의 문제들과 거리를 가지고 있다. '여'에게 현실은 낭만적이지 않다. 그것은 절실하고 직접적이다. 작품 속의 '남녀'는 사랑을 포기하지 않는다. '우리에게'는 "선택권이 없을 뿐"이라고 생각한다. 남녀의 대화는 당대의 슬픔을 공감하게 만들고, 관객이나 독자에게 '소통'의 힘이 되고 있다.

둘째, 인물들은 규범을 벗어난 댓가로 처벌된다. 「로미오와 줄리엣」의 주인공들은 서로 증오하는 집안의 자녀들이다. 부모 세대의 원한은 자녀 세대의 원한으로 대물림된다. 원수인 부모의 상황은 자녀에게로 넘어간다. 부모가 반대하던 둘의 사랑은 끝내 죽음을 맞이한다. 〈그 입술에 파인 그늘〉에 등장하는 연인들은 어떠한가. 적군을 사랑하며 갈등하고 괴로워하다가 결국 해결책을 찾아 행동하려 할 때 무참히 죽음을 맞이하게 된다. 이 두 작품의 '비극적' 결말을 통해 관객들은 슬픔의 정화를 느낀다. 슬픔을 통해 자신의 상황과 민족의 상황을 파악한다.

4. 나가며

지금까지 신동엽의 시극 〈그 입술에 파인 그늘〉에 나타난 역사적 공간과 시극적 특징을 살펴보았다. 1966년에 발표된 이 작품은 당시 암울했던 사회의 비참을 특별한 형식으로 독자 및 관객들에게 문학적 가능성을 보여주었다. 4·19혁명 이후 그의 문학세계는 더욱 확대 및 심화되었다. 서사시, 장시, 시극이란 장르를 개척하며 한국문단의 빛이 되어 준 셈이다. 이 작품은 한국전쟁이라는 특수 상황, 남북한의 이념 대립적 조건에서 극적인 사랑과, 이별을 나누는 남녀의 이야기를 담고 있다. 시극은 단지 시적인 대사만으로 이루어질 수 없으며, 최일수 평론가의 시극 이론을 바탕으로 시극의 '종합적 예술성'을 인식해야 한다. 그런 면에서 신동엽의 시극은 작품 안의 시극적 필연성이 함의된 대사와 인물 설정을 통해 구체화 되었으며, 극적 갈등과 필연성과 이미지, 상징, 배우의 연기, 무대 미술, 음악 효과, '청산별곡'이나 '껍데기는 가라'의 패러디와 혼용을 통해 생동감 있는 작품을 완성한 것이다.

덧붙여, 신동엽은 시극을 통해 '역사'의 비극을 고발하거나 재현하는 것이 아니라, 역사적 상황과 사건을 바탕으로 예술적 미학을 형상화하면서 오늘날 우리에게 전해주고 있는 것이다. 한국 시극은 그동안 문학의 중심부에 자리 잡고 있던 시, 소설과 병행하며, 비중심 문학의 자리를 의미 있게 유지하며, 100년 이상의 시극 역사를 이어오고 있다. 신동엽의 시극 〈그 입술에 파인 그늘〉의 성과는 현재 문학 내에서뿐만 아니라 다른 예술 장르와의 연결 접점에서도 긍정적 영향을 미치고 있다. 2022년

8월 인공지능이 쓴 시를 바탕으로 창작된 '미디어시극' 〈파포스〉가 공연되기도 했으며, 시극이 영화와의 예술적 특징을 결합하여 창작된 '시극영화' 〈홀로 빛나는 어둠〉이 2022년 대한극장 '세계일화국제불교영화제'에 초청되어 상영되었다. 당시 문학 장르의 혁명을 개척했던 신동엽의 '시극 창작'과 작품의 '가치'는, 우리가 앞으로 만들어갈 미래 사회의 문학과 보편 가능한 문화의 한 장면이 될 것이다.

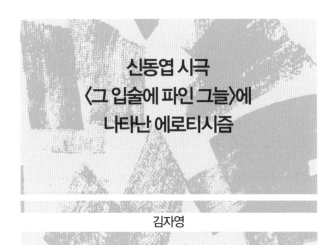

신동엽 시극 〈그 입술에 파인 그늘〉에 나타난 에로티시즘

김자영

1. 머리말

신동엽 시인은 1930년 충남 부여에서 태어났으며 1959년 『조선일보』 신춘문예에 장시 「이야기하는 쟁기꾼의 대지」가 입선하면서 문단에 나왔다. 이후 1969년 향년 40세에 신동엽 시인은 간암으로 별세하였다. 40여 년이 채 못 되는 짧은 생을 살다 간 시인이지만 신동엽 시인은 1950년대 한국전쟁 이후 전후 문단을 대표하는 시인이자 1960년대 현실 참여 시인으로서 한국 문단에서 중요한 위치에 놓인다. 신동엽 시인의 대표작 「껍데기는 가라」는 학교 교과서에 실린 작품이며 현재 학교 교육 현장에서도 그의 작품은 널리 읽히고 교육되고 있다. 현재 시인이 타계한 지 50년이 지났음에도 여전히 그는 하나 된 우리 민족의 자주성을 노래한 시인이며, 독재 정권 시대에 민중의 혁명을 문학으로 외친 혁명의 예술가라 할 수 있다.

신동엽은 시로 등단했으며 우리에게 시인으로서 알려졌지만, 기실 그는 시 작품 외에도 산문과 수필, 시극과 오페레타 그리고 평론 등 여러 장르를 넘나들며 문학 활동을 해 온 작가다. 이 글은 신동엽의 유일한 극시인 〈그 입술에 파인 그늘〉을 고찰하고자 한다. 신동엽이 1966년에 창작하여 공연 무대에 올린 〈그 입술에 파인 그늘〉은 신동엽 개인의 문학적 성취 측면에서도 중요한 의미[1]를 갖는 작품이기도 하다. 임승빈에 따르면 이 작품은 시극 운동이 본격적으로 전개되었던 1960년대에 실제적인 공연이 이루어진 몇 안 되는 작품이며, 「껍데기는 가라」와 오페레타 〈석가탑〉 등의 근원으로 해석될 가능성[2]을 지니는 작품이라고 보았다. 또한 이상호는 신동엽이 시극을 통해서도 그의 문학적 이상을 구현하려고 노력[3]하였다고 평하였다. 신동엽이 장시로 등단하여 자유시·시극·가극에 이르기까지 다양한 시적 표현양식을 실험했지만, 그 핵심 내용은 대체로 비극적 현실 인식을 모티프로 하여 이상적인 순수 세계로 회귀하려는 염원을 담고 있는 것으로 집약[4]된다고 하였다. 김동현은 시극 〈그 입술에 파인 그늘〉이 본격적인 이데올로기 이론에 입각

---

1   임승빈, 「시극 〈그 입술에 파인 그늘〉 연구」, 『비교한국학』 17, 국제비교한국학회, 2009, 244쪽.
2   위의 글. 이외에도 임승빈은 시극 〈그 입술에 파인 그늘〉이 신동엽의 서사시 「금강」, 장시 「이야기하는 쟁기꾼의 대지」, 「여자의 삶」 등과 함께 그의 생래적인 이야기 의식과 원수성, 차수성, 귀수성이라고 하는 그 나름의 독특한 문화사적 세계관을 바탕으로 쓰여진 작품이라고 평하였다.
3   이상호, 「신동엽 시극 〈그 입술에 파인 그늘〉 연구」, 『한국언어문화』 57, 한국언어문화학회, 2015, 272쪽.
4   위의 글, 같은 쪽. 또한 이상호는 신동엽의 유일한 시극인 〈그 입술에 파인 그늘〉도 그 연장선상에서 실험의식으로 창작된 작품이라고 보았다.

하지 못한 채 작품 분석이 이뤄져 왔다[5]고 보았다. 그러면서 그는 〈그 입술에 파인 그늘〉에 나타난 드라마투르기의 분석과 테리 이글튼의 이론적 틀을 중심으로 시극 〈그 입술에 파인 그늘〉에 나타난 다양한 이데올로기 측면을 분석하였다.[6]

이처럼 시극 〈그 입술에 파인 그늘〉은 신동엽 시인의 타 작품과의 연계 선상에서 논의되거나, 시극 작품을 통해 시인 정신을 살펴보거나, 또는 그동안 혁명의 시인으로 자리매김한 신동엽 시인의 문학적 위상과 위치를 굳게 다지는 방향으로 연구되었다. 이 글은 기존 연구 방향에서 한발 나아가 시극 〈그 입술에 파인 그늘〉에 나타난 에로티시즘을 분석하고자 한다. 그동안 혁명과 이데올로기에 맞춰서 시극 작품 또한 분석되어 온 것이 사실이다. 필자는 이러한 혁명의 이데올로기가 신동엽 시인을 특징짓는 것임에는 분명하다고 생각한다. 다만 이러한 민중 혁명 운동가로서의 신동엽 시인의 작품 세계 외에도 에로티시즘을 분석 방법으로 삼아 보다 다양한 방면에서 신동엽 작품의 문학적 해석의 지평을 넓힐 수 있으리라 필자는 기대하는 바이다.

---

5   김동현, 「신동엽 시극 〈그 입술에 파인 그늘〉의 이데올로기」, 『한국문학논총』 55, 한국문학회, 2010, 301쪽.
6   위의 글, 303쪽.

2. 금기와 위반의 에로티시즘

시극 〈그 입술에 파인 그늘〉의 중심 서사는 전쟁을 배경으로 하여 각각 적국의 남녀가 등장한다. 두 사람은 전투 중 부상을 당하여 자신의 부대와 떨어지게 된다. 한바탕 휩쓸고 지나간 전투에서 두 사람은 서로가 적국의 군사임을 알게 되고 멈칫하지만 이내 서로를 걱정하며 호감을 표한다.

(남자, 나루한 옷을 걸치고 상수 쪽에서 등장. 소총과 수통을 들었다. 왼손은 때 묻은 붕대에 칭칭. 여자의 모습을 보자 본능적으로 멈칫 놀란다)

남   (피식 웃으며) 달아나지 않았군요.

여   (깜짝 놀라 돌아서며) 무의미해요. 선생님을 포로로 잡지 못하면……. 웬일이세요. 좀 걱정했어요. 혹시, 아까, 그…….

남   이 건너편 능선의 산토끼를 부수나보더군요. 무언가 깡총하고 공중 높이 솟구쳤어.

여   어느 쪽 비행기였어요?

남   몰라. (수통을 열며) 목만 축여요.

여   (고목 밑동에 앉으며 수통에서 입술을 뗀다) 아, 이 물 냄새……. 어쩌면 꼭 우리 집 옹달샘 물맛일까……. (무대 어두워지면서, 여자에게만 스포트) 뒤결에 장독이 있었어요. 그 장독 옆에 앵두나무가 있었구, 앵두나무 밑에 맑은 옹달샘이 솟고……. 고조할아버지께서 꿈속에 현몽받은 샘이었대요. 초여름이면 빨간 앵두알이 그 맑은 물속을 주렁주렁 굽어들고 있었어요. (다시 수통에 코를 가져다 대며) 이, 물 냄새.[7]

남자는 여자에게 웃으며 달아나지 않았냐고 묻는다. 여자는 남자에게 당신을 포로로 잡지 못하면 무의하다고 대답한다. 서로에게 총을 겨누는 적임에도 불구하고 두 남녀는 서로의 안위를 살핀다. 에로티시즘은 근본적으로 생명력을 상징한다. 금기와 위반으로서 성적 충동은 번식을 하게 하며 번식 행위는 생명을 낳는다. 위의 인용문에서 여자는 남자에게서 받은 수통의 물을 마시며 자신의 집 옹달샘 물맛이라고 이야기한다. 그러면서 과거 어린 시절을 떠올리며 "장독 옆에 앵두나무"25쪽가 있고 "앵두나무 밑에 맑은 옹달샘이 솟고"25쪽 있다며 어린 시절에 살던 동네 배경을 묘사한다. 그 옹달샘은 여자의 "고조할아버지께서 꿈속에 현몽받은 샘"25쪽이었다고 남자에게 설명한다. 그리고 "초여름이면 빨간 앵두알이 그 맑은 물속을 주렁주렁 굽어들고 있었"25쪽다고 묘사하는데 여기서 비유된 "옹달샘"과 "앵두나무"는 모두 생명력을 상징한다. 물은 여성의 자궁을 상징하며 앵두알은 여성의 입술을 상징한다. "앵두나무 밑에 맑은 옹달샘이 솟고"25쪽 그 빨간 앵두알은 "그 맑은 물속을 주렁주렁 굽어들고"25쪽 있다는 작품에서의 묘사는 인간의 원초적 생명력을 의미한다. 두 남녀는 서로를 향해 총을 겨누고 전투에 임했지만, 쇠붙이로 상징되는 총은 그들의 원초적 욕망을 이길 수는 없었다. 분단된 조국에서 남과 북으로 갈라진 민족은 적이 아니라 서로의 육체가 맞닿아 있는 한 몸이기 때문이다. 둘이 하나가 되었을 때야 비로소 옹달샘이 솟고 앵두알이 탐스럽게 열매 맺을 수 있는 것이다. 이렇듯 서로를 향해 겨누던 총은 버려지게

---

7   강형철·김윤태 편, 〈그 입술에 파인 그늘〉, 『신동엽 산문전집』, 창비, 2019, 25쪽. 이후 같은 작품 인용 시, 각주는 생략하고 페이지 수만 표기하기로 함.

되고 이들 두 남녀는 적과 적이 동침하는 금기와 위반을 저지른다.

> 여 선생님……. (꿈꾸는 듯한 눈으로 남자를 올려다본다. 남자 또한 다스운 눈길로 여자를)
>
> 지금 이 순간만이라도 좋아요. 저를 적병이라 생각지 말아주시고…… 다른 뜻은 없어요…… 안아주세요…… 한번만…… 살짝…….
>
> (남, 한참 망설이다가, 한 팔로 여를 애무하며 어깨를 끌어당긴다. 마주 보는 얼굴. 여, 눈을 감는다. 흐르는 눈물. 남, 여의 그 이마에 조용히 입술을 댄다. 그 입술, 서서히 여의 얼굴을 더듬어서 여의 입술 가에로 와 멎는다) (…중략…)
>
> (남, 중앙으로 걸어 나오며, 무대 어두워지고, 스포트)
>
> 나는 지금 당신을 쏘아버릴 자신은 없지만, 미워한다. 열 번 백번이라도 쏘고 또 쏘고 싶다. (고개를 돌리며) 그러나……. 당신의 그 입에서, 내 고향에 계시는 우리 어머님이나, 누님이 쓰시는 말과 똑같은 말들이 새어 나오는 것을 봤을 때……. 하도 신기해서, 나는 내 허벅다리를 꼬집어봤던 거다. 총을 떨어뜨렸었다……. 하고, 네 콧등에 난 보오얀 무명 링이 내 마음을……. 또 있다. 아까 네 몸을 애무할 때, 너의 흰, 어깨 위, 커다란 두 개, 우둣자죽을 보았다. 26~27쪽

조르주 바타이유는 그의 저서 『에로티즘』에서 금기와 관계하는 것은 번식 행위와 죽음[8]이라고 설명한다. 이는 사랑과 극한 충동은 죽음의 충동

---

8 조르주 바타이유, 조한경 역, 『에로티즘』, 민음사, 2021, 46쪽.

과 다르지 않다고 이야기되며, 에로티시즘에서의 금기는 성과 죽음에 관계[9]한다고 말한다. 에로티즘은 우선 생식기의 팽창이며 우리 내부에 있는 동물적 충동이 위기의 최초 원인을 제공[10]한다고 바타이유는 말한다. 위의 인용문에서 남자는 여자 때문에 갈등한다. 자신의 상대편인 여자를 포로로 잡거나 총을 겨눠야 함에도 남자는 그러지 못한다. 남과 여는 서로 "애무하며"26쪽 "그 이마에 조용히 입술을 댄다"26쪽 서로가 서로의 육체를 탐하는 과정에서 남자는 갈등한다. "당신을 쏘아버릴 자신은 없지만 미워한다"26쪽라며 되뇐다. 이러한 둘의 육체적 충동은 존재의 분열을 일으키고 심리적으로 충동하며 부딪친다. 둘의 감정이 인간의 원초적 본능인 에로스적 사랑의 양상을 띠고 있지만 현실은 이들의 사랑이 합일의 관계로 나아갈 수 없음을 보여준다. 적과 적으로 맞서야 하는 전쟁 상황에서 이들의 행위는 위반이며 금기를 어긴 행위다. 이러한 금기와 위반의 에로티시즘은 결국 둘 다 비극적 최후를 맞이할 수밖에 없음을 암시한다. 또한 이들 남녀의 죽음은 이 작품이 창작된 1960년대 상황에 비추어 봤을 때 한국전쟁으로 인한 분단상황, 그리고 군부독재 시대와 베트남전쟁 참전이라는 우리 현대사를 매개로 해석해 볼 수 있다. 한반도에서 일어난 전쟁과 베트남이라는 외국에서 벌어진 계속된 전투 속에서 우리의 자주성 상실과 전쟁으로 인한 장병들의 죽음은 금기와 위반의 에로티시즘의 모습으로 죽음을 무릅쓸 수밖에 없는 양상으로 작품에서는 그려지는 것이다.[11]

9　위의 책, 47쪽.
10　위의 책, 120쪽.
11　하상일은 그의 글에서 신동엽이 식민지로부터 해방되었음에도 불구하고 미국과 유럽 중심의 서구적인 것에 매몰되어 버린, 또 다른 식민성에 사로잡힌 1960년대 한국

작품 속 남녀 등장인물은 1960년대 상황을 바라보는 작가의 현실 인식을 보여주고 있다고 하겠다.

3. 혁명과 이상향의 에로티시즘

시극 〈그 입술에 파인 그늘〉에서는 현실을 타개하려는 신동엽 시인의 저항적인 혁명적 성격이 드러난다. 시인의 이러한 혁명 정신은 분단을 극복하고 통일된 조국과 우리 민족이 하나 되어 전쟁으로 죽고 다치지 않는 이상향을 위한 의지가 담겨 있다.[12] 이러한 혁명과 이상향은 작품에서 에로티시즘의 모습으로도 나타난다. 바타이유는 에로티시즘은 생명력을 띠고 있지만 또 반대로 죽음을 동반한다고 이야기한다. 번식은 존재들을 불연속성으로 안내하며 존재들 간의 연속성을 위기로 몰아넣는다.[13] 번식은 죽음과 서로 고리처럼 연결되어 있으며 존재의 연속과 죽

문학의 모습을 냉소적으로 바라보았다고 하였다. 특히 1965년 이후 한일협정과 베트남 파병에서 명확하게 드러났듯이, 미국이라는 제국주의에 의해 또다시 종속되어 버린 1960년대 신식민지 현실을 강하게 비판했다고 논한다(하상일, 「신동엽과 1960년대」, 『비평문학』 65, 한국비평문학회, 2017, 262쪽).

12 　김동현은 시극 〈그 입술에 파인 그늘〉의 이데올로기를 분석하면서 작가는 외세와의 갈등 극복의 길이 험난하겠지만 그 갈등을 극복한 일체의 이념으로부터 자유로운 우리 민족의 자주와 주체성 및 고유의 아이덴티티의 회복을 지향하고 있다고 보았다. 또한 신동엽은 민족적 유토피아의 지평을 위해 역사에 대한 긍정적이고 희망적인 강렬한 신념을 보여주고 있다고 평하였다(김동현, 앞의 글, 332~333쪽).

13 　조르주 바타이유, 앞의 책, 13쪽.

음은 에로티즘에서 둘 다 매혹적[14]이라고 할 수 있다. 시극 〈그 입술에 파인 그늘〉은 금기와 위반의 에로티시즘과 함께 혁명과 이상향을 위한 에로티시즘이 작가의 창작기법으로 발현되어 나타난다.[15]

> 남　(심각해지며 여의 곁으로 다가선다. 서로 마주 본다. 한참)
>
> 지아 씨…….(여자의 귀밑머리 만지며) 당신의…… 검은…… 윤기 빛나는, 이, 머리칼을 빗질하는, 이, 산속의 바람……, 향기로운 산의 정기…… 난 난생처음, 이 순간 당신에게 사랑은, 아니지만, 사랑 비슷한 향기를 느껴…… 내 것을, 내 목숨 안창 저 속의 것까지도, 다 던져주고 싶은 생각이 오……. 지아 씨의 것도, 지아 씨 목숨, 지아 씨 역사, 저 안창의 시작서부터 오늘까지……. 뿌리째를 홀랑 뽑아 가지고 싶어. (…중략…)
>
> 여　껍데기는, 곧, 가요. 껍데기는 껍데기끼리, 껍데기만 스치고, 병신스럽게, 춤추며 흘러가요. 기다리면 돼요. 땅속 깊이, 지하 백 미터 깊이에 우리의 씨를 묻어두면, 이 난장판은 금세 흘러가요.[30~31쪽]

위의 인용문에서 남자는 여자의 머리카락을 만지며 그녀에게 "사랑

14 　위의 책, 14쪽.

15 　김영철은 신동엽의 반문명의식과 원시적 상상력은 자연스럽게 원초적 생명체를 바탕으로 한 에로티시즘의 구현으로 표출된다고 보았다. 그는 신동엽의 시 「이야기하는 쟁기꾼의 대지」와 「여자의 삶」을 분석하면서 신동엽의 시에는 현란한 에로티시즘의 축제가 펼쳐진다고 보았다. 또한 신동엽 시의 기저를 이루는 에로티시즘의 축제는 데카당틱한 관능의 축제가 아니라 생명사상과 원시주의에 기초한 생산의 축제라고 분석하였다(김영철, 「신동엽 시의 상상력 구조」, 『우리말 글』 16, 우리말글학회, 1998, 11~13쪽).

비슷한 향기"30쪽를 느낀다고 이야기한다. 그러면서 "지아 씨 목숨"30쪽과 "지아 씨 역사"30쪽까지 "뿌리째 뽑아"30쪽 그녀를 가지고 싶다고 말한다. 작품에서 대립 구조로 설정된 이들 남녀 등장인물은 서로가 서로를 갈 망하지만 함께 할 수 없는 '역사'를 상징한다. 서로 마음껏 사랑할 수도 가질 수도 없는 역사의 비극을 작가는 남녀 인물로 그려낸다. 작품의 이 러한 비극성은 현실을 타개하려는 저항적인 모습으로도 나타난다.[16] 남 자의 대사에 이어 여자는 "껍데기는, 곧, 가요"31쪽, "껍데기는 껍데기끼 리"31쪽, "기다리면 돼요"31쪽, "땅속 깊이"31쪽, "우리의 씨를 묻어두면"31쪽 이라고 화답한다. 우리들이 처한 현실은 껍데기로 인해 함께 할 수 없지 만 언젠가는 우리 땅에서 이러한 껍데기는 사라질 것이기에 여자는 땅 속 깊은 곳에 우리의 "씨"를 묻자고 이야기한다. 바타이유는 에로티즘이 죽음의 불안에 휩싸인 순간 우리의 호흡을 거두어 가는 것과 절정의 순 간에 우리의 호흡을 멎게[17] 한다고 하였다. 작품에서 작가는 현실에서 부 딪칠 수밖에 없는 거대한 분단이데올로기에 맞서 땅속 깊은 곳에 우리 의 씨로 상징되는 뿌리를 내리겠다는 다소 의지적인 모습을 보여준다.

---

16 박은미는 「신동엽 시에 나타난 사랑의 의미 연구」에서 신동엽 시인은 등단작인 「이 야기하는 쟁기꾼의 대지」에서부터 사랑의 서사들이 나타나는데 결여와 틈을 메꾸려 는 욕망하는 주체들에 의해 사랑 시에 머물지 않고 계속해서 역사와 민중의 문제에 서 나아가 문명에 대한 비판적 사고와 그 이후에 대해서도 설명해 줄 수 있다고 보았 다(박은미, 「신동엽 시에 나타난 사랑의 의미 연구」, 『비평문학』 80, 한국비평문학회, 2021, 13쪽).

17 조르주 바타이유, 앞의 책, 119~120쪽. 바타이유는 에로틱한 행위가 언제나 공공연 하게 부정적 측면만 지니는 것은 아니며 항상 파열만은 아니라고 한다. 깊은 곳을 은 밀히 들여다보면 인간적 관능의 본능으로서 파열은 쾌락의 원천이라고 바타이유는 말한다.

씨앗이 심어지면 싹이 나고 그 여린 작은 싹은 거대한 뿌리로 성장할 수 있다. 지금 당장은 자유로이 마음껏 서로 사랑할 수 없는 죽음의 불안에 휩싸여 있는 상황이지만 언젠가는 우리의 땅에서 서로 마주하며 호흡할 수 있을 것이라는 작가의 의지를 보여준다.

남   그 모자, 버리세요.

여   (모자를 만져본다) 왜요?

남   난 쇠붙이를 버렸어. 당신은 껍데기를 벗겨요. (여의 곁으로 가 모자에 손댄다)

여   호호호, 그래요. 저도 이 그들이 싫어요. 제가 벗겠어요. (벗는다)

남   버려요. 그 고운 손으로.

여   (모자를 만진다. 볼에 대어본다. 앞가슴에 대어본다. 한참 생각에 잠긴다) 이것도, 이 몸뚱이도 버리고 싶어요. (모자를 던진다. 언덕 너머로 포물선을 긋는다.) (…중략…)

여   어렵게 생각하실 것 없어요. 우린 지금 통일을 성취한 셈이에요.

남   통일이 이렇게 쉽게 이루어질 줄은. 조국의 일부분이 지금 이곳에서 통일되었구요.

여   아아아.

남   우린, 아까까지 싸워왔지만, 우리의 아랫배가 싸운 건 아니었어. 껍질이 싸웠어. 껍데기가 껍데기끼리 저희끼리 싸웠던 거요.

여   모자.

남   모자끼리 싸웠어. 지아 씨의 모자와 내 모자가 저희끼리. (담담한 표정으로, 장난스런 손짓을 하며) 치고받고 해왔던 거야.

왜, 내가 (담담하게 자신을 가리키며) 왜, 내 생생한 이 산짐승처럼 순수한 알몸뚱이가 찢어지고 구멍 뚫려야 하느냔 말요?

모자는, 저렇게 높고, 성성하고 거만하고 저렇게 높은데 왜? 이 아사달의 흰 살이 찢어져야 한단 말이오? 39~40쪽

작품에서 두 남녀는 이들을 갈라놓게 만든 물건인 '모자'를 버린다. 앞서 남자가 '총'을 버렸듯이 여자는 '모자'를 버린 것이다. 여기에서 모자는 단순히 모자 그 자체만을 의미하지는 않는다. 우선 모자는 얼굴을 가리는 역할을 하며 서로 다른 신분 혹은 계급을 의미하기도 한다. 또한 모자는 군복 중 하나이며 이는 적군과 아군을 구별해 주는 역할도 한다. 이러한 의미의 모자를 벗는 행위는 이 둘 남녀만의 '통일' 의식이다. 이들의 대사에서 "통일이 이렇게 쉽게"40쪽 이루어질 줄은 몰랐다고 하면서 "조국의 일부분이 지금 이곳에서 통일"40쪽을 이루어 냈다고 하는 부분에서 이들만의 통일 의식 행위를 엿볼 수 있다.

그러면서 이들 남녀는 "우리는 아까까지 싸웠"40쪽지만 이는 자신들이 아닌 "껍데기끼리"40쪽 싸운 것이라고 항변한다. 왜 자신들의 "순수한 알몸뚱이가 찢어지고 구멍 뚫려야"40쪽 하느냐고 토로하는 것이다. 이러한 남녀 작중인물로 대표 되는 민중의 저항적 외침은 1960년대를 바라보는 작가의 현실 인식을 보여준다 하겠다. 강대국에 의해 분단된 상황에 더해 베트남전쟁을 수행하기 위한 파병까지 우리나라의 젊은 청년들은 쉴 새 없이 전쟁이라는 죽음의 상황에 내몰리게 된다. 신동엽은 이러

한 현실을 작품으로 형상화하여 당대 현실을 비판한다.[18]

신동엽 시인은 군부독재하에서 절망적 현실을 타개하려는 혁명적 의지를 작품에서 에로티시즘으로 표상한다. 이데올로기의 대립으로 분단된 현실을 어떻게든 작품에서 타개해 보려고 시도하는 것이다. 위의 남녀로 상징되는 두 이념은 그의 시극으로나마 통일 의식을 치른다. 작품에서 이념의 대립 관계를 청산한 남과 여가 사랑을 통해 하나가 되기를 소망[19]하지만 결국 두 사람은 폭격으로 사망하면서 혁명은 좌절된다. 혁명과 이상향의 에로티시즘은 결국 죽음을 맞이하지만 그들 각자의 '총'과 '모자'를 내던지는 행위로 그들만의 이상향을 실현하고 땅속 깊은 곳에 심은 그들의 '씨앗'으로 뿌리를 내리겠다는 행위는 현실을 타개할 혁명과 저항 정신을 보여 준다고 하겠다.

---

18 하상일은 그의 글에서 신동엽은 1965년 한일협정의 신식민주의를 등에 업고 신제국주의의 전위부대를 자처하며 떠나는 박정희 정권의 베트남 파병을 절대 용인할 수 없었다고 한다. 당시 박정희 정권은 베트남 파병을 통해 대미협상력을 강화함으로써 경제원조와 군사원조를 확대시키는 계기로 삼고자 했다. 5·16 쿠데타 정권이라는 취약한 정통성을 극복하기 위해서는 무엇보다도 경제발전이라는 가시적인 성과가 필요했으므로 베트남 파병이라는 냉전 체제의 특성을 잘 활용하면 신흥공업국으로의 발판을 만들 수 있을 것이라고 판단했던 것이다. 이에 신동엽은, 제국과 식민의 세월을 온갖 고통 속에서 살아온 우리 스스로가 군국주의에 동조하여 또 다른 식민지를 개척하는 미국의 전쟁에 참여한다는 것은 결코 있을 수 없다는 단호한 태도를 보였다 (하상일, 앞의 글, 268쪽).

19 임승빈, 앞의 글, 259쪽.

4. 맺음말

이상으로 이 글에서는 신동엽의 유일한 시극인 〈그 입술에 파인 그늘〉에 나타난 에로티시즘에 관해 살펴보았다. 신동엽은 1960년 당대 현실에 대해 저항적이고 혁명적인 자신의 이념을 작품으로 형상화하였다. 이러한 시인의 저항 정신은 작품에서 에로티시즘의 모습으로 나타난다. 이들은 전쟁이라는 상황에서 총을 겨누는 대신 서로의 몸을 탐하며 사랑을 나눈다. 작품에서 남녀 등장인물의 이러한 행위는 근원적으로 생명력을 상징하는 에로티시즘과 맞닿아 있다. 금기와 위반의 성적 충동은 번식을 하게 하며 생명을 낳는다. 작품에서 지속된 두 남녀의 고뇌와 사랑은 원초적 생명력을 상징하며 금기와 위반으로 이어진 성행위는 결국 비극적 죽음을 암시한다.

또한 이 작품에서는 혁명과 이상향의 에로티시즘도 나타난다. 작품은 처음부터 끝까지 분단된 현실을 타개하려는 작가의 의지가 남녀 등장인물로 표상된다. 두 남녀는 지금까지 싸운 것은 자신들이 아닌 껍데기끼리 싸운 것이라고 이야기 한다. 즉 순수한 우리의 본성이 싸운 것이 아닌 외세로 상징되는 껍데기에 의해 싸운 것이라고 말한다. 그러면서 자신들을 포박한 무기와 모자를 버리고 우리의 땅에 자신들의 씨앗을 심는다. 이러한 씨앗 심기는 미래의 이상향을 위한 행위이며 현실을 극복하려는 작가의 혁명적 의지라고 할 수 있다. 이렇게 두 남녀의 정신적이고 육체적 사랑의 행위는 우리의 땅에 씨앗을 심는 다소 성교적 행위를 연상시키면서 자신들만의 통일 의식을 치른다. 앞으로의 혁명

과 이상향을 위한 작가 의식은 작품에서 에로티시즘으로 표상된다고
할 수 있다.

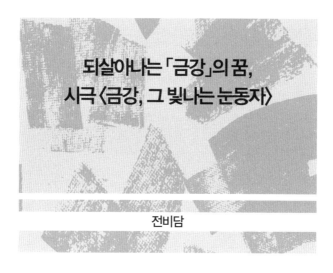

되살아나는 「금강」의 꿈, 시극 〈금강, 그 빛나는 눈동자〉

전비담

　　일어나라 일어나라, 자기 가슴 속의 빛, 자기 하늘을 본 사람들이 신들
린 사람처럼 달리고 있었다.

　　무대의 막이 내리고도 한동안 일어서지 못하고 저 구절을 후렴처럼
되뇌었다. 왜놈 양놈 떼놈의 밥이 된 나라, 아직도 끝나지 않은⋯ 눈물이
났고 아래위 양 어금니와 주먹에 힘이 들어갔다. 2021년 11월 5일 금요
일 늦은 오후 7시 30분, 대전시립연정국악원 큰마당에서 〈금강, 그 빛나
는 눈동자〉를 보았을 때 일어난 일이다.

　　〈금강, 그 빛나는 눈동자〉는 신동엽이 1967년에 쓴 장편서사시 「금
강」을 국악칸타타로 변주하여 재해석한 시극이다. 2021년의 나는 127년
이나 지난 1894년의 동학혁명 이야기, 신하늬와 인진아라는 민중 계급
의 인물을 내세워 그들의 사랑과 혁명의 이야기를 기록한 신동엽의 대
서사시 「금강」을 국악칸타타 시극으로 다시 보며 왜 새삼스레 눈물이

대전시립연정국악단 제180회 정기공연 〈금강, 그 빛나는 눈동자〉의 공연 출연진

나고 양 어금니와 주먹에 힘이 들어갔을까? 척왜척양척떼, "먹고 살 땅
을 주시오, 백성을 구하라, 눈부신 하늘을 눈동자에 담았던, 바로 그 사람
들의 이야기", 네 것도 내 것도 없는 영원의 하늘을 본 사람들의 이야기,
자기 힘으로 먹구름을 헤치고 자기 하늘을 본 사람들의 이야기. 「금강」
은 127년이나 지난 아직까지도 끝나지 않은 **지금 바로 우리들의 이야기여**
야 하기 때문이다.

　시극 〈금강, 그 빛나는 눈동자〉의 원작 신동엽의 서사시 「금강」은 서
화序話－본시本詩.26장－후화後話의 3부 구조 4,673행 속에 동학농민혁명의
장대한 서사와 정신을 담아내고 있다. 신동엽은 이 서사시 「금강」에서
동학농민혁명의 서사를 통시적 시점으로 구성하고 있다. 1967년 창작
당시의 시점에서, 억압과 착취 속에 역사적 주체성을 자각한 민중이 자

유를 쟁취하기 위해 피 흘리며 죽어간 73년 전의 1894년 동학농민혁명의 외침과 그 25년 후의 1919년 3·1운동, 66년 후의 1960년 4·19혁명 민중의 외침을 관통하여 꿰는 것이다.

사실 이러한 관점은 신동엽이 1952년에 쓴 산문 「문화사 방법론의 개척을 위하여」에서 "자연현상까지를 포함하여 인류사회 현상은 유기적인 인과율에 기조를 두고 부단히 운동 발전하는 사적史的 과정의 '모멘트'에 불과하다"고 하며 "흔히 사史라 하면 과거의 사실만을 추상하는 경향이 있으나 그것은 과거의 사학방법론이 범했던 오류의 잔재이며, 사실에 있어 '사'라는 말의 진의는 현상을 통해서 발견하는, 그 현상 속에 내재하고 있는 근본적 발전법칙, 즉 사물 발전의 과거, 현재, 미래를 꿰뚫고 발전하는 궤도를 의미하는 것이다"라고 피력하였듯이 신동엽 사관史觀의 본질이라고 할 수 있다.

서사시 「금강」의 화자는 1894년의 동학농민혁명이라는 과거의 현실 속으로 들어가 그것이 과거에 멈춰버린 사건이 아니라는 것을 보여주기 위해 더 오랜 과거로 거슬러 올라가 고통받는 고대의 민중까지 불러내 현재로 데려온다. 그리하여 천여 년을 관통하여 우리 역사의 저변을 떠받치며 면면히 흐르고 있는 민중의식을 지금까지도 여전히 지속되는 리얼리티로 확장·재현함으로써 동시대의 인민을 자각시키고 웅대한 혁명의 의지를 북돋우고자 한다. 그리하여 창작된 지 54년이 지난 오늘에도 「금강」에서는 127년 한 세기를 훌쩍 넘긴 동학혁명의 문제의식이 대과거로부터 과거 그리고 현재에 이르기까지 유구히 흐르는 금강처럼 천 년이 넘는 시간을 굽이치고 있다. 이런 점에서 볼 때 신동엽의 서사시

「금강」은 시점과 서사 구조 자체에서 동학농민혁명이라는 한 시대의 역사적 사건을 당시의 세계관적 한계 속에서 낡아빠지거나 도태되도록 내버려 두지 않고 현재도 끊임없이 재해석되고 재생산될 수 있는 텍스트적 저력을 풍부하게 갖고 있다.

서사시 「금강」 텍스트 기반의 다양한 콘텐츠

신동엽의 서사시 「금강」은 문학사적으로도 문화사적으로도 매우 중요한 텍스트다. 역사적 사실을 개연적인 서사에 담아내 남다른 문학적 성취를 이루어낸 서정성도 그렇고, 문학적으로 구현된 역사의식의 규모와 주제가 다른 문화예술 콘텐츠로 다양하게 변이되고 재창조될 수 있을 만큼 입체적이며 광대무변하기에 그렇다. 서사시 「금강」이 이번의 국악칸타타 시극 〈금강, 그 빛나는 눈동자〉 이전에도 가극이나 뮤지컬, 칸타타 등으로 수차례 재탄생했던 이력을 볼 때 그러한 사실이 확인된다고 하겠다.

동학농민혁명 100주년을 맞은 1994년에는 문호근 연출로 가극 〈금강〉이 만들어졌다. 서사시 「금강」의 활자 속 민중이 형체를 입고 무대로 뛰쳐나와 울고 웃으며 노래하게 된 것이다. 이는 시 「금강」의 언어가 민중 정서의 풍부한 서정을 능동적이고 입체적으로 그려냈기에 보다 용이하게 이루어졌을 것이다. 가극 〈금강〉은 첫 장면을 원작인 서사시 「금강」의 서사 구조에 따라 4·19혁명에서 시작하며, 음악극에 대한 실험정신을 발휘하여 민요, 전통음악, 민중가요, 오페라 등 다양한 음악장르를 혼용함으로써 극과 음악이 활달하게 어우러졌다고 평가되고 있다.

그로부터 10년 후 2004년에는 김석만 연출로 또 다른 가극 〈금강〉이 태어났다. 이 작품은 남북 문화교류의 일환으로 평양에서 공연됐다. 문호근의 〈금강〉이 원작 「금강」의 구조를 따라 동학농민혁명을 과거에서 현재를 건너오는 통시적인 관점으로 극을 구성했다면 김석만의 〈금강〉은 동학농민혁명의 사태 자체에만 집중하여 동학농민혁명에 나타난 민중정신의 의미를 부각시켰다. 이 작품의 제작 목적이 남북 문화교류에 있었고 공연 장소도 남한이 아니라 북한의 평양인 점을 감안하지 않을 수 없었기 때문일 것이다. 남과 북의 인민은 서로 공유할 수 있는 역사적 사건에서, 논밭을 갈던 호미, 낫, 보습 등 농기구들을 치켜들어 부패한 지배관료들에 항거하고 외세에 맞서 죽음도 불사한 선조들의 이야기를 함께 보고 함께 울고 웃으며 마침내 남과 북이 둘이 아니라 하나라는 자각을 더욱 돈독하게 공유했을 것이다.

1967년의 서사시 「금강」이 1994년의 가극 〈금강〉, 2004년의 또 다른 가극 〈금강〉으로 재탄생을 거듭해온 데 이어서 2016년에는 김규종 연출의 뮤지컬 〈금강, 1894〉로 새롭게 태어났다. 뮤지컬 〈금강, 1894〉는 동학혁명에 집중하되 고부민란에서부터 우금치 전투로 이어지는 동학군의 발생·조직 등 일련의 과정을 모두 담지 않고 무혈입성하는 전주성 전투를 앞둔 시점부터 우금치 전투까지만 다루었다. 역사는 소수의 지도자가 아니라 평범한 민중에 의해 이루어지며 그 주체의 위상 또한 민중에 있다는 세계관에 방점을 둔 연출로 보인다.^{네이버 지식백과 자료 참조}

국악칸타타 시극 〈금강, 그 빛나는 눈동자〉로 탄생한 시 「금강」

뮤지컬 〈금강, 1894〉 공연 5년 후인 2021년에 서사시 「금강」은 또 다른 모습으로 우리 앞에 나타났다. 가극, 뮤지컬 이외에도 이 글에서 언급하지 않은 다른 장르로도 크고 작게 여러 차례 재탄생을 거듭해오던 「금강」이 이번에는 국악칸타타 시극 〈금강, 그 빛나는 눈동자〉로 새롭게 변모한 것이다. 「금강」의 시극을 국악칸타타의 형식에 담아낸 것은 이번에 처음 시도한 것인데, 칸타타란 독창·중창·합창과 기악반주로 이루어지며, 이야기를 구성하는 가사를 바탕으로 한 여러 악장의 성악곡을 말한다. 따라서 이번 시극은 국악칸타타의 형식인 만큼 국악 오케스트라와 성악을 중심으로 신동엽 「금강」의 서사가 파편적으로 인용된다.

사물놀이웃다리 풍물, 우도굿, 영남농악와 '만경산타령'을 핵심 모티브로 작곡한 노래들을 국악관현악과 합창에 판소리와 민요와 테너까지 어우러져 역동적으로 변주하며 무대 위의 장면을 이어가고 있다. 게다가 무용수들의 춤사위와 무대 곳곳을 누비며 무대 위의 서사를 이끌어가는 배우의 연기와 영상 무대 등이 더해져 시각적 효과를 극대화하면서 신동엽 서사시 「금강」의 민중혁명 정신은 보다 극적으로 구체화되어 증폭되어간다. 특히 이 공연에 금강 유역에 활동 기반을 둔 공주시립합창단이 참여함으로써 출연진의 금강 지역 민중 서사에 대한 정서적 공감대를 실질적으로 돈독히 하려 한 점은 주목할 만한 기획이다.

남동훈 연출의 이 〈금강, 그 빛나는 눈동자〉는 대전시립연정국악단이 180번째 정기 공연으로 2021년 11월 5일과 6일 이틀간 대전시립연

대전시립연정국악단 제180회 정기공연 〈금강, 그 빛나는 눈동자〉 공연을 함께 관람한 신동엽학회 회원들

정국악원 큰마당에서 무대에 올렸다. 1981년에 창단한 대전시립연정국
악단은 "그동안 궁중음악과 민속음악, 궁중무용과 민속무용 등의 전통
음악과 국악관현악, 실내악 등의 창작음악으로 전통과 현대를 넘나드
는" 공연을 해왔으며, 한국음악과 서양음악, 문학과 음악이라는 경계를
열어젖히며 "국악의 대중화, 생활화, 세계화의 초석이 되기 위해" 애쓰
고 있다.

앞서 말했다시피 원작 신동엽의 서사시 「금강」은 본시의 앞뒤로 서
화와 후화를 배치해서 현재 시점의 화자가 동학농민혁명을 1919년 3·1
운동과 1960년 4·19혁명에 유기적인 상관관계로 이어주면서 1894년의
동학농민혁명 사태 속으로 독자를 데려다준다.

우리들은 하늘을 봤다
1960년 4월

역사를 짓누르던, 검은 구름장을 찢고

영원의 얼굴을 보았다.

(…중략…)

하늘물 한아름 떠다,

1919년 우리는

우리 얼굴 닦아놓았다.

1894년쯤엔,

돌에도 나뭇등걸에도

당신의 얼굴은 전체가 하늘이었다.

— 「금강」 서화 부분, 『신동엽 시전집』, 창비, 2013

1894년 3월

우리는

우리의 가슴 처음

만져보고, 그 힘에

놀라,

몸뚱이, 알맹이째 발라,

내던졌느니라.

많은 피 흘렸느니라.

1919년 3월

우리는

우리 가슴 성장하고 있음 증명하기 위하여

팔을 걷고, 얼굴

닦아보았느니라.

덜 많은 피 흘렸느니라.

1960년 4월

우리는

우리 넘치는 가슴덩이 흔들어

우리의 역사밭

쟁취했느니라.

적은 피 보았느니라.

왜였을까, 그리고 놓쳤느니라.

—「금강」 후화 부분

국악칸타타 시극 〈금강, 그 빛나는 눈동자〉도 이러한 원작의 구성 체계를 따라 본 공연 앞뒤로 프롤로그와 에필로그의 장면을 설정하여 현재 시점의 '시인'을 등장시킨다. 프롤로그 장면에서 그 '시인'이 일종의 화자가 되어 과거를 소환함으로써 동학혁명의 본 장면들 속으로 관객을 데리고 들어갔다가 에필로그 장면에서 다시 현재로 돌아오는 구성을 취하고 있다. 다만 원작 「금강」 화자의 현재 시점의 시적 공간이 서울이라는 도시의 종로5가이고(밤 열한 시 반 / 종로5가 네거리 / 부슬비가 내리고 있었다.-「금강」 후화 부분) 그곳에서 마주치는 화려한 도시의 불빛 아래 소외되고 지친 도시노동자들의 모습을 1894년 동학혁명 당시의 고통 받는 민중과 오버랩한다면, 〈금강, 그 빛나는 눈동자〉의 '시인'은 동학농민혁명이 일어났던 바로 그 장소의 일대를 흐르는 금강의 강변을 거닐다가 거기서 마주치는 선남선녀들에게서 삶에 찌들고 지친 모습을 보게 된다. 그러던 중 젊은 두 사람, 하늬와 진아의 유독 생기 넘치는 '그 빛나는 눈동자'의 눈빛에 이끌리어 압제와 착취에 맞서 주체적인 삶을 쟁취하고자 피 흘리며 싸웠던 과거의 민중혁명, 바로 동학농민혁명의 기억, '시인'이 지금 거닐고 있는 장소인 금강이 들려주는 이야기 속으로 깊숙이 들어간다.(서곡 새야새야파랑새야(시인, 하늬, 진아, 전봉준, 백성, 공주시립합창단))

이렇게 시작되는 〈금강, 그 빛나는 눈동자〉의 이야기는 모두 아홉 장면의 노래에 담겨 있다.

#1. 그 빛나는 눈동자(하늬, 진아, 공주시립합창단)에서는 인간이 자연의 한 부분과 일체가 되어 자연과 함께 순한 심성이 훼손되지 않았던 평화로운 시절을 노래한다. #2. 살찐 큰 마리 낙지(시인, 공주시립합창단)는 자연의 질서를 잃고 썩을 대로 썩은 세상에서 고통받는 민중의 서러움을 노래한다. #3. 하늬(시인, 하늬, 하늬모. 백성, 공주시립합창단)에서는 구한말 충남 부여에서 버려진 아이가 김진사의 머슴으로 살아가면서 자신의 현실과 삶에 대한 구조적인 모순을 간파하고 다른 세상을 꿈꾸는 내용이다. #4. 진아(시인, 하늬, 진아, 공주시립합창단)에서는 궁궐에서 도망쳐 나온 궁녀 진아가 산속을 헤매다 하늬를 만나 사랑을 하고 둘은 서로 의지하며 함께 살아가기로 약속한다. 지배자의 착취와 수탈이라는 엄혹

한 환경 속에서도 민중의 사랑은 피어나고 질긴 생명력으로 민중의 삶은 이어지는 것이다. #5. 사람이 하늘이다(시인, 하늬, 전봉준, 백성, 해월, 관리, 김학진, 공주시립합창단)는 사람이 사람으로 대접받지 못하는 세상에서 사람이 하늘임을 선포한 선지자들의 외침에 깨어나 동학혁명의 커다란 불길에 함께 타오르는 모습을 노래한다. #6. 적들(시인, 하늬, 진아, 전봉준, 공주시립합창단)에서는 관과 평화협정을 맺은 동학농민군이 전주성에서 물러나 귀갓길에 오르지만 얼마 안 가 또 진압군이 내려온다는 소식을 듣고 하늬도 진아를 만나지 못한 채 발길을 돌려 다시 전투에 참가한다. #7. 우금치(시인, 하늬, 진아, 전봉준, 백성, 공주시립합창단)에서 동학농민군과 진압군이 접전을 벌이지만 남접과 북접을 합한 2만 여의 동학농민군이 전력과 전략의 절대적 열세로 인하여, 왜군까지 끌어들여 최신 무기로 무장한 겨우 4천 여의 진압군에 처절히 대패하는 이야기를 노래한다. 무수한 농민군들의 목숨이 스러져가지만 끝내 혁명은 우금치 고개를 넘지 못한다. #8. 하늬의 죽음(시인, 하늬, 진아, 공주시립합창단)은 대패한 우금치 고개에서 도망쳐 계룡산으로 몸을 피했지만 새로운 세상을 이루기 위한 싸움, 혁명은 끝나지 않았다고 생각하고 당당하게 죽음을 향해 걸어가는 하늬의 모습을 노래한다. #9. 꼬마 하늬(진아, 공주시립합창단)에서 관군과 왜군 그리고 양반유생들에 의한 농민군 잔당 토벌작전은 민간농민에까지 전쟁보다 잔인한 학살로 자행된다. 이러한 무자비한 토벌 속에서도 진아는 살아남아 작은 하늬를 낳는다. 이 아이의 눈동자는 곧 자기의 하늘을 본 하늬와 진아의 주체적이며 빛나는 눈동자이며 동시에 진아의 꿈이며 하늬의 꿈이다. 이로써 동학농민혁명은 패배했지만 마침내는 패배하지 않은 것이 된다. 그 혁명의 정신은 진아의 뱃속에서 잉태되어 어린 하늬로 태어나 3·1운동으로 되살아나고, 4·19혁명으로 피어날 것임을 어린 하늬의 출생이 예고하기 때문이다.

그리고 '시인'은 다시 현재의 강가로 돌아와 여전히 삶에 지친 사람들을 바라보며 가슴 깊은 곳 자신의 하늘을 못 본 채 살아가는 이들을 연민한다. 하지만 그들도 언젠가 옛 동학농민혁명 때의 민중처럼 역사적 주체로서의 민중의식에 눈을 뜨고 서로 빛나는 눈동자를 바라볼 때가 오리라는 희망을 예감하는 에필로그로 무대는 막을 내린다.

남동훈 연출이 직접 "원작이 지니고 있는 의미와 정서의 크기, 그것을 표현하고 있는 시어들의 섬세한 울림 등을 고스란히 담아내 '사람이 곧 하늘이다'라는 동학농민군의 정신과 주제를 담아내고자" 한 것이라고 밝힌 것처럼 국악칸타타 시극 〈금강, 그 빛나는 눈동자〉는 원작의 구성 방식과 전개 형식을 비교적 충실히 따라가고 있다.

「금강」에서 거듭 태어나는 새로운 꿈

권력과 외세의 결탁으로 좌절된 동학농민혁명 민중의 서럽고 분통한 꿈이 녹아든 금강의 이야기에 젖어들다 보니 백제유민의 설움과 분통이 녹아든 옛 노래 〈꿈꾸는 백마강〉이 문득 떠오른다. 해방 전 일제 치하에서는 백제의 민족정신을 일깨운다는 이유로, 분단 이후 남한에서는 월북 시인의 작시곡이라는 이유로 금지와 해금을 거듭하는 우여곡절을

겪은, 엄혹한 독재시절에 긴급조치와 계엄령으로 판금의 수난을 거듭 당한 신동엽의 서사시 「금강」의 운명과도 닮은 우리 가요 〈꿈꾸는 백마강〉을 나지막이 불러본다.

전북 장수군 장수읍 수분리 뜬봉샘에서 발원한 금강은 공주 부여를 지나며 낙화암 일대를 곡류하여 논산 강경을 거쳐 군산 앞바다로 흘러간다. 옛사람들이 곰처럼 굼뜨게 흘러 '곰강'이라 불렀다는 일화가 있을 정도로 이

대전시립연정국악단 제180회 정기공연 〈금강, 그 빛나는 눈동자〉의 공연 팸플릿

평화로운 '비단강' 금강은 상류에서부터 각 지역의 특징이나 설화를 품고 다양한 별칭으로 불리며 흘러오는데, 부여에 이르러서는 '백마강'이라는 이름으로 불리게 된다. 백마강은 금강의 본류로서 서기 660년 나당연합군에 의해 백제가 멸망할 때, 당의 장수 소정방이 사비하泗泌河 백제의 수도 사비성의 이름을 딴 금강의 백제 때 이름에 살고 있는 백제의 호국신인 용을 백마의 머리로 낚고 백제의 수도를 함락하였다는 슬픈 전설에서 유래한 이름이라고 한다. 비록 '백제 말기보다 160여 년이나 앞선 무령왕 시대의 기록에서 이미 금강을 백강白江으로 표기했고 말馬은 '크다'는 의미로도 쓰였다'『이 세상에 나온 것들의 고향을 생각했다』, 소명출판, 2020. 83쪽는 점으로 보아 백마강이라는 이름이 꼭 저 전설에서 유래한 것만은 아니라 하더라도 금강은 외세의 힘을 빌린 신라에 의해 패망한 백제의 슬픈 역사를 떠안고 서럽게 그러나 장구하게 흘러온 강이다. 외세와 권력에 의해 무수한 목숨이 죽어간 옛 백제의 황산벌 전투에서부터 조선의 동학농민 우금치 전투,

나아가 역시 외세와 권력에 의한 현대의 한국전쟁까지 금강 일대는 숱한 동족 민중의 피가 흘렀다. 그 애달픈 피의 역사를 떠안고도 금강은 지금까지 유구하고 도저하게 흘러온 것이다.

동학농민혁명의 서사와 정신을 굳이 「금강」이라는 제목을 붙인 시에 녹여낸 신동엽의 역사의식을 더듬어보자면, 금강의 이 질기고 도도한 생명력의 역사에 쓰러지지만 결코 아주 쓰러지지 않고 죽어버린 것 같지만 결코 아주 죽어버리지 않고 역사의 굽이 언제 어느 시점이라도 끝내는 발효된 씨앗처럼 되살아나는 불굴의 민중정신을 겹쳐보고자 했기 때문일 것이다. 신동엽이 「금강」 제23장에서 "금강, / 옛부터 이곳은 모여 / 썩는 곳 / 망하고, 대신 / 정신을 남기는 곳"이라고 한 것은 금강의 그러한 상징적 위상을 잘 드러내고 있다. 동시에 외세와 권력의 그 번뜩이는 총검화력의 비웃음 아래 속절없이 동학접주 녹두장군 전봉준이 목이 잘리고 젊은 신하늬조차 사지가 찢겨 죽어 나갔어도 그들의 민중혁명의 정신만은 "찢기우면 사방팔방으로 날아가 새 씨가 되어"「금강」제23장 이 땅 사방팔방에 뿌려지고 다시 피어나길 간구하는 간절한 염원이기도 하다. 그리하여 신동엽의 「금강」은 민중의 생활 속에서 질박하게 흐르던 백마강을 장구하고 역동적인 대하의 흐름으로 바꾸어 무심히 금강을 바라보던 평범한 소시민들에게조차 웅대하고 끈질긴 역사적 민중의 기상을 환기하고 있다.

신동엽은 1963년 『동아일보』에 발표한 글 「시와 사상성」에서 "새로운 장르시크 같은를 모색하는 운동은 움트기 시작했고, 시인들은 한국의 영토를 점차 반성의 발걸음으로 채워가려 노력하고 있는 것이다"라고 하면서 당시 시단의 새로운 시운동을 감지했다. 그로부터 반세기가 넘은 우리 시대의 시운동 방향을 생각해 본다.

신동엽의 서사시 「금강」은 가극으로 시극으로 칸타타 혹은 국악칸타타 시극으로 계속해서 다양한 콘텐츠에 담겨 신동엽의 시정신과 문제의식을 우리 앞에 제시하며 우리를 끊임없이 두드려 깨워왔다. 장르적 가능성을 무변하게 열어두며 동학혁명에서 스러져간 민중을 다시 살려내고 미화하여 이 세계의 변혁 의지를 북돋아주는 「금강」은 동시에 시 창작자를 고무시키는 시적 미학의 전범이기도 하다. 시는 쓸모없는 장르도, 순수하게 음풍농월하는 장르도 아니다. 그것은 아름다운 세계를 꿈꾸는 아름다운 의지이며 그 의지를 추동하는 아름다운 힘이다.

복잡한 구도에 장대한 서사시 「금강」이 담고 있는 동학농민혁명의 깊고 풍부한 철학이나 정신을 가극이나 뮤지컬 혹은 시극 등의 구체화된 소리나 이미지의 콘텐츠에 재배치할 때 기능이나 공간적인 부분 등 복합적인 문제가 얽혀 있기 때문에 원작의 문자 행간에서 작동되는 비가시적인 부분, 즉 사색의 여백, 추리와 상상력의 볼륨을 오롯이 전달하기는 쉽지 않은 일일 것이다. 이번 국악칸타타 시극 〈금강, 그 빛나는 눈동자〉에서는 무대의 음향시스템의 문제인지 아니면 악기 연주와 노래의 음량 비율이 잘 조정되지 않은 탓에 악기 소리에 노래가 묻혀서 그랬는지 모르겠으나 공연자들의 대사와 가사 전달이 제대로 이루어지지 않아 서사에 대한 이해도가 떨어져서 다소 당혹스럽기도 했다. 이러한 공연 상황에서는 원작인 신동엽의 서사시 「금강」을 읽지 않은 관객이라면 이 공연의 서사내용과 구조를 거의 이해하지 못했을 수도 있다는 우려가 들었다. 앞으로 보완해가야 할 대목 중의 한 예이다.

그럼에도 불구하고 신동엽의 서사시 「금강」이 앞으로도 지속적으로 다양한 콘텐츠가 개발되어 1894년 금강 유역의 웅장한 민중의 서사가 하나하나 밝혀지고 역사의 전모를 이루어 그것이 미래 세대의 인간정신에 바람직한 지표의 역할을 수행해 나아갔으면 좋겠다. 에이아이 로봇이나 메타버스 등 차세대 신기술의 다양한 디지털 콘텐츠에 담아낸 「금강」을 시도해볼 수도 있겠다. 그렇게 함으로써 신동엽의 「금강」은 우리 세대를 넘어서 동학농민의 역사의식과 문제의식을 유구하게 공유하여, 차세대의 언젠가 일어날 또 하나의 민중혁명을 '빛나는 눈동자' 속에서 지치지 않고 계속해서 꿈꾸고 마침내 구현할 수 있게 될 것이다.

국악칸타타 시극 〈금강, 그 빛나는 눈동자〉를 관람하고 대전에서 돌아온 늦은 밤, 이천이십일 년 오늘의 어둠도 오늘의 민중서사도 여전히 신자유주의와 신냉전 열강의 틈바구니에서 아직도 칠흑색이다. 야만의 역사는 이미 지나간 것이라고 말할 수가 없는 시절이다. 우리는 늘 역사의 틈바구니를 호시탐탐 노리는 야만, 아직 다 오지 않은 야만을 살아가고 있을 뿐이다. 문득 오래된 앨범 '노래를찾는사람들 2집'을 꺼내 본다. 우금치 마루에 흐르던 소리 없는 통곡의 그 먹먹한 노래 〈이 산하에〉를 들으며 서가 한 구석에 방치되어 있던 신동엽 시인의 「금강」창비, 1989을 집어 들어 누런 먼지를 털어내고 다시 펼친다.

"일어나라 일어나라, 자기 가슴 속의 빛, 자기 하늘을 본 사람들이 신들린 사람처럼 달리고 있었다."

무대의 막이 내리고도 한동안 일어서지 못하고 후렴처럼 되뇌던 구절을 다시 되뇌며 왜놈 양놈 떼놈 외세의 밥이 된 나라, 아직도 끝나지 않은 이 땅의 식민 지형을 다시 읽는다.

◎ 국악칸타타 시극 〈금강, 그 빛나는 눈동자〉의 기본 정보

(대전시립연정국악단 제180회 정기공연 〈금강, 그 빛나는 눈동자〉의 공연 팸플릿)

일시   2021.11.05. 오후 7시 30분, 2021.11.06. 오후 3시

장소   대전시립연정국악원 큰마당

공연시간   약 90분

관람연령   8세 이상

출연진 및 제작진

예술감독 겸 지휘자   노부영

위촉 작곡   강은구

연출   남동훈

작가   조정일

안무   홍지영

주요배역   송영근(시인 역), 서의철(하늬 역), 문도희(진아 역), 최홍열(전봉준 역), 박주영(백성 역), 김주열(해월·관리 역), 최민혁(김학진 역)

합창   공주시립합창단

연주단 정현주 등 60명

무용단 이수미사 등 11명

스태프 이한수·신소영·이승철(무대), 손종욱·이근목(조명), 김지탁·임성경·이희민(음향), 토멘터(무대장치제작), 이경은(조명디자인), 김장연(영

상디자인), 1000작업실(의상제작), 강지영(분장), 임석현(조연출), 김윤희·차우정·이재연(기획홍보), 우승구(소품), 오석근(악기), 정우영(무대), 이선미(관리), 서용석(사무) 등

주최　대전광역시

주관　대전시립연정국악원

제3장

신동엽 문학관과
문학기행

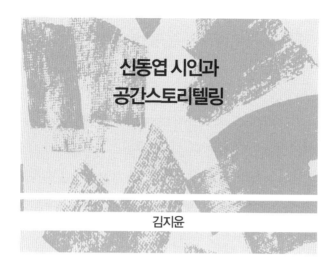

신동엽 시인과 공간스토리텔링

김지윤

공간은 우리의 삶의 터전이자 우리와 상호 영향을 주고받는 중요한 실체이다. 무차별적인 공간에 이야기가 부여되면 의미와 가치를 획득할 수 있게 된다. 공간 스토리텔링Space Storytelling은 공간이 가지는 스토리를 바탕으로 해서 이야기하는 행위를 말하는데, 공간이 주제라는 관념적 범위를 갖도록 한다.[1]

서울의 많은 지역들이 지역민이었던 문인의 생애사와 겹쳐지는데도 이에 대한 실증적 연구가 이루어지거나, 콘텐츠로 만들어진 바는 드물다. 서울의 문화자원의 개발이나 활용이 미흡했기 때문으로, 문인들의 삶의 궤적은 문화콘텐츠로서 개발될 여지가 풍부한데도 시인의 생애와 관련된 장소에는 표식조차도 없고 주변 거주민들조차 그 장소와 시인의

---

* 이 글은 필자의 글 「문학을 통해 살펴본 문화적 원체험지로서의 종로와 문화콘텐츠 활용 연구」(『서울학연구』 82, 서울시립대 서울학연구소, 2021.2)의 일부를 수정 보완하여 다시 쓴 글이다.

1 최혜실, 『테마파크의 스토리텔링』, 글누림, 2008.

생애가 연관되어 있다는 사실을 알지 못하는 실정이다. 많은 공간들이 실증적으로 연구되고 복원되어야 할 필요성이 높다.

공간스토리텔링은 문화, 장소가 책처럼 하나의 텍스트가 될 수 있다는 것을 보여준다. '독자'인 방문객들은 공간을 체험하며 장소의 정체성과 특징을 테마와 스토리를 통해 전달받고, 자기대로 그것을 '읽는' 행위를 한다. 공간 스토리텔링은 이렇게 체험 장소 혹은 공간과 인간을 연결해주고 "공간 읽기를 유도하는 자극제이자 이야기를 통해 장소의 정체성과 특징을 쉽게 이해"[2]할 수 있게 한다.

『반지의 제왕』, 『호비트』 등을 쓴 판타지 소설의 대부인 J.R.R. 톨킨은 평생 재직한 옥스퍼드대 크라이스트처치 칼리지 5분 거리에 있는 '이글 앤 차일드'에서 1930~1940년대에 평생 벗이었던 『나니아연대기』의 작가 C. S 루이스[1898~1963] 등 문우들과 낭독 모임 '잉클링스'를 가졌으며 현재 이곳은 독자들의 성지가 되어 지역의 중요한 명소로 자리 잡았다. 도시의 정체성을 형성하고 지역의 유동성이 생성으로 연결될 수 있게 하려면 지역문화의 가능성을 발굴하고 의미를 창조할 수 있는 기획들이 더 많아져야 한다. 우리 문학연구에서도 실증적 연구가 부족한 점이 있는데, 이러한 기획들은 실증연구를 위해서도 필요하다.

이 글에서는 그 한 사례로 신동엽 시인의 서울 생활 중의 궤적이 남아있는 공간을 탐색하여 문학과 문화, 역사적 맥락을 복원하고 이를 바

---

2   박승희, 「지역 역사 공간의 스토리텔링 방향과 실제 ─ 대구 원도심 골목을 중심으로」, 『한민족어문학』 63, 2013.

탕으로 역사적이고 맥락적인 문화콘텐츠를 개발하는 방안을 고민해보려고 한다. 문화콘텐츠 서사 활성화 전망은 다양하지만 그 중에서도 이 글은 문인들의 삶의 자취를 복원하는 방법을 모색하려 한다. 신동엽학회가 개최했던 문학기행 행사 '신동엽의 서울시대'는 문화콘텐츠 개발에 대한 참조점이 될 수 있다.

문학기행은 지역문화 개발에도 주요 자료가 되지만, 문학사나 문인의 생애사를 보완, 수정하는 의미에서도 중요한데 문인의 거주지, 근무지, 작품 구상의 주요 활동무대를 공유하는 것은 문학의 역사를 알게 되는 것이기도 하다. 또한 이러한 기행으로 지역 기반 문화콘텐츠를 개발해나가고 중고교, 대학교 학생 및 시민들의 문학 교육에 활용할 수 있다.

'신동엽의 서울시대' 문학기행은 김수영 문학기행 다음 해인 2019년 6월 15일에 신동엽 50주기를 추념하기 위해 열렸으며, 신동엽 문학 속 주요 장소를 답사하는 의미 있는 인문기행 행사로 기획되어 종로, 종묘, 시청 앞 등의 공간들이 포함되었다.

사실 신동엽 시인에 대한 전기적 연구는 아직 매우 부족한 실정으로, 시인이 거주했던 성북구 동선동 집이나 근무했던 종로구의 명성여고 터 등은 정확한 위치가 표시되어 있지도 않은 상황이기 때문에 신동엽 생애사의 흔적을 복원하고 신동엽의 문학과 삶의 터전이었던 서울 속 신동엽 관련 공간을 발굴하여 시민들과 공유하려 한 행사였다.

한국전쟁 후 신동엽 시인이 일을 하던 헌책방 자리인병선 여사를 처음 만난 곳, 신동엽 시인과 가족과 생활하다가 사망한 돈암동 옛 집터성북구 동선동 5가 45번지, 결혼 직후 셋방살이를 하던 집터 근방 개천가, 신동엽 시인과 가족이 자주 오고 갔던 장모님네 집터, 신동엽 시인이 8여 년간 근무했던 종로구 명성여자고등학교 터종로구 관수동 102번지, 시「종로오가」의 배경이 된 종로오가 근처 종묘, 출판기념회를 했던 근방이며, 반도호텔이 보이는 서울시청 자리이다. 신동엽학회원인 시인들과 평론가, 학자들이 탐사 지역마다 다수 참여해서 신동엽의 삶을 재현하는 짧은 역할극을 선보이거나 그 장소가 배경이 되어 창작된 시, 시인의 일기나 수필의 한 구절을 낭송하고 해설을 덧붙이기도 했다.

'신동엽의 서울시대'는 서울 공간 내에서 종로와 성북구, 두 개의 지역구 내에서 시인의 작품이나 생애사와 관련이 있는 경로를 따라가며 진행되었다.

한국전쟁 후 신동엽 시인이 처음 인병선 여사와 만난 헌책방 자리, 신동엽 시인이 한동안 지냈던 장모님네 집터. 가족과 살았던 옛집은 모두 성북구에 속해 있다. 나머지는 종로구와 관련된 지역이며 종로5가, 종로오가 근처 종묘, 신동엽 시인이 8년간 일했던 종로구 명성여자고등학교 터종로구 관수동 102번지, 시청이다. 종로구의 공간들은 성북구의 공간들과 달리 사회인, 직업인으로서의 신동엽의 정체성을 보여주는 공간들이다.

김소은은 위 글에서 이곳들이 "신동엽 시인의 삶의 공적 영역으로서 이곳에서 느끼며 감지했던, 사회의 문제와 현실의 모습이 잘 드러나고 있어 시적 형상화의 문제를 가늠해 볼 수 있"게 해준다고 지적했으며 "시적 형상화의 근원적 계기로서 작용을 했던 공간에 대한 탐방은 신동엽 시가 최초로 탄생하게 된 배경으로서 역할"을 한다고 평가했다.

이 행사의 5번째 지점이며 신동엽의 유명한 시「종로오가鍾路五街」가

탄생한 배경이 된 1960년대의 종로5가는 그의 시 속에서 다음과 같이 그려지고 있다.

이슬비 오는 날.

종로5가 서시오판 옆에서

낯선 소년이 나를 붙들고 동대문을 물었다.

밤 열한시 반,

통금에 쫓기는 군상 속에서 죄없이

크고 맑기만 한 그 소년의 눈동자와

내 도시락 보자기가 비에 젖고 있었다.

국민학교를 갓 나왔을까.

새로 사 신은 운동환 벗어 품고

그 소년의 등허리선 먼 길 떠나 온 고구마가

흙묻은 얼굴들을 맞부비며 저희끼리 비에 젖고 있었다.

충청북도 보은 속리산, 아니면

전라남도 해남땅 어촌 말씨였을까.

나는 가로수 하나를 걷다 되돌아섰다.

그러나 노동자의 홍수 속에 묻혀 그 소년은 보이지 않았다.

그렇지.

눈녹이 바람이 부는 질척질척한 겨울날,

종묘宗廟 담을 끼고 돌다가 나는 보았어.

그의 누나였을까.

부은 한쪽 눈의 창녀가 양지쪽 기대 앉아

속내의 바람으로, 때묻은 긴 편지를 읽고 있었지.

그리고 언젠가 보았어.

세종로 고층건물 공사장,

자갈지게 등짐하던 노동자 하나이

허리를 다쳐 쓰러져 있었지.

그 소년의 아버지였을까.

— 신동엽, 「종로오가」 일부

　　신동엽 시에는 서울이 많이 등장하는데 그의 공적 공간이 종로였다는 것을 고려할 때 그가 종로5가에서 만난 소년과 종묘에서 만난 소년의 누나, 세종로 고층건물 공사장에서 쓰러져 있던 소년의 아버지를 시 속에 등장시킨 것은 공적 공간에서의 경험이 사회적 현실 비판으로 이어진 결과라고 보인다. 이농민 문제, 도시 빈민, 노동자 문제, 윤락여성으로 전락한 시골 상경 여성들의 취약한 처지 등을 문제제기하고 있는 그의 시에는 서울이 많이 등장한다. 서울은 "제국주의의 지배를 받는 식민지로서, 부패와 탐욕이 만연한 혁명의 대상으로, 가난과 수모와 모멸이 점철된 애도의 공간으로 부각"[3]되었다.

　　종묘에서 만난 여인은 종삼의 윤락여성이었을 것으로 보인다. 종삼

3　　신동엽학회, 『서울의 문화적 완충지대』, 삶이보이는창, 2012, 68쪽.

은 한국전쟁 이후 생계가 어려워 종로3가의 사창가로 모여든 여성들로 이루어진 대규모 사창가였는데 시골에서 상경한 소년과 소년의 누나가 결국 이러한 비참한 처지에 처하게 된 것은 서울로 모여들었던 이농민이 도시빈민으로 추락하게 된 당시의 문제를 드러내고 있다.

문학기행의 한 코스로 종로구 세운상가에서는 시 「종로 오가」를 세운상가_{종로구 장사동}에서 낭송했는데 세운 상가에서 종로 5가의 거리와 전경을 바라보며 진행했다. 해방 후 월남민과 피난민의 판자촌이 가득하고 종묘 앞 대규모 사창가가 형성되었으며 슬럼가가 되었던 이 지역을 서울 근대도시화 프로젝트 하에 개발하여 판자촌과 종삼을 철거하고 1968년에 고급주상복합을 설립했던 것이 바로 세운상가다.

국내 전자산업, IT산업의 발전을 견인했고 '한국의 실리콘밸리'로 불리기도 했지만 지금은 문 닫은 가게가 많아 몰락의 길을 걷고 있는 세운상가에서 종로오가를 바라보며 당시의 개발정책과 발전의 그늘을 생각해보며 신동엽의 시를 읽는 것은 서울의 과거와 현재를 연결하는 사유의 흐름을 만들어준다.

신동엽이 「진이의 체온」에서 "광화문 네거리를 거닐다 친구를 만나 / 손목을 잡으니 자네 손이 왜 이리 찬가 묻기, 빌딩만 높아가고 물가만 높아가고 하니 아마 그런가베 했더니 지나가던 낯선 여인이 여우 목도리 속에서 웃더라" 하던 구절을 생각하며 거리를 걸어보면 고층빌딩이 가득한 도심의 풍경과 경제개발의 파행적 상태 속에 시인이 느낀 고독한 심정과 그럼에도 불구하고 여전히 우정과 사랑을 통한 회복의 기대를 품었던 시인의 희망을 느낄 수 있다.

그는 어려운 집안 형편을 이기고 낮에는 일을 하고 밤에는 공부를 하던 종로 명성여고 야간반 학생들을 가르치면서 좋은 교사가 되려고 노력했다. 신동엽 시인의 큰딸 신정섭 화가의 글을 읽으면 당시 교사로서의 신동엽의 모습을 상상할 수 있다.

들추어 본 명성여고 교지에 학생들의 앙케이트 난이 있는데, 그 난에 아버지가 자주 등장했던 걸 보아 학생들 아시에 무척 인기있는 선생님이셨던 듯하다. 때때로 채점하기 위해 들고 오시는 아버지가 낸 시험문제지는, 내가 후에야 안 사실이지만 대학시험에나 있을 완전 주관식 문제들로 되어 있었다. 이를테면 '무엇 무엇에 관해 논하라'라는 식의. 학생들이 집에 놀러왔고, 그때 아버지로부터 배운 학생중엔 아직까지도 잊지 않고 틈나는 대로 우리를 찾아 주는 분도 있다.

　　　—「대지를 아프게 한 못 하나 아버지 얼굴가에 그려넣고」, 1979 일부

개발로 인해 상가 골목으로 변한 명성여고 터는 여전히 층계와 교실 구조가 일부 남아 있고 건물의 골격은 그대로 유지되어 있었다. 역시 아무런 표지가 없어 실증적 조사를 통해 정확한 위치를 파악하는 데 어려움이 있었지만 결국 흔적을 확인했다. 당시에는 동국대학교 사범대 부속 여자고등학교였고 1930.6.20 종로구 수송동에 명성학원을 설립했다가 1933.6.7에 인가를 받아 1945.9.15에 종로구 관수동 102번지로 이주한 것이었고 신동엽이 근무했던 곳도 이곳이었다. 1959년 '이야기하는 쟁기꾼의 대지'가 입선하면서 작품 활동을 시작했던 그가 1961년 명성여자고등학교 야간부에 국어교사로 특채되어 1969년에 간암으로 세상을

떠나기까지 근무했던 것이었으므로 사실 그의 시인으로서의 공적 활동기와 종로 명성여고에서의 교사 시절은 거의 겹쳐진다. 그는 교사로 근무하며 「학생혁명시집」1961, 「아사녀」1963, 장편 서사시 「금강」1967을 집필했으며, 1967년 동양 라디오의 심야 방송 〈내 마음 끝까지〉 대본을 쓰기도 했는데 소수의 문학 전문독자만이 아니라 대중들과의 소통을 모색했던 것을 알 수 있다. 특히 오페레타 〈석가탑〉은 1968년 초연 당시 명성여교 학생들이 공연에 참가한 바 있다. 신동엽이 문학교육을 담당했던 이 학교 터는 신동엽의 생애사 발굴과 함께 좀 더 주목될 필요가 있다.

정명숙[4]은 문인들을 추념하기 위한 문학관의 문화콘텐츠 개발 유형을 출생지활용형, 거주지 활용형, 작품 활용형으로 구분했다. 이 글에서 살펴본 신동엽 문학기행은 출생지와 거주지를 활용하여 지역 문화 공간형 혹은 활성화형으로 구분할 수 있는 행사이다. 출생지 활용형은 지역 문화가 기반이 되기 때문에 지역 주민들의 자부심을 고양시킬 수 있고 지역문화를 활성화시키고 교육적 기능도 할 수 있다. 정명숙은 해외에서는 유명 문인과 관련된 장소를 문화콘텐츠로 활용하는 데 있어 문인의 삶에만 국한되는 것이 아니라 부모, 배우자, 자녀 등 관련자들이 그 장소를 둘러싸고 하나의 이야기를 이루며 콘텐츠를 살아 숨 쉬게 한다는 점을 언급했는데, 신동엽 문학기행의 경우 신동엽의 장남 신좌섭 교수가 동행하여 실제 아버지와 함께 했던 시기를 회고하기도 했다.

이로 인해 참여자들이 체험한 장소감이 너욱 특별해졌고 실제 신동

---

4   정명숙, 「문인을 활용한 문화콘텐츠 개발 유형 연구」, 성공회대 석사논문, 2013, 38쪽.

엽으로 분한 배우가 실제 삶의 한 장면을 바로 그 해당 공간에서 연기하는 모습을 보며 시간여행을 한 기분을 느끼게 된다.

"정형화된 문화콘텐츠가 아니라 살아 숨 쉬며 대중과 호흡하면서도 문학적 성취와 예술적 감성을 곁들인 고품격 프로그램 개발이 뒷받침되어야"[5]한다는 사실을 잘 보여준 사례라고 하겠다.

문인의 삶의 흔적이 남은 공간은 스토리텔링을 통해 생명을 갖게 된다. 에드워드 랠프는 "인간이 된다는 것은 의미의 공간으로 채워진 세계 속에서 삶을 영위하는 것"[6]이라고 말했다. 문화지리학은 "의미의 공간"이 되는 삶의 장소가 정체성에 미치는 영향에 주목한다. 장소에 남아있는 문인들의 흔적을 살펴보는 일은 그의 삶과 작품. 그리고 그 속의 문인의 정체성을 이해하는 일이 된다.

최재봉은 한국문학에서 "현장기행"이 중요하며 "한국문학이 다른 외국문학들에 비해 '바깥 현실과의 유기적인 관련성'을 상대적으로 훨씬 더 많이 갖고 있기 때문"[7]이라고 했다.

문학기행은 문학작품의 무대나 작가의 삶의 현장에 대한 기행을 통해 작가의 현실인식이나 작품 속의 작가의식을 해석하는 데 효과적인 방법이 된다. 또한 이러한 행사를 통해 발굴되는 문인들의 생애사적 장소들은 문화와 예술을 접목시킨 도시의 문화 콘텐츠 개발을 위해 활용될 수 있고, 이는 새로운 도시이미지 형성에 반드시 필요한 재생 전략이

---

5   위의 글. 48쪽.
6   에드워드 랠프, 『장소와 장소상실』, 논형, 2005, 1쪽.
7   성민엽, 「비판적 역사 의식과 문학기행 ─ 최재봉 저 "역사와 만나는 문학기행" 〈書評〉」, 『서평문화』 28, 한국간행물윤리위원회, 1997.

라고 할 수 있다. 한정된 인원의 참가자들이 특별한 기억과 함께 공유하는 행사의 '체험'은 소속감을 가져다준다. 특정 공간에서의 예술적 경험은 '지리적 감수성'을 자극하며 되거나 재현되기 힘든 감정의 잔여물을 남기기 때문이다. 이처럼 현실공간과 의미의 결합, 감정과 경험의 결합을 만들어낼 수 있는 것이 실천과 퍼포먼스를 기반으로 한 '문학기행' 행사다.

문학기행 행사를 통해 실증적으로 확인하는 문인의 생애사적 장소들은 문인에 대한 전기적 서술, 평전의 일부 구절을 읽는 것과는 전혀 다른 생생한 느낌을 준다. 듀스베리는 지리적 감수성이 생겨나는 "직관적인 경험의 순간"과 "세계를 이해하는 기준으로서의 모든 범주를 다시 정립"[8]하게 만드는 체험에 대해 말했다.

신동엽 문학기행에서 신동엽을 재현하는 역할극을 통해 참여자들을 반기고 말을 걸며 실제의 공간을 가리키며 설명해주는 신동엽 시인을 만나는 경험은 여행 가이드의 설명을 듣는 것과는 전혀 다른 실재감을 가져다준다. 매우 유효한 인포메이션 스토리텔링 전략을 활용한 공간스토리텔링이라고 할 수 있다.

긴 문화적 역사를 가진 서울의 문인들에 주목하고 문학이라는 차원에서 스토리텔링하는 콘텐츠들을 개발하는 것은 '역사문화도시' 서울의 지역정체성을 확립하기 위해 효과적인 전략이 된다.

이명자는 스토리텔링의 유형을 엔터테인먼트 스토리텔링, 인포메이

---

8   Dewsbury, J. D, 2003, *Witnessing space : 'Knowledge without contemplation'. Environment & Planning D*, Society &Space A, 35, p.1910.

션 스토리텔링, 비즈니스 스토리텔링, 일상생활 스토리텔링으로 구분[9]했
다. 문학작품이나 문인들의 발자취를 스토리텔링하는 것은 이 세 가지
구분 중 인포메이션 스토리텔링에 가깝다고 할 수 있다. 이명자의 정의
에 따르면 인포메이션 스토리텔링은 "재미있게 정보를 전달하거나 혹은
오래도록 기억에 남도록 정보를 전달하려는 것"으로 지역문화 행사, 축
제스토리텔링 등을 포함하며 체험형 콘텐츠 개발을 권고하는 것이다. 문
학작품의 배경이 되거나 문인들의 흔적이 남은 공간을 스토리텔링을 통
해 하나의 콘텐츠로 개발하는 것은 정보를 전달하며 그 지역의 문화적
성격을 강화시키고 사람들이 문학을 더 가깝게 느끼게 한다.

체험형 콘텐츠로 시민들을 포함시키면 도시 구성원들이 자신이 살
고 있는 도시에 문화적 의미를 부여할 수 있게 하는 긍정적 효과도 있다.
엔터테인먼트가 인포메이션과 합쳐서 생긴 신조어가 '인포테인먼트'인
데 향후에는 지역 스토리텔링에 있어 인포테인먼트적 요소가 고려되어
야 한다. 그것이 문학기행과 같은 형태로 나타났을 때 모르는 사람들끼
리 만나 소통하면서 공감과 유대감을 형성할 수 있는 가능성도 열린다.

서울은 근대화되며 점점 근대도시체계에 맞게 표준화되었고 전통적
의미에서의 장소성은 희미해졌으며 균질적인 메트로폴리스로 성장해갔
다. 사람들에게 특별한 장소감을 줄 수 있는 공간들이 점점 사라져가는
지금 도시공간은 의미를 형성할 수 있고 그 의미를 공유할 수 있는 가능
성을 점차 소실해가고 있다. 서울이 문화적 자산이나 고도로서의 특성이

---

9   이명자, 『문화콘텐츠 스토리텔링의 실제』, 경진출판, 32쪽.

부족하게 된 원인은 6·25전쟁으로 인한 파괴이지만 전쟁이 끝난 후에도 미국식 현대화를 따르며 보존보다 개발과 거대화를 추구[10]해왔기 때문이기도 하다.

문화콘텐츠 중에서도 '문학콘텐츠'는 모두가 쉽게 접근하고 공유할 수 있는 문학 연구 자료 및 도시의 문화자원으로 의미를 가지며 도시의 문화적 자원을 발굴하고 지역의 정체성을 형성하는 역할을 담당할 수 있다. 문인들과 관련된 장소들을 보존하고 문학적으로 재사유하는 일은 "정량적 확장 중심의 성장이 아닌, 도시의 내부 자원을 통한 도시정체성이 강조되는 정성적 성장이 중요해지는 성숙사회mature society"[11]로 진입할 수 있도록 하는 유효한 방법이 될 것이다.

---

10   이다,『문학도시를 사유하는 쾌감』, 가람기획, 2015, 23쪽.

11   이병민·정수희,「문화콘텐츠를 통한 도시의 재생 ─ 서울시 광진구〈서울동화축제〉 사례를 중심으로」,『대한지리학회 학술대회 논문집』, 2015, 11·169쪽.

울고 간 그의 영혼 피어날지어이

박수빈

남부터미널의 아침이 밝아온다. 차에 몸을 싣고 달리는 건 차인가 나인가. 외곽에 들자 들판에 성긴 볏짚들이 보인다. 교회 종탑이 방죽을 스치고 구름은 정처 없이 흩어진다. 앞만 보고 달리는데 나는 어쩌다 저 구름의 기분일까. 경부고속도로에서 천안 논산 고속도로로 접어든다. 돌이켜 보면 살면서 많은 갈림길을 만났다. 그때마다 나의 선택은 어떠했나. 변수들이 꼬리를 물며 신동엽 문학관으로 간다.

드디어 부여 터미널에 도착했다. 두 시간 내내 무릎을 기역 자로 꺾은 채였고 신동엽학회 행사 시간보다 일찍이니 주변을 거닐어도 좋겠다. 부여중앙시장 거쳐 정림사지로 향한다. 어쩜 그리 단아한 기품을 지녔는지 모처럼 여유를 누린다. 석탑을 보며 쌓은 숨결을 헤아려 본다. 화려하지 않은 덕분에 은은한 모습이 돋보인다. 이런저런 생각들이 겹치며 백제 시대로 나를 데려다준다. 패망했으되 정신은 오롯하다는 느낌이 드는 와중에 배꼽시계가 점심을 알린다. 이럴 때 끼니를 거르면 섭섭하다. 부여성당 근처에서 상호도 정겨운 '엄마의 청춘' 밥집을 만났다. 혼자 먹었지만 옹기종기 정갈한 반찬이 나를 맞이하고 콩나물국은 개운했다.

'동남리'는 신동엽 시인을 추억하며 거닐기 좋은 곳이다. 언덕에 올라서면 너머에 금강이 흐른다. 담장에는 시화가 정겹고 마을회관 옆에 '신동엽 시인의 언덕' 공원이 조성 중이다. 이 주위는 신동엽 시인이 실제로 살고 문학 활동을 하였으며 현재 도로명 '신동엽길'로 불린다. 그래서 신동엽문학관을 발견하기도 쉬웠다.

신동엽길의 입구 또는 출구가 되는 지점에 각각 아트 이정표가 세워져 있다. 문학관은 〈여행자의 출구〉와 〈시인의 언덕〉 양쪽에서 열린 셈이다. 내부 여러 곳에 시인의 일화를 표현한 상징물이 있어 문학 테마파크 같았다. 행여 내가 놓치는 게 있을까 염려가 되었다. 이렇게 훌륭한 안목의 설계자는 다름 아닌 한국 건축을 대표하는 승효상 건축가이다. 우선 제일 먼저 문학관 건물 앞에 복원된 신동엽의 생가가 눈에 들어왔다. 본래 초가가 있던 자리에 흙과 돌을 쌓았고 처마 밑에는 부인 인병선 여사의 시 「생가」가 있다.

인 여사는 이화여고 3학년 때 신동엽이 운영하던 서점에서 친분을 쌓고 가난한 시골집에서 신혼을 보냈다. 마당에는 우물과 연꽃이 피는 작은 방죽이 있었다고 한다. 여사는 호미를 들고 열성이었다고 한다. 가까운 중앙시장에 '이화양장점'을 차리고 생활 전선에 뛰어들기도 했다. 오늘의 신동엽문학관이 자리하게 된 것도 여사의 헌신 덕분이다.

「금강」의 주인공 '신하늬'의 운명적 여인은 '인진아'이다. 아사녀-인진아-인병선은 맥락적으로 각별하다. 생가 마당 왼쪽에 있던 우물도 은

유적이다. 재봉틀 앞에서 옷을 만드는 모습이든 물을 길어 올리는 여인이든 상상의 나래를 펴게 한다. "우리는 살다 가는 것이 아니라 언제까지나 살며 있는 것이다"라는 「생가」의 마지막 구절이 뭉클하다.

신동엽문학관은 커다란 콘크리트 상자가 엎어진 형태다. 문학관 앞 도로는 자연스럽게 건물의 옥상까지 이어진다. 전시관과 수장고가 있는 지하에서 중정을 가운데로 나선형 계단을 오르면 옥상에 닿는다. 건물 내부 공간을 이어가는 복도가 외부로 연결되어 즉 안팎의 경계가 지워져 신기했다.

임옥상 화가의 글씨 예술 〈시의 깃발〉 역시 눈길을 끌었다. 신동엽의 시구절들이 바람에 나부끼는 형상이다. 하늘을 향하다가 대지로 스, 스, 스, 다시 솟구치는 분수 같기도 한 깃발들. 마음이 뒤숭숭할 때면 찾아와야겠다. 어쩌면 깃발이 먼저 마중 나와 있을지도 모른다. 무엇이 이토록 휘날리게 하는가. 세찬 바람이 두려워 가까이하지 않은 적 있다. 그렇다고 멀리하기에는 애절한 기로의 감정을 어떻게 하나.

주머니에 손을 넣고 화장실을 가다가 흠칫했다. 본채 벽면으로 직각의 절벽을 이룬 모서리에 작품 〈쉿, 저기 신동엽이 있다〉를 마주했기 때문이다. 구본주 작가의 브론즈는 거친 속도감에 숨을 참게 한다. 건너편 어딘가를 응시하며 숨바꼭질하듯 추적 장면이 연상된다. 왼쪽 팔은 절벽처럼 직각으로 깎여 있고 몸 전체가 기둥과 한 몸이 되고 있다. 얼마나 위태로운지 사내는 「금강」의 주인공 신하늬를 묘사한 게 아닐까. 시대를 초월하여 "껍데기는 가라"고 외치는 이들이 있다.

문학관 건물 2층은 설치예술을 품은 공원으로 열린 공간이다. 컨테이너를 연상시키는 콘크리트 박스가 1층과 연동되어 솟구쳐 있다. 나규환 작가의 〈바람의 경전〉은 '기타 치는 신동엽'의 선율과 함께 세상 속으로 흘러가고 있다. 저항시 하면 신동엽, 신동엽 하면 저항시만 떠올리는데 이는 선입견이다. 다채로운 시세계를 펼쳤으며 음악과 연극 등 타 장르와 교류했다. 오페레타 〈석가탑〉대본을 무대에 올리고 시극 운동에도 참여했다. 간암으로 세상을 떠나기까지 그는 시가 특정한 형식에 갇히기를 원하지 않았다.

건너편 벽 구조물에는 해와 달과 별과 씨앗, 표주박, 나뭇잎, 연꽃, 이슬, 책, 촛불, 찻잔들이 벽면을 수놓았다. '야화' 동인들이 나눈 대화들이 이랬을까. 고개를 돌리는 순간, 고즈넉한 시간 위로 신동엽의 생애와 백제와 동학과 한국전쟁의 비극사가 겹쳐진다. 서사적 광대함과 실존적 사유가 섞여 그의 문학이 광활한 것을 새삼 실감한다. 등단작인 「이야기하는 쟁기꾼의 대지」가 이야기의 형식인 것이 결코 우연이 아니다. 장편서사시 「금강」이나 「껍데기는 가라」, 「진달래 산천」, 「누가 하늘을 보았다 하는가」 등등 대표작들은 여전히 이 시대에도 유효한 사유이다.

문학관을 둘러보면 건축물 자체가 빼어난 작품이다. 승효상은 신동엽의 대표작 「산에 언덕에」를 전체의 동선으로 형상화했다고 한다. 그야말로 "산에 언덕에" 올라가는 느낌으로 갔다가 건물 안으로 들어가며 다시 밖으로 나오게 된다. 신동엽 문학관이 오래도록 "울고 간 그의 영혼"을 헤아리며 "들에 언덕에 피어"나는 역할을 함께 했으면 한다.

그리운 그의 얼굴 다시 찾을 수 없어도
화사한 그의 꽃

산에 언덕에 피어날지어이.

그리운 그의 노래 다시 들을 수 없어도
맑은 그 숨결
들에 숲속에 살아갈지어이.

쓸쓸한 마음으로 들길 더듬는 행인아.

눈길 비었거든 바람 담을지네
바람 든 인정 담을지네.

그리운 그의 모습 다시 찾을 수 없어도
울고 간 그의 영혼
들에 언덕에 피어날지어이.

—「산에 언덕에」 전문

인생이라는 산에 오르다 보면 힘에 부칠 때가 많다. 내가 왜 이런 언덕을 넘어야 하나 고생이다 싶은데 이웃이 아픈 처지다. 어찌어찌 산에 올라 다양한 풍광을 보거나 바람이 땀방울을 씻어주면 가슴이 트이고 환희로 바뀐다. 이래서 우리는 산을 찾는 게 아닐까.

논문을 쓸 때도 비슷한 심정이다. 서지를 찾고 고증을 거치는 과정이 녹록지 않다. 꾸준한 자세는 이번 심포지엄에서도 나에게 스승이 되었다. 발표 주제들은 신동엽과 비교연구들이었다. 시인의 정신의 산물을 공유하는 시간이 귀했다.

학회를 마치니 어둠이 내리고 초승달이 오롯하게 빛나고 있었다. 신동엽문학관에는 부여를 더욱 아름다운 풍경으로 만드는 정신이 깃들어 있다. 그 힘은 단순한 장소를 넘어 헤테로토피아heterotopia를 떠올리게 한다. 미셸 푸코는 '다른'이라는 뜻을 지닌 'heteros'와 공간이라는 뜻의 'topos'가 결합한 현실 속에서 유토피아적 공간을 언급했다. 예를 들어 다락방, 달콤한 여행지, 일상으로부터 탈출한 놀이공원, 박물관 같은 시설이 있다. 취향 나름대로 피로를 보상받는 이런 공간은 활력을 부르고 유용한 가치를 지닌다. 지칠 때 별다른 약속이 없어도 머물다 가는 자체로 위안이 된다. 신동엽 문학관이 정서의 보루이자 문화예술발전소이길 기원한다.

발자국이 쌓인 길을 걷다

이지호

정신이 사람을 불러들이는 곳, 사람이 시를 찾는 곳. 그곳이 신동엽문학관이다.

알아차리지 못하는 사이에 물들어가는 것이 어디 계절뿐이랴. 시가 그렇고 정신이 그렇다. 경쟁과 완벽을 강요하는 사회 속에서 인간의 정체성을 잃지 않도록 해 주는 자극제가 예술이다. 예술은 문학, 음악, 미술, 무용, 연극 등으로 나뉘기도 하고 서로 다른 장르가 영감을 받기도 하며 시너지를 내기도 한다. 신동엽문학관과 문학관 주변에는 시와 시인이 조형과 조각 등과 만나 공공예술이란 이름으로 발길을 붙잡는다.

2021년 신동엽 시인의 길 조성 사업은 생가 주변과 문학관에 시인의 삶과 시처럼 화려하지 않지만 시인을 만나고 생각하기에 더없이 좋은 문화 거리 사업이다. 이곳은 신동엽 시인이 걷고 사색하며 일상을 보낸 장소이다. 시인의 시가 쓰인 곳이다. 시인의 정신이 남아 발길을 머물게 하는 거리이다. 거리는 문학관 들어가는 입구에 있는 아트 이정표 A 〈여행자 출구〉로 시작하여 〈발자국이 쌓여 길이 되었다〉, 〈언제까지나 살며 있는 것이다〉, 〈궁궁을을〉, 〈금강에 앉다〉, 〈진달래 산천〉, 〈쉿, 저기 신동엽이 있다〉, 〈바람의 경전〉, 〈별밭에서〉를 거쳐 시인의 언덕에 자리할 아트 이정표 B까지이다. 아트 이정표 B는 시인의 언덕이 조성되고 설치된다고 한다.

각 작품에는 의미와 장소성이 있으며 역사가 있다. 그것을 따라 작품을 살펴보는 것도 즐거운 일이지만 그냥 보고 앉고 둘러봐도 좋다. 시인과 연결 짓지 않고 무심하게 예술작품이라는 의식 없이 보아도 무방하다. 작품을 보며 시인을 떠올려도 좋고 시 한 편을 낭송해도 좋다. 각 작품을 대하는 태도는 개인에 따라 다르기 때문이다. 또한 각 작품은 미술관에 전시된 미술품과 다르게 즐김을 강요하지 않는다. 강요하지 않아도 어느새 누리고 있는 자신을 발견한다.

아트 이정표 A 〈여행자 출구〉

길은 바라보는 쪽으로 열린다. 나의 의미는 주어지는 것이 아니라 만드는 것이다. 천 년 전에도 흘렀을 금강은 산세와 들녘을 바라보며 물길을 냈다. 물길은 숲을 이루었고 사람들을 불러들였다. 모여든 사람 중 하나가 신동엽이었다. 이제 시인이 나를, 당신을, 여행자를 불러들인다. 고구본주 작가의 원작 〈미스터 리〉가 신동엽길 입구와 시인의 언덕에서 문학관을 알려주는 이정표로 〈여행자 출구〉와 〈시인의 언덕〉으로 힘차게

〈여행자 출구〉

〈시인의 언덕〉

함께 하자고 부른다.

사양들 마시고

지나 오가시라

없는 듯 비워둔 나의 자리.

와, 춤 노래 니겨

싶으신 대로 디뎌 사시라.

(…중략…)

나의 나

없는 듯 누워

고이 천만년 내어주련마

사랑과 미움 어울려 물 익도록.

바람에 바람이 섞여 살도록.

—「나의 나」(『신동엽 시전집』) 부분

사양들 마시고 오라는 시인의 시구처럼 가다보면 이정표 왼쪽 성당 벽에 시인의 시가 먼저 반겨준다. 벽을 따라 시를 읊으며 걷다 보면 시인이 옆에서 같이 발걸음을 맞추는 착각이 든다. 시가 끝나는 지점에서 몇 발자국 옮기면 오른쪽으로 시인의 생가와 신동엽문학관이 시인이 금강을 바라보듯 무심하게 바라본다.

〈발자국이 쌓여 길이 되었다〉

모든 것이 끝났다고 생각하는 지점에 또 길이 있다. 길 위에 나는 서 있다. 신동엽 시인은 궁남지 근처에서 태어나 다섯 살 때 지금의 생가로 이사했다. 그 시절 두 채의 집만 있던 동네는 고즈넉했고 걷기에 좋았다. 어린 신동엽이 뛰어놀고 산책을 좋아하는 시인이 걸었던 길에 시인의 발자국이 나고 그 발자국이 쌓여 길이 되었다.

나규한 조각가는 시인이 금강을 보기 위해 자주 언덕으로 가는 길에 〈발자국이 쌓여 길이 되었다〉는 작품을 선보였다. 시인이 걷는 뒷모습은 그림자가 길게 뻗었고 왼발, 오른발 발자국은 점점 작아짐을 글자 크기로 표현하여 오후 늦게 걷는 시인을 떠올리게 한다. 그 길을 따라 나도 시인의 언덕으로 발걸음 옮겨본다.

내가 가 본 길도 있고 앞으로 가야 할 길도 있다. 지금 현재 걷는 길도 있다. 가고 싶은 길도 있다. 길 위에서 삶이 이루어지고 있다. 시인의 발자국을 따라 걷다가 멈춰서 바람을 느낀다. 눈을 감는다. 내가 가고 싶은 실크로드의 타클라마칸 사막의 바람을 상상한다. 더운 열기가 훅 스친다. 결코, 만만한 길이 아니라는 경고같이. 지금 네가 서 있는 길이라도 잘 가라는 메시지같이. 시인의 뒷모습이 보이는 듯하다. 발자국이 쌓여 길이 된 길에 빛이 내리고 빛이 물러간다.

〈발자국이 쌓여 길이 되었다〉

〈언제까지나 살며 있는 것이다〉

작품을 오래 바라본다. 우물을 오래 바라본다. 우물을 형상화한 작품을 오래 바라본다. 어머니 자궁에 연결된 탯줄같이 아늑하다. 귓가에 와 닿는 두레를 던져 물 긷는 소리가 정겹다. 콸콸 수돗물이 떨어지는 모습

보다 모든 것을 품어줄 것 같은 우물의 찰랑거림이 깊다. 수많은 신경과 핏줄이 이어진다. 숨결과 고독이, 불평과 불안이, 지식과 지혜가, 예술과 철학이 이음을 만들어 내고 통합한다.

예전 우물이 있었던 생가 담장 일부를 허물고 들어선 작품은 여성의 삶처럼 우뚝 솟지는 않았지만 당당하게 "언제까지나 살며 있는 것이다"라고 말하고 있다. 박영균 작자는 우물을 열한 장의 유리판을 이용하여 시인의 부인인 인병선 여사가 쓴 시 구절을 새겨 물빛 열한 겹에 새겼다. 물이 흐른다. 깊은 우물이 보인다. 우물 속을 드려다 본다. 살며 있는 나를 본다.

〈언제까지나 살며 있는 것이다〉

「생가」 시는 신영복의 서체로 동판에 새겨지고 화가 임옥상의 글씨로 디자인 되어 현판으로 걸려있다. 생가가 초가지붕에서 양철지붕을 거쳐 기와지붕으로 바뀌었는데 최근에 옆 건물 보훈회관이 없어지고 옛날 시인이 살았을 때 모습인 초가지붕으로 되돌려졌다.

우리의 만남을
헛되이
흘려버리고 싶지 않다
있었던 일을
늘 있는 일로 하고 싶은 마음이

당신과 내가 처음 맺어진

이 자리를 새삼 꾸미는 뜻이라

우리는 살고 가는 것이 아니라

언제까지나

살며 있는 것이다.

—「생가」(인병선) 전문

〈궁궁을을ㅋㅋ乙乙〉, 〈금강에 앉다〉

물줄기가 흐른다. 물줄기가 위, 아래, 옆을 모아 하나의 큰 강을 이룬
다. 역사를 이룬다. 물의 시원을 찾아가는 것도 같고 거대한 역사의 뿌리
를 찾아가는 것도 같다. 하늘의 문이 열리고 혼돈의 세계에서 생명을 잉
태하는 물이 이어지고 이어진다. 지선들이 모여 하나의 거대한 물줄기를
만들고 우주의 기운을 받은 물줄기가 금강에 닿는다. 금강의 물줄기 하
나가 부여 신동엽문학관에 이른다.

문학관 정문 맞은편에는 '신동엽 문학의 집대성'을 표상하는 대형 도
자벽화가 설치되어 있다. 박영균 작가의 〈궁궁을을〉이다. 1300도로 구워
낸 120장의 도자타일로 금강을 형상화했다. 저 금강은 현재 부여에서 고
대사의 시원까지 올라가 북부여의 하늘로 흐른다. 한울님에 닿는다. 작

〈궁궁을을〉

〈금강에 앉다〉

품명 *弓弓乙乙*은 동학농민군들이 가슴에 품었던 부적이란다.

정문 담벼락에는 문패가 걸려있고 금강 물줄기 하나가 전미영 작가의 손을 거쳐 금강에 앉 수 있는 〈금강에 앉다〉가 있다. 황금빛 물굽이가 햇살을 받아 윤슬처럼 빛난다.

잠시 앉으면 금강의 차가움이 밀려온다. 시간이 지나면 백마강의 흐름에 따라 눈부신 호암리 모래사장이 온기를 전한다. 한줄기 바람에 눈을 뜬다, 갑자기 눈앞에 거대한 물줄기가 나를 압도한다. 하늘이 휘몰아치는 격동을 지나 백제금동대향로의 선계 仙界가 금강 주변에 펼쳐져 있는 것이 아닌가. 산수무늬가 옛날 동학농민들이, 백제인들이 꿈꾸는 유토피아가 아닐까.

〈쉿, 저기 신동엽이 있다〉

길과 나 사이 감정의 무풍지대를 꿈꾼다. 길이란 유토피아를 향해 가기보다 이것과 저것을 이어 나를 만드는 과정을 살피는 것이다. 세상이 빠르게 변해도 누군가는 빠르게 갈 필요가 없다. 그게 나여도 된다. 느린 마음으로 빠른 세상을 관조하는 것도 나쁘지 않다. 갑자기 '엄마야' 소리친다. 화들짝 놀란 가슴을 부여잡고 힐끗 본다.

옆에 나를 지켜보는 눈이 있다. 갈대에 가려서 담벼락에 붙어 감시하는 사람을 보지 못했다. 한동안 부여경찰서 사찰계 형사들이 신동엽과 친구들을 잠복 감시한 것처럼 문학관에 들어오는 순간 나는 감시당했다. 옥상으로 올라가는 길에 한 번 놀라고 화장실 가는 길에 두 번 놀랐다.

구본주 작가의 샐러리맨 형상화는 이곳에서 다르게 읽혀졌다. 작품 재질이 나무에서 브론즈로 바뀐 것도 있지만 장소성이 가진 힘 때문이다. 이곳이 신동엽문학관 담 가장자리 부분이고 갈대에 몸을 숨겨 몰래 살피는 느낌이다. 즉 잠복하는 사복형사로 보인다. 일순간 나는 감시당한다. 관람하는 미술이 아니고 장소 속의 미술에서 관객인 내가 들어가 작품이 완성되는 장소로서의 미술이다.

〈쉿, 저기 신동엽이 있다〉

후일, 어찌 된 일인지 미스 0의 허위 정보로 하여 형사들이 석림신동엽네 집을 여러 날 잠복 감시하느라고 헛고생만 하였다는 촌극도 있었다. 이 일은 내가 뒤에 사찰계 형사들에게서 직접 들은 이야기이다. 석림은 물론이고 당시 경찰서에 근무하고 있던 나를 포함한 석림 친구 여러 사람이 함께 사찰계 형사들의 감시를 받았다는 말이 된다.

—「석림 신동엽 실전 연보」('야화野火' 회원 노문)

(『신동엽 산문전집』 부록) 부분

〈진달래 산천〉, 〈별밭에서〉

친구 사이에 공간과 시간이 있다. 유심히 관찰한 적이 없어서 생각해 보지도 않은 공간이고 시간이다. 친구는 나무, 꽃. 풀이 중심 뿌리에서 곁가지로 뻗어 나가듯 자라면서 공간을 남겨 두고 시간을 비워둔다. 서로가 자랄 수 있는 공간이고 우정을 위해 남겨둔 시간이다. 그 공간과 시간이 우정을 튼튼하게 하고 삶의 방향과 정신을 키웠을 것이다. 가끔은 질투와 시기도 머물다 갔을 것이다. 그러다 같이 사는 법을 배웠으리라. 사이의 힘으로 우정은 지상으로 올라가는 몸체를 견뎠을 것이다. 혹한의 시련에도 공간이 버텨주는 힘으로, 응원해 주는 시간으로 함께 나아갔을 것이다.

문학관 내부로 들어가면 제일 먼저 마주하는 것이 박영균 작가의 〈진

〈진달래 산천〉

달래 산천)이다. 그동안 그 자리는 신동엽 흉상이 있던 자리다. 흉상을 옮기고 벽면은 시인을 함축하여 보여주며 기념 촬영으로도 좋은 장소이다. 작품은 시인이 등단 후 첫 원고 청탁으로 쓴 「진달래 산천」이며 첫 시집 『아사녀』의 첫 시이기도 하다. LED 조명으로 부소산 진달래꽃이 은은하게 피어 있다. 산책을 좋아하는 시인이 한국피톤산악회 회원으로 도봉산 거북바위 부근에서 선인봉과 만장봉을 배경으로 찍은 사진이 바위와 진달래꽃 사이에서 반겨준다. 나는 시인의 부여시대와 서울시대가 공존하는 배경에서 한 컷 남긴다.

옥상 벽면은 생가 마루이다. 생가가 바뀌고 복원될 때에도 시인이 사용한 마루는 그대로 들여 놓았다 한다. 옥상 벽면을 마루로 전미영 작가는 친구들을 〈별밭에서〉로 작품화했다. 신동엽 결혼식 때 청첩장에 우인 대표로 이름을 올린 열세 명이 해, 달, 별, 새싹, 이파리, 꽃, 바람, 씨앗, 이슬, 책, 찻잔, 호롱불, 표주박으로 기호화되어 벽에 즉 마루에 새겨졌다. 시인의 삶에서 문학이 태동하고 작품이 탄생한 생가 마루의 중요성과 우정에 대한 헌시 같다. 생가 마루에는 새겨질 이름들이 많다. 그 옛날 시인으로부터 한글을 배운 김창예 소녀, 훗날 생가에 방문한 명성여고 제자, 오늘 마루에 앉은 나, 앞으로 생가 마루에 앉아 시인을 생각할 당신.

〈별밭에서〉

〈바람의 경전〉

나의 우주는 당신으로 인해 정의된다. 당신이 바로 옆에서 기타 친다. 노래를 불러주고 말동무가 되어주며 그림자로 비쳐 하나의 우주를 형성할 때, 당신이 친목모임으로 우르르 와서 깔깔거리면 나 또한 친구들과 함께 사는 이야기를 한다. 서로 다른 그룹에 있는 우리는 간혹 눈이 마주치고 대화의 동심원으로 모이게 된다. 이야기를 주고받으며 고개를 끄덕이고 적당한 표정으로 서로의 기분을 맞춰준다. 잠깐의 시간이 한 우주가 한 우주를 만나 사회적 공간을 형성하는 의미 있는 시간이 된다.

문학관 옥상은 단순한 옥상이 아니라 아사녀의 공원이다. 나규환 작가의 작품 〈바람의 경전〉은 아사녀의 공원에 생가 마루에서 기타 치는 청년 신동엽을 데려와 안테나를 타고 그의 정신이 노래에 실려 퍼져 나가는 형상이다. 신동엽은 자주 이산가족 주제곡인 현미의 〈보고 싶은 얼굴〉을 애창곡으로 불렀다고 한다. 스물한 조각의 철이 이룬 형상은 나무의 느낌을 살린 브론즈 마루에 맨발로 앉아 노래를 불러주고 있다. 살짝 마루에 앉는다. 벽에 문까지 있어 60년대 시인의 집

〈바람의 경전〉

마루에 앉아 있는 느낌이다. 노래에 촉촉이 젖은 것은 나뿐만이 아닐 것이다.

눈을 감고 걸어도
눈을 뜨고 걸어도
보이는 것은 초라한 모습
보고 싶은 얼굴
거리마다 물결이 거리마다 발길이
휩쓸고 지나간 허황한 거리에
눈을 감고 걸어도
눈을 뜨고 걸어도

보이는 것은 초라한 모습

보고 싶은 얼굴

거리마다 물결이 거리마다 발길이

휩쓸고 지나간 허황한 거리에

눈을 감고 걸어도

눈을 뜨고 걸어도

보이는 것은 초라한 모습

보고 싶은 얼굴

— 〈보고 싶은 얼굴〉 가사(노래 현미) 전문

〈이 계절의 시〉

따뜻한 글자를 본다. 지혜의 영역을 느낀다. 무구한 표정을 살핀다.

금강에 두고 온 물고기같이 헤엄치는 글자에 집중하는 나의 눈빛이 고요해진다. 수행자의 눈빛 같다. 허공의 백지는 특별한 문장으로 채워져 있다. 누구나 볼 수 있고 아무나 읽을 수 있다. 글은 짧지만 내포하는 것은 그릇에 따라 다르게 담긴다.

문학관에 들어와서 왼쪽으로 시선을 돌리면 임옥상 작가의 〈시의 깃발〉 너머 대형 프레임이 눈에 들어온다. 나규환 작가의 〈이 계절의 시〉이다. 금강이 유유히 흐르는 물결위에 순백의 표정으로 화두를 던지듯 신동엽 시의 명구나 문학관의 일들을 담은 현수막을 걸어놓는 작품이다. 작년 가을에는 가을문학제를 알리는 "그리운 것들은 산에 있었다" 글이 올 여름에는 "나 돌아가는 날 너는 와서 살아라" 시구가 작품에 걸려있다. 〈시의 깃발〉과 〈이 계절의 시〉는 하나로 어울려 물고기 떼가 모여들고 나뭇잎과 꽃잎도 살짝 들렀다 간다. 심술 난 구름이 검은 색칠로 심통을 부릴 때도 있고 가끔은 새의 날갯짓이 심통 난 구름을 걷어찬다.

나 돌아가는 날
너는 와서 살아라

두고 가진 못할
차마 소중한 사람

나 돌아가는 날
너는 와서 살아라

묵은 순 터
새순 돋듯

허구많은 자연 중
너는 이 근처 와 살아라

〈이 계절의 시〉

　부드럽다. 그러나 강하다. 그것이 신동엽의 문학이고 정신이며 예술이다. 기억의 반대말은 망각이 아니라 상상이다. 기억이 과거라면 상상은 미래다. 예술은 기억과 상상이 만나는 지점이다. 시인과 시가 미술과 만나 기억과 상상을 융합으로 접목한 예술을 만났다. 그 만남은 현재를 규정한다. 믿으면 있고 믿지 않으면 없는 희망같이 예술의 효과는 눈에 보이거나 수치화가 어렵다. 희망을 믿는 사람에게 실제로 희망이 있듯이 예술 또한 마찬가지다.

　신동엽문학관은 고향 동네에 늘 사람들이 앉았다 가는 평상같이 쉼과 편안함을 주는 곳이다. 동네 속에 자연스럽게 들어앉아 마을의 이야기가 만들어지는 장소다. 작은 터지만 마을의 광장인 것이다. 평상에 앉는 사람 하나하나는 위대한 진실을 가진다. 또한, 아름다운 사연이 있다. '발자국이 쌓여 길이 되었다' 프로젝트 작품들은 단순한 진심을 나누는 공간이 될 것이다. 때론 거창한 담론보다 단순한 진심이 행복을 이끄는 프레임이 된다는 것.

신동엽 시인의 발자국이 쌓여 길이 된 길을 걸었다. 느림과 침묵의 시간이었다.

퍼포먼스로서 '시'의 수행성 연구

'신동엽의 서울시대' 문학 기행을 중심으로

김소은

1. 서론

'신동엽의 서울시대'는 신동엽 시인의 50주기를 기념하기 위해 2019년 6월 15일 토요일 오전 10시부터 이루어진 문학 기행 사업이다. 이 문학 기행은 시인 문학의 역사를 재확인하기 위한 연구 프로그램의 일환으로서 문화체육관광부/창비/한국작가회의 기관으로부터 후원을 받아 신동엽 기념 사업회와 신동엽학회를 중심으로 시인, 비평가, 독자-관객 일반인들을 대상으로 진행되었다. 그런데, 이는 단순한 시인의 궤적을 따라가는 문학 답사의 형태가 아닌, 하나의 퍼포먼스로 구성되고 있다는 점이 특별하다. 다시 말해서 이 문학 기행은 하나의 사건으로 존재하면서 퍼포머와 관객-참여자 사이에서 수행되는 제반의 것들에 보다 더 집중한다. 여기서 관객-참여자란 수동적으로 무대의 퍼포먼스를 시각에 의존에서 바라보는 전통적 관객이 아닌, 퍼포먼스의 시·공간에 함께 어우러져 참여하는 관객을 의미한다. 퍼포머로서 여러 명의 출연진이 등장해서 7개 공간의 여정을 관객-참여자와 교호하며 따라가는 극 형태로 구성되고 있고, 이 과정에서 퍼포머와 관객-참여자가 상호작용함으로써 수행적인 것들이 퍼포먼스로 구성되어 나아가기 때문이다.

따라서 하나의 퍼포먼스로서 이 문학 기행에 접근할 때, 이 안에서 수행되는 여러 가지 문화적 실천의 차원들을 고구할 수 있을 뿐만 아니라, 더 나아가서는 인간 실존의 문제까지 고민해 보는 시간을 가질 수 있게 된다. 수행성은 주체와 객체 간의 사건, 다시 말해 '관찰자가 의도적으로 완성하는 것이라기보다 오히려 미학적으로 경험하고 있는 주체에게 일어나는 "하나의 사건"이 될 수 있도록 만들어 주기' 때문이다. 루스무스너·하이데마리 울 편, 문화학연구회 역, 『우리는 어떻게 행동하는가—문화학과 퍼포먼스』, 유로, 2009, 91쪽

아울러 관객과 사회를 변화시킬 수 있는 효험적 기능을 갖고 있기 때문이다. 결국 이것은 '자연과 사람의 끊임없는 교감을 통해 인류 공존을 이 땅에 실현코자 애쓴, 그의 삶과 문학이 보다 더 감동적으로 우리 시대에와 닿았으면 좋겠다'는 이 퍼포먼스의 기획 의도를 실현 가능하도록 원천을 제공한다. 정우영, 「초대합니다」, 『신동엽의 서울시대』('신동엽 문학기행' 안내책자), 소명출판, 2019, 2쪽

이런 측면에서 이 문학 기행은 '시'의 언어가 일으킬 수 있는 수행의 맥락을 제공하고 현실 구성의 효과를 강력하게 발휘해 준다. 수행은 매 기행지에서 이루어지는 다양한 시의 낭송에서 적극적으로 실현되고, 발화된 언어들은 관객의 새로운 현실 구성에 동조를 한다. 그런데 낭송이 되는 순간, 언어구성체로서라는 자신의 신분에서 탈피하여 시가 강력한 수행적 행위로서 변모할 때, 이 시의 정체감을 어떻게 규정지어야 할 것

인지에 대한 본질적 물음에 봉착한다. 요컨대 그동안 시는 언어 구성체이자 읽기 텍스트로서 정체화하면서 자리매김해 왔기 때문에 퍼포먼스로서의 시라는 것이 과연 가능한가에 대한 근본적 질문과 함께, 이를 기존의 '시' 개념으로서가 아닌 어떤 형태의 예술 구성체로서 바라볼 것인가의 문제가 동시에 제기된다.

시가 퍼포먼스화 한다는 것은 퍼포머와 관객-참여자가 서로의 '몸'을 근거로 사건을 일으키며 시를 수행하는 것을 지칭한다. 다시 말해서 퍼포머의 구술과 몸짓의 수행을 통해 발화되는 시어들의 전달과, 이에 대한 관객-참여자의 반응 과정에서 '몸'은 중요한 상호작용의 계기로 작용한다. 여기에 기행이라는 형식이 연속적인 몸의 이동을 통해 이루어지고 몸을 근거로 한다는 점에서 시는 퍼포먼스 화 할 여지를 충분히 갖는다. 이처럼 몸을 근거로 하는 시어의 '발화' 상황이 '시'의 퍼포먼스 구현을 적극적으로 돕는 계기로써 활용된다. 그런데 문제는, 이러한 퍼포먼스가 기존의 시 전달 방식에서 벗어나 새로운 형식의 변화를 기대하게 만들고 연구 방법론적 틀을 제공한다는 점에서 '신동엽의 서울시대'를 살펴보는 작업은 의의가 있다.

그동안 한국시 연구는 어떤 像이나 상황을 묘사하는 언어적 분석에 집중해 온 경향이 크다. 작품의 내·외적 요소들을 근간으로 하는 이해와 분석의 평가에 주로 논의가 이루어져 온 편이기 때문에 시 언어의 수행성에 대한 연구는 거의 드물다. 시와 수행성과 관련하여 논의된 연구는 외국시나 젠더 수행의 관점에서 다룬 연구 정도가 대부분이다. 반면에 신동엽 시와 관련된 연구는 매우 다양하게 분포되어 있다. 이것은 그동안 시의 언어가 갖고 있는 발화성이나 수행적 측면에 대한 관심을 기울이지 않은 결과에서 비롯되기도 하지만, 근대 이래로 '시'는 읽는 시라고 여기는 시사적 전통과 관습의 인식에서 초래된 측면이 크다.

애초에 낭송으로 전해지던 관습에서 벗어나, 시는 근대에 이르러 점차 시각적 매체로서 입지를 굳혀 가기 시작했고, 이에 따라 낭송시로서의 리듬과 운율 그리고 그 특유의 발화성을 상실한 채로 보고 읽는 시로서 독자의 내면으로 깊숙하게 침잠하기에 이른다. '노래에서 문자로, 가창/음독에서 낭송/묵독으로, 외형률의 질서에서 자유율의 해방으로 집단의 창작과 향유에서 개인의 창작과 소비로 시의 존재 방식의 변화가 이루어진다.홍정선, 「근대시 형성과정에 있어서의 독자층의 역할 연구」, 서울대 박사논문, 1992 "'노래성'에서 '음악성'으로의 변화에 결정적인 역할을 하는 것은 시학의 근대적 조건 ─ 노래하는 시에서 읽는 시로, 음독에서 묵독으로, 집단에서 개인으로, 이념에서 개성으로 ─ 등의 변화'에서 비롯된 것이다.최현식, 「한국 근대시와 리듬의 문제」, 『한국학연구』 30집, 396쪽 결국 이것은 시 자체의 존립 기반의 방식을 변화하게 했을 뿐만 아니라, 그 존재론적 조건을 인쇄 매체에 집중하고 의존하는 결과를 낳으면서 노래와 시의 분리를 초래하였다.

이러한 맥락 속에서 신동엽의 문학 기행 사업은 하나의 퍼포먼스로서 활기를 얻으며 낭송시의 복구를 구현할 수 있도록 도와준다. 게다가 이러한 퍼포먼스의 활력은 시의 수행과 발화 그리고 낭독의 즐거움을 제공하고 무엇보다 시 '문자'의 시각성에서 탈피하여 본원적인 음악성을 전유할 수 있는 여지를 마련해 준다.

따라서 본 연구는 이러한 시의 발화적 상황에 따른 수행성을 고구해

보면서 퍼포먼스로서의 시의 특질과 그 가능성들을 살펴보고자 한다. 이를 위해 수행성의 개념 그리고 시가 수행할 수 있는 조건에는 무엇이 있는지를 우선적으로 살펴볼 것이다. 아울러 참여 시인이라 불릴 만큼 사회의 현실 문제에 관심을 갖고 있었던, 신동엽 시인이 시적 형상화를 위해 어떤 방식으로 시어를 발화하고 수행했는지를 확인해 볼 것이다. 동시에 이것은 관객-참여자가 어떤 형태로 감정을 형성하여 수행하는지를 경험해 가는 과정이 될 것인데, 특히 이를 바탕으로 시인 신동엽 삶의 흔적을 찾아가며 시공을 초월한 과거 삶의 형태들을 조우하는 계기를 마련해 줄 것이다.

2. 수행성과 퍼포먼스로서의 '시'

1. 수행성의 개념과 형성 조건

수행성은 '몸과 몸이 수행하는 행위를 표현 및 지각의 절대적 기제로 삼고 있는 오늘날 문화 담론을 아우르는 매우 적절한 개념'이다.이경미,「현대공연예술의 수행성과 그 의미」,『한국연극학』31집, 2007, 137쪽 시대의 변화에 따라 몸은 하나의 의미 전달체라는 기존의 개념에서 탈피하여 수행하는 행위로서 문화의 핵심 코드가 되고 있다. 이 경우, 문화는 의미 생산의 집합체로서 근거하는 기호들의 집합체로서가 아닌, 문화의 행위적 측면이 강조된다. 이것은 행동으로서의 언어라는 개념이 퍼포먼스공연과 같은 문화텍스트와 연결되면서 퍼포먼스공연는 끊임없이 운동하고 변화하는 과정이라는 것을 지칭하게 된 것을 의미한다. 아울러 퍼포머와 관객이 함께 만들어 가는 과정 속에서 의미가 생성된다는 것을 뜻하는 말이기도 하다.

따라서 퍼포먼스의 개념이 변화함에 따라 퍼포먼스의 모든 재료는 행위를 동반하는 하나의 '사건'으로 존재하기 시작한다. 그리고 이 '사건'이 이루어지는 과정에서 관객이 경험하게 되는 미적 진실과 지각의 체계가 달라지게 된다. 다시 말해서 퍼포머와 관객 사이에서 일어나는 상호작용과, 여기에서 발생하는 감각적인 경험들이 '사건'을 통해 이루어지게 된다. 이제 '사건'은 하나의 '퍼포먼스' 문화로서 시작되는 것이다.

이 퍼포먼스 문화에서 중요한 것은 행위, 즉 행동이다. '행동은 행위자[퍼머와 관람자의 실제 공-현존'과 상호작용을 통해 구성되고 생성된다.루스 무스너·하이데마리 울 편, 앞의 책, 21쪽 그리고 이 과정을 통해 행동은 일시적이며 물질적인 형태를 띠게 되는데, 이때 수행을 하기 위한 조건이 요구된다. 아울러 수행성을 이루기 위해서도 여러 가지의 조건들이 필요하다. 한편 '시를 수행한다는 것'은 시를 하나의 사건으로 수용한다는 것을 의미한다. 사건을 수용한다는 것은 사건의 현실을 재현하지 않고 '현존'을 시키고자 하는 의도에 부합한다. 이는 시적 언어들의 현실 지시성을 해방해서 낯설고 생경한 언어 그 자체에 주목을 하도록 하는 기획과 맞닿는다. 이것은 포스트 드라마를 결정짓는 중요한 요소이기도 한데, 이를 충족시키기 위해서는 '공간성, 육체성, 소리, 매체성' 등과 같은 것들이 필요하다.에리카 피셔 리히테, 김정숙 역, 『수행성의 미학』, 문학과 지성사, 2017, 4장 참조 신동엽 문학기행에서는 7개의 장소, 14명의 퍼모머와 다수의 관객-참여자들, '시'라는 매체 형식 등이 이 요건을 갖추어 물질화된다.

육체성은 퍼포머와 관객의 신체 현실이 만나는 '사이'의 지점에서 발생한다는 점, 공간성은 퍼포머와 관객 사이에서 형성되는데 특히 장소, 분위기 등이 공간적으로 방출된다는 점, 소리성은 청각적인 측면에 주로 의존을 하면서 공간성을 형성한다는 점, 매개성은 퍼포먼스의 물질성을 증명한다는 점에서 중요하다. 퍼모머와 관객-참여자는 이와 같이 육체성, 공간성, 소리성을 향해 지각을 열어 놓고 퍼포먼스에 집중한다. 이 모든 조건은 물질적이자 매개적이기 때문에 퍼포먼스의 행동화를 이루어 내고 사건을 만들어 내면서 수행성을 형성한다. 구체적으로 말하면, 이들은 퍼포머와 관객 간에 이루어지는 상호작용을 유도하며 정서나 감정적 반응에 따라 드러나는, 비언어적이거나 비상징적인 것, 제스처적인 것 등을 표출해 내며 수행화 한다.

그런데 특히 이 수행적인 것들이 어떤 매체에 의해 이루어지는가에 따라 관객-참여자의 반응이 달라지기 때문에 매체와의 상관성도 중요하다. 그 매체의 특성과 조건이 수행과 관객의 신체성에 영향을 미치게 되기 때문이다. 따라서 매체와 수행성의 조건들은 세계 창조의 기반을 형성하는 데에 큰 역할을 한다. 이 기반을 위해 결국 수행성은 행위적 언어의 의미 구현, 행위의 주체 구성, 사건과 상황의 변화 형성에 대해 '어떻게'와 '무엇을 위해'에 대한 의문을 풀어 주는 관점과 역량에 주목한다.김성제, 「후머니타스의 위기와 수행성 인문학」, 『수행성 인문학』 37집 1호, 2007, 11쪽

2) 퍼포먼스로서의 '시' 언어의 발화성과 상호매체성

시는 '독자와의 소통을 전제로 한다는 점에서 발화의 특수한 방식' 중 하나이다.문신, 「백석 시에 나타난 시어 '어늬' 연구」, 『현대문학이론연구』 59권, 2014, 108쪽 구체

적으로 말하면 '시행 발화 혹은 더욱 정확하게 말해서 시행을 통한 발화'를 의미한다.^{디이터 람핑, 장영태 역, 『서정시 이론과 역사』, 문학과 지성사, 1994, 38쪽 재인용} 이것은 시어들의 발화가 통사구조 속에서 연속되면서 제시된다는 것을 뜻하는 말이다. 그러나 여기서 중요한 것은 발화가 단순하게 문장, 요컨대 단어들의 의미가 결합하여 내용을 구성하는 명제로서의 의미를 지칭하는 것이 아니라, 문장 안에 내재하고 있는 명제가 맥락과의 관계를 통해 해석된다는 것을 의미하는 것이기도 하다. 요컨대 발화가 이루어지는 맥락이 중요하고 그 맥락에 따라 전달하고자 하는 내용이 달라진다는 것이다. 따라서 여기서 말하는 맥락이란 독자-수용자와의 관계성 속에서 이루어지는 것과 관계하기 때문에 독자-수용자의 맥락적 상황에 따른 의미 생성이 중요하다는 것을 유념할 필요가 있다.

시는 하나의 매체이고 예술 형식이자 장르이면서 의사를 전달하는 소통의 수단이다. 특히 발화를 전제로 소통을 하기 때문에 독자-수용자는 발화적 상황에 집중해서 그 맥락에 주의를 기울여야 한다. 시는 의미를 전달하기 위해 소통의 방법으로서 낭독과 같은 수단을 활용할 수도 있고 시각적 매체를 이용할 수도 있다. 최근에는 영상을 활용한 시의 전달도 이루어지고 있으므로 독자-수용자는 그 발화의 맥락이 어떤 방식으로 이루어지고 있는지를 살펴볼 필요가 있다. 그럼으로써 시의 의미를 온전하게 이해하고 파악할 수 있기 때문이다. 이런 측면에서 시는 매체이고 메시지인 셈이다.

매체는 다른 물체들 사이의 매개물이며 다른 물건의 목적이 되기 위해 동원된 수단인 다른 물체이다.^{김무규, 「매체와 형식의 상호관점에서 살펴본 상호매체성 개}

념」, 『독일언어문학』 21집, 2003, 347쪽 재인용 이것은 매체를 '기술 장치 매체'라는 측면에서 정의한 일차적 기본 개념이고 이 외에도 매체에 대한 정의는 다양한 층위에서 설명이 가능하다. 그러나 일반적으로 매체는 의사소통의 수단이자 각종 예술 형식과 장르, 대중매체를 통용하는 것으로 논의되기 때문에 이에 대입해 볼 때, 시는 하나의 매체로서 성립 가능해진다. 시는 무엇인가의 의미를 표현하고 전달하는 매개물로서의 수단이기 때문이다.

그러나 보다 중요한 매체의 의미는 '자기를 위해 존재하지 않는다'는 것이다.김무규, 앞의 글, 350쪽 참조 요컨대 매체는 다른 활동을 지원하기 위해 스스로를 드러내지 않기 때문에 형식을 취해야 하고 이를 위해 특별한 매체를 필요로 한다. 이것이 매체가 갖는 보다 중요한 특질이자 속성이라 할 수 있다. 드러나지 않으면서 하나의 형식이 되어야 한다는 점에서 매체는 '잠재적인 활동'이라 논의할 수 있는 것이다. 요컨대 '잠재적인 활동'은 스스로를 은폐하기 위해 다른 매체를 필요로 하고 자신을 형식으로 취한다는 말이다.

그런데 하나의 매체가 다른 매체와 교호할 경우, 새로운 매체성을 유발하는 경우가 있다. 여러 매체의 혼합은 의사소통의 효율성을 고취시키거나 특정한 목적을 위해 사용할 때, 효율적이다. 더 나아가 혼합을 통해 파생된 것들이 영역별 분화를 가능하게 하면서 새로운 의식을 구성하고 삶의 변화를 초래하게 만들 때, 매체성은 더욱 유용한 것이 된다. 이러한 매체 간에 이루어지는 성질을 상호 매체성 혹은 다중 매체성이라 한다. 예를 들어 시라는 매체의 고유한 미학적 요소들에, 연극이나 영화 같은 전혀 다른 영역의 매체적 성질이 배합될 경우 상호매체적인 관계성을 획득하게 된다.

　이런 측면에서 '신동엽의 서울시대' 퍼포먼스는 상호 매체적이다. 시라는 매체에 퍼포먼스가 융합됨으로써 시는 하나의 사건이 되고 새로운 의미를 생성하도록 유도한다. 요컨대 퍼포먼스를 통해 전달되는 시의 언어들이 물질적이며 활력적인 에너지를 갖게 됨으로써 하나의 매체가 되고 형식이 된다. 퍼포먼스 역시 시어들과의 조우 속에서 잠재적이었던 스스로의 활동성에서 벗어나 또 하나의 매체가 되어 상호 텍스트적 관계를 맺는다. 신동엽 문학기행 퍼포먼스는 이처럼 상호 매체적 관계 속에서 시·공간을 관통하면서 과거를 현재화 시키는 데에 큰 역할을 하며 수행적이 된다.

　논의한 바와 같이 시가 퍼포먼스 형식을 얻게 됨으로써 매체가 될 수 있는 이유는, 시어에 내재 되어 있는 잠재적 활동성 때문이다. 언어는 그 자체가 시의 상像이자 목적이다. 따라서 언어의 물질성이 강조되며, 묘사되는 것은 언어 그 자체이다. 또한 '언어의 구성 방식과 형태에 비중이 실려 있기' 때문에 시어는 퍼포먼스적인 하나의 사건이자 매체가 될 수 있다.장은수, 「구체시의 수행성-얀들과 빈그룹(Winer Gruppe)을 중심으로」, 『외국문학 연구』 61호, 2016, 428쪽 요컨대 시어가 어떤 언어적 구성을 취하고 형식화되느냐에 따라 매체 구현의 양상이 결정되는 것이다.

　'신동엽의 시울시대'에서 시 언어들은 퍼포머의 음성과 몸짓, 시어들의 탄생지 등 구체적인 형상을 통해 행위화 되어 전달된다. 문자로 해독되고 이해되던 시적 맥락에 대한 상상은, 시각적 상상에로의 변화를 유도하며 하나의 움직임으로 감각화 된다. 시가 관념적 형태로서가 아닌, 하나의 활동으로 포착되기 때문에 시적 의미는 주어져 있는 것이 아니라 행동의 진행 과정에서 생성 가능해진다. 이때 지각화의 과정이 생성을 돕는 중요한 관계적 요인으로 부상하는데, 이것은 퍼포머와 관객-참여자, 관객-참여자와 관객-참여자, 몸과 공간, 공간과 시간 사이에서 형성된다. 이러한 '사이'의 벌어진 틈새에서 지각화 되는 일련의 행동들이 수행됨으로써 시의 전달과 의미 생성은 열려 있는 상태로 자유롭게 구성된다. 이것이 바로 '시'를 읽기에 집중하던 독자-수용자에서 몸으로 수행하는 관객-참여자로 갈라지게 하는 지점이다.

　시와 퍼포먼스의 상호 텍스트적인 매체적 관계는 이처럼 어느 한 텍스트를 하나의 기호체계로서 주어진 것으로서가 아닌, 수행이 가능한 것으로 지평을 펼쳐 놓는다. 수행성은 신동엽의 시가 하나의 사건으로 존재할 수 있는 기제가 되도록 하고, 시 퍼포먼스를 활동으로 이어 나아가게 하는 원동력이 된다.

3. '신동엽의 서울시대'와 수행성

1) 기행 형식과 수행성의 구성－재현에서 수행으로

　이 문학 기행은 기행의 형식으로 진행되는 시 퍼포먼스이다. 기행은 여행의 체험을 바탕으로 개인이 보고 듣고 느낀 바를 글을 통해 드러내는 방식이자 문학 양식이다. 기행은 전통적으로 한문체의 하나인 '기記' 가운데 유기遊記나 일기日記의 형식을 취하기 때문이다. '여행을 한다는 것은 공간의 이동과 이에 따르는 시간의 흐름에 따라 자기 인식에 객관적 토대를 부여할 수 있다는 것을 전제한다.'김진희, 「김기림 기행시의 인식과 유형」, 『한국현대문학연구』 24, 2008, 67쪽 시·공간의 확장은 외부 세계에 대한 경험을 토대로 타자와의 차이를 확인시켜 주면서 새로운 감각을 확보하고 인식의 계기를 마련해 주는 기회를 제공한다. 따라서 기행 형식의 시 퍼포먼스는 풍경의 조망을 통해 인간의 심미적 의식을 발통케 하면서 감각적 차원을 고취시켜 준다. 요컨대 '외적 체험의 시간을 전제로 내적 체험의 시간을 형상화'하면서 자아의 성장을 도와준다.김진희, 위의 글, 73쪽 그런데 심미적 경험은 하나의 예술 경험으로서 기행 퍼포먼스를 통해 직접 보고 느끼는 생생한 경험은 다시 일상으로의 복귀를 이루어야 한다. 하나의 경험은 연속적 융합으로 이루어지므로 자아는 대상과의 완전 침투를 경험함으로써 성장을 하게 되고 대상으로부터 삶을 배우고 익히기 때문이다. 그러나 여전히 시가 퍼포먼스라 호명할 수 있는가의 문제가 남겨진다. 시와 퍼포먼스는 각기 그 목적과 활동의 모습이 다르기 때문이다.

따라서 일반적으로 기행이 여정을 따라가며 보고·듣고·느낀 것을 적는 문학의 양식으로서 여행기旅行記에 해당하지만, 여정이 기행 주체의 행동을 기반으로 이루어진다는 측면에서 수행적이라 논의할 수 있다. 아울러 모든 언어는 공연performance으로 이해할 수 있어 "수행성"의 의미와 상통하기 때문에 공연으로서의 언어는 행동으로서의 언어'가 되고 기행의 언어 역시 행동이라고 논의할 수 있다.이미원, 「한국 탈놀이의 '수행성' 연구」, 『한국연극학』 42호, 2010, 19쪽 이처럼 문학 기행을 시의 퍼포먼스라고 명명할 수 있는 이유는, 이 기행이 시·공간의 이동에 따른 장소 탐방의 과정에서 수행의 형태를 취하고 있기 때문이다. 수행은 행동을 바탕으로 지속적인 움직임을 유도하며 퍼포먼스의 생산자와 수용자 사이에서 이루어지는 상호작용을 바탕으로 사건에 대한 문화적 실천 행위를 이루어낸다.

이처럼 여정에 따라 바뀌는 장소의 상황은 기행을 수행적인 상황으로 끊임없이 만들어 간다. 그리고 변화하는 퍼포먼스적 상황은 생산자와 수용자 간에 상호교환을 빈번하게 유도하면서 '스스로를 돌보는 반성Self-Reflexivity'의 시간도 갖게 한다.정성미, 「자기 성찰 글쓰기를 통한 인성교육의 가능성」, 『어문논집』 66, 2016, 260~261쪽 참조. 이외에도 고명신(2017), 서기자(2015)의 동일 주제 논문 참조 수행은 지속적인 시간과의 관계 속에서 퍼포머와 관객-수용자들의 감정과 의식 그리고 정서에 영향을 끼치면서 이루어지는 활동이기 때문이다. 이 활동의 맥락 하에 시시각각 변화하는 자신의 심리적 상황을 가늠해 볼 수 있다는 측면에서 성찰이 가능해진다. 성찰은 '반성'과 달리 우리 스스로의 작용을 의식하면서 스스로에 대한 해부, 해체를 하게 되는 것을 일컫는다. 반성은 외부의 사물이 거울이나 혹은 스크린에 반영혹은 영사되는 것처럼 주체와 관계없는 것들을 우리가 지각하거나 의식하는 경우에 해당하기 때문이다.김무규, 「소통을 위한 성찰」, 『한국언론정보학보』, 2012, 184쪽 따라서 스스로와 대면하며 때로는 자기파괴적인 모습을 가질 수 있다. 아울러 '외부 세계를 재현하거나 그것을 이해하여 지식으로 삼지' 않기 때문에 성찰은 수행적이다.김무규, 위의 글, 185쪽 결국 수행을 통한 반성은 자기 성찰적 태도를 유지하며 인간 삶의 시간을 고귀하게 다루어 보는 중요한 계기점을 마련해준다는 측면에서 실존적이다.

그런데 여기서 '실존이란 개인 자신에 의해 즉각적이고 직접적으로 경험하게 된 바에 따른 인간적 실존을 의미한다.한스 마이어프, 이종철 역, 『문학 속의 시간』, 문예출판사, 2003, 45~46쪽 요컨대 실존은 현상적 육체를 매개로 맥락화 되기 때문에 육체로서의 몸은 의미의 구현체로서가 아닌, 신체의 현존과 움직임 그 자체로서 중요한 기표로서 작동할 뿐이다. "그러나 유의해야 할 점은 그렇다고 해서 육체가 '탈의미화Desemantisieerung'되는 것은 아니라는 점이다. 그보다 공연예술에서는 오히려 육화embodiment의 과정이 곧 의미화의 과정에 다름 아니므로 이 둘은 서로 분리될 수 없다"파트리스 파비스 외, 앞의 책, 121쪽 이러한 기표의 작동은 퍼포머를 의미를 재현하는 수단으로서가 아닌, 드러내는 과정으로서 이해하도록 하면서 관객-수용자들에게 그 의미들을 구성하도록 유도한다. 따라서 퍼포먼스는 이제 미리 주어진 의미들을 파악하게 하는 기호적인 재현에서 벗어나 수행성을 중요한 목표로 삼는다. '수행성이란 '지각'하는 사람의 주의를 등장하는 인물과 오브제의 기호적인 것이 아니라, 이들이 갖는 각기 특수한 물질적 "현상성"으로 쏠리게 하는 데에 본질이 있다. 지각은 지각대상이 갖는 감각적 자질들에로 주의를 집중한다.'파트리스 파비스 외, 위의 책, 139쪽 따라서 이러한 맥락 속에서 '지각'은 현상을 경험하고 파악하게 하는 주요한 요인으로 부상한다.

이처럼 '신동엽의 서울시대'는 시인의 궤적을 따라가는 과정에서 퍼포머와 관객들 사이에서 상호작용함으로써 자신의 삶을 조망하는 실존적 기회를 갖게 된다. 이것은 지속적으로 이동하는 행선지의 변경 속에서 조우하게 되는, 시와 시인의 진실한 정황들에서 비롯된다. 여기서 주목해 볼 만한 사실은 기행에 따른 장소의 변경 과정이 생태적으로 형성된다는 것이다. 이 기행은 서울이라는 공간을 중심으로 두 개의 지역구를 따라가는 경로로 진행되는데, 이 과정에서 자연과 인간 삶의 터전이 동시에 조망된다. 아울러 퍼포먼스에서 낭송되는 시들이 이러한 자연과 인간의 생태학적 환경 문제에 대한 진실한 이야기들을 노정한다. '생태주의'는 자연과 인간 세계에서 일어나는 첨예한 이데올로기들의 투쟁을 담고 있기 때문이다.이상현,『생태주의』, 책세상, 2011, 19~20쪽 참조

신동엽은 자연을 생명 공급의 원천이라고 간주하였고 인간의 욕심이 이 자연을 오염시켜 생명을 빼앗아 간다고 여겼기 때문에 인간과 자연은 조화로운 관계를 맺어야 한다고 역설한다. 이 관계가 깨어질 때, 인간의 육체가 가장 불행해진다는 사실을 인지하면서 자연과의 화해를 요구한다. 요컨대 인간이 어떤 환경에 처해 있는가를 제일 먼저 감지하는 것은 '신체몸 및 지각의 문제'와 관련한다.파트리스 파비스 외, 앞의 책, 52쪽

따라서 관객의 '지각'을 통해 발견되는 진실한 정황들과 포착되는 대상들은 감각의 차원을 확장하면서 관객의 몸을 거듭나도록 유도한다. 지각이란 사물의 표상에 대한 뇌의 경험으로서 의식적인 감각의 경험이다. 이 감각 경험을 의식적으로 알게 될 때 지각이 성립한다. "그메를로 퐁티의 주저『지각의 현상학』에 의하면 지각은 인간의 반성의 근거가 되고 있으며 세계 속에 깃들어 그 부분을 이루고 있고, 신체는 바로 지각의 근거가 되고 있다. 세계 내 존재, 즉 존재는 항상 세계에 대한 반성적 의식에 선행하는 바, 현상학의 목표는 곧 실재의 직접적인 파악이다."박상규,『美學과 現象學』, 한신문화사, 1997, 194~195쪽 참조; 김영학,「김우진 희곡의 몸성 연구」,『한국민족어문학』 79권, 2018, 246쪽 재인용

결국 이러한 감지感知의 경험은 자연과 인간 문제에 대한 고민의 장으로 이끌어 낸다. 개발 호재에 이끌려 자연의 터전을 잃게 된 사람들의 방황과 피폐함이 21세기 현재에도 여전히 답습되고 있기 때문이다. 중요한 것은 이러한 관객의 몸이, 퍼포머의 신체적 현존을 통해 가능하다는 것이다. 공동으로 현존하는 퍼포머와 관객의 몸이 실존적 욕망을 부추기며 실현 가능하도록 하기 때문이다. 퐁티는 이러한 몸을 현상적인 장이자 감각의 주체로서 간주한다. 몸은 세계와 실존적으로 얽혀 있고 몸이 무엇을, 어떻게 지향하느냐에 따라 세계와 관계를 맺는 양상이 달라지기 때문이다. 하나의 몸의 능력은 결코 하나의 몸으로만 규정되지 않으며, 항상 그것들의 힘-관계들의 장 혹은 맥락의 도움을 받으며 그에 의해 부추겨지고 또한 그것들과 긴밀한 연관을 가진다.멜리사 그레그 외, 최성희 외역, 『정동 이론』, 갈무리, 2015, 17쪽 따라서 퐁티는 지각이 정신 활동만의 산물로서만 그치지 않고 몸의 지향성에 따라 다양한 결과를 산출한다고 역설한다.

결국 퍼포머를 통해 전달되는 시와 시인의 여러 정황은 시인의 과거의 삶 속에서만 회자되지 않고 현재에 살아 움직이는 삶으로 치환되어 관객들에게 다가갈 수 있게 된다. 몸과 표정 그리고 말로 표현되는 퍼포먼스가 과거를 현재화하면서 실감 나게 전달되기 때문이다. 이렇게 전달된 현전의 상태는 관객에게 물리적 영향을 행사하면서 시 정서와 감정 및 의식에 영향을 끼친다. 이로써 과거는 재현되는 것이 아니라, 수행을 통해 현전화 되고 보전 가능해진다. 이처럼 지각에 의한 정황의 포착은 수행의 맥락 속에서 사건을 즉각적으로 인식하게 만든다.

2) 기행의 내용적 수행 요인

구체적으로 이 퍼포먼스에서는 총 7개 장소의 문학 기행지에서 지아비로서, 시인으로서, 국민으로서 다양하게 정체화 되는 시적 진실들이 하나의 사건들로 인식되어 현재의 관객들에게 다가온다. 그리고 이때 현재화 되는 삶의 진실들은 퍼포머와 관객의 상호 교감을 통해 전달된다. 특히 여기서 목도화 되는 진실의 정황은 신동엽 시를 근간으로 전제되는 퍼포먼스를 통해서이다. 성장 제일주의, 물신주의, 인간 중심주의가 낳은 생태의 파괴와 인간 삶의 황폐화 등은 시인이 당대에 가장 고민했던 인간 삶의 문제들이다. 이처럼 배우와 관객의 육체적 공존은 이 문학 기행이 공연성을 지닌 퍼포먼스로서의 조건을 충족시켜준다. 그리고 퍼포머와 관객 간의 상호작용적인 교감을 통한 의미의 생성을 돕는 기제로 작동한다. 관객의 행동은 무대로부터 지각한 에너지에 대한 응답이며, 배우의 행동 역시 관객의 행동에 대한 대답이기 때문이다.[파트리스 파비스 외, 위의 책, 142쪽] 요컨대 관객은 배우와 더불어 다양한 방식으로 공연 전반에 걸쳐 영향을 미치며 끊임없이 돌발적 의미를 구성해가는 행위자로서, 공동생산자로서 그 역할을 수행한다. 아울러 변화하며 진행되는 물리적 공간의 전환은 이 퍼포먼스가 하나의 사건으로서 지속되게 하는 원동력을 제공한다.

이 원동력은 상호 교차와 변형을 통해 퍼포머와 관객에게 영향을 미치면서 퍼포먼스의 수행을 지속시켜 나간다. 요컨대 이러한 상호적인 수행성은 '지금-여기'에서 일어나는 사건들을 미학적으로 경험함으로써 발생하는 감정이나 정서의 반응을 일으킨다. 이 안에는 사건과 이를 지각하는 것 사이의 긴장 관계 속에서 존재하는 '모든 문화적인 실천의 차원'이 포괄되어 있기 때문이다.루츠 무스너·하이데 마리 울 편, 앞의 책, 105쪽

이러한 수행성이 이루어지는 총 7개의 문학 기행지와 기행 일정은 다음과 같다.

제목 신동엽의 서울시대(신동엽 50주기 기념 문학기행)

일시 2019년 6월 15일(토) 오전 10시부터

집결 성신여대 입구역 6번과 7번 출구 사이

주최 신동엽 기념 사업회

주관 신동엽학회

후원 문화체육 관광부, 창비, 한국 작가회의

	기행 장소	내용
1	성신여대입구역 7번 출구 인근	한국전쟁 후, 아내와 만난 헌책방 자리
2	동소문로 26다길	시인 사망 후, 가족이 지냈던 장모님 집터
3	성북구청 앞	결혼 후, 셋방살이 하던 집터 부근 개천가
4	성북구 동선동 5가 45번지 (점심식사)	서울 생활 살이 하다가 사망한 성북동 옛집
5	종로구 세운상가	시 〈종로오가〉의 배경인 종로 5가에서
6	종로구 관수동 102번지	근무지 명성여자고등학교 터
7	중구 세종대로 110	반도호텔이 보이는 서울 시청

'신동엽의 서울시대'는 이상과 같이 총 7개 장소의 기행을 중심으로 이루어진다. 2019년 6월 15일 토요일 오전 10시부터 집결하여 시작된 기행은, 오후 4시에 완료된다. 행사는 기획 구성 단체와 일반인 관객들이 함께 공간을 이동하면서 기행의 체험을 공유해 가는 방식으로 진

행되는데 주로 도보와 버스로 이동을 한다. 문학 기획의 구성은 행사 집행부와 퍼포머로 이루어지는데 집행부는 하루 동안 경험하는 모든 일들을 총괄하여 관리하고 퍼포머는 연기자의 역할을 수행하며 퍼포먼스를 수행해 간다. 이러한 퍼포먼스를 수행하는 과정에서 환기되는 공간들은 새롭고 낯설게 다가오면서 장소적 관계를 변경하기 시작하고 각기 다른 관객의 정체성을 새롭게 형성한다. 전시장 밖, 공연장이 아닌 거리와 지하, 이름 없는 공간에서 행해지는 퍼포먼스는 관객의 참여뿐 아니라, 그들에게 현실에서 상상할 수 없던 '공간적 경험을 동시에 체험'하게 하기 때문이다.루츠 무스너·하이데 마리 울 편, 앞의 책, 133쪽 "이제 무대는 배우를 수용하는 공간이라는 전통에서 벗어나 관객을 아우르는 공간으로 인식된다. 그리고 이 공간은 종종 단절과 여백을 드러내며 관객의 참여와 해석으로 완성되는 곳이니, 관객들이 허구 속으로 빠져드는 곳이기보다 항상 자신의 현존을 주목하게 만드는 곳이기" 때문이다.이미원, 앞의 글, 20쪽 참조 아울러 극장 공간처럼 몰입을 유도하여 환상 속에 갇히게 하지 않고 현실을 직시하고 현존을 깨닫는 장소에 있다는 사실을 환기시켜 주기 때문이다. 공간의 이동 과정에서 생성되는 빈 공간들은 오히려 자유로운 이동감을 유도하면서 수행성의 여지를 확대 시킨다.

'헌책방-장모님 집터-개천가-성북동 옛집-세운상가-명성여자고등학교 터-서울 시청'으로 이어지는 공간의 다양한 변화는 관객으로 하여금 새로운 경험을 구성하게 하는 차원으로 나아가도록 유도한다. 세 지역구로 이어지는 이동 경로는 각 지역의 문화적 특색을 공유하고 경험하는 기회로 다가선다. 이동을 통해 변경되는 공간은 그 자체로서 생경하게 다가오면서 관객 체험의 범위를 확대시키기 때문이다. 경험해 보지 못했던 시인의 삶을 좇아가는 과정은 결국 시대의 역사를 조우하는 계기로 다가오게 된다는 사실이다.

이 기행의 안내 책자 2쪽에는 출연진을 소개하는 문구가 작성되어 있다. 이것은 이 기행이 하나의 연극처럼 진행되는 퍼포먼스 상황이라는 것을 알려 준다. 주요 출연진에는 신좌섭 교수, 배우 김중기, 신동엽학회 회원 김응교전체 진행자/시인/숙명여대, 김지윤부진행자/숙명여대으로 기술되어 있고 실제로 이 외에도 김진희숙명여대, 박영미건국대, 이대성서강대, 맹문재안양대, 신좌섭서울대, 최종천시인, 정우영신동엽학회장/시인, 이지호시인, 구중서수원대가 매 기행지에서 퍼포먼스를 위해 역할을 한다. 이들을 출연진이라고 소개할 정도로 이 기행은 극적 형태를 띠고 있다. 가장 주목할 만한 점은 신동엽 시인을 연기하는 배역이 설정되어 있다는 것인데, 실제 배우인 김중기는 기행의 시작부터 끝까지 7개의 장소에서 신동엽을 연기한다. 퍼포머 김중기는 별세하신 신동엽 시인을 현재의 시·공간으로 호출하여 관객과 직접 대면하게 하는 상황을 연출하면서 극의 활기를 돕는다. 수려한 외모와 중저음의 발성이 잘 된, 굵은 목소리의 소유자인 퍼포머 김중기는 매 기행지에서 시를 낭송하기도 하고 기행지와 관련된 지난 이야기들을 관객에게 전달한다. 관객들은 이 퍼포먼스를 통해 신동엽 시인의 삶과 이야기를 전해 들으면서 기행 장소에 대한 새로운 의미를 환기하며 얻어 간다.

김진희, 박영미, 이대성, 신좌섭, 최종천, 정우영, 이지호, 구중서 등 역시 각 기행지에서의 에피소드들에 대한 해설을 하면서 퍼포머로서의

주요 출연진

신좌섭 교수는 신동엽 시인의 아들입니다. 1959년 서울에서 태어나 서울대 의대를 졸업하고 현재는 서울대 의대 교수로 있는데요, 그가 직접 동행하여 안내합니다. 시집 『네 이름을 지운다』, 역서 『이타적 유전자』, 『의학의 역사 – 한 권으로 읽는 서양 의학의 역사』 등을 펴냈습니다.

배우 김중기 씨가 곳곳에서 신동엽 시인의 역할을 맡아 연기합니다. 영화 〈선택〉에서 주연으로 출연했고, 〈1급 비밀〉 〈강철비〉 등에 출연했던 그는 현재 TVN 드라마 〈자백〉에서 검사로 출연하고 있습니다.

신동엽학회 회원인 학자, 작가, 시인들이 답사 지역마다 설명하고 관련된 시를 낭송할 예정입니다. 전체 진행은 김응교 시인, 부진행자는 김지윤 선생입니다.

안내 책자 및 주요 출연진 소개글

역할을 수행한다. 이들은 주로 퍼포먼스가 마무리 되는 시점에서 기행 퍼포먼스에 대한 구체적인 설명과 의미를 되새겨주는 일명 코러스를 연기한다. 막 간에 상황을 설명해 주며 극의 활기를 이어가는 그리스 비극에서의 코러스들처럼 이들은 하나의 집단을 형성하여 개인별 막간 클로징을 담당하고 기행의 막과 장을 마무리 하는 수행을 한다.

가장 특별해 보이는 퍼포머는 신좌섭 교수이다. 신 교수는 실제로 신동엽 시인의 아들로서, 의술인으로서 현재 의료계에 종사를 하고 계신 분이다. 신 교수는 기행의 시작부터 마지막까지 퍼포먼스를 독려하며 함께하고 4지점인 성북동 옛집의 공간에서 클로징 멘트를 담당한다. 시인의 아들로서 신 교수는 이 기행 퍼포먼스의 리얼리티를 더욱 현실감 있게 부각시키면서 이 퍼포먼스 계획의 의미를 완성하는 역할을 한다.

3) 상상적 현실의 수행적 공간 – 서울

에리카 피셔-리히테는 수행적 창출로의 이행에서 행위자와 관객의 움직임 그리고 지각을 통한 공간성의 생성을 중요하게 언급한다.에리카 피셔 피히테, 김정숙 역,『수행성의 미학』, 문학과 지성사, 2017, 242쪽; 이은주,「수행적 퍼포먼스를 기반으로 하는 강국진의 예술행위」,『현대미술사연구』42권, 2017, 127쪽 끊임없이 변화하는 공간은 수행적 공간의 특성을 명확하게 해주기 때문이다. 이러한 공간성은 주어지는 것이 아니라, 새롭게 생성되면서 사건을 형성한다. 따라서 이 공간성에는 현실과 상상의 공간이 한데 겹치면서 '사이-공간'으로서 수행적 공간을 형성하고 끊임없이 순환하며 자동적으로 형성되는 에너지의 순환을 필요로 한다. 그리고 이 변화하는 과정의 생성 속에서 관객은 현실 세계와 유리된 채로, 상상 세계로 들어가 대상과 접촉하고 대면하면서 몰입의 충만감을 경험한다. 이 경험은 직접적인 관객의 참여로 가능한데 여기에 장소가 환기하는 특별한 분위기까지 겹치게 되면 공간은 상상적 현실의 수행적 공간으로서 작용하기 시작한다. 따라서 에리카 피셔-리히테는 이러한 수행적 공간성 창출을 위해 다음과 같이 세 가지 조건을 언급한다. 첫 번째는 공간성이 자동 형성적 피드백 고리로 생성되는 과정에 집중하는 것이며, 이에 반해 두 번째는 수행적 공간에 특정한 잠재력을 펼칠 수 있는 에너지를 순환시키는 것에 주목했다. 세 번째는 현실공간과 상상된 공간을 겹침으로써 공간성을 생성하고, 수행적 공간을 '사이-공간Zwischen-Raum'으로 드러내는 것이다.

이 문학 기행 퍼포먼스에서 상상적 현실로서의 공간은 바로 '서울'이다. '서울'은 퍼포먼스 전체를 통어하는 주재적인 공간으로서 신동엽의 시가 잉태하고 자라나는 중요한 삶의 장소이자 실제 현실로서 존재한다. 이제는 지도에조차 표기되지 않지만 신동엽 시인의 거주지, 근무지 등으로 표상되는, '서울' 공간을 기행하는 과정은 과거의 시간을 소환하여 신동엽 삶을 마주하는 중요한 계기를 마련해준다. "문학 기행이라는 실증적 연구와 답사를 거쳐 올 연말쯤에는『신동엽 문학지도』를 출판할 예정"정우영, 앞의책, 2쪽이라는 주최 측의 기획 의도에서처럼, '서울'은 부여에서 제주도까지 이어지는 그의 문학적 세계를 탐사하고 확인하는 데에 중요한 단서를 제공한다. 물질문명에 대한 비판, 평화에 대한 희구, 인류가 공존하는 삶, 자연과 사람의 교류 등 신동엽 시적 세계의 중요한 특징이 배태되고 성장하는 공간으로서 '서울'은 매우 중요하다.

이러한 '서울' 공간 전역에 분포되어 있는 신동엽 시인의 자취와 흔적을 따라가는 이 기행 퍼포먼스는 퍼포머와 관객에게 상호 참여자로서, 행위자로서 과거와 현재의 '서울' 공간에 대한 의미를 환기할 수 있도록 시간을 마련해준다. 특히 신동엽 시인의 생가를 방문하고, 시 탄생의 배경이 된, 장소를 탐방하며 시의 의미를 되새겨 보는 즐거움은, 기행 공간 그 자체에서는 물론, 퍼포머와 관객-참여자의 관계 속에서 더 크게 생성된다. 특히 공간들은 객석과 무대를 분리해서 대상과의 거리를 두지 않고 한데 어우러져 관계 맺기가 가능한 곳으로 위치화 되어 있고, 엄격하고 제도화 되어 있지 않기 때문에 관객-참여자가 자연스럽게 서성이며 참여할 수 있도록 유도한다. 실제로 관객-참여자는 자유스럽게 앉고 서고 기대는 다양한 몸짓을 연출하며 체험을 강화한다.

주로 실내가 아닌, 실외 공간에서 퍼포먼스가 이루어지는 것이 이러한 자유롭고 열린 형식의 동선을 이루게 한다. 특히 자연 배경을 중심으로 한 실외 공간은 특히 생태적 환경을 조성하면서 관객-참여자들의 마음과 의식을 공간을 향해 열리도록 독려한다. 생태적 환경이란 인간과 자연이 함께 있음을 강조하고 지칭하는 말이다. 여기 이 하나 됨의 상황 속에서 각자의 개성에 맞게 이루어지는 자유로운 활보는 퍼포먼스의 즐거움을 배가시킨다. 따라서 퍼포먼스에 대한 몰입이 획일적이지 않고 개별적이기 때문에 의미 생성은 관객-참여자들 각자의 몫으로 남겨진다.

　이 시 퍼포먼스에서 수행적 공간은 총 7개의 장소로 구성되는데, 이 퍼포먼스의 주요 무대로 기능한다. 이 장소들은 지하철역 근처, 개천가, 집터, 상가 건물, 학교 부지, 길가들이다. 이 장소들은 현재 남아 있지 않거나 있다 하더라도 과거의 흔적이 사라진 일상의 공간들이다. 따라서 본래 시적 배경지로서 온전하게 느끼기에는 어려운 면이 있으나, 이를 보완하기 위해 기획진은 퍼포머와 관객-참여자 간의 상호작용과 상상력을 이끌어 내어 부족한 느낌을 채워 나아갈 수 있도록 다양한 형태의 공간감을 조성해준다. 요컨대 이 상상력은 현재의 시·공간을 과거의 시·공간으로 탈바꿈 하도록 하기 위해 퍼포머와 관객-참여자 간의 상호 접촉 과정에서 발생하여 장소의 분위기를 특별하게 창출하여 공간감을 형성한다. 서로의 감정과 생각이 교류하는 과정에서 일어난 상상력이, 평범한 현실 공간을 의미 있고 특정한 분위기를 갖추고 있는 장소로 탈바꿈시켜 주기 때문이다. 공간의 수행은 이런 방식으로 이루어지는데 구체적으로 이 문학 기행에서의 7개 공간을 살펴보면 아래와 같다.

성신여대입구역 7번 출구 인근 ― 동소문로 26다길 ― 성북구청 앞 개천가 ― 성북구 동선동 5가 45번지 성북동 옛집 ― 종로구 세운상가 ― 종로구 관수동 102번지, 명성 여자고등학교 터 ― 중구 세종대로 110 서울 시청

주로 이 공간들은 '서울' 강북 지역의 성북구-종로구-중구를 중심으로 포진해 있고 지도상으로 볼 때에도 서로 매우 인접해 있다. 이 장소들은 신동엽 시인이 주로 기거하던 삶의 공간^{성북구}과 사회 활동을 하던 공간^{종로구/중구}으로 크게 대별 된다. 이 지역들은 한강 이남의 지역들이 개발되기 이전에 '서울'을 중요하게 구성하던 도시 공간들이었는데, 특히 한국 근대 사회의 경제 계획에 맞추어 개발된 삶의 터전이었다. 따라서 이 지역들은 생활과 산업의 근거지이자 '서울'이라는 도시를 상징하는 곳으로서 대표성을 갖는다. 아울러 신동엽 시인의 삶과 시적 세계 형성의 지반이 만들어진 공간들로서 매우 중요한 의미를 갖는다.

우선 시인으로서보다 신동엽이라는 한 생활인으로서 그 삶의 거주가 되었던 기행 공간들을 살펴보면,

1. 성신여대입구역 7번 출구 인근 : 한국전쟁 후, 아내와 만난 헌책방 자리
2. 동소문로 26다길 : 시인 사망 후, 가족이 지냈던 장모님 집터
3. 성북구청 앞 : 결혼 후, 셋방살이하던 집터 부근 개천가
4. 성북구 동선동 5가 45번지(점심식사) : 서울 생활 살이 하다가 사망한 성북동 옛집

이와 같이 묶인다. 이 공간들을 추적하다 보면 한 인간으로서의 신동엽 시인을 이해할 수 있는 일상생활의 모습들을 발견할 수 있다. 이 공간들은 신동엽 시인의 개인적 생활이 이루어지던 사적 영역이기 때문이

다. 따라서 이곳에서 평소에 갖고 있던 생각과 행동들 그리고 가족 이야기는 그의 시 세계를 형성하는 요인을 밝혀 주는 단서를 마련해 줄 수 있다. 아울러 이 사적 발견을 통해 생경한 장소들을 탐방해 가는 과정은 관객-참여자에게 신동엽의 숨결을 가까이에서 느끼는 것과 같은 효과를 얻게 해준다.

반면에 실제 한 사회인으로서 삶을 살아갔던 기행의 공간들을 살펴보면,

5. 종로구 세운상가 : 시 〈종로 오가〉의 배경인 종로 5가에서

6. 종로구 관수동 102번지 : 명성여자고등학교 터

7. 중구 세종대로 110 : 반도 호텔이 보이는 서울 시청

이와 같이 묶인다. 이 공간들을 따라가다 보면 신동엽 시인이 사회인으로서 어떠한 삶을 살아갔는지를 짐작할 수 있다. 따라서 이 장소들을 탐방해 가는 과정은 관객-참여자에게 신동엽의 현실 참여적인 시들이 잉태되어 간 맥락을 직접 느끼며 이해하는 계기를 마련해 준다. 이 공간들은 신동엽 시인의 삶의 공적 영역으로서 이곳에서 느끼며 감지했던, 사회의 문제와 현실의 모습이 잘 드러나고 있어 시적 형상화의 문제를 가늠해 볼 수 있다. 시적 형상화의 근원적 계기로서 작용을 했던 공간에 대한 탐방은 신동엽 시가 최초로 탄생하게 된 배경으로서 역할을 하고 시세계에 대한 이해를 도와주기 때문이다. 따라서 기행 퍼포먼스의 수행성은 시가 창작되어 전유 되어 가는 과정을 포함하는 문화적 실천이 된

다는 점에서 중요해진다.

　'신동엽의 서울시대' 문학 기행의 여정은 사적 인간으로서 그리고 공적 인간으로서 신동엽 시인의 삶을 자연스럽게 이해하는 경로로 구성되어 있다. 이는 사적 영역에서 형성된 한 인간됨이 공적 영역에서 어떻게 드러나 온전한 인간으로서의 삶을 이루면서 시로서 형상화했는지를 제시해 준다. 그리고 이 7개의 기행지에서 이루어지는 퍼포먼스들을 효과적으로 구성하기 위해 개별 기행의 퍼포먼스가 대체적으로 '낭송-짧은 상황극-클로징 멘트' 형태로 계획된다. 이 형식들은 극의 시작-중간-끝의 형식과 유사하게 구성되어 한 편의 드라마를 구성한다. 낭송 형식은 시작을, 짧은 상황극은 중간을, 클로징 멘트는 끝을 완성한다. 그러나 경우에 따라서 낭송과 짧은 상황극의 순서가 바뀌어 진행되는 기행지도 있다는 점을 유념할 필요가 있다.

　따라서 매 기행지에서 구성된 에피소드들은 드라마의 생리적 리듬에 맞추어 전개되고 이는 관객-참여자의 관심과 흥미를 진작시킨다. 낭송은 주로 시나 산문 읽기로 시작하고 이를 보다 더 확대한 형태의 상황극이 또한 이어진다. 그리고 퍼포먼스를 종료하는 클로징 멘트는 전체 내용에 대한 해설과 정서적 정리를 이루어 낸다. 이와 같이 7개의 개별 형태의 극들이 모여 전체 이야기를 형성하면서 이 문학 기행은 신동엽 시인의 삶과 시에 대한 서사를 완결한다. 이를 상세하게 살펴보기 위해 7개의 개별 이야기들이 어떻게 이루어져 전개되고 있는지를 알아본다.

향아 너의 고은 얼굴 조석으로 우물가
에 비최이던 오래지 않은 옛날로 가자

수수럭거리는 수수밭 사이 걸직스런 웃
음을 들려 나오며 호미와 바구니를 든
환한 얼굴 그림처럼 나타나던 석양……

구슬처럼 흘러가는 냇물가 맨발을 담그
고 늘어앉아 빨래들을 두드리던 전설
같은 풍속으로 돌아가자

눈동자를 보아라 향아 회올리는 무지개
빛 허울의 눈부심에 넋 빼앗기지 말고
철따라 푸짐히 두레를 먹던 정자나무
마을로 돌아가자 미끈덩한 기생충의 생
리와 허식에 인이 배기기 전으로 눈빛
아침처럼 빛나던 우리들의 고향 병들지
않은 젊음으로 찾아가자꾸나

1959년 11월 『조선일보』에 발표한 시 「향아」

향아 허물어질까 두럽노라 얼굴 생김새 맞지 않는 발돋움의 흉낼랑 그만 내자
들국화처럼 소박한 목숨을 가꾸기 위하여 맨발을 벗고 콩바심하던 차라리 그 미개지
(未開地)에로 가자. 달이 뜨는 명절밤 비단 치마를 나부끼며 떼지어 춤추던 전설 같은
풍속으로 돌아가자 냇물 굽이치는 싱싱한 마음밭으로 돌아가자

이튼 아니라요 고등대내매 점심 식사

◆ 짧은 상황극 3: 동선동 집에서의 신동엽_배우 김중기

◆ 4지점 클로징 멘트 신좌섭 선생(서울대)

서울 성북구 동선동 5기 45번지
집 앞에 선 외할머니, 노미석과 신
정섭, 신좌섭. 이 한옥에서 신동엽
은 운명할 때까지 살았다.

낭송, 짧은 상황극, 클로징 멘트

(1) 퍼포머의 수행 형식 : 낭송, 짧은 상황극, 클로징 멘트

가. 낭송

낭송이란 시나 문학 작품을 음률적으로 감정을 넣어 유창하게 읽거
나 외는 것으로서 한국어사전편찬회, 이응백 외 감수, 『국어대사전』, 교육도서, 1998 구체적으
로 말하면 시 속에 담긴 의미와 시적 감동을 청중에게 전달하기 위하여
시를 소리 내어 읊는 행위를 의미한다. 이것은 심미적 읽기 행위로서 낭
독과는 다른 개념이므로 구분할 필요가 있다. 그런데 단순히 읊는 행위
가 아니라, 시 텍스트에 담긴 화자의 상황을 적절하게 분석하고 알맞은
분위기와 운율을 고려하여 읊고 시문학의 본질과 특성에 가까이 접근하
는 '활동'이라 할 수 있다.박안수, 「시낭송 표현 형식의 유형별 특징 분석을 통한 시낭송 교육 방안
탐구」, 『국어교과교육연구』 21호, 108쪽 활동은 결국 행위, 행동이다.

따라서 낭송을 한다는 것은 어떤 것을 수행한다는 뜻이기도 하다. 이 문학 기행에서 낭송은 주로 신동엽의 시와 산문을 중심으로 이루어진다. 이들은 기행지와 밀접하게 관련한 내용의 글들로서, 전반적으로는 신동엽 시인의 역할을 맡은 퍼포머 김중기를 통해 진행되지만, 다른 퍼포머들도 낭송에 관여한다. 퍼포머와 관객-참여자의 음성 외에 공간에서 자연 발생적으로 혹은 인위적으로 공명하며 발생하는 소리들은 청각적인 측면에 의존을 하면서 공간성을 주조하는 데에 역할을 한다.

'성신여대입구역 7번 출구 인근' 헌책방 자리에서는 신동엽 시인과 아내 인병선 여사의 만남 이야기가 소개되는데, 이때 낭송은 퍼포머 김중기와 함께 관객-참여자가 진행한다. 여기에서는 효과적인 극적 공간을 연출하기 위해 잔존하지 않는 헌책방을 현재화하는 공간 조성의 작업이 수행된다. 책방 자리를 대신해 들어선, 건물 벽에 켜켜이 쌓인 책의 이미지들이 그려진 현수막이 부착될 때, 골목길의 공간은 헌책방의 공간으로 연출된다. 이 假-공간의 연출은 바로 열린 공간으로서의 골목길이 하나의 무대로서 전환되는 순간을 지시한다. 아울러 이것은 모든 공간이 열려 있어 무대가 되어 연출이 가능하다는 포스트모던한 연극적 상황을 반영한다. 무대는 자연스럽고 색다르게 조성되면서 각종 자연 발생적 소리와 퍼포머와 관객의 신체들이 한데 어우러지는 공간을 구성하면서 퍼포먼스의 조건을 충족시킨다.

이곳에서 퍼포먼스화 된, 낭송시는 1959년 11월 『조선일보』에 발표된 시 '향香아'인데, 퍼포머의 단독 공연이 아닌, 퍼포머와 관객-참여자가 한데 어우러져 제송을 한다. 기행의 포문을 열어 주는 시로서 「향香

아」는, '오래지 않은 옛날로 가자 / 빨래들을 두드리던 전설 같은 풍속으로 돌아가자 / 우리들의 고향 병들지 않은 젊음으로 찾아가자꾸나 / 맨발을 벗고 콩바심 하던 차라리 그 미개지未開地에로 가자 / 넷물 굽이치는 싱싱한 마음 밭으로 가자'에서처럼 각 연의 종결을 청유형 형태의 문장으로 사용하며 앞으로 진행될 기행에 대한 희구 그리고 이 기행이 자연과 인간애가 가득 찬 곳으로 이끌 것이라는 기대감을 드러낸다. 이곳은 인간과 자연이 하나가 되는 행복한 세상으로서 신동엽 시인이 늘 갈망하던 세계의 모습이다.

이 시에서는 물질문명의 차가움이 거세되고 소박한 인간애가 가득한 공간으로서 소박한 '인간 귀향'에의 의지를 보여 주었던 시인의 의식이 잘 드러나고 있다.구중서, 『신동엽론』, 온누리, 1983, 90~91쪽 참조 이 시에서 시인은 부정성보다는 긍정성이 넘치는 세계에로 합일하고자 하는 의지를 보여준다. 그의 합일 의식은 자연과 인간이 하나가 되는 생태적 삶에 다다르고 있는데, 이와 관련하여 "오늘날 지구의 '생태학 복원'을 위해 신동엽의 시각이 선견지명"이 되었다는 지적은 매우 설득력 있게 다가온다.김응교, 「신동엽의 삶과 연구사」, 『신동엽』, 글누림, 2011, 16쪽 신동엽의 생태주의는 인간과 자연이 함께 하는 공동체의 조성에 맞닿고 있기 때문이다. 이것은 현재 국제 사회와 모든 인문학이 방향을 잡고 있는 생태학 복원에의 문제와 궤를 같이 한다. 시 '향香아'는 자연과 따뜻한 인간미를 갖춘 존재와 세계에 대한 갈망을 드러내주면서 이 기행 퍼포먼스의 시작을 알리고 전체를 관통하는 정서적 그리고 인식론적 틀을 조성한다. 아울러 이 기행이 도달할 방향 지점을 예고한다.

성북구청 앞 개천가에서는 시 '누가 하늘을 보았다 하는가'가 퍼포머 김중기에 의해 낭송된다. 이 시에서는 부끄럼 없는 삶을 살면서 현실의 질곡들을 타개해 나아가겠다는 시인의 의지가 표명되는데, 퍼포머의 선명하고 굵직한 음성이 시인의 정신을 더욱 고결하고 순수하게 느껴지도록 분위기를 조성한다. 시냇물에 고스란히 비추어질 정도로 맑고 푸르른 실제의 하늘은 시 속에 나오는 '하늘'과 동일한 느낌을 가지도록 배경화된다. 여기에 개천가 주변에 피어난 꽃과 풀 그리고 새소리는 푸르고 깨끗한 하늘의 기운을 더욱 청명하게 살려주면서 공간감을 조성한다. 이곳은 바로 신동엽 시인의 신혼 살이가 진행된 집 근처에 있는 개천가이다. 이 개천가는 풀벌레 소리와 새소리가 가득한, 천변의 풍광을 생동감 있는 무대로 만들어 주면서 신동엽 시인의 신혼 시절과 여기에서 잉태된 시 작품들은 더욱 고결해진다.

이 시에서 중요한 시어 '하늘'은 신동엽 시 전체를 통어하는 중요한 시적 의미체이다. 그리고 이 '하늘'과 관계하는 자들은 시인이 꿈꾸는 새로운 세상을 구현할 수 있다. 따라서 시 속에서 이들은 일신의 안녕만을 꿈꾸지 않고 공동체 이상을 실현하는 데에 노력하는 사람으로서 '엄숙한 세상을', '서럽게' 살아가는 일을 경험한, 하늘을 본 자들로 형상화 된다. 이들은 '외경'과 '연민'을 일게 하는 '하늘'을 바라본 범상치 않은 인물들이다. 신동엽 시인 역시 이들처럼 하늘을 본 자로서 고결한 삶의 자세를 가지고 살아간다는 사실을 묵직하고 신뢰성이 가득한 중저음의 퍼포머를 통해 낭송될 때, '하늘' 이미지는 이 시인의 삶과 교차하며 관객-참여자의 마음을 순연하게 한다. 이 시는 신동엽 시인의 전체 시 세계를 관통하고 그의 시 정신을 드러내는 중추적인 역할을 하면서 기행 퍼포먼스를 주재한다.

종로구 세운상가에서는 시 '종로 오가'의 배경이 된, 기행지 세운상가 _{종로구 장사동에 위치}에서 퍼포머 김중기에 의해 낭송된다. 낭송은 세운 상가를 마주 보고 종로 5가의 거리와 전경이 보이는 배경을 뒤로한 채 진행된 다. 맑고 푸른 하늘과 대조적으로 상가 점포들이 문을 걸어 잠근 모습은 공간을 고요하고 생기를 잃은 장소로 변경하면서 낭송 무대의 푸르른 배경을 오히려 장엄하게 조성한다.

이 시는 과거 종로 5가에 내재한 암울하고 낙후된 삶의 정서를 고스란히 표출하고 있다. 종로 5가는 1970년대 서울이라는 도시 공간의 욕망이 고스란히 집적되고 드러나는 장소로서 사창가와 이재민의 판잣집으로 가득했던 곳이었는데 도시 정비 사업으로 인해 지상 낙원으로 바뀐 지역이다. 이곳은 물질적 욕망이 점철된 한국 근대 사회의 이면을 드러내면서, 한국 전자산업의 메카로서 1970년대의 한국 근대의 경제 산업을 이끌었던 명실상부한 근대적 공간이기도 하다. 실제로 방문한 종로 5가는 과거에 청계천과 동대문 지역 중심으로 미싱 노동자와 뒷골목을 중심으로 술집 등이 즐비한 곳으로서 1960년대 한국 자본주의의 상징적인 장소를 대표한다. 그러나 이제 예전과 달리 많은 노동 인력이 빠져 나가 몇몇 점포들만이 남아 있거나 젊은이들의 유흥을 달래주는 공간으로서 기능을 하고 있을 뿐이다.

시 '종로 오가'는 현실구조의 본질적 모순을 인식하고 당대의 도시 빈민 문제를 담아낸다. 맑고 큰 눈동자의 소년, 허리를 다친 노동자, 몸을 파는 창부들은 시 속에서 종로 5가를 중심으로 하는 현실 구조의 본질적 모순을 인식하게 하는 인물들이다. 여기서 소년은 시 〈금강〉에 나오는 신하늬 인물과 정서적으로, 의미적으로 맥락을 같이 한다는 점에서 중요하다. 소년과 신하늬는 인간적 본질주의를 회복하기 위해 영원한 하늘의 뜻을 이해하는 인물로 치환된다. 예전과 다르게 변화된 종로 5가의 현실 속에서 순수하고 해 맑은 소년의 부재는 다시 새로운 하늘이 열리기를 바라는 기다림과 그리움을 남긴다.

근무지 명성 여자고등학교 터에서는 두 개의 시가 퍼포머 김중기를 통해 낭송된다. 이 장소는 1961~1969년 기간에 신동엽 시인이 근무한 곳이다. 이제는 흔적조차 남아 있지 않은 옛 학교에로의 진입 실패로 인해 퍼포먼스는 근처 골목길에서 진행된다. 낭송된 첫 번째 시 '교실에서'는 당시 획일적인 교육에서 벗어나 참된 교육을 지향하는 신동엽 시인의 교육관을 엿볼 수 있다. 실제로 그는 암기식 학습에서 벗어나 자유롭고 창의적인 사고를 요구하는 형태의 학습 방식을 실천하였다고 전해진다. 객관식 위주의 획일적인 당시 교육 정책 방향과 다르게 신동엽 시인은 자신의 세계관을 반영한 교육 실천을 이루기 위해 정성을 다하고자 했기 때문에 제자들에게는 참된 스승으로 기억이 된다고 클로징 멘트가 이루어진다. 이 클로징 멘트는 교육자로서의 시인의 소신을 확인해주며 참된 시인의 인간됨을 시사해준다.

다른 두 번째 시는 부재하고 있는 시인에 대한 그리움과 추억을 잘 드러내 주고 있는 '산에 언덕에'이다. '그리운 그의 얼굴 다시 찾을 수 없어도 / 그리운 그의 노래 다시 들을 수 없어도 / 그리운 그의 모습 다시 찾을 수 없어도 …… 맑은 그 숨결 / 울고 간 그의 영혼 / 들에 언덕에 피어날 지어이.' 이제는 찾아 볼 수 없는 시인의 모습이 산과 들에 피어나기를 희구하면서 퍼포머와 함께 시가 낭송되는데, 이때에는 관객-참여자를 포함해서 모두가 낭송자가 되어 한 목소리로 읊는 제송을 한다. 이 제송은 참여한 사람들이 합심하여 무언가를 열정적으로 표현하거나 의미를 강조할 때에 유용한 방법으로서 낭송의 분위기와 그리움을 더욱 증폭시킨다. 이 시에서는 '언어와 언어 사이에는 대립이 없고 만물은 음을 지고 양을 품는다'김응교 편, 앞의 책, 159쪽는 자연주의 사상이 담겨 있는데, 이것은 순환론적 자연관에 기초한다. 부정의 세계가 아닌, 긍정의 세계를 향하고자 하는 시인의 교육관과 시 낭송 퍼포먼스는 서로 조화롭게 어울리며 퍼포먼스의 즐거움을 배가시킨다.

서울 시청에서는 퍼포머 김중기의 음성을 통해 시 '서울'이 낭송된다. 낭송은 시청의 내부 홀에서 진행되었는데 퍼포머 김중기와 시인 이지호가 함께 진행한다. 더블 낭송은 '서울'과 '금강'을 통해 이루어지는데, 함께하는 퍼포먼스라는 점에서 공간의 분위기를 더욱 엄숙하고 진중하게 만든다. 시청은 시적 배경이 되는 반도 호텔이 보이고 서울을 대표하는 공공 기관으로서 문학 기행의 주제를 드러내는 데에 적합한 장소이다. 시청은 도시 서울을 관리하는 공공기관으로서 시 '서울'과 밀접한 연관이 있고 서울시 살림을 관장하고 있는 중요한 기관이기 때문이다. 그러나 그만큼 권력과 중앙의 정치적 논리가 개입이 될 수 있는 공간이라는 점에서 경계하고 조심해야 할 장소로 인식된다. 따라서 이러한 장소에서 두 시가 낭송된다는 것은 역사적 현실과 상관하는, 신동엽 시의 비장함과 진지함을 잘 보여준다는 점에서 특별해진다.

　이 공간은 특히 시 '서울'에서 당대를 대표할 만한 장소들이 잘 보인다는 사실 때문에 무대로 채택된다. 시 「금강」 속에 등장하는 반도호텔 자리가 대체한 남별궁은 과거의 일본과 청나라의 외세 개입이 이루어지던 역사적 장소이다. 조선의 역사를 거세하고 출세와 영욕에만 빠졌던 서울 공간은 '변한 것은 무엇인가 / 서대문 안팎, 머리 조아리며 늘어섰던 한옥 대신 / 그 자리 헐리고 지금은 십이층 이십층의 빌딩 서 있다는 것'으로 현재화 되면서 비난의 대상이 된다. 여전히 서울은 달라지지 않고 그대로이다. 1960년대 서울은 한국 근대화의 상징으로서 이전의 공동체적인 평화로운 삶이 훼손되고 변경된 공간으로 회자되고 읽혀진다. 또한 매판 자본의 억압성, 60년대 경제 성장에 있어 신 식민지적 경제 원조의 허실이 있는 곳으로 감지되면서 사회·문화 영역에서 줄곧 비판을 받는다.

　이와 같이 근대 인식의 다양한 현상이 드러나는 서울은 '너는 조국이 아니었다'고 껍데기처럼 인식되고 자본주의적 욕망만이 도사리고 있는 곳으로서 환멸적으로 그려진다. '그러나 나는 서울을 사랑한다 / 지금쯤 어디에선가, 고향을 잃은 / 누군가의 누나가, 19세기적인 사랑을 생각하면서'에서처럼 생生을 이어갈 수밖에 없어 사랑을 할 수밖에 없는 열망의 대상이기도 하다. 그러나 이런 절망적인 시구 이면에는 '사시사철 물결 칠' 공동체적 회귀를 갈망하는 염원이 담겨 있다. 서울은 부정한 것들이 범람하는 도시 공간이지만 새롭게 갈아 엎고 보리를 심어 꿈의 지향성을 발견하고자 하는 희망의 대상이기도 하다. 낭송할 때 퍼포머의 음성은 애처롭고 아련하게 그리고 아주 비장하게 구사된다. 상실에 대한 안타까움을 드러내는 낭송은 관객-참여자의 마음을 애석하게 만든다.

이렇게 잉태된, 시 의식은 「금강」 제13장으로 이어지는 시적 세계의 발판을 마련해 준다. 시 「금강」 제13장은 반도 호텔과 서울을 시적 배경으로 하여 외세 자본에 대한 농민의 봉기를 통해 저항과 비판의 정신을 드러내는 현실 참여적 시이다. 이 시에서는 특히 과거와 달리 외세의 개입을 막아내지 않고 출세와 욕망으로 점철된 도시 공간에 대한 안타까움을 형상화 한다. 전봉준과 신하늬의 군은 맹세가 사라진, 결여적 공간으로서 서울은 자본주의적 욕망만이 가득차 있을 뿐이다. 이 시에서는 조선 말기의 상황과 유사하게 이어지고 있는 안타까운 현실을 현재와 과거와의 시간 대비를 통해 드러낸다. '오늘 / 얼마나 달라졌는가 / 변한 것은 무엇인가 / 무엇이 달라졌는가 / 중앙도시는 살찌고 농촌은 누우렇게 시들어가고 있다.' 시 「금강」 제13장은 이처럼 중앙 도시의 공간이 제 역할을 해내지 못하며 외세와 자본주의의 침략을 막아내지 못하고 있는 현실을 비판한다. 이때 낭송은 매우 비장하면서도 단호하게 이루어진다. 강한 어조로 현실의 문제를 힐난하는 목소리는 시 속 상황에 몰입하게 하고 기운차면서도 미래에 대한 희구와 열정을 느끼게 한다.

시 「금강」은 민족 공동체의 장으로서, 공동체제 원형으로서의 시·공간으로 형성된다. 이곳은 퍼포먼스 처음에 낭송된 「香아」에서 고향과 동일한 의미 맥락을 형성한다. '香아'에서의 고향 = 돌아가야 할 민족적 원형으로서의 그것으로 시 속에서는 "병들지 않는 젊음"의 고향, "차라리 그 미개지"인 고향으로 이미지화 된다. 고향은 스스로 '미개'가 됨으로써 근대적 패러다임을 해체하면서 중앙 집중의 권력화에 대응을 한다. 시 속 인물 하느는 영원의 하늘 아래에서 새로운 민중을 창안하고 미래를 기약하는 인물이다. 특히 신동엽이 묘사하는 '하늘'은 실재를 창조하고 영원의 하늘을 통해 모든 주체들은 하나가 되도록 한다.^{김응교 편, 앞의 책, 99쪽} 하늘은 사람들로 하여금 '외경'과 '연민'을 알게 해주기 때문이다. 외경은 하늘을 존중하고 사람살이의 바른 질서를 내면화 시켜 주는 마음의 원리이고 연민은 더불어 사는 이들을 사랑하게 해주는 마음의 원리이다. 따라서 땅의 일에 일신의 안녕이 아닌 영원한 하늘을 본 이들은 공동체 이상에 맞추어 살아갈 수 있는 인물로 시인은 인식한다. 시 「좋아」의 소년에서 「금강」의 하느로 이어지는 주체의 연결은 밝고 긍정적인 미래에 대한 강한 염원과 기약을 바라는 시인의 소산에서 비롯된다.

이 문학 기행에서 낭송의 형식은 이처럼 시 퍼포먼스의 시작을 알리면서 분위기를 조성하거나 증폭시키는 역할을 한다. 특히 낭송을 통해 전달되는 시와 산문에 대한 정보는 퍼포머들의 친연적인 음성 접근을 통해 자연스럽게 수용되기 때문에 극적 상황을 유연하게 전개시키는 역할을 한다. 낭송은 삶의 아픔을 느끼고 소망을 인식하게 하는 각성제로서의 도구 역할을 해준다는 점에서 의의가 있다.

나. 짧은 상황극

상황극은 성사극의 신비적 요소가 감소하는 과정에서 상황에 처해진 인간의 자유와 선택을 중요한 요소로 삼아 만들어진 극 형태이다.^{강충권, 「사르트르의 〈바리오나〉─성사극에서 상황극으로」, 『프랑스어문교육』 36권, 2011, 273쪽} 요컨대 신보다 인간이 중요해진 시대 속에서 개인의 성격, 도덕, 자유와 선택을 중요시 하게 된 극을 일컫는다. 신의 예지나 권능보다 인간의 절대적인 자유가 중요한 가치로 부상하는 맥락에서 출발한 상황극은 현대에 이르러 상황 속 인간의 자유 선택의 문제를 빈번하게 제시해주는 데에 매우 유리하다.

이 문학 기행에서 활용되는 짧은 상황극은 퍼포머들의 간단한 대화를 통해 전개되는데 한 상황에 처한 신동엽 시인의 혹은 시적 화자의 자유와 선택을 극명하게 보여주는 역할을 한다. 극 전개의 시간이 짧고 내용의 분량이 적게 설정되기 때문에 극이라고 할 수 없을 정도로 단순하지만, 퍼포머들의 진지한 연기와 관객-참여자의 상황에의 몰입은 한 편의 완성된 드라마를 행연하는 것처럼 깊은 감동을 자아낸다. 그러나 이 문학 기행 퍼포먼스 자체가 극적 형태를 띠고 있다는 점에서 이 짧은 상황극은 극중극으로 간주될 만한 소지가 충분해 보인다. 따라서 이 극의 형태는 시와 서사에 대한 환상적 느낌을 불러일으키기도 한다. 시와 시인 삶에 대한 이야기는 관객-참여자에게 호기심과 즐거움이 동반된 감동을 제공하기에 큰 역할을 한다. 상황극은 시나 산문의 내용을 설명하고 상황을 전달하기 위해 진행되고 퍼포먼스의 형식과 내용을 구성하면서 이 문학 기행을 완성한다.

헌책방이 있던 자리에서 퍼포머 김중기와 초원 선생님이 행연한 짧은 상황극은 신동엽 시인과 아내 인병선 여사의 사랑 이야기를 재현한다. 퍼포머 김중기와 관객-참여자 중 한 사람이 각각의 배역을 맡아 장면을 재현하는데, 퍼포머 김중기는 시인이 아내를 처음 만나고 난 이후에 작성했던 편지를 읽어 나아간다. 이때, 즉석에서 선발된 한 관객-참여자가 인병선 여사의 역할을 하면서 시를 청취하는 장면을 연출한다. 신동엽 시인이 보낸 '추경에게'라는 편지에서는 여사를 향한 순수하고 지고지순한 심적 상황이 드러난다. 이 극적 상황을 연출하는 또 다른 배역으로서 초원 선생은 서점에 놀러 온 손님의 역할을 하면서 이 극적 이야기가 하나의 장면으로서 성립될 수 있음을 강조한다. 클로징 멘트에서 소개가 되었듯이 시인과 여사의 사랑은 개인적인 사랑을 넘어 인류애에 이르는 사랑으로 초월하기 때문에 그들의 '사랑 나누기' 장면은 숭고하고 신실해 보인다. 게다가 이 상황극의 고결하고 소박한 분위기는 전체 퍼포먼스를 관통하는 극적 배경을 형성하는 데에 일조를 한다. 극 서사의 출발이 젊고 순수한 시절의 첫 만남을 필두로 전개된다는 사실은 이 문학기행 퍼포먼스에 대한 재미와 관심을 고조시키며 기대감을 갖게 한다. 이처럼 사랑 이야기를 통해 평소 인간에 대해 가지고 있었던 시인 내외의 생각을 엿보는 과정은 '나'와 인간, 세계에 대한 관계 맺기를 성찰하도록 시도한다.

성북구청 근처의 **개천가**에서는 시인의 큰딸인 신정섭 씨가 집필한 산문 '대지를 아프게 한 못 하나 아버지 얼굴에 그려놓고'를 퍼포머 박영미가 연출한다. 특별한 연기와 장면 연출은 이루어지지 않았지만 아버지를 일찍 여읜 딸로서의 심정이 잘 형상화 되어 전달된다. 모노드라마 형태의 이 극에서는 동생과 함께 가로수 우거진 길에서 산책을 하며 놀아 주시던 아버지의 모습이 그려진다. 비록 가난하고 경제적으로 어려웠지만 아버지 신동엽은 자신의 어린 시절을 행복감이 충만하도록 만들어

주셨던 분으로 회고된다. 따뜻한 인정과 부모님의 보살핌 속에서 자란 큰딸을 대신해서 퍼포머 박영미는 큰 사랑이 담겨 있는, 지난 과거의 기억을 관객-참여자의 추억으로 환원하며 마음속 깊이 울림을 준다.

아버지에 대한 추억은 **성북동 옛집**에서 또 한 번 연출된다. 여기에서도 짧은 형태의 극 퍼포먼스가 이루어진다. 이제는 흔적조차 남아 있지 않은 집터에서 관객-참여자들은 시인의 아들인 신좌섭 선생님으로부터 신동엽 시인에 대한 이야기를 전해 듣는다. 이때 집터에 세워진 한 건물의 외벽에 어린 시절, 퍼포머 신좌섭과 할머니의 사진이 현수막에 걸리는데, 이 이미지는 과거의 공간으로 들어가는 공간 구성을 하면서 시간을 현재화 한다. 이곳은 신동엽 시인이 별세할 때까지 살았던 곳으로서 신좌섭 선생과 가족에게는 매우 의미 있는 장소로 기억된다. 이 기억 구성은 다시 한 번 퍼포머 김중기의 나래이션과 신좌섭 선생님의 즉석 화답 형식의 대화를 통해 진행되고 전달된다. 즉각적으로 이루어져서 대화 내용을 녹음하지 못해 구체적인 내용을 전달하지 못한 것을 아쉬움으로 남기지만, 오히려 이것이 바로 즉흥적 퍼포먼스로서의 '시'를 특징한다는 것을 알려 주는 대목이라는 점에서 흥미롭다.

다. 클로징 멘트

클로징 멘트는 한 기행의 서사를 종료하고 완결 짓는 역할을 한다. 이는 3단 구성에서 '끝' 부분에 해당하는 마지막 단계에 해당한다. 이 문학 기행 단계에서는 서사를 완결하는 기행지별로 지식과 정보가 풍부한 퍼포머들을 미리 배정하여 마무리 이야기를 구성하도록 준비를 한다. 에

피소드별 전체 퍼포먼스에서 완결된 이야기체로서 마지막 단계를 구성하지만 다음 단계를 열어 주는 포문의 역할을 한다는 점에서 의미가 있다.

퍼포머 김진희는 **헌책방 자리**에서 미래의 반려자가 될 경이인병선 여사 '애칭'를 향한 신동엽 시인의 설렘과 기쁨을 퍼포먼스 하면서 관객-참여자를 구경꾼이 아니라 깊이 서사에 개입하게 하는 참여자로 만들면서 행복감을 제공한다. 이 단계에서는 연애 시절 신동엽 시인과 인병선 여사 사이에서 오고 간 편지와 육필 원고를 엿볼 수 있는 퍼포먼스가 진행된다. 퍼포머 이대성 선생님서강대의 멘트로 진행되는 이야기들 중에 '빨갱이의 딸'이라고 일컬어지며 살아오신 인병선 여사의 아픔이 소개되고 이를 따뜻하게 위로하는 시인의 편지가 공개된다. 아울러 1959년 신춘문예 입선 후의 신동엽 시인의 심경이 담긴 엽서글이 소개되는데, 이 퍼포먼스를 통해 일상인이자 인간으로서 신동엽 시인을 보다 이해할 수 있도록 의미 있는 시간이 구성된다. 특히 짚풀 생활사 박물관을 건립하게 된 동기와 함께 인병선 여사의 구체적인 삶에 대한 조망이 신동엽 시인을 이해하게 하는 계기를 더욱 마련해준다.

종로 오가에서 퍼포머 정우영 시인은 클로징 멘트에서 1960년대의 사회적 상황과 시인의 관계를 잘 설파해낸다. 자본과 인간, 근대와 전근대, 부와 가난, 문명과 자연, 착취와 노동 등의 사회적 현상들이 시 '종로 5가' 속에서 잘 형상화 되어 있다고 전달한다. 자본이 지배적인 체제 속에서 노동, 공장, 성매매가 활발하게 이루어지던 공간으로서 종로 5가가 한국 근대 사회를 상징하는 시대의 아픔이라는 사실을 시에서 형상화하고 있다고 소개한다. 이러한 알림은 퍼포먼스 안내 책자에 학습 문제로 제출하여 관객-참여자가 문제를 풀어 볼 수 있도록 적극적인 관심과 흥미를 유발하고자 한다. 서울 시청에서는 퍼포머 김지윤의 클로징 멘트 이후, 구중서, 정우영, 김응교 등 여러 퍼포머들을 통해 클로징 멘트가 문학 기행의 퍼포먼스를 마무리 해준다. 특히 마지막에 등장한 퍼포머 구중서는 시 '좋은 언어'를 낭송하며 퍼포먼스를 마무리 한다. '하잘 것 없는 일로 지난날 言語들을 고되게 부려만 먹었군요 / 때는 와요 / 우리들이 조용히 눈으로만 이야기할 때 / 하지만 그때까진 좋은 言語로 이 세상을 채워야 해요'라는 시구들은 신동엽이 갈망하는 세상에 대한 희구를 드러낸다. 퍼포머 김응교에 따르면 좋은 언어란 '살 아픈 언어'로서 시대와 현실의 문제의식을 드러내기 위해 분투하는 아픈 언어이다. 좋은 언어=살 아픈 언어로서 세상을 구원하기 위해, 좋은 세상을 이루는 그날을 위해 지속적으로 생성해서 채워 나아가야 할 언어이다. 이처럼 이 세상을 좋은 언어로 채워 나아가자고 하는, 신동엽 시인의 다짐은 관객-참여자에게 큰 울림으로 다가오고 후학 연구자들을 통해 이어진다.

(2) 관객-참여자의 수행 형식─낭송, 사진 촬영하기, 호응하기

가. 낭송

낭송은 퍼포머뿐만 아니라, 관객-참여자의 수행 행위이기도 하다. 이것은 자발적으로 혹은 계획하에 의도적으로 진행된다. 자발적인 경우, 퍼포머가 낭송을 할 때, 개별적으로 관객-참여자가 따라 하는 형태로 드러난다. 대체적으로 퍼포머의 낭송을 방해하지 않는 선에서 관객-참여자가 목소리를 작게 하며 읊조리면서 수행을 한다. 때로는 직접 소리를

내기도 하지만, 속으로 되뇌이며 입만 따라서 움직이기도 한다. 의도적으로 계획된 경우, 퍼포머가 낭송을 할 때 관객-참여자에게 함께 낭송할 것을 요구한다. 물론 낭송에 참여하는 것은 어디까지나 관객-참여자의 몫이고 의지에 달려 있다. 대부분은 참여를 하지만 오히려 청취에 귀를 기울이면서 시 읽기를 수행하기도 한다. 이렇게 계획된 낭송 퍼포먼스는 일종의 제송처럼 여러 사람의 합창으로 퍼져 나아가 공간을 가득 메우는 큰 울림이 되고 그 자체가 감동이 되어 서로의 연대감을 획득하도록 한다. 특히 헌책방 자리에서 함께 낭송한, 시 「향香아」는 순수한 두 젊은 만남을 장면화 하며 기행 퍼포먼스의 시작을 알리고 함께함을 확인하는 좋은 계기를 마련해 준다. 순결한 이 시의 이미지는 이 문학 기행 퍼포먼스 자체의 이념적 기제로 작동할 만큼 기여를 한다.

그런데 이 연구에서는 낭송의 구체적인 발화 상황, 태도 및 자세 등을 논의하는 것을 앞으로의 과제로 남긴다. 보다 깊은 낭송 방식에 대한 연구는 다음의 기회로 미루어 다시 논의하기로 한다. 지면의 한계와 자료의 미축적은 본 연구의 한계로 인식하고 시의 수행성을 형성하는 조건들에 대한 논의로 국한한다.

나. 사진 촬영하기

사진 촬영은 관객-참여자가 퍼포머와 상호 작용을 하고 퍼포먼스에 대한 피드백을 확인하게 해주는 중요한 수행적 행위이다. 디지털 매체의 기기가 발달함에 따라, 흔하게 사진을 촬영하고 접할 수 있는 시대에 호응하는, 관객-참여자의 상호작용과 피드백은 이 매체를 통해 즉각적으로 이루어진다. 매 기행지에서 새롭게 등장하는 자연 풍광이나 정경, 건축물, 사람들 그리고 각종 퍼포먼스를 위한 오브제들은 촬영 대상이 되어 관객-참여자의 호응을 유도한다.

이렇게 촬영된 영상물은 관객-참여자의 소장으로 그치지 않고 이 기행 퍼포먼스에 참여하지 않은 여타의 사람들에게 공개하고 공유하면서 퍼포먼스에 대한 피드백을 확산해 간다. 블로그, 카톡, 문자, 이메일 등의 SNS 등을 바탕으로 한, 피드백은 이 기행 퍼포먼스에 직접 참여하지 않은 사람들에게 간접 경험의 기회를 갖도록 한다. 특히 이 문학 기행을 기획한 주최 측으로서 신동엽학회는 포털 사이트에서 카페를 운영하고 페이스북을 열어 신동엽 시인을 홍보한다. 이 기행 퍼포먼스에서 산출된 사진 자료들은 이 '두 사이버 공간'에서 확인할 수 있는데, 이 모든 것들은 관객-참여자들의 상호작용 행위에서 비롯된다.[1]

이처럼 퍼포머와 관객-참여자 간의 소통을 확인해 볼 수 있는 상호작용의 결과체로서 사진 촬영하기는 관객-참여자의 감정과 의식을 가늠해 보는 중요한 계기를 마련해준다.

다. 호응하기

호응은 다양한 형태로 나타난다. 몸짓, 표정, 음성 등이 바로 구체적인 이 호응의 형태이다. 기행 퍼포먼스는 말 그대로 몸의 움직임을 근거

---

1   신동엽학회 카페 및 페이스북 주소
    http://cafe.daum.net/poetshin/
    https://www.facebook.com/search/top/?q=%EC%8B%A0%EB%8F%99%EC%97%B-
    D%ED%95%99%ED%9A%8C&epa=SEARCH_BOX

로 이루어지는 여정의 과정이기 때문에 매 순간의 몸짓은 상호작용을 이루는 요인이 된다. 몸짓이나 표정은 비언어적 표현 행위로서 언어적 표현보다 더 강한 의사 전달을 이루어낸다. 따라서 관객-참여자의 기행지에 대한 설렘과 흥분이 빠른 발걸음이나 역동적인 몸짓과 같은 것들을 통해 드러날 때 퍼포먼스의 공간은 더 활기찬 장소로 전환된다.

여기에 수반되는 표정들 역시 중요한 호응 체계로서 역할을 하며 퍼포먼스의 상호작용을 형성한다. 아울러 감정의 희노애락은 부지불식간에 드러나기 때문에 몸짓과 얼굴에 나타나는 표정은 관객-참여자의 정서적 상태를 가늠해 볼 수 있는 기회를 제공한다. 요컨대 이 기행이 얼마나 관객 스스로에게 만족감을 성취하고 있는가의 문제를 가늠해 준다는 말이다. 기행지에서 관객-참여자가 자신의 모습이나 기행지의 풍경을 담아낼 때, 그 순간의 표정을 보다 적극적으로 확인할 수 있다. 기꺼이 즐거운 상황이 아니라면, 표정을 통해 자신의 감정적 상태를 드러내지는 않을 것이기 때문이다. 얼굴의 표정은 가장 적극적인 관객-참여자의 피드백을 가늠할 수 있는 결과체이므로 호응하기의 우선적인 기제가 된다.

이와 함께, 음성으로 드러나는 감탄사도 피드백 요소가 될 수 있다. 감탄사는 감정을 드러내는 데에 가장 효율적인 언어이기 때문이다. 대체적으로 독립어와 같은 짧은 단어로 드러나기 때문에 발화 시에 이성보다는 감정이, 의식보다는 무의식이 발현하여 개입을 한다. 감탄사는 상황에 따라, 관객-참여자의 성향에 따라 다르게 나타나는데 이를 표본, 추출해서 어떤 감탄사가 어떤 장면적 상황에서 연출되었는지의 문제에 대해서는 자료 채집의 미비를 근거로 후속 논의로 남겨 둔다. 호응 기제로서 감탄사의 발화는 이처럼 퍼포먼스에 대한 관객-참여자의 수행적 행위이자 기제로서 중요하고 수행성을 연구하는 데에 단서를 마련해 주기 때문에 중요하다. 관객의 경험담을 인터뷰나 설문을 통해 연구 논의의 토대를 세울 필요가 있는데 이는 추후 연구 과제에서 진행하기로 기약한다.

이처럼 호응 기제를 바탕으로 퍼포머가 직접 몸으로 한 행동에 대해 관객-참여자가 자신의 몸으로 인지하고 반응하는 것이 바로 퍼포먼스의 '행동'을 구성하고 수행성을 이루는 것이다.유현주, 「수행성, 몸, 체험의 문화」, 『뷔히너와 현대문학』 39, 2012, 257쪽 그런데 이 행동들은 이미 정해져 있는 의미만을 전달하는 것으로서가 아닌, 이에 반하는 행동으로서 의미의 방향 전환을 이루어내는 것을 중요한 특징으로 삼는다.

4. 퍼포먼스로서의 '시'의 수행성과 가능성

시가 퍼포먼스로 가능할 때, 시는 수행적일 수 있다. 수행적이라는 것은 시가 하나의 사건으로서 행위화 된다는 것을 의미한다. 따라서 행위화 되기 때문에 시는 퍼포먼스로서 가능해진다. 그 이유는 시에 잠재되어 있는 시적 언어의 특징, 요컨대 언어가 단순히 어떤 대상이나 사건을 묘사하는 수단이 아니라 행위이며, 발화하는 순간 언어 자체가 '현실'을 구성하기 때문에 충분히 수행적인 것이 된다.장은수, 앞의 글, 429쪽

따라서 퍼포먼스로서의 신동엽 시는 현실을 구성하는 발화 언어들

의 집합체로서 하나의 사건으로 현동화 되기 시작한다. 시는 근대 이래로 고유의 낭독성을 상실한 채 활자에 새겨지면서 시각적 매체로서 자신의 정체성을 지속적으로 유지해 온다. 요컨대 '시'는 낭송되기 이전에는 활자에 인쇄된 매체의 하나로서 인식된다. 근대에 이르러 낭송되던 '시'가 리듬감을 상실하면서 '시'는 읽혀지는 대상으로 자리매김한다. 그럼으로써 '시'에 내재하던 은율성은 소거되면서 '시'는 시각적 기호의 대상으로서 인식된다. 그러나 최근에 이르러 시는 다시 낭송되기 시작하면서 이 고유한 발화성에 대해 주목을 받기 시작한다. 이 문학기행 '신동엽의 서울시대' 역시 그러한 흐름 속에서 탄생된 기획이자 사건으로서 낭송을 통해 시 본래대로의 특유한 시성을 살려내는 데에 집중을 한다. 이런 측면에서 이 기행은 보다 신동엽의 시를 이해하는 저변의 기회를 확대하고 새로운 형태의 신동엽 시 읽기 방식을 제안하는 퍼포먼스이다. 이것은 시 형태를 띤, 이 퍼포먼스가 여타의 퍼포먼스와 변별되는 지점이다.

그동안 철학이 수행문이 아닌 진술된 문장들에 집중해 왔던 것처럼, 시 역시 수행보다는 진술 그 자체에 주의를 기울여 왔다. 그러나 이와 달리 이 기행 퍼포먼스는 보다 다각적이고 수행적인 형태의 시 체험을 유도하면서 관객-참여자에게 새로운 감각의 획득을 제공한다. 이 감각은 관객-참여자의 '신체적 현존'을 전제로 얻을 수 있는, 인간 감성의 맥락에 부응한다.^{파비스 외, 순천향대 인문과학연구소 편, 『수행성과 매체성─21세기 인문학의 쟁점』, 최준호, 「미학에서 지각학으로의 전환과 그 함의」, 푸른사상, 71쪽} 시인의 궤적을 따라 시가 잉태되었던, 사회·문화적 배경과 상황들을 직접 목도하는 과정은, 글자들 속에 새겨진 시의 의미 맥락을 현재의 시·공간에 살아나게 하는 실천적인 시의 이해 방식으로 전환된다.

실제로 시적으로 형상화 되고 있는, 1960~1970년대 '서울'이라는 시·공간이 환기하는 자연과 문명의 대립, 자본주의의 병폐, 외세의 개입 등의 문제들에 대한 직접적인 체험은 관객-참여자의 세계에 대한 개입을 적극적으로 요청한다. 문제의 현장을 방문하고 답사하는 몸의 경험은 과거의 시·공간을 보다 자신의 문제로 육화시키는 여지를 제공한다. 이렇게 함으로써 관객-참여자는 자신이 처한 환경 속에서 감지되는 자극과 신호들에 대해 신체적으로 반응을 하면서 자신들을 '세계-내-존재'로 위치하게 한다. 적어도 퍼포먼스로서의 '시'에서 제기하는 사회적 현실 문제들을 향해 '자기 감지 속에 있는 자기의식의 기초'를 세우면서 '세계-내-존재'로서 관객-참여자는 끊임없이 이어지는 환경에 관여를 한다.

그동안 잉여로서 간주되어 온, 시의 수행성이 이처럼 생기를 얻을 때, 퍼포머와 관객-참여자에게 시는 과거가 아닌 현재를 재구성할 수 있는 하나의 대상으로서 깊게 다가온다. 단순한 시각적 기호 대상으로서가 아닌, 몸으로 기억되는 언어적 사건으로서 이 문학기행 퍼포먼스는 시에 대한 접근과 해석의 방법을 새롭게 제시해 준다. 여기에 그 시 언어가 갖고 있는 치열함과 성실함이 현실 문제에 대한 치열한 언어로 파고들게 될 경우, 시가 일으키는 반향력은 성찰과 실천을 유도할 정도로 확대된다.

앞서 논의한 바와 같이, 이 문학 기행에서 지속적으로 변화하는 환경은 신동엽 시인이 시에서 형상화 하고자 했던, 과거에 치열한 삶이 이루어졌던 물리적 환경이다. 이 환경 공간의 이동 속에서 물리적 환경에 대한 관심은 심리적 환경의 변화를 일으키는데, 이것은 시 언어를 더욱 수행적일 수 있도록 만들면서 퍼포머와 관객-참여자의 상호작용을 유도한다. 발화되는 언어가 그 환경적 배경이 되는 시·공간과 접촉할 때, 관객-참여자는 상상하기 어려웠던 시·공간의 경험을 생생하게 체험할 수 있기 때문이다. 이것은 몸의 경험성과 언어의 물질성에서 비롯되는 구체적인 수행 행위 때문에 가능해진다. 더욱이 상호작용을 일으키는 주요 요인이 과거에만 국한된 것이 아닌, 관객-참여자의 현실 문제와 상관한다면 더욱 활기를 띨 수밖에 없다. 가령 물질 만능주의가 낳은 환경 오염의 문제와 이것이 초래하는 여러 가지 삶의 병폐들은 과거에도, 현재에도 달라지지 않고 남아있기 때문에 과거의 배경은 현재화되어 전유 된다.

이것은 최근에 대두하고 있는 자연미학의 흐름과 일치한다. 자연미학은 '자연 및 인간에 대한 근대적 이해로부터의 변화'의 흐름 속에서 대두되었다.파트리스 파비스 외, 앞의 책, 17쪽 이것은 인간이 자신이 어떤 환경에 처해 있는가를 스스로의 신체에서부터 감지한다는 새로운 미학의 사상적 기저와 상통한다. 이른바 지각학의 미학으로서 기본적으로 환경문제에 대한 심각성에서 야기되고, 생태주의의 기치를 내걸면서 기존 미학에 대한 반성을 모토로 삼는다. 이것은 신동엽의 문학기행의 특유한 지점을 형성한다. 기행을 통한 장소의 변경은 생태학적 환경에 대한 관심을 갖도록 부추기면서 21세기에 당면한 인간 삶의 환경 문제들을 고민하게 한다.

환경오염, 물질주의에의 숭배, 이기심, 인간성 황폐화, 외세의 개입 등은 여전히 해결되지 않는 문제로 남아 있어 지속적 관심의 대상이 된다.

이 기행의 여정 속에서 이를 숙고하면서 퍼포머와 관객-참여자, 퍼포머와 환경, 관객-참여자와 환경 모두는 상호 배경이 되고 상황이 되어 정서적으로 영향을 주고 지각 형성에 도움을 준다. 이러한 상호 환경은 상황을 직면하게끔 할 정도로 관계적이고 '처해 있음'을 수용하면서 공동화되는 감정을 부추긴다. 기행이라는 특별한 형식 역시 생태주의적인 속성과 깊이 관련하며 공동화의 감정을 촉발시키는 요소로 작동한다. 기행에 대한 생태학적 접근은 추후 다른 별도의 공간에서 논의하기로 한다.

5. 결론

이 글은 '신동엽의 서울시대'라는 문학 기행을 퍼포먼스론적 관점에서 접근하여 시가 과연 하나의 사건이자 행위로서 가능한지를 살펴보았다. 근대 이래로 시가 낭송시에서 보고 읽는 시로 변화함에 따라 시는 시각적 매체로서 인식되어 왔는데, 최근에 이르러 시는 본래대로 돌아가 낭송에 집중하고 있는 추세이다. 이런 측면에서 '신동엽의 서울시대'는 문학 기행의 형식을 띤 하나의 퍼포먼스로 볼 수 있는 가능성이 커진다. 단순한 답사 형태의 문학 기행이 아니라, 여정의 과정에서 낭송과 같은 수행적 행위들이 이루어지기 때문이다.

퍼포먼스 문화에서 중요한 것은 행위, 즉 행동이고, 행동은 퍼포머와 관객-참여자의 실제 공-현존과 상호작용을 바탕으로 구성된다. 행동이 하나의 사건으로 만들어지면서 퍼포머와 관객-참여자 사이에 이루어지는 상호작용은 사건에 대한 문화적 실천을 이루어낸다. 수행은 이러한 행동을 바탕으로 지속적인 움직임을 유도하는 과정인 셈이다. 따라서 '시를 수행한다는 것'은 시를 하나의 사건으로 수용한다는 것을 의미한다. 그리고 사건을 수용한다는 것은 사건의 현실을 재현하는 것이 아닌, '현존' 그 자체에 집중하는 것을 의미한다. 결국 수용의 맥락은 수행의 과정이 된다. 그리고 수행을 하기 위한 조건으로서 공간성, 육체성, 소리, 매체성 등과 같은 것들이 필요하다.

'신동엽의 서울시대'는 이처럼 시를 수행하기 위한 조건을 갖추고 있고 이를 바탕으로 사건을 형성하면서 문화적 실천을 이루어낸다. 퍼포머와 관객-참여자의 몸성육체성, 퍼포먼스가 이루어지는 공간성소리성 포함, 시와 퍼포먼스의 융합적 매체성매개성은 이 문학 기행이 하나의 사건으로서, 퍼포먼스로서 성립을 가능하도록 해준다.

이러한 조건 하에 각 일곱 기행지에서 퍼포먼스는 낭송, 짧은 상황극, 클로징 멘트 형식으로 구성된다. 이 형식들은 시작-중간-끝의 극적 구조와 유사하게 구성되고 있어 신동엽 삶과 시의 서사를 전개하는 데에 유용하고 감정의 극대화를 꾀해주기 때문에 퍼포먼스의 원활한 수행을 이루어낸다. 특히 관객-참여자의 피드백을 적극적으로 도출해 냄으로써 퍼포먼스의 수행을 완성한다. 낭송, 사진 촬영하기, 호응하기 등의 수용 방식은 관객-참여자의 수행 행위를 이해하는 중요한 단서가 된다.

이로써 시각적 대상으로서 읽혀지던 시가 하나의 사건으로 성립할 수 있는 가능성은 충분해 보인다. 이제 시는 몸으로 기억 되는 하나의 언어적 사건으로서 다가오고 이것은 신동엽 시에 대한 새로운 이해와 해석의 방법을 제공해 준다. 활자화 되어 완료된 시제로서의 시가 아니라 현재화 되어 현존하는 사건으로서 시는 관객–참여자의 문제적 현실을 재구성할 수 있는 원천을 제공한다. 특히 미래의 삶을 어떻게 이루어 나아갈 지에 대한 전망을 제시해 준다는 면에서 이 퍼포먼스로서의 '시'는 소중한 문화적 실천 행위가 된다.

학회 이야기

정세진

갑자기 찾아온 인연

신동엽학회에서는 2021년에 들어서 매달 셋째 주 토요일 오후 3시부터 시작되는 월례회 모임 2시간 중에 1시간씩 도스토옙스키의 4대 장편 소설 중 하나인 『악령』을 강독하고 자유스러운 토론의 시간을 가져왔다. 감사하게도 2021년 1월 16일, 악령의 첫 번째 발제는 본인이 했는데, 제목은 「악령의 구조와 주요 인물」로 악령의 주요 특성을 전체적으로 개관하고 1부 1장에 대한 내용을 나누었다.

현재까지 본 강독은 계속되었고, 2022년 12월에 악령 강독 모임은 막을 내릴 것 같다. 거의 2년 동안 진행된 강독과 토론이었다. 이 강독을 통해 신동엽 시인의 시에서 어떤 영향력을 받아왔는지를 이야기하고 내용의 구성, 주인공의 다양한 성격 등에 관해 많은 토론을 하는 유익한 시간이 되었다.

개인적으로 신동엽학회에서 기억나는 일은 미얀마에서 민주화 시위가 일어나던 시기, 2021년 3월 7일, 대전역에서 주한 미얀마인이 주최한 '미얀마 민주화 투쟁' 동조 시위에 신동엽학회 회원들과 참여한 일이었다.

국내에서는 한국작가회의, 대전작가회의, 신동엽학회, 김수영연구회 등이 참여하였다. 당시 허태정 대전시장도 이 모임에 동참하고 격려를 해

2021년 3월 7일 미얀마 민주화를 위한 집회 참여, 맨 왼쪽이 정세진 교수

주셨다. 작가회의 국제협력위원장이며 신동엽학회의 회장인 김응교 교수
께서 미얀마 시위 연대 선언문을 낭독하면서 주한 미얀마 시민들과 함께
고통 받는 미얀마인들을 위해 마음을 같이 가지는 시간이 되었다. 이 집회
에 참여한 이들은 미얀마 정부 군부의 강한 진압 작전으로 희생된 모든 이
들을 기린다는 차원에서 붉은 리본을 가슴에 달았다. 군부 쿠데타에 저항
하는 상징적인 신호였던 세 손가락 경례를 같이하면서 미얀마 민주주의의
회복과 국제 사회의 연대를 위해 동일한 마음을 나누었으며, 고통받는 사람
들을 위해 작은 정성을 들인, 고통받는 이들과 함께하는 연대의 시간이었다.

러시아 역사 및 지역학, 중앙아시아와 코카서스 역사 및 지역학을 주로
전공한 본인이 거장 신동엽을 기억하면서 만들어진 신동엽학회에 참여하
여 개인적으로는 과분하고 뜻밖의 사건이 되었다. 다만, 본인의 역량이 부
족하여 학회에 많은 도움이 되지 못하는 것 같아 늘 미안한 마음이지만, 어
느 날 갑자기 찾아온 인연처럼 신동엽학회와 맺었던 인연도 오랫동안 지속
되기를 바라는 심정이다.

필자소개(가나다 순)

김소은(金昭銀, Kim So-eun) 숙명여대 교양교육연구소 연구교수. 대표 논문으로 「한국 근대 연극과 희곡의 형성과정 및 배경 연구」, 「한국 TV 멜로드라마의 '감정'의 수행 방식 연구」 등이 있다.

김우진(金佑鎭, Kim Woo-jin) 서강대학교 국문과 석사 졸업. 석사 논문으로 「김명화 희곡의 공간연구」가 있다. 신동엽 오페레타 〈석가탑〉을 기획했다.

김응교(金應敎, Kim, Eung-gyo) 시인. 문학평론가. 숙명여대 교수. 신동엽학회 회장. 시집 『씨앗통조림』, 평론집 『좋은 언어로—신동엽 평전』, 『처럼—시로 만나는 윤동주』, 『김수영, 시로 쓴 자서전』 등이 있다.

김자영(金慈暎, Kim Ja-young) 숭실대 등에서 강의. 대표 논문으로 「베트남전쟁 소설에 나타난 성(性)과 섹슈얼리티 연구」, 「박영한의 《인간의 새벽》에 나타난 '사이공' 공간의 의미 분석」 등이 있다.

김지윤(金智允, Kim, Ji-yoon) 시인, 문학평론가, 현재 상명대 교수. 논문 「신동엽 문학의 역사의식과 사회적 상상력」 등과 공저 『요즘비평들』, 『다시 새로워지는 신동엽』 등이 있다.

맹문재(孟文在, Maeng Mun-jae) 시인, 평론가. 현재 안양대 국문과 교수. 시집 『기룬 어린 양들』, 평론집 『시와 정치』, 『여성성의 시론』 등이 있다.

박수빈(朴秀彬, Park Su-bin) 시인, 평론가. 현재 상명대에서 강의. 시집 『청동울음』, 평론집 『스프링 시학』, 연구서 『반복과 변주의 시세계』 등이 있다.

박은미(朴恩美, Park Eun-me) 건국대 강사. 대표 논문으로 「신동엽 시인의 라디오 대본 연구」, 「신동엽 시에 나타난 사랑의 의미 연구」와 연구서 『신동엽 문학기행』 등이 있다.

신혜수(申惠琇, Shin Hye-su) 프랑크푸르트 괴테 대학교와 베를린 자유 대학교에서 박사. 저서로 『호모 메모리스』, 『청년 브레히트』, 『브레히트 연극 사전』 등이 있다.

유지영(柳智英, Yoo Jee-young) 일본어 강사. 현재 '강남문화재단', '강남도시관리공단', '과천 시청' 등 기업체, 관공서 사내 일본어 강의.

유지영 번역물의 저자 **하마구치 요시미츠**(浜口良光, 생몰년 미상)
하마구치 료코 혹은 요시미츠(浜口良光)로 명명. 일본의 민예연구자. 1922년 서울 경신학교 교사로 근무. '조선공예회' 모임 주관. 조선미술전람회에 5회 출품. 1941년 '경성미술가협회'에 참여. 1945년 일본으로 귀국. 대표 저서 『조선의 공예』(미술출판사 (동경), 1966).

이대성(李大聖, Lee Dae-seong) 극작가. 현재 원광대 마음인문학연구소 HK연구교수. 대표 논문으로 「신동엽 시에 나타난 인유 양상과 그 효과 연구」, 「김승희 시에 나타난 고통과 희열의 언어적 전략 연구」 등이 있다.

이지아(李沚砑, Lee jia) 시인, 본명 이현정. 현재 연세대 박사과정. 시집으로 『오트 쿠튀르』, 『이렇게나 뽀송해』 등과 해외논문 「한국 시극의 전개 양상과 시극 운동의 의의」가 있다.

이지호(李智鎬, Lee Ji-ho) 시인, 시집으로 『말끝에 매달린 심장』, 『색색의 알약들을 모아 저울에 올려놓고』 등이 있다.

전비담(全斐潭, Jeon Bi-dam) 시인. 대표 저서로 『청소년역사소설집』과 다수의 공동시집, 도시인문학프로젝트 공공저작물이 있다.

정세진(丁世眞, Jung, Se-jin) 러시아 및 유라시아 역사 및 지역학, 종교문화사 연구자. 현재 한양대 교수. 저서로 『러시아 이슬람 – 역사 · 전쟁 · 이념』, 『중앙아시아 민족정체성과 이슬람』 등이 있다.

정우영(鄭宇泳, Jung Woo-young) 시인, 현대 한국작가회의 부이사장. 전 신동엽학회 학회장. 시집 『집이 떠나갔다』, 『활에 기대다』 등이 있다.

최종천(崔鐘天, choi jong cheon) 시인, 시집 『눈물은 푸르다』, 『고양이의 마술』, 『나의 밥그릇이 빛난다』, 『인생은 짧고 기계는 영원하다』, 『그리운 네안데르탈』 등과 산문집 『노동과 예술』 등이 있다.

신 동 엽 학 회

조 직 도

고문	구중서 초대 학회장, 신좌섭 유족대표, 강형철, 이은봉, 정우영
6대 학회장	김응교(숙명여대)
부회장	박수연(충남대), 맹문재(안양대), 유성호(한양대), 이지호(시인)
총무이사	김지윤(상명대)
편집위원장	김진희(숙명여대)
편집이사	이경수(중앙대), 이성혁(외국어대), 홍승희(서강대), 이지아(연세대)
연구이사	이대성(원광대), 고봉준(경희대), 이승규(안양대), 홍승진(서울대), 김자영(시립대), 조은영(고려대)
섭외이사	최종천(시인), 조길성(시인), 전비담(시인)
교사이사	김대열(부여), 박종호(서울, 서울고), 정지영(충청, 북일고), 박종오(경기, 대화고)
공연매체이사	김중기(한예종, 연극인), 초원(시인), 최지인(시인, 출판인)
국제이사	정세진(한양대-러시아), 쿠마키 쓰토무(텐리대학-일본)
지역이사	김형수(부여, 신동엽 문학관), 최현식(인천, 인하대), 남기택(강원도, 강원대), 노대원(제주대)
정보이사	박은미(건국대)
기획이사	최희영(기록작가), 안이희옥(소설가)
재무이사	김건영(작가)
감사	이은규(시인, 한양대)